Rae Simons

Wo das Herz zur Ruhe kommt

Brenda Bancroft

Es gibt immer ein Morgen

Über die Autorinnen

Rae Simons hat viele andere Autoren redaktionell unterstützt, bevor sie sich 1995 selbst als Schriftstellerin betätigte. Rae Simons ist ein Pseudonym.

Brenda Bancroft ist das Pseudonym der Autorin Susan Feldhake. Sie unterrichtet an einem Fernlehrinstitut Kreatives Schreiben. Gemeinsam mit ihrem Ehemann Steven und ihren vier Kindern wohnt sie in Illinois, USA.

Rae Simons

Wo das Herz zur Ruhe kommt

Brenda Bancroft

Es gibt immer ein Morgen

Gerth Medien

Die amerikanischen Originalausgaben erschienen im Verlag
Barbour & Company, Urichsville, Ohio
unter den folgenden Titeln:
„The Quiet Heart" (© 1996 by Rae Simons)
„There's Always Tomorrow" (© 1992 by Brenda Bancroft)

Aus dem Amerikanischen übersetzt von Eva Weyandt.

Best.-Nr. 816 125
ISBN 10: 3-86591-125-0
ISBN 13: 978-3-86591-125-4
1. Taschenbuch-Sonderauflage 2006
Umschlaggestaltung: Hanni Plato
Titelfoto: gettyimages/Caroline von Tuempling
Satz: Die Feder GmbH, Wetzlar
Druck und Verarbeitung: Ebner & Spiegel, Ulm
Printed in Germany

Rae Simons

Wo das Herz zur Ruhe kommt

Rae Simons

Wo das Herz zur Ruhe kommt

1

Ihr neues Heim sah ganz und gar nicht so aus, wie sie es erwartet hatte. Cora Carpenter saß in ihrem Wagen und starrte auf das schiefe Dach und die abblätternde Farbe der Klappläden. Das kleine Haus stand ganz einsam an der verlassenen Landstraße, umgeben nur von einem Eichenhain; es wirkte sehr still und irgendwie tot. Cora kurbelte ihr Fenster herunter, in der Erwartung, das Geräusch eines Rasenmähers oder das Schreien von Kindern zu hören, aber das einzige, was sie wahrnahm, war das Rascheln der Eichenblätter im Wind.

Die Stille dröhnte ihr in den Ohren. In den vergangenen acht Stunden, auf der langen Fahrt vom Haus ihrer Eltern in Süd-Pennsylvania hatte sie Musik gehört, laut gesungen und mit Gott gesprochen. „Die anderen Autofahrer werden dich für verrückt halten, wenn sie sehen, daß du mit dir selbst redest“, hatte sie sich ermahnt, aber sie konnte nicht anders. Sie war auf dem Weg zu ihrer neuen Arbeitsstelle in New York, und ein völlig anderes Leben erwartete sie.

Cleo, ihre Zimmergenossin vom College, hatte dieses Haus für sie beide aufgetrieben. Sie arbeitete bereits als Krankenschwester in der Klinik, und Cora würde bald ihre neue Stellung als Lehrerin in einem nahegelegenen Heim für Kinder aus zerrütteten Familien antreten. Die vergangenen Wochen waren durch die Umzugsvorbereitungen wie im Flug vergangen.

Und nun war sie endlich angekommen. Sie öffnete die Wagentür, stieg aus und streckte sich erst einmal. Die Stille schien sich wie eine Decke über sie zu legen. Sie dehnte ihre Schultern und runzelte die Stirn. Wie sehnte sie sich nach einem Geräusch, das die Stille durchbrach!

„Es gefällt dir nicht. Ich sehe es dir an."

Bei diesen Worten wirbelte sie herum. Cleo stand auf einmal am Rande des Eichenhaines; in den Armen hielt sie einen Strauß mit goldenen Chrysanthemen und dunkelroten Astern. Unter ihren kurzen blonden Locken sah keck ihr rundes, sommersprossiges Gesicht hervor. Cora lächelte und dachte, daß sie wie ein Kind auf einem alten Bild aussah.

„Es ist nur so still hier", meinte Cora. „Du weißt doch, ich bin an Stadtlärm gewöhnt. Und ich habe mich tatsächlich gefragt, ob das Dach den Regen abhalten wird. Ganz zu schweigen von Wind und Schnee." Sie lachte und ging auf Cleo zu. „Ich freue mich so, dich zu sehen – mir ist es egal, wie das Haus aussieht. Ich weiß ja, daß wir uns nichts Luxuriöseres leisten können. Und wie ich Mom schon gesagt habe, wir werden einen Haufen Geld für die Telefongespräche sparen, wo wir jetzt in einem Haus wohnen. Keine Zwei-Stunden-Gespräche mehr, wenn du und Markus euch gestritten habt." Cleo verdrehte die Augen, und Cora lachte. „Na, komm schon. Zeig mir das Haus."

Das Haus verfügte über zwei Schlafzimmer und einen großen Wohnküchenbereich. Ein gewebter Teppich lag auf dem Boden, und auf dem Sofa und den Stühlen türmten sich Patchworkkissen.

„Gestern abend sind deine Sachen gekommen", erklärte Cleo und deutete auf das Sofa und die Stühle, den runden Küchentisch, der in einer Ecke stand, und einen Stapel noch in Zeitungspapier verpacktes Geschirr. „Mein Bruder ist gestern abend herübergekommen, und er und Markus haben mir geholfen, alles hereinzutragen und aufzustellen. Die Schlafzimmer sind genau gleich groß und haben dieselbe Aussicht, darum habe ich einfach über deinen Kopf hinweg entschieden, wer welches bekommt, okay? Markus und Tim haben dein Bett bereits aufgestellt, meines bringen sie etwas später."

Cleo holte sich einen Glaskrug aus dem Schrank unter dem

Spülbecken und füllte ihn mit Wasser. Sie steckte die Blumen hinein und stellte den Krug auf den Tisch. „So. Das sieht doch gleich viel wohnlicher aus, meinst du nicht? Sag deiner Mutter bitte, wie sehr ich es zu schätzen weiß, daß wir die Möbel deiner Großmutter benutzen dürfen. Das Haus wäre sonst ziemlich leer."

Cora ließ sich auf einen der Stühle sinken und sah sich um. „Wo kommen denn all diese schönen Sachen her, die das Zimmer so gemütlich machen?" Sie betrachtete den Webteppich, die bunten Kissen, die Vorhänge und die Bilder von englischen Cottages an den Wänden. „Sag mir nicht, daß du das alles in deiner alten Wohnung hattest! Mein Zimmer war ein richtiges Loch – dunkel und düster mit Plastikmöbeln, die dem Vermieter gehörten, und einem verblichenen gelben Fleck über dem einzigen Fenster. Ich wollte es immer ein wenig schöner gestalten, aber ich war kaum da, weil ich so beschäftigt war. Aber das hier – das ist ja ein richtiges Heim. Es ist toll." Sie nahm eines der Patchworkkissen und legte die Arme darum.

Cleo lächelte. „Das Haus ist wirklich gemütlich, nicht? Ganz überraschend sogar, wenn man sein Äußeres bedenkt. Oma hat die Kissen und Vorhänge selbst genäht. Und die Bilder stammen von ihrem Dachboden. Sie sagt, sie hätten in ihrer Kindheit im Haus ihrer Mutter gehangen. Gefallen sie dir?"

Cora nickte. „Sie sind wundervoll. Was ist mit dem Teppich? Ist er auch von ihr?"

Cleo schüttelte den Kopf. „Dafür müssen wir meinem Bruder danken. Er sagte, er hätte nie zu seiner Wohnungseinrichtung gepaßt, und er hätte gedacht, daß er uns bestimmt gefallen würde."

„Das war aber nett von Tim." Cora bemühte sich, ihre Stimme gleichgültig klingen zu lassen. „Und es war auch nett von ihm, daß er in dem Kinderheim ein gutes Wort für mich eingelegt hat. Wer weiß, ob ich den Job bekommen hätte, wenn er nicht bereits dort arbeiten würde." Sie nahm ihren langen Zopf in die Hand und betrachtete ihn, als würde sie nach gespaltenen Haaren suchen. „Wie geht es ihm denn so?"

Ein Schatten legte sich auf Cleos Gesicht. „Tim geht es gut. Soweit ich weiß. Es ist nur – ach, ich weiß nicht. Dasselbe, was ich dir im College schon immer erzählt habe. Er sagt immer das Richtige – aber ich habe das Gefühl, daß er nicht hinter seinen Worten steht." Sie setzte sich auf den anderen Stuhl und zog die Beine an. „Weißt du, Cora, da wir bei Oma und Opa aufgewachsen sind, waren wir in der Kirche genauso zu Hause wie im Pfarrhaus, weil Opa ja der Pastor war. Ich fühlte mich vollkommen eingehüllt von der Gegenwart Gottes; er war eine absolute Konstante in meinem Leben. Nach dem Tod meiner Eltern hat diese Kenntnis der Liebe Gottes mich geheilt. Aber bei Tim war das anders, vielleicht weil er älter war. Ich spürte, wie er sich in sich selbst zurückzog in eine glatte Schale. Es war, als würde er die Sprache eines fremden Landes lernen, sich aber der Kultur dieses Landes völlig verschließen. Er sagt die richtigen Dinge, doch ich weiß nicht, ob er Christus wirklich kennt."

Coras Hände gruben sich in das weiche Kissen. Cleos Bruder war das einzige Thema, bei dem keine Übereinstimmung zwischen ihr und ihrer Freundin herrschte. Sie zwang sich, ihre Hände zu entkrampfen und meinte leichthin: „Komm schon, Cleo. Nachdem ich den Sommer mit meiner Schwester und meinem Bruder verbracht habe, weiß ich, wie schnell man die Fehler der anderen erkennt. Ich bin sicher, sie sehen meine Fehler genauso klar wie ich ihre. Aber das bedeutet nicht, daß wir an der Liebe des anderen zu Jesus zweifeln. Wir wissen, daß wir alle nur Menschen sind, daß wir Fehler haben und daß Gott an uns arbeitet."

Cleo schüttelte den Kopf. „Das meine ich nicht. Vielleicht ist er sogar *zu* perfekt. Nicht demütig genug, möglicherweise. Ich habe ihn noch nie sagen hören, daß er Gottes Hilfe gebraucht hätte. Ach, ich weiß nicht, wie ich dir das erklären soll." Sie blickte ihre Freundin an und seufzte. „Du empfindest noch immer dasselbe für ihn, nicht? Und das macht mir Sorgen."

Coras Wangen brannten. Sie versuchte zu lachen. „Ich weiß nicht, warum du dir Gedanken machst. Es ist ja nicht so, als hätte er jemals versucht, mein Herz im Sturm zu erobern."

Cleo seufzte wieder und strich sich ihre Locken aus der Stirn. „Na ja, ich hätte nichts dagegen, wenn er es versuchen würde – wenn ich nur sicher wäre, daß zwischen ihm und Gott alles in Ordnung ist. Ihr zwei seid die Menschen, die ich am meisten liebe."

„Und was ist mit Markus?"

Cleo errötete. „Ihn natürlich auch. Aber ganz eindeutig versucht auch er nicht, mein Herz im Sturm zu erobern. Wir gehen nun schon seit drei Jahren miteinander, und es ist nicht abzusehen, daß er mir irgendwann mal einen Heiratsantrag macht. Und nun –" Sie betrachtete stirnrunzelnd ihre Hände. „Du weißt doch, daß er im vergangenen Sommer seinen Freund, den Missionar, in Kolumbien besucht hat? Na ja, Markus sagt, er glaubt, Gott würde vielleicht auch ihn aufs Missionsfeld berufen. Er kann es kaum erwarten."

„Wirklich?" Cora sah Cleo an. „Warum macht dich das so traurig? Auch Missionare heiraten. Und dir hat Südamerika doch auch gefallen, als wir zusammen dort gewesen sind. Wo liegt also das Problem?"

Cleo stand auf. Sie hängte ein Bild gerade und richtete die Vorhänge. „Es gibt nicht direkt ein Problem", sagte sie schließlich. „Außer daß er noch nie von Heirat gesprochen hat. Meine Ausbildung als Krankenschwester könnte dort unten sehr von Nutzen sein. Noch bevor Markus davon gesprochen hat, habe ich mich selbst schon gefragt, ob Gott mich dort haben will. Du kennst mich ja: Ich liebe fremde Länder, ich lerne gern neue Sprachen, und ich liebe –" Sie lehnte sich ans Fenster und wendete das Gesicht ab.

„. . . und du liebst Markus", beendete Cora den Satz.

Cleo lachte, doch ihr Lachen klang gezwungen. „Abgesehen von der Tatsache, daß er mich manchmal schrecklich wütend macht, ja. Aber ich kann mir nicht vorstellen, nicht mit ihm zusammenzusein, ihn nicht zu sehen. Vermutlich wünschte ich einfach nur, zwischen uns könnte alles so bleiben, wie es ist. Aber ich spüre, daß er irgendwie ruhelos ist – und das macht mir Angst." Sie atmete tief durch. „Und da wir gerade von ihm sprechen, da ist er ja auch schon." Sie drehte sich vom Fenster weg und fuhr sich mit der Hand über die Augen. „Gerade ist Tims Wagen in unsere Straße eingebogen. Die beiden bringen bestimmt mein Bett."

Coras Magen krampfte sich vor Aufregung zusammen. Sie fuhr sich durchs Haar und versuchte die Strähnen zu befestigen, die sich aus ihrem Zopf gelöst hatten. Cleo lachte. „Keine Sorge – du siehst gut aus. Eigentlich sogar sehr gut." Sie folgte Cora zur Tür und umarmte sie schnell. „Ich freue mich so, daß du hier bist, Cora. Was immer auch mit mir und Markus passiert, ich weiß, es wird leichter für mich sein, weil du hier bei mir bist."

Cora gab die Umarmung zurück, doch ihr Blick wanderte über Cleos Schulter hinweg zu dem kleinen Lieferwagen, der gerade in die Straße zu ihrem neuen Heim abbog. Auf dem Beifahrersitz entdeckte sie Markus' rundes Gesicht mit den kurzen sandfarbenen Haaren, und neben ihm . . . sie atmete tief durch und versuchte, ihr klopfendes Herz zu beruhigen.

Der Wagen fuhr in ihre Einfahrt und kam hinter ihrem Auto zum Stehen. Die Türen knallten zu. „Hey, Cora, fährst du immer noch diese alte Klapperkiste?" fragte Markus.

Cora nickte grinsend. Sie blickte an Markus vorbei in Tims Augen, die so blau waren wie der Himmel über ihnen. Sein dunkles Haar war ein wenig kürzer als bei ihrer letzten Begegnung, aber es hatte noch immer denselben Glanz. Er hatte sich einen kurzen Bart stehen lassen, der die Linie seines Kinnes unterstrich. Sie hatte ihn mehr als zwei Jahre lang nicht gesehen, seit ihrer Examensfeier nicht mehr, und sie konnte sich gar nicht satt an ihm sehen. Ihr Blick wanderte von seinem Gesicht zu seinen muskulösen Schultern unter dem dunkelblauen T-Shirt. Jedes Detail nahm sie begierig in sich auf.

„Hallo, Cora." Beim Klang seiner Stimme sah sie ihn wieder an und errötete. Er lächelte. „Hey, schön, dich zu sehen! Ich habe dich vermißt."

Ihr Herz tat einen Sprung. Sie schluckte mühsam. „Ich habe dich auch vermißt", murmelte sie und hoffte, daß er das Zittern in ihrer Stimme nicht bemerkte.

Sie sah zu, wie er und Markus Cleos Bett vom Wagen abluden. „Wir wollen das eben aufstellen, dann führen wir euch zwei zum Pizzaessen aus. Nach der langen Fahrt muß Cora sich ja erstmal entspannen."

In der Pizzeria beobachtete Cora Tim, der sich mit Markus unterhielt. Sie hoffte nur, daß sie keine Tomatensoße am Kinn hatte. Der Bart ließ Tims Gesicht schmal und dunkel erscheinen, und irgendwie erinnerte er sie so an einen Ritter. Fasziniert betrachtete sie seine schlanken Finger, als er seine Serviette faltete, doch als sie Cleos Stirnrunzeln bemerkte, wendete sie ihre Aufmerksamkeit schnell wieder dem Gespräch zu.

Sie sprachen über ihre Jobs, stellte Cora schnell fest. Markus war Jugendpastor in der Gemeinde, in der Cleos und Tims Großvater noch Pastor war, während Tim Sportlehrer in dem Kinderheim war, in dem auch Cora bald anfangen würde.

„Wann fängst du mit der Arbeit an, Cora?" fragte Markus mit vollem Mund. Er verzehrte gerade sein fünftes Stück Pizza.

„Nächste Woche."

„Wir sind sehr froh, dich für das Heim gewonnen zu haben", sagte Tim. „Die Kinder brauchen jemanden, der fest im Glauben steht und ihnen das auch vermitteln kann."

Cora warf Cleo einen Blick zu. *Siehst du,* sollte er sagen, *wie kannst du sagen, mit seiner Beziehung zu Gott sei etwas nicht in Ordnung?* „Ich freue mich sehr darauf", sagte sie laut. „Aber ich bin auch unheimlich nervös. Natürlich habe ich im College ein wenig unterrichtet, doch danach habe ich ja erstmal in einer Kinderklinik gearbeitet. Im Kinderheim werde ich also praktisch zum ersten Mal selbständig eine Gruppe leiten." Sie fühlte Tims Blick auf sich, und das aufmerksame Interesse, das sie darin las, brachte sie vollkommen aus dem Konzept. „Erzähl mir etwas über diese Kinder, Tim", brachte sie stotternd heraus.

Tim zuckte die Achseln. „Sie sind wirklich arm dran. Die meisten kommen aus zerrütteten Elternhäusern. Ins Heim gekommen sind sie, weil sie sich zu Hause oder in der Schule in Schwierigkeiten gebracht haben. Bezahlt wird ihr Aufenthalt vom Jugendamt oder von der Gemeinde." Sein Blick ruhte auf der Papierserviette in seinen Fingern; er faltete sie akkurat zusammen, entfaltete sie und faltete sie erneut zusammen. „Wir haben etwa dreimal so viele Jungen wie Mädchen – und sie haben absolut keine Manieren. Du wirst jede Menge zu tun haben, Cora, das kann ich dir sagen." Er blickte sie an und lächelte. „Aber bei deiner Ausbildung und deiner tollen Art mit Kindern weiß ich, daß du sie schon bändigen kannst. Ich habe da vollstes Vertrauen zu dir. Darum habe ich dich der Heimleitung auch so empfohlen."

Wieder einmal spürte Cora, wie sie errötete.

„Was war denn heute abend mit dir und Tim los?" Markus und Tim waren nach Hause gefahren, und Cora stand in der Tür zu dem kleinen Badezimmer, während Cleo ihr Gesicht wusch. Cleo betrachtete sie über das Handtuch hinweg im Spiegel.

„Was meinst du damit?" fragte Cora.

„Das weißt du ganz genau." Cleos Stimme wurde durch das Handtuch gedämpft. „All diese langen, intensiven Blicke, die ihr beide andauernd ausgetauscht habt. Läuft da irgend etwas zwischen euch beiden, von dem ich nichts weiß?"

„Wie sollte es denn? In den vergangenen zwei Jahren habe ich nur ein einziges Mal mit ihm gesprochen, und zwar als du mir vorgeschlagen hast, ich sollte ihn wegen des Jobs im Kinderheim anrufen. Ich habe ihn nicht einmal gesehen, als ich zum Vorstellungsgespräch gekommen bin." Cora erinnerte sich, wie enttäuscht sie gewesen war, und mußte lächeln bei dem Gedanken, daß Gott doch noch alles richtig geführt hatte. Sie zuckte die Achseln und bemühte sich, ihre Gefühle vor Cleo zu verbergen. „Er war einfach nur nett."

Cleo schüttelte den Kopf. „Ich habe diesen Blick in Tims Augen schon einmal gesehen." Sie hängte das Handtuch auf und wendete sich ihrer Freundin zu. „Tim kann leider sehr gut mit Frauen umgehen. Er flirtet gern, aber er meint es nicht ernst und verletzt immer wieder jemanden. Glaub mir, ich habe das schon miterlebt." Sie runzelte die Stirn und schüttelte den Kopf. „Oh Cora, in deinem Gesicht kann man so leicht lesen. Ich möchte dich nur warnen! Sei vorsichtig mit Tim. Ich will nicht, daß er dir weh tut. Wenn er dich bittet, mit ihm auszugehen, dann sprich sehr ernsthaft mit Gott darüber, bevor du ja sagst, okay? Wenigstens mir zuliebe!"

„Oh Cleo, du dramatisierst die ganze Geschichte."

„Das glaube ich nicht. Bitte, versprich mir, daß du vorher beten wirst."

Cora lächelte; sie hatte immer für Tim gebetet, und sie konnte wahrheitsgemäß antworten: „Ich verspreche es. Aber du solltest dir nicht so viele Gedanken machen, Cleo. Gott wird schon auf mich aufpassen."

Cleo blickte ihre Freundin an und schüttelte den Kopf. „Du hast immer so ein großes Vertrauen. Und ich bin immer so übervorsichtig, nicht? Wir sind schon ein Gespann!" Sie ging in ihr Schlafzimmer. „Ich weiß nicht, wie es dir geht, aber ich bin fix und fertig von dieser Einräumerei. Wir unterhalten uns morgen weiter, ja? Gute Nacht, Cora. Sei mir nicht böse wegen Tim. Du weißt, daß ich dich lieb habe."

Cora seufzte und begab sich in ihr Schlafzimmer. Sie legte

die Pullover in die Schubladen, hängte ihre Kleider in den Schrank und bezog ihr Bett. Sie war jedoch noch zu aufgedreht, um sich schon schlafen legen zu können. Schon im College hatte Cleo immer bereits um zehn Uhr im Bett gelegen, während Cora noch lange aufgeblieben war, um zu lesen oder sich mit Freunden zu unterhalten.

Im ganzen Haus war es still, doch sie fand einfach keine Ruhe. Einen Augenblick saß sie auf ihrem Bett und versuchte zu beten. Doch sie konnte sich nicht konzentrieren und sprang auf, um aus ihrem Fenster auf das mondbeschienene Feld hinter dem Haus zu starren. Das Feld war von Bäumen eingesäumt, und dahinter befand sich ein Fluß, wie Cleo ihr erzählt hatte. Impulsiv zog Cora ihre Schuhe an und schlüpfte aus der Hintertür.

Obwohl es den ganzen Tag über sehr warm gewesen war, sagte ihr die kühle Nachtluft, daß der Sommer fast vorüber war. Sie kämpfte sich durch das hohe Gras, das ihre Jeans durchnäßte. Über ihr strahlten die Sterne am dunklen Nachthimmel.

Am Flußufer entdeckte sie einen umgefallenen Baumstamm. Sie setzte sich darauf und betrachtete den Fluß, in dessen Wasser sich der Mond spiegelte. Sie atmete tief durch und versuchte, ihre Muskeln zu entspannen und ihren Herzschlag zu beruhigen, während sie mit umschlungenen Knien am Fluß saß und sich jedes Wort, das Tim gesprochen hatte, jede Regung seines Gesichts, jeden Blick, den er ihr zugeworfen hatte, wieder ins Gedächtnis rief.

Sie liebte ihn schon lange. Damals, als sie und Cleo im College angefangen hatten, war er ihr soviel älter erschienen, so unerreichbar, doch nun war der Altersunterschied nicht mehr von so großer Bedeutung. Und Cleo hatte recht – irgend etwas war heute abend anders gewesen, irgend etwas an der Art, wie er gelächelt und ihren Namen gesagt hatte, wie er ihr zugehört, wie er sie angesehen hatte.

Trotz Cleos Bedenken war sie schon lange der Meinung,

daß Tim der Mann war, den sie heiraten sollte. Dieser Glaube hatte sie davon abgehalten, eine ernsthafte Beziehung einzugehen, und wann immer sie entmutigt oder einsam gewesen war, hatte sie sich gesagt, daß Gott schon alles richtig machen würde. Sie umklammerte noch fester ihre Knie. Vielleicht war es jetzt soweit. Vielleicht fand Gott, daß sie und Tim jetzt endlich bereit waren. Als sie die Stellung in dem Kinderheim bekommen hatte, war sie sicher gewesen, daß ihre Träume endlich wahr werden würden. Sie würde mit Tim zusammenarbeiten; das war Gottes Werk gewesen, das wußte sie genau.

Sie lehnte sich auf ihrem Baumstamm zurück und atmete erneut tief durch. Hier draußen war es still, genau wie im Haus, doch es war eine Art geschäftige Ruhe, erfüllt mit dem Zirpen der Grillen, dem Gurgeln des Flusses und dem Seufzen des Windes in den Blättern. Cora fühlte sich sehr lebendig und sehr reich. „Halleluja", rief sie aus einem Impuls heraus.

„Halleluja", antwortete eine Männerstimme.

2

Cora erstarrte. „Wer ist da?"

Ein dunkler Schatten erhob sich vom Flußufer unter ihr, ein sehr großer, dunkler Schatten. Sie wich unsicher zurück, als der Mann die Böschung hochkletterte. „Alex McGregor", sagte er und streckte ihr die Hand hin. „Zu Ihren Diensten."

Cora blickte ihm ins Gesicht. Im Mondschein konnte sie nur dunkle Augen über stark hervortretenden Wangenknochen erkennen. Ihr Gesicht brannte; sie hatte gedacht, sie sei allein mit Gott gewesen. Nur widerstrebend nahm sie seine Hand. Mit einem Ruck wurde sie hochgezogen.

Cora war eine große Frau, und sie war es nicht gewohnt, ihren Kopf zurücklegen zu müssen, um jemanden anzusehen. Die meisten ihrer männlichen Freunde waren nur wenige Zentimeter größer als sie, doch dieser Mann überragte sie um mehr als einen Kopf. Sie trat einen Schritt zurück.

„Sie müssen meine neue Nachbarin sein", sagte er. „Cleo erzählte mir, daß Sie heute ankommen. Mein Haus liegt weiter unten als Ihres und Cleos. Es tut mir leid, daß ich Sie erschreckt habe. Ich hörte Sie kommen, doch ich wollte Ihre Meditation nicht stören. Und als ich Sie Halleluja rufen hörte, drückte das genau das aus, was ich empfand – es ist ein herrlicher Abend, nicht?" Als sie nicht antwortete, trat er näher an sie heran und sah ihr ins Gesicht. „Sie sind doch Cora, oder?"

„Ja." Er war ihr so nah, daß sie seinen Atem auf ihrem Gesicht spüren konnte. Cora trat noch einen Schritt zurück. „Ich muß jetzt leider gehen, Mr. McGregor."

Sie sah seine Zähne weiß aufblitzen, als er lächelte. Er trat zurück und hob die Hände. „Ich habe Sie erschreckt, nicht wahr? Es tut mir leid. Meine Mutter sagt immer, ich sei wie ein Bernhardiner, der nicht merkt, wie er die Leute mit seiner Größe erschreckt. Von mir haben Sie nichts zu befürchten, ehrlich. Was halten Sie von Ihrem neuen Haus?"

„Es ist sehr hübsch", sagte sie knapp.

„Ich habe genau das gleiche Haus – abgesehen von der Tatsache, daß ich meins im Sommer angestrichen habe. Sie und Cleo müssen mal zum Abendessen rüberkommen und Esther kennenlernen."

„Ihre Frau?"

Er lachte. „Meine Katze. Ich bin nicht verheiratet."

Cora wußte nichts zu antworten. Sie blickte zu ihm hoch und sah, daß er über ihren Kopf hinweg den mondbeschienenen Fluß betrachtete. „Sehen Sie, wie sich der Mond im Fluß widerspiegelt?" fragte er. „Wie eine Million winziger Lichtpunkte. In Nächten wie dieser kann sogar ich ruhig werden."

Davon merke ich aber gar nichts, dachte Cora. Er blickte sie an, als hätte er ihre Gedanken gelesen und grinste. „Ich rede gern. Das haben Sie sicher schon bemerkt. Das Problem ist, daß ich alles ausspreche, was mir durch den Kopf geht, auch wenn niemand in der Nähe ist. Manchmal nenne ich es Beten – und manchmal ist es das auch –, aber manchmal hält mich der ganze Lärm, den ich mache, auch davon ab, Gottes Stimme wirklich zu hören. An einem Abend wie diesem, wenn alles so still ist, laß ich mich von der Schönheit gefangennehmen, so daß ich sogar vergesse, in meinem Kopf Worte zu machen. Und inmitten der Stille und Schönheit dringt manchmal Gottes Stimme zu mir durch. Verstehen Sie, was ich meine?"

„Ich bin nicht sicher." Einen Augenblick lang keimte Verständnis in ihr auf, doch dann wurde ihr wieder bewußt, daß er ihr beinahe auf den Füßen stand. *Ich wünschte, du würdest aufhören, mir immer so nahe zu kommen,* dachte sie. „Ich hatte einen langen Tag, Mr. McGregor", sagte sie laut. „Es war nett, Sie kennenzulernen, aber jetzt muß ich wirklich ins Haus zurück. Ich bin sicher, wir werden uns wieder mal begegnen."

„Ganz bestimmt." Seine Zähne blitzten wieder im Mondlicht auf. „Sehen Sie, ich unterrichte ebenfalls im Kinderheim. Die Klassenstufe unter Ihnen. Ihr Klassenzimmer liegt auf meinem Flur."

„Alex ist wirklich sehr nett", erzählte Cleo ihr am nächsten Morgen. Sie stellte ihre Kaffeetasse ab und lachte leise. „Obwohl ich gut verstehen kann, daß er dich erschreckt hat, als er auf einmal aus dem Gebüsch auftauchte. Aber das ist kein Grund, den armen Mann nicht zu mögen."

Cora biß von ihrem Toast ab. „Vermutlich. Irgend etwas an ihm bringt mich auf die Palme. Er war so – ich weiß nicht . . . so *groß.*"

Wieder lachte Cleo. „Das ist allerdings ein guter Grund, ihn nicht zu mögen, Cora. Wie christlich von dir!"

„Na ja, er hat auch soviel geredet. Als ob wir schon ewig befreundet wären." Sie lachte verlegen. „Okay, vermutlich war ich einfach nur überfordert. Ich werde versuchen, bei der nächsten Begegnung mit ihm offener zu sein –"

Ein lautes Hupen unterbrach sie. Cleo nahm ihre Kaffeetasse mit zur Haustür und sah nach draußen. „Ich glaube es nicht! In den vergangenen zwei Tagen habe ich meinen lieben Herrn Bruder häufiger gesehen als sonst in zwei Monaten!" Sie wendete sich mit hochgezogenen Augenbrauen Cora zu, doch Cora war bereits aufgesprungen und ins Badezimmer gerannt, wo sie sich vor dem Spiegel die Toastkrümel vom Mund wischte und ihr langes Haar bürstete, das vom Duschen noch feucht war. Stirnrunzelnd betrachtete sie ihre Bluejeans und ihr altes T-Shirt.

„Du siehst präsentabel aus", meinte Cleo trocken. „Sieh mal nach, was er will."

Cora berührte ihre nassen Haare. „Kannst du nicht mit ihm

reden, während ich mir die Haare föhne? Vielleicht ist er ja sowieso deinetwegen gekommen –"

Cleo machte eine ungeduldige Handbewegung. „Das bezweifle ich, Cora. Ich werde mich um meine eigenen Angelegenheiten kümmern."

Cora zögerte an der offenen Tür. Die Sonne warf ihre Strahlen durch die Eichenblätter und malte ein unruhiges Muster von Licht und Schatten auf Tims Gesicht, als er sich aus dem Fenster seines Lieferwagens lehnte und sie anlächelte.

„Hallo. Ich bin auf dem Weg zur Schule, um ein paar neue Geräte zu überprüfen. Ich dachte, daß du vielleicht Lust hast mitzukommen, um dir schon mal alles anzusehen. Ich hätte vielleicht anrufen sollen, aber es ist mir eben erst eingefallen, als ich hier vorbeifuhr. Ich nehme es dir auch nicht übel, wenn du schon andere Pläne für den Tag hast."

„Nein." Cora vergrub die Hände in den Taschen ihrer Jeans, um ihr Zittern zu verbergen. „Nein, ich –" Sie schluckte. „Ich würde gern mitkommen." Sie blickte an sich herab. „Vielleicht könntest du mir noch eine Minute Zeit zum Umziehen geben? Ich glaube nicht, daß ich sehr professionell aussehe."

Tim schüttelte grinsend den Kopf. „Du siehst genauso wenig professionell aus wie ich. Siehst du?" Er öffnete die Wagentür, um ihr zu zeigen, daß er ebenfalls in Jeans und T-Shirt gekleidet war. „Wir werden keine Kinder sehen. Und die anderen Lehrer, die vielleicht heute mal vorbeischauen, werden ebenso lässig gekleidet sein. Ich habe sogar schon Margaret Truesdell – das ist unsere Direktorin – in den Ferien in Jeans gesehen."

Cora erinnerte sich an die würdige grauhaarige Dame und lächelte. „Ich sage nur noch eben Cleo Bescheid."

Im Wagen setzte sie sich auf ihre Hände, damit er nicht sah, wie sie zitterten. Sie blickte aus dem Fenster und atmete tief durch, um sich zu beruhigen.

Er lachte leise. „Du siehst aus wie ein aufgeregtes kleines Kind, Cora. Manchmal muß ich mich daran erinnern, daß du mittlerweile erwachsen bist." Sie blickte ihn an, und sein Lächeln wurde breiter. „Und sehr hübsch, wie ich hinzufügen muß. Aber ich kann nicht anders, ich habe immer noch das Gefühl, als müßte ich dich beschützen. Ich hoffe, daß dieser Job keine Enttäuschung für dich wird."

Sie hielt ihren Blick auf sein Gesicht gerichtet. „Warum sollte er? Ich arbeite gern mit Kindern. Und das noch in einem christlich orientierten Haus zu tun, ist besonders toll."

Tim runzelte die Stirn. Er sah auf die Straße. „Diese Kinder sind eine echte Herausforderung, Cora", sagte er nach einer Weile. „Ich möchte nicht, daß du dir falsche Vorstellungen machst. Aber ich weiß, daß du deine Sache sehr gut machen wirst, und ich bin sehr froh, daß du bei uns unterrichten wirst."

Er bog in die lange Auffahrt des Kinderheimes ein. Das Haupthaus war auf der einen Seite der Straße errichtet. Auf der gegenüberliegenden Seite stand eine Reihe weißer Häuschen, die sich bis hinein in den Wald zog. Eine Gruppe von Kindern vergnügte sich auf dem Spielplatz, und Cora hörte die Rufe der Kinder, die auf dem daneben liegenden Fußballfeld spielten. Tim parkte den Wagen und starrte seufzend auf die spielenden Jungen.

„Nächste Woche werde ich hier mit diesen Jungen herumrennen und auf meiner Trillerpfeife blasen und versuchen, ihnen beizubringen –" Er schüttelte den Kopf. „Es tut mir leid, Cora. Ich bin jedesmal ganz fertig, wenn die Ferien zu Ende gehen. Aber natürlich möchte ich deinen Enthusiasmus nicht dämpfen."

Cora runzelte die Stirn. „Aber du magst deinen Job doch, oder? Ich habe mir immer vorgestellt, daß dies genau der richtige Platz für dich ist – ein Ort, wo sowohl deine Liebe zu Gott als auch deine Leidenschaft für den Sport Raum haben."

Sie konnte seinen Gesichtsausdruck nicht deuten. Eine Zeitlang schwieg er, saß einfach nur still da, während sie sein

Gesicht betrachtete. „Du täuschst dich, wenn du erwartest, daß das liebenswerte kleine Lümmel sind, Cora", meinte er schließlich. „Sie zu unterrichten ist ein ständiger Machtkampf. Manchmal habe ich es so satt . . ." Er atmete tief durch und öffnete seine Wagentür. „Komm, wir haben lange genug hier gesessen. Margaret hat dich bestimmt herumgeführt, als du dich vorgestellt hast, aber ich werde dir noch einmal alles zeigen."

Das Gebäude war leer, bis auf eine Sekretärin, die im Büro arbeitete. „Die meisten Lehrer werden im Laufe dieser Woche kommen und ihre Räume vorbereiten", erklärte Tim. „Im Augenblick machen sie noch Urlaub. Die Ferien sind einfach zu kurz."

Cora folgte ihm die düsteren Flure entlang und versuchte, sich die Lage der Bibliothek, des Lehrerzimmers, der Labors und Toiletten einzuprägen. „Was tun die Kinder in den Ferien?"

„Die Hauseltern organisieren Aktivitäten für sie", antwortete Tim. „Etwa zwei Drittel der Kinder fahren nach Hause. Das hängt von der Familiensituation jedes einzelnen Kindes ab." Er öffnete eine Tür am Ende des Ganges. „Hier ist dein Klassenraum. Und das ist deine Klassenliste."

Er reichte Cora das Blatt Papier. Sie warf einen Blick darauf, dann sah sie sich im Klassenzimmer um. Zwölf Tische standen in einem Kreis, und helle Vorhänge flatterten vor dem offenen Fenster. Im hinteren Teil des Raumes war mit Bücherregalen eine Ecke abgeteilt, in der einige Sitzkissen auf einem bunten Teppich lagen. „Das gefällt mir sehr gut, vor allem die Leseecke."

Tim lachte. „Das ist eine von Margarets neuen Ideen – aber ich bezweifle stark, daß die kleinen Ungeheuer sie wirklich nutzen, um zu lesen. Vermutlich mißbrauchen sie die Sitzkissen eher als Turngeräte und die Bücher als Wurfgeschosse. Diese Kinder sind von Büchern nicht gerade begeistert."

Cora sah ihn an. „Du bist heute so negativ."

„Nicht negativ, nur ehrlich." Seine Hände berührten ihre Wange. Cora erstarrte, fühlte nichts anderes mehr als seine Finger an ihrer Haut. „Ich hoffe, du wirst hier glücklich, Cora", sagte er leise.

Er stand so dicht bei ihr, daß sie seine Wärme spüren konnte wie eine Decke, die sie sich gern um die Schultern gelegt hätte. Dann ließ er seine Hand sinken und trat zurück. „Ich würde gern hier bei dir bleiben, glaub mir, aber wenn ich meine Arbeit jetzt schaffe, können wir vielleicht noch zusammen zu Mittag essen, was meinst du?"

„Gern", brachte sie mühsam heraus.

„Dann hole ich dich in ein oder zwei Stunden ab."

Nachdem er den Raum verlassen hatte, ließ sie sich auf einen der Stühle sinken und legte ihre Hand an ihre Wange, wo seine Finger sie berührt hatten. Schließlich fiel ihr die Klassenliste in ihrer Hand wieder ein, und sie warf einen Blick darauf. Acht Jungen und vier Mädchen. Sie las sich ihre Namen immer wieder durch und stellte sich die Gesichter dazu vor, dann suchte sie den Weg zum Büro und ließ sich ihre Karteikarten geben.

Während sie darauf wartete, daß die Sekretärin ihr die Akten zusammensuchte, öffnete sich die Tür. „Ach, hallo, Cora."

Cora drehte sich um. „Hallo, Mrs. Truesdell." Sie lächelte die Direktorin an. Wie Tim vorausgesagt hatte, war sie leger mit Jeans und einer Baumwollbluse bekleidet. „Ich wollte mich gerade mit meinen neuen Schülern bekanntmachen."

Margaret Truesdell lächelte. „Sie haben einige von meinen Lieblingskindern." Sie wartete, während Cora die Akten entgegennahm und der Sekretärin dankte. „Ich werde sie noch zu Ihrem Klassenraum begleiten."

Schweigend stiegen sie die Treppen hoch. Margarets Haltung war so selbstsicher und von solcher Autorität, daß Cora sich neben ihr sehr jung vorkam. Sie kamen zu Coras Klassenraum, und Cora ließ die Akten auf ihr Pult fallen. Margaret ging im Raum umher. „Was halten Sie von Ihrem

Raum? Fehlt etwas, von dem Sie denken, daß Sie es brauchen?"

Cora schüttelte den Kopf. „Mir ist noch nichts aufgefallen. Ich bin gerade erst gekommen. Tim Adams hat mich mitgenommen." Sie spürte, wie sie rot wurde, als könnte Margaret wissen, daß sie die ganze Zeit an Tim gedacht hatte. „Ich habe noch nicht die Gelegenheit gehabt, mir alles anzusehen", beendete sie den Satz. Sie bemühte sich, ruhig und sachlich zu wirken.

Margaret nickte. Sie strich eines der Sitzkissen glatt und blickte Cora über die Schulter hinweg an. „Hat Tim Ihnen erzählt, was er von meiner Leseecke hält?"

Cora zögerte. „Er war ein wenig . . . pessimistisch."

Margaret nickte. „Das ist vermutlich noch harmlos ausgedrückt. Ich hoffe, Sie lassen sich durch seine negative Einstellung nicht allzusehr beeinflussen."

„Oh, ich halte die Leseecke für eine tolle Idee", antwortete Cora. „Wenn ich ein Kind wäre, würde ich mich gern hierher zurückziehen und lesen."

Margaret schüttelte den Kopf. „Diese Kinder werden das nicht tun. Zumindest zuerst nicht. Tim hat vollkommen recht – sie wissen mit Büchern nicht viel anzufangen. Aber meine Philosophie ist, daß sie es nie lernen werden, wenn man ihnen nicht die Gelegenheit dazu gibt. Als Kind war das Lesen für mich immer eine Art Zuflucht – es hat verhindert, daß ich verrückt wurde, und durch das Lesen konnte Gott in diesen Jahren zu mir sprechen. Die meisten dieser Kinder werden irgendwann in ein Leben zurückkehren müssen, das alles andere als vollkommen ist. Unglücklicherweise können wir nichts tun, um dieses Leben zu verändern. Aber wir können ihnen helfen, stark zu werden – und ihnen Fluchtmöglichkeiten bieten wie zum Beispiel Bücher. Irgend etwas anderes als Drogen und Sex, die einzigen – und falschesten – vermeintlichen Zufluchtsorte, die sie sonst kennenlernen werden."

Margaret fuhr sich mit der Hand durch ihr kurzes graues

Haar, dann drehte sie sich zum Fenster. Sie schwieg eine Weile. Cora betrachtete ihr feingeschnittenes Gesicht und wartete. „Tim hat Ihnen vielleicht erzählt", fuhr Margaret schließlich fort, den Blick starr auf den Spielplatz vor dem Fenster gerichtet, „daß diese Kinder nicht leicht zu nehmen sind. Sie öffnen sich nicht schnell – und deshalb wird es Ihnen vielleicht besonders schwerfallen, ihnen *Ihr* Herz zu öffnen." Cora setzte an, Margaret zu widersprechen; die ältere Frau blickte sie an und lächelte. „Aber andererseits glaube ich das nicht. Ich erinnere mich noch sehr gut an Ihre Empfehlung von der Leiterin der Klinik – sie sagte, daß Sie ein Herz für verletzte Kinder haben. Das war einer der Hauptgründe, warum ich Sie eingestellt habe. Diese Kinder haben gelernt, sich so abweisend zu verhalten, um sich selbst zu schützen."

Margaret seufzte. Sie legte die Hand auf Coras Arm und sah sie an. „Ich würde vorschlagen, daß Sie es langsam angehen lassen. Haben Sie Geduld mit den Kindern. Haben Sie Geduld mit sich selbst. Bleiben Sie ruhig. Versuchen Sie herauszufinden, wer diese Kinder eigentlich sind und wie Gott zu ihnen sprechen möchte. Versuchen Sie sich von Gott gebrauchen zu lassen, so wie er es möchte. Diese Arbeit können Sie nicht tun, wenn Sie von etwas anderem abgelenkt sind. Ihre Arbeit braucht Ihre volle Aufmerksamkeit." Sie schüttelte den Kopf. „Vermutlich verstehen Sie im Augenblick nicht so recht, was ich meine, nicht? Sie werden warten müssen, bis Sie die Kinder kennengelernt haben. Der September ist immer ein so hektischer Monat – falls ich vergesse, ein Gespräch mit Ihnen anzusetzen, erinnern Sie mich doch bitte daran." Sie lächelte. „Ich bin froh, daß Sie hier sind, Cora."

Nachdem sie gegangen war, wendete sich Cora dem Stapel Akten zu. Zum ersten Mal vergaß sie Tim vollkommen. Sie arbeitete sich durch die zwölf Akten und machte sich Notizen auf ein separates Blatt.

Schließlich stand sie auf und streckte sich, dann ging sie zu den Bücherregalen an der einen Wand und inspizierte die

Bücher und Materialien. Sie lehnte sich gegen die Regale und sah sich im Raum um. Zum ersten Mal fiel ihr auf, wie still es war.

Die Sonne schickte ihre Strahlen durch die Fenster und zeichnete Muster auf die Tische und den Boden. In der Ferne konnte sie die Kinder spielen hören, doch das war das einzige Geräusch. Im Augenblick gefiel ihr die Stille, es war, als hätte sich die Stille des Raumes auf sie übertragen.

„Ich weiß, daß du da bist, Gott", sagte sie leise. „Ich kann deine Gegenwart spüren. Bitte gebrauche mich hier. Gib, daß die Kinder dich in mir erkennen. Hilf ihnen, zu lernen und stark und gesund zu werden."

Sie beugte sich vor und öffnete eine Schranktür. Sie erwartete, noch mehr Material darin zu finden. Statt dessen fiel ihr Blick auf eine beinahe lebensgroße Zeichnung eines Tigers. Ein leises Geräusch ließ sie den Blick senken. Sie erstarrte.

Von unten aus dem Schrank funkelten dicke Brillengläser sie an. Dahinter starrte ein Paar unfreundlicher Augen sie aus einem Jungengesicht an.

3

„Du bist aber keine Maus."

Der Mund des Jungen verzog sich. „Natürlich nicht. Dieses Rascheln kam nur daher, daß ich mich am Arm kratzen mußte. Normalerweise kann ich stundenlang still sitzen, nur leider waren die Mücken gestern abend sehr bösartig. Wir haben unsere Abendandacht draußen abgehalten. Was für eine blöde Idee. Wenn ich nicht überall zerstochen wäre, hätte ich mich überhaupt nicht bewegt. Sie dachten, ich sei eine Maus? Ich wette, Sie hatten Angst, nicht? Wären Sie auf Ihr Pult gesprungen, wenn Sie eine Maus gesehen hätten?"

Cora schüttelte den Kopf. „Ich mag Mäuse. Obwohl ich sie vermutlich nicht unbedingt in meinem Haus haben möchte, wenn es nicht sein muß."

„Im Epheserhaus gab es in diesem Sommer Mäuse. Sie haben sie vergiftet. Gefällt Ihnen mein Tiger?"

Cora betrachtete die Zeichnung. „Er ist wunderschön. Wo hast du ihn her?"

„Was für eine blöde Frage! Ich habe ihn natürlich gezeichnet. Ich bin ziemlich gut, nicht? Ist er nicht einfach klasse?"

„Ganz bestimmt." Sie lächelte den Jungen an, doch er wich ihrem Blick aus. „Ich bin beeindruckt. Du bist sehr begabt."

Er zuckte die Achseln. „Ich bin auch sehr intelligent. Ich bin das klügste Kind im Heim. Vermutlich bin ich intelligenter als Sie. Mein IQ liegt bei 148. Es ist eigentlich blöd, daß ich hier zur Schule gehen muß."

„Und warum, meinst du, bist du hier?"

Er zuckte die Achseln und verzog das Gesicht. „Meine Mama hat mich immer wieder aus dem Wohnwagen ausgesperrt. Ich habe sie ganz verrückt gemacht. Sie hat mich immer mit ihrer Haarbürste geschlagen, bis ich nach draußen gerannt bin, und dann hat sie schnell die Tür zugeschlossen. Schließlich bin ich abgehauen, sobald sie die Haarbürste herausholte. Es war wirklich keine große Sache. Unter dem Wohnwagen war ein Loch, in dem konnte ich mich verstecken. Ich habe Sachen dort aufbewahrt, wie in diesem Schrank. Aber im letzten Winter hat einer unserer neugierigen Nachbarn das Jugendamt verständigt. Na ja, in der Schule ist auch einiges passiert."

„Zum Beispiel?"

Er zuckte wieder die Achseln. „Ach, dieser Arsch hat mich herumgeschubst." Er starrte Cora an. „Er war der Sportlehrer", sagte er bedeutungsvoll, „genau wie Mr. Adams. Auf jeden Fall habe ich die Fassung verloren. Sie sagen, ich hätte ihn geschlagen und ihm alle möglichen Ausdrücke an den Kopf geworfen. Er hätte mich nicht anfassen sollen. Sie sagen, ich wäre emotional gestört. Und schließlich bin ich hier gelandet. Ich hasse dieses Heim."

Er hockte immer noch in dem dunklen Schrank. Sie konnte nur wenig von ihm sehen außer seinem glatten dunklen Haar, das ihm über die Brillengläser fiel. „Wie heißt du übrigens?" fragte sie.

„Felix."

Sie nahm ihre Klassenliste zur Hand und warf einen Blick darauf. „Felix Jones, richtig? Ich bin Miss Carpenter. Du bist in meiner Klasse. Was tust du übrigens in meinem Schrank?"

„Das ist nicht Ihr Schrank."

„Na gut." Sie lächelte. „Was tust du in *dem* Schrank?"

„Wonach sieht das denn aus, was ich tue?"

Sie zuckte die Achseln. „Ich weiß nicht. Du kannst nicht viel getan haben. Da die Tür geschlossen war, muß es stockdunkel darin gewesen sein."

„Es gibt hier drin Licht. Ich habe es ausgeknipst, als ich Sie gehört habe. Ich hatte gehofft, Sie würden mich nicht entdecken. Die Leute sehen gewöhnlich nur, was sie zu sehen erwarten."

„Es war ziemlich schwierig, diesen Tiger zu übersehen", sagte Cora sanft. Sie bemerkte die lange Schnur, die von der Glühbirne an der Decke herunterhing, und zog daran. Das Licht ging an, und sie konnte erkennen, daß der begehbare Schrank mit ordentlich gestapeltem Zeichenpapier, Büchern und Schachteln mit Buntstiften, Pastell- und Wasserfarben angefüllt war. Auf dem einen Regal lag eine Reihe Äpfel, und überall waren Zeichnungen von Tieren angeheftet. Felix hatte die Knie angezogen, und seine braunen Augen starrten Cora an.

„Ich bin klein für mein Alter."

Cora nickte.

„Aber ich bin intelligenter als Sie."

„Das erwähntest du bereits."

„Vermutlich bin ich intelligenter als –" Er brach ab und ließ seinen Blick über Coras Gesicht gleiten. Sie sah, wie seine Züge sich verkrampften. „Ganz bestimmt bin ich klüger als *er*", beendete er den Satz.

Cora drehte sich um und entdeckte Tim hinter sich. „Sieh mal, wen ich gefunden habe." Sie trat beiseite, um Tim in den Schrank sehen zu lassen.

Tim runzelte die Stirn. „Was tust du hier, Felix? Und wo solltest du dich eigentlich aufhalten?"

Felix stand auf und straffte die Schultern. „Ich sollte eigentlich irgendein blödsinniges Spiel spielen, *Mr.* Adams. Doch wie Sie sicher wissen, verabscheue ich Spiele."

Tim schüttelte den Kopf. „Ich schlage vor, Felix, du begibst dich schleunigst dahin, wo du hingehörst. Wie du sicher weißt, ist das Schulgebäude in den Ferien für euch tabu. Ich werde mit deinen Hauseltern sprechen und dafür sorgen, daß du die dafür angemessene Anzahl an Minuspunkten bekommst. In welchem Haus wohnst du?"

„Warum sollte ich Ihnen das sagen?"

Cora hatte Tims Gesicht noch nie so hart gesehen. „Weil ich dafür sorgen werde, daß du die doppelte Anzahl an Minuspunkten bekommst, wenn ich meine Zeit damit vergeuden muß, in den Unterlagen nachzusehen. Du wirst dir dann keine Gedanken mehr darum machen müssen, wie du blödsinnige Spiele vermeiden kannst, weil du nämlich nichts anderes als den Arrestraum zu sehen bekommen wirst."

Felix zuckte die Achseln. „Ich mag Hausarrest. Ich weiß, jemand mit Ihren beschränkten geistigen Fähigkeiten, Mr. Adams, kann das nicht verstehen – aber ich schätze es, ungestört nachdenken zu können. Aber wenn es Sie glücklich macht: Ich wohne im Korintherhaus."

Cora versuchte die Situation zu entspannen. „Ich freue mich schon darauf, dich nächste Woche zu sehen, Felix."

Felix drückte sich an ihr vorbei. „Einen Augenblick, Felix", schnappte Tim. „Du bist mir noch eine Entschuldigung für dein unhöfliches Benehmen schuldig, meinst du nicht?" Bevor Felix antworten konnte, trat Tim vor und packte eine Ecke seiner Tigerzeichnung. „Und räum deine Sachen aus Miss Carpenters Schrank."

Cora legte Tim die Hand auf den Arm. „Nein, ich –"

Bevor sie ihren Satz zu Ende sprechen konnte, sprang Felix zwischen Tim und die Zeichnung; sein kleines Gesicht wutverzerrt. „Fassen Sie das nicht an!" Er schlug Tims Hand fort.

„Das ist ja –"

Cora spürte, wie sich die Muskeln in Tims Arm spannten, und sie umklammerte ihn noch fester. „Bitte, Tim", flüsterte sie. „Laß ihn gehen."

Er blickte sie an, dann entwand er ihr seinen Arm. „Du kommst mit mir, junger Mann. Direkt in den Arrestraum."

Felix stand hochaufgerichtet da, den Rücken an seine Zeichnung gedrückt. „Ich gehe nirgendwohin. Sie können mich nicht zwingen." Seine Stimme zitterte, doch sein Kinn war entschlossen vorgestreckt, und er blickte Tim trotzig an.

Cora überlegte fieberhaft, wie sie den Streit so beenden konnte, daß sowohl Tim als auch Felix das Gesicht wahren konnten, doch ihr fiel einfach nichts ein.

„Hallo, alle zusammen", ertönte da eine ruhige Stimme.

Ein Mann lehnte im Türrahmen ihres Klassenzimmers. Aus seiner ungewöhnlichen Größe schloß Cora, wer er sein mußte. Sie sah, wie Alex McGregors Blick von einem zum anderen wanderte. „Sieht so aus, als sei dein Versteck entdeckt worden, Felix." Alex lächelte Cora an. „Ich hoffe, Sie haben nichts dagegen, daß ich Felix erlaubt habe, seine Sachen in diesem Schrank unterzubringen. Leider gibt es hier nur wenige Orte, wohin man sich ungestört zurückziehen kann."

„Sie haben ihm die Erlaubnis gegeben?" Tim sah ihn ungläubig an.

Alex nickte. „Solange er seinen Hauseltern Bescheid gibt, wenn er herkommt. Er brauchte ein Versteck für seine Bücher und Zeichnungen."

Tim wendete sich Felix zu. „Warum hast du nichts davon gesagt?"

„Sie haben nicht gefragt."

Cora hörte, wie Tim scharf die Luft einzog.

„Manchmal erspart eine einfache Erklärung einem eine Menge Ärger, Felix", meinte Alex leichthin. „Komm, wir zeigen Miss Carpenter mal das Wandgemälde, das du im letzten Jahr in meinem Klassenraum gemacht hast."

Felix entspannte sich und blickte Cora und Tim an.

„Du bist mir hier herzlich willkommen, Felix", sagte Cora. „Aber vielleicht sollten wir den Tiger anstatt innen außen an der Tür aufhängen, damit alle ihn sehen können. Wenn du nichts dagegen hast."

„Nein." Felix schüttelte den Kopf und schloß die Schranktür hinter sich. „Die anderen Kinder würden ihn kaputtmachen." Er folgte Alex zur Tür.

„Mr. McGregor?" sagte Tim. Alex blickte ihn über die Schulter hinweg an. „Ich bin gar nicht glücklich über diese Situation, die Sie hier verschuldet haben. Könnten wir uns einmal darüber unterhalten?"

Alex zuckte die Achseln. „Wann immer Sie wollen." Sein Blick wanderte zu Cora. „Kommen Sie?"

„Miss Carpenter und ich gehen zum Mittagessen aus", sagte Tim steif. „Ein anderes Mal, Mr. McGregor."

Cora sah von Alex zu Tim. Neben Alex' breiten Schultern und langen Armen und Beinen wirkte Tim richtiggehend zierlich. Alex' braunes Haar hing ihm lockig ins Gesicht, während Tims schwarzes Haar glatt und ordentlich frisiert war. *Ein Unterschied wie Tag und Nacht,* dachte Cora. Sie bemerkte, daß Tims Gesichtsausdruck genauso verkrampft war, wie seine Stimme geklungen hatte. Und als sie sich Alex zuwendete, hatte dieser ein triumphierendes Lächeln auf den Lippen, so als wäre ihm sehr wohl bewußt, daß er locker mit dieser Situation hätte umgehen können, die Tim vollkommen überfordert hatte. Sie wollte sich von Alex McGregor abwenden und mit Tim zum Mittagessen gehen. Aber ein Blick auf Felix genügte, um ihre Meinung zu ändern.

„Könntest du ein paar Minuten warten?" fragte sie Tim. „Ich würde gern Felix' Wandgemälde sehen."

„Natürlich. Ich warte im Wagen."

Cora sah ihm nach, wie er durchs Klassenzimmer und zur Tür hinausging. Sie hoffte, daß sein Zorn nicht die besondere Atmosphäre zerstören würde, die neuerdings zwischen ihnen herrschte.

„Es wird nicht lange dauern", sagte Alex ruhig. „Ich möchte Ihnen Ihre Verabredung nicht verderben."

Felix blickte sie an, als sie den Flur entlang zur fünften Klasse gingen. „Sie gehen mit Mr. *Adams* aus?"

Coras Wangen glühten. „Wir wollen nur zusammen zu Mittag essen. Er hat mich heute hergebracht."

„Mögen Sie ihn?"

„Ja."

Felix zuckte die Achseln. „Was kann man schon von jemandem erwarten, der mit sich selbst spricht. Offensichtlich ist Ihre Wahrnehmung der Wirklichkeit ernsthaft gestört."

„Was meinst du damit?" lachte Cora.

„Ich habe Sie gehört. Als ich im Schrank saß. Zuerst haben Sie mit Mr. Adams gesprochen. ‚Glaub mir, Cora, ich würde lieber hier bei dir bleiben.' Ich hätte beinahe laut losgelacht. Und nach einer Weile haben Sie sich mit Mrs. Truesdell unterhalten. Und dann waren Sie allein. Und ich habe Sie sprechen hören."

„Oh." Cora lachte. „Vermutlich habe ich mit Gott gesprochen."

Felix verzog den Mund. „Sind Sie nicht ein wenig zu alt für so etwas? Sie müssen wirklich verrückt sein, wenn Sie mit jemandem sprechen, den noch nie jemand gesehen hat."

Alex legte Felix die Hand auf die Schulter. „Sehen Sie sich das an", sagte er zu Cora und deutete auf ein Gemälde des Sonnensystems an der Wand seines Klassenraums. „Hat Felix das nicht einfach großartig gemacht? Hast du mir nicht erzählt, Felix, daß du einige der Skizzen von Kopernikus als Vorlage benutzt hast?"

„Das stimmt."

„Es ist doch lustig, daß Kopernikus einige der entferntesten Planeten gezeichnet hat, obwohl er sie nie gesehen hat, meinst du nicht?"

„Er wußte, daß sie da waren, weil er ihren Einfluß auf die anderen Planeten, die er sehen konnte, gemerkt hat", erklärte Felix. „Ihre Anziehungskraft."

„Vielleicht erkennen wir Gott auch in der Art, wie er die Welt um uns herum beeinflußt."

Felix schüttelte den Kopf. „Ich wußte, daß Sie wieder auf eine Ihrer stümperhaften Analogien hinauswollten. Kopernikus hat immerhin nie mit diesen Planeten *gesprochen.* Die Tatsache, daß etwas vielleicht existiert, muß noch lange nicht zur Folge haben, daß man mit diesem Ding redet!"

„Na ja, ich schätze, du hast recht, diese Analogie war wirklich nicht die beste. Vielleicht spricht Miss Carpenter mit Gott, weil die Auswirkungen der Liebe Gottes in ihrem Leben offensichtlicher und konstanter sind als die Anziehungskraft eines anderen Planeten."

Felix grunzte. „Das halte ich für wissenschaftlich unbelegbaren Unsinn."

„Laß dich überraschen." Alex' Stimme klang sanft. Er sah auf seine Uhr. „Ich glaube, du mußt jetzt gehen, sonst kommst du zu spät zum Mittagessen. Wir sehen uns nächste Woche."

Nachdem Felix fort war, wendete sich Alex Cora zu. „Er ist ein sehr interessantes Kind. Und unheimlich intelligent."

„Das hat er mir auch gesagt."

Alex lachte. „Das glaube ich gern! Er ist sehr verletzt worden. Wie die meisten der Kinder hier. Es ist schwer, an die Liebe Gottes zu glauben, wenn man begründete Zweifel an der Liebe der eigenen Mutter hat."

Cora nickte. Sie betrachtete Alex' ausgeprägte Gesichtszüge und war erstaunt über die Sanftmut, die sie in seinem Blick entdeckte.

„Sie waren sehr nett zu ihm", sagte er, seinen Blick fest auf ihr Gesicht gerichtet.

Cora sah beiseite. *Vielen Dank für dieses Kompliment,* wollte sie sagen, doch statt dessen zuckte sie nur die Achseln. „Ich mag ihn."

„Es tut mir leid, daß es wegen des Schranks solche Probleme gegeben hat. Ich habe Margarets Erlaubnis eingeholt, aber ich hätte allen Lehrern eine Notiz ins Fach legen sollen. Mein eigener Schrank ist proppenvoll, und ich dachte, ich hätte die Gelegenheit, mit Ihnen zu sprechen, bevor Sie in die Schule kommen. Ich hätte nicht gedacht, daß Felix Schwierigkeiten mit Mr. Adams bekommen würde. Ich hätte mir denken müssen, daß Sie befreundet sind und daß Mr. Adams vermutlich vor Schulbeginn in Ihre Klasse kommen würde. Adams und Felix kommen nicht sehr gut miteinander klar."

„Felix hat mir erzählt, daß er in seiner alten Schule Probleme mit dem Sportlehrer hatte. Vielleicht ist er deshalb gegen Tim voreingenommen."

Alex winkte ab. „Vielleicht."

Sie schwiegen eine Weile. Wieder wurde Cora bewußt, wie still das Schulgebäude war, doch dieses Mal sehnte sie sich danach, der Stille zu entkommen. Sie blickte an Alex vorbei und entdeckte draußen vor dem Fenster Tim in seinem Wagen. Sein Arm lag auf dem geöffneten Fenster, während er mit den Fingern auf das Wagendach trommelte. Alex folgte ihrem Blick. „Oh, ich habe Sie aufgehalten, nicht?" fragte er. „Es tut mir leid."

„Das ist schon in Ordnung." Sie machte einen Schritt auf die Tür zu, doch Alex legte ihr die Hand auf den Arm. Sie sah auf seine langen Finger hinab, und ein Schauder durchfuhr ihren Körper.

„Auf die Gefahr hin, ein ebenso schlechtes Benehmen an den Tag zu legen wie Felix", sagte er mit leuchtenden Augen, „möchte ich Sie gern etwas fragen."

Cora wollte nichts als fort aus diesem Klassenzimmer. „Ja?"

„Sind Sie und Tim zusammen?"

„Nein." *Aber ich wünschte, es wäre so,* schrie ihr Herz.

„Würden Sie dann heute abend mit mir ausgehen?"

4

„Ich hätte nie gedacht, daß er mich zum Abendessen einlädt", erzählte Cora Cleo am Nachmittag. Sie saßen auf der Terrasse und sortierten die Blätter aus den Heidelbeeren, die sie gerade gepflückt hatten.

Cleo grinste. „Ich habe gehofft, daß ihr euch versteht. Wann holt er dich ab?"

„Er holt mich nicht ab, und wir verstehen uns auch nicht. In seiner Nähe fühle ich mich irgendwie unbehaglich. Deine Oma würde mir vermutlich sagen, ich solle darüber beten – aber ich mag ihn einfach nicht besonders. Darum habe ich ihm gesagt, daß ich den Abend lieber mit dir verbringen möchte. Das stimmt. Ich habe das Gefühl, als hätte ich dich kaum zu Gesicht gekriegt, seit ich hier bin."

Cleo stellte ihren Korb beiseite. „Du wirst mich heute abend nicht sehen. Markus hat mich heute auf der Arbeit angerufen und gefragt, ob wir uns heute abend treffen könnten. Er sagte, er müsse mit mir über etwas Wichtiges sprechen." Sie lehnte sich zurück und runzelte die Stirn. „Ich habe natürlich zugesagt. Tut mir leid, Cora."

Cora steckte eine Beere in den Mund. „Das ist schon in Ordnung. Eigentlich brauchte ich auch nur eine Ausrede, um nicht mit Alex ausgehen zu müssen."

„Aber warum? Was hast du gegen ihn?"

Cora zuckte die Achseln. „Ich weiß es nicht." Sie legte den Kopf zurück und beobachtete die Blätter, die sich im Wind bewegten. „Irgend etwas an ihm empfinde ich als bedrohlich. Er ist so . . . ich weiß auch nicht. Als wüßte er auf alles eine Antwort."

„Ich glaube nicht, daß er so ist. Er redet nur gern. Du würdest ihn mögen, wenn du ihn richtig kennenlernen würdest, das weiß ich. Ihr zwei habt viele Gemeinsamkeiten, das habe ich schon oft gedacht, seit ich ihn kennengelernt habe."

Cora blickte ihre Freundin an. „Du willst uns doch wohl nicht verkuppeln, oder? Ich bin wirklich nicht interessiert. Absolut nicht."

Cleo hob die Hände und lachte. „Das will ich nicht. Ehrlich. Aber vermutlich habe ich gehofft, daß –"

„Was?"

„Ach . . . daß du, wenn du Alex und Tim zusammen siehst, vielleicht merken würdest, daß Alex viel toller ist als Tim."

Cora schnaubte. „Willst du bitte damit aufhören, Cleo? Warum bist du nur so negativ in bezug auf deinen eigenen Bruder? Tatsache ist, daß ich sehr wohl einen Unterschied zwischen den beiden bemerkt habe – ich dachte nämlich, daß Tim sehr viel attraktiver ist als Alex. Neben Tim wirkt Alex wie ein ungehobelter Klotz."

Cleo zog die Augenbrauen zusammen. „Alex ist *sehr* attraktiv, Cora. Aber ich meinte nicht das Aussehen. Alex ist immer ehrlich und offen, während Tim –" Sie hob die Hände. „Du weißt ja, was ich über Tim denke. Sieh doch nur, wie unterschiedlich die beiden mit dem Jungen in deinem Schrank umgegangen sind. Tim war völlig unangemessen streng und ließ die Sache eskalieren –"

„Ich habe nie behauptet, daß er perfekt ist", unterbrach Cora. „Er hat also einige Probleme mit seiner Arbeit – das macht ihn aber noch nicht zu einem schlechten Menschen, oder? Und weißt du noch, wie du dich darüber beklagt hast, daß Tim zu perfekt wirkt, daß er nie über seine Probleme spricht? Nun, heute hat er mit mir über seine Schwierigkeiten gesprochen. Ich glaube, er fühlt sich ausgebrannt. Beim Mittagessen hat er mich sogar gefragt, ob ich für ihn beten könnte! Ich weiß, daß Gott ihm zeigen wird, wie er seine Begeisterung wiederfinden kann."

„Ich bin froh, daß er mit dir so gesprochen hat." Cleo lächelte Cora an, doch die beiden steilen Falten zwischen ihren Augenbrauen zeigten Cora, daß sie sich noch immer Sorgen machte. Cleo fischte eine kleine grüne Raupe aus den Beeren und setzte sie vorsichtig ins Gras. „Ich habe immer gedacht, daß Tim nicht der Richtige ist, um mit Kindern zu arbeiten."

Cora seufzte. „Hör dir doch nur selbst einmal zu. Du sagst nicht ein gutes Wort über Tim!"

Cleo sah von der Raupe hoch. „Es ist doch kein Verbrechen, für die Arbeit mit Kindern nicht geeignet zu sein. Einige Leute sind es, andere nicht. Du, Markus und Alex, ihr könnt gut mit Kindern umgehen. Ich nicht. Und ich glaube, auch Tim nicht. Das hat nichts zu tun mit den Gedanken, die ich mir um ihn mache. Außer daß ich mich frage, ob du den *wirklichen* Tim siehst. Ich fürchte, du hast dich in ein Traumbild verliebt – in deine Vorstellung von Tim und nicht in den, der er wirklich ist. Und damit tust du ihm unrecht."

Cora nahm ihren Beerenkorb und stand auf. „Du irrst dich, Cleo." Die Fliegentür fiel hinter ihr ins Schloß.

Sie schüttete die Heidelbeeren in ein Sieb und wusch sie unter fließendem Wasser. „Soll ich einen Kuchen davon backen?" fragte Cora leise, als Cleo ihr folgte.

„Das wäre prima." Cleo reichte ihr den anderen Beerenkorb. Sie lehnte sich neben Cora an das Spülbecken. „Es tut mir leid", sagte sie nach einer Weile. „Immer wieder sage ich mir, daß mich die Sache mit dir und Tim nichts angeht. Meine einzige Entschuldigung heute ist, daß ich nervös bin."

Cora sah von den Beeren hoch. „Wieso?"

„Ich habe Angst vor dem, was Markus mir heute abend sagen wird. Er klang so ernst."

Cora schüttete die Beeren in eine Schüssel. Sie lächelte. „Vielleicht möchte er dir ja nur eine ganz bestimmte, sehr wichtige Frage stellen."

Cleo schüttelte den Kopf. „Ich glaube nicht."

Cora lachte. „Sei nicht so pessimistisch, Cleo." Sie tätschelte ihren Arm. „Deine Hände sind zerkratzt und schmutzig, deine Lippen sind ganz blau vom Beerennaschen, und deine Haare hängen voller Zweige. Stell dich unter die Dusche und mach dich schön. Ich habe so das Gefühl, daß Markus heute abend endlich zur Sache kommt. Du machst dir zu viele Gedanken. Gott hält diese Welt in den Händen, und er liebt uns, weißt du nicht mehr?"

„Das bedeutet nicht, daß er uns alles gibt, was wir haben wollen", murmelte Cleo, als sie im Bad verschwand.

Cora stellte den Heidelbeerkuchen zum Abkühlen auf die Herdplatte. Cleo war mit Markus weggegangen, und das Haus war still. Wieder einmal fühlte sich Cora durch die Stille irritiert. Sie erschien ihr beinahe wie eine ausgestreckte Hand, die geduldig darauf wartete, ergriffen zu werden. Sie schüttelte den Kopf und ging ruhelos vom Wohnzimmer zu ihrem Schlafzimmer und wieder zurück in die Küche. Sie holte sich ein Glas Wasser, sah im Kühlschrank nach, ohne etwas richtiges zu finden, stellte das Radio an und wieder aus.

Schließlich nahm sie ihre Bücher und Unterlagen und ging nach draußen, durch das Feld zum Fluß. Mehrere Minuten lang arbeitete sie intensiv, doch dann stützte sie das Kinn in die Hand, betrachtete das Wasser und ließ ihren Gedanken freien Lauf. Doch anstatt sich um den Lehrplan zu drehen, kreisten sie um Tim.

„Haben Sie und Cleo sich schon satt?"

Cora fuhr zusammen. Alex lag direkt unter ihr ausgestreckt am Flußufer. In seiner braunen Kordhose und dem dunkelgrünen T-Shirt fügte er sich in die Umgebung wie ein Chamäleon.

„Sie schon wieder!" Cora errötete. „Markus wollte mit Cleo sprechen", erklärte sie schuldbewußt.

Alex lag noch eine Weile auf dem Rücken und starrte zu ihr

hoch, dann setzte er sich auf. „Sie hätten mich anrufen können. Wir könnten ja auch immer noch essen gehen, es ist noch nicht zu spät. Und ich wenigstens habe noch nichts gegessen. Was ist mit Ihnen?"

Er kletterte die Böschung hoch, räumte ohne zu fragen ihre Bücher beiseite und setzte sich neben sie auf den umgefallenen Baumstamm. Sie wollte von ihm wegrücken, doch sie spürte seinen Blick auf sich. „Ich bin eigentlich nicht hungrig", sagte sie. In diesem Augenblick knurrte ihr Magen, und sie errötete.

Er lächelte und sagte dann leise: „Irgendwie habe ich das Gefühl, daß Sie nicht besonders daran interessiert sind, mich öfter als unbedingt notwendig zu sehen."

Ihr fiel keine Antwort ein. *Wenn die Botschaft Sie doch offenbar erreicht hat, warum können Sie dann nicht höflich darauf eingehen?* Sie fühlte sich schuldig wegen ihrer Gedanken, doch bevor ihr eine höfliche Antwort einfiel, meinte er leise: „Das ist schon in Ordnung. Obwohl ich Sie ja nicht um eine lebenslange Verpflichtung gebeten habe. Nur ein gemeinsames Abendessen. Eine Gelegenheit, sich besser kennenzulernen. Ich glaube, ich habe mich in letzter Zeit ein wenig einsam gefühlt, und als ich Sie kennenlernte, dachte ich . . ." Er zuckte die Achseln und verstummte.

Sie drehte sich zu ihm herum. „Es tut mir leid. Vielleicht ist es nur, daß Sie immer dann auftauchen, wenn ich überhaupt nicht darauf vorbereitet bin." Sie versuchte zu lächeln. „Aber wenigstens haben Sie mich heute nicht beim Singen erwischt."

Sein Gesicht entspannte sich. Sein Blick ruhte auf dem Fluß. Cora betrachtete seine großen Hände, die ruhig auf seinen Knien lagen, und sie dachte daran, daß Tims Hände unablässig in Bewegung waren. Er schien von einer inneren Unruhe getrieben zu sein; sie wußte, daß er nie so ruhig dasitzen könnte wie Alex.

„Manchmal", sagte Alex, den Blick immer noch auf den

Fluß gerichtet, „denke ich, daß Gott uns gern überrascht, damit er uns zeigen kann, wie er ist. Wir planen gern alles und legen Gott fein säuberlich in eine Schachtel. Und dann lassen wir uns von unserem Alltag gefangennehmen und vergessen darüber, wer Gott eigentlich ist. Das passiert mir immer wieder – doch dann zeigt er mir, daß er größer ist als jede Schachtel, die es gibt. Er überrascht mich. Wie ein Schachtelmännchen. Darum liebe ich das Unerwartete. Wie zum Beispiel, Sie gestern abend hier anzutreffen und heute schon wieder. Wenn mein Herz still genug ist, um es überhaupt zu bemerken, bekomme ich einen ganz neuen Eindruck von Gottes Art."

Cora runzelte die Stirn. „Ich verstehe nicht so ganz, was Sie meinen."

Alex lächelte. „Sie haben wunderschönes Haar, wissen Sie das? Wenn die Sonne darauf scheint, sieht es aus wie Flammen."

Cora stieg erneut die Röte ins Gesicht. Sie legte die Hand auf ihr Haar, so als wolle sie es verstecken, und wendete den Blick ab. *Zuerst sagst du, daß Gott einem Schachtelmännchen ähnelt, und jetzt machst du mir Komplimente,* dachte sie. *Warum kannst du nicht einfach hier verschwinden? Deine Gegenwart ist mir unangenehm. Du bist einfach zu . . . groß.*

„Entschuldigen Sie", sagte er. „Manchmal habe ich die schlechte Angewohnheit, einfach alles auszusprechen, was mir in den Sinn kommt." Sie spürte seinen Blick auf ihrem Gesicht, und als sie sich endlich zu ihm umdrehte, beobachtete er eine Ameise, die an seinem Bein hochkletterte. „Leider", sagte er, „rede ich vermutlich zuviel."

Cora lauschte auf das Plätschern des Wassers. Irgendwie schienen die Geräusche die Stille zu unterstreichen, so wie Alex' Stimme sich der Stille angepaßt hatte. Sie erinnerte sich an das überfüllte Restaurant, in das Tim sie zum Mittagessen ausgeführt hatte, und sie wünschte, sie könnte wieder mit ihm dort sitzen. Sie rutschte unbehaglich auf dem Baumstamm herum und überlegte krampfhaft, was sie sagen sollte. „Was meinten Sie damit, als Sie sagten, daß Gott uns überrascht?" fragte sie schließlich.

Er seufzte. „Ich glaube, ich habe gerade an Jesaja 55 gedacht, wo steht: ‚Denn meine Gedanken sind nicht eure Gedanken, und eure Wege sind nicht meine Wege.' Ich persönlich stelle das immer in Zusammenhang mit Psalm 46: ‚Seid stille und erkennt, daß ich Gott bin!' Manchmal bin ich von meinen eigenen Gedanken so beeindruckt, daß ich übersehe, was Gott eigentlich für mich möchte. Mein Kopf ist so voll von meinem eigenen lärmenden Denken, daß ich diese leise Stimme überhöre." Er drehte den Kopf zu ihr hin, und seine dunklen Augen studierten ihr Gesicht. „Ich fürchte, genau das passiert im Augenblick."

Sie zupfte einen Grashalm ab und zerriß ihn in tausend kleine Stücke. „Was meinen Sie?"

Er lächelte. „Ich meine, ich finde Sie unglaublich hübsch, Cora Carpenter. Es ist sogar so, daß ich den ganzen Tag kaum an etwas anderes denken konnte. Und nun wird mir klar, daß es an der Zeit ist, in meinem Herzen ruhig zu werden, damit ich Gottes Stimme wieder hören kann. Manchmal entsprechen Gottes Überraschungen nicht unbedingt unseren Wünschen." Er stand auf. „Es tut mir leid, daß ich Sie schon wieder gestört habe. Ich schätze, ich werde mir ein anderes Plätzchen suchen müssen. Sonst treffen wir jedesmal hier aufeinander, wenn wir allein sein wollen." Er berührte federleicht ihre Haare. „Bis später, Cora."

Cora sah ihm nach, wie er zwischen den Bäumen verschwand. Dann nahm sie wieder ihre Bücher zur Hand und versuchte sich zu konzentrieren. Nach einigen Minuten klappte sie ihren Block zu und packte die Bücher in die Tasche. *Ich finde Sie unglaublich hübsch, Cora Carpenter,* hörte sie seine Stimme, und sie schüttelte ungeduldig den Kopf. Schnell stand sie auf und lief über das Feld zum Haus zurück.

Als sie zur Hintertür hereinkam, war sie erstaunt, Cleo in

der Küche am Spülbecken stehen und mit ungewohnter Vehemenz das Backblech schrubben zu sehen.

„Du bist aber früh zu Hause", sagte Cora. „Wie kommt's?"

Zwei Tränen tropften von Cleos Wangen ins Spülwasser. „Ich kann im Augenblick nicht darüber sprechen, Cora", meinte sie mit tränenerstickter Stimme.

Cora betrachtete Cleos gebeugten Kopf, dann ging sie zur Haustür und erblickte Markus, der in seinem Wagen saß. Leise öffnete sie die Tür und ging nach draußen.

„Was ist eigentlich los?" fragte sie Markus durch das offene Fenster.

Er saß hinter dem Steuerrad; beim Klang ihrer Stimme drehte er den Kopf, und sie erschrak über sein Gesicht. Markus lächelte eigentlich immer, doch im Augenblick waren seine Mundwinkel verzerrt, und seine Augen starrten sie blicklos an. Er zuckte die Achseln. „Ich weiß es nicht, Cora. Ich verstehe sie einfach nicht."

Cora verzog das Gesicht. „Komm schon, Markus. Sie ist doch so schwer nicht zu verstehen. Ihr seid nun schon seit Jahren miteinander befreundet. Die ganze Welt rechnet damit, daß ihr bald heiratet. Du kannst ihr doch nicht vorhalten, daß auch sie daran gedacht hat. Und auch ich glaube nicht, daß es Sinn macht, ewig befreundet zu sein, ohne daß es irgendwohin führt."

„Ich weiß. Das sehe ich auch so." Markus starrte auf sein Armaturenbrett. „Aber immer wenn ich versucht habe, über die Zukunft zu sprechen, hat Cleo das Thema gewechselt. Es ist, als würde es ihr Angst machen. Ich habe mich bei einer Missionsgesellschaft beworben, und ich muß ihnen sagen, ob ich verheiratet oder alleinstehend in die Mission gehen werde. Ich habe Cleo gebeten, mich zu heiraten. Aber sie hat nein gesagt."

5

„Wie konntest du ihm sagen, daß du ihn nicht heiraten willst?" fragte Cora. „Du hast dich doch immer bei mir beklagt, daß Markus nicht Ernst machen will, und nun erzählte er mir dasselbe über dich! Was ist mit euch beiden eigentlich los?"

Cleo ließ ihren Kopf gegen die Küchenwand sinken. „Ich weiß, ich weiß", meinte sie mit unterdrückter Stimme. „Ich habe anscheinend den Verstand verloren. Ich verstehe mich selbst nicht besser als du." Sie hob ihr tränenüberströmtes Gesicht und blickte Cora an. „Ich habe wirklich geglaubt, daß ich mir nichts sehnlicher wünsche, als ihn zu heiraten. Ehrlich. Aber als er mich dann gefragt hat – ich weiß auch nicht. Ich habe einfach Angst bekommen. Es war, als würde irgend etwas nicht stimmen. Ich konnte einfach nicht ja sagen."

Cora legte Cleo den Arm um die Schulter. „Aber mußtest du denn gleich *nein* sagen? Armer Markus. Er saß dort draußen in seinem Wagen wie ein getretener Hund. Tränen standen ihm in den Augen."

Cleo unterdrückte ein Schluchzen. „Ich weiß ja. Darum fühle ich mich auch so elend. Ich weiß, wie sehr ich ihn verletzt habe."

Cora sah, wie neue Tränen in Cleos Augen traten. „Meinst du nicht, daß es genauso ist, wie du gesagt hast – du hast einfach nur Angst bekommen? Es würde dir doch nicht so weh tun, Markus leiden zu sehen, wenn du ihn nicht wirklich lieben würdest!"

„Ich weiß, daß ich ihn liebe." Cleo löste sich von Cora. „Das ist nicht das Problem. Es scheint nur einfach nicht . . . nicht *richtig* zu sein." Sie holte ein Taschentuch und putzte sich die Nase. „Ich glaube nicht, daß es Gottes Wille für uns ist zu heiraten."

„Aber wie kommst du denn darauf?"

Cleo schniefte. „Ich kann jetzt nicht mehr darüber sprechen, Cora. Ich bin total fertig. Vielleicht sieht morgen ja alles schon anders aus."

„Ich hoffe es. Ich werde dafür beten, Cleo."

Aber am nächsten Tag und auch an den übrigen Tagen der Woche weigerte sich Cleo, über Markus zu sprechen. Während des Gottesdienstes am Sonntag beobachtete Cora, wie Markus' Blick immer wieder zu Cleo wanderte, doch sie hielt den Blick fest auf ihren Großvater gerichtet, der die Predigt hielt; sie wirkte ruhig, war aber sehr blaß.

Coras Blick wurde immer wieder von Tims schmalem, dunklen Gesicht angezogen. Sie beobachtete, wie ernst er die Seiten seiner Bibel umblätterte, wie seine Aufmerksamkeit niemals von der Predigt seines Großvaters abwich, und sie lächelte in sich hinein. *Oh Gott,* betete sie im stillen, *ich liebe ihn so sehr.*

Einmal fing sie Alex McGregors Blick am anderen Ende der Kirche auf. Er drehte schnell den Kopf weg und sie auch. Als das letzte Lied gesungen und Pastor Adams den Segen gesprochen hatte, wollte Cora Cleo zu Tim und Markus führen, die im Vorraum standen und sich unterhielten. Cleo packte Cora jedoch mit entschlossenem Gesicht am Ellbogen und zog sie in die entgegengesetzte Richtung.

„Hallo, Alex", rief Cleo. „Wie ich höre, trefft ihr beiden immer wieder aufeinander."

Alex legte die Gesangbücher, die er eingesammelt hatte, auf einer Bank ab. „Ich fürchte schon." Er griff nach einem weiteren Gesangbuch und sah die beiden Frauen demonstrativ nicht an.

Immer wieder zupfte Cora Cleo am Ärmel, doch Cleo ignorierte sie einfach. „Bist du für den Unterrichtsbeginn morgen gerüstet?" Cleo trat einen Schritt auf Alex zu und lächelte ihn an. „Cora ist jeden Tag in der Schule gewesen, um in ihrem Zimmer zu arbeiten. Ich fürchte, sie ist schon beinahe besessen von der Arbeit. Und ich könnte schwören, daß sie gestern nacht im Schlaf von Tafeln, Kreide und Wischlappen gesprochen hat."

„Blödsinn." Cora schüttelte den Kopf und versuchte ihr mit den Augen zu signalisieren, daß sie gehen wollte.

„Guten Morgen, Cleo und Cora." Erleichtert wandte sich Cora Cleos Großmutter zu. „Ich habe die Jungen gerade zum Mittagessen eingeladen. Wir möchten natürlich, daß auch ihr zwei kommt." Die kleine weißhaarige Frau streckte die Hand aus und packte Alex am Ärmel, der sich gerade abwenden wollte. „Und Sie auch, Alex. Wir haben genug zu essen."

Cleos Lächeln war verschwunden. „Die Jungen, Oma?"

„Ja, natürlich, Liebes." Ihre Großmutter blickte an ihr vorbei und sagte zerstreut: „Tim und Markus."

„Oma, ich –"

„Entschuldige, Liebes, aber ich muß mit Mrs. Simpson über die Blumen für die kommende Woche sprechen. Wir treffen uns alle in einer halben Stunde bei uns, ja?"

„Aber –" Hilflos wendete sich Cleo an Cora. „Ich kann doch nicht mit Markus zu Mittag essen. Nicht jetzt."

Cora grinste. „Geschieht dir recht." Sie betrachtete Alex, der Mrs. Adams mit unergründlichem Blick nachsah. Coras Lächeln verschwand, und sie fügte leise hinzu: „Nicht daß ich sehr viel glücklicher über diese Verabredung wäre als du."

Alex sah sie an. Er zuckte die Achseln. „Ich schätze, wir alle werden dieses Mittagessen eben über uns ergehen lassen müssen. Es hat den Anschein, als wäre gerade ein Befehl an uns ergangen, der keinen Widerspruch duldet."

Cora nickte. „Mrs. Adams ist eine fantastische Köchin", sagte sie höflich. Sie sah sich um und begegnete Tims Blick. Ihr Lächeln kehrte zurück. Sie konnte ein Mittagessen mit Alex ertragen, solange auch Tim dabei war.

Cora verspeiste den letzten Bissen ihres Apfelkuchens und lehnte sich auf ihrem Stuhl zurück. Das Eßzimmer war so gemütlich und einladend wie die Bilder, die Mrs. Adams Cleo und Cora für ihr neues Haus gegeben hatte. Cora blickte von Opa Adams mit seinem dünnen weißen Haar und seiner Hakennase zu Cleos Oma, die genauso aussah, wie Cleo in fünfzig Jahren aussehen würde, mit ihrem runden, noch immer etwas kindlichen Gesicht und dem zierlichen Körper. Cora lächelte. Sie war froh, daß diese beiden ein Teil ihrer Familie werden würden, wenn sie und Tim einmal heirateten.

Oma Adams hatte sie zwischen Tim und Alex plaziert, gegenüber saßen Cleo und Markus. Cleo hielt ihren Blick starr auf ihren Teller gerichtet, nicht einmal während der ganzen Mahlzeit sah sie Markus an, und sie war auch sehr schweigsam. Alex war genauso still wie Cleo, während Tim, Cora und Markus sich mit Pastor Adams über die bevorstehenden Aktivitäten der Gemeinde unterhielten. Markus' Stimme klang angespannt, und er warf Cleo immer wieder Seitenblicke zu und versuchte, sie in das Gespräch miteinzubeziehen. Doch sie schien ihn gar nicht wahrzunehmen, und ihre blauen Augen blickten betrübt.

Von ihrem Platz am Ende der Tafel aus hatte Oma Adams sie alle schweigend beobachtet. „Was hieltest du von der Predigt heute, Cora?" fragte sie jetzt lächelnd.

„Ich –" Cora zögerte; krampfhaft überlegte sie, doch sie konnte sich nicht einmal an die Bibelstelle erinnern, über die Pastor Adams gepredigt hatte. „Ach, Pastor Adams' Predigten gefallen mir immer sehr gut", sagte sie schließlich.

„Wie taktvoll, Liebes", murmelte die alte Frau lächelnd. Sie wendete sich an Cleo. „Was ist mit dir, Cleo? Konntest du mit Opas Interpretation der Worte Paulus' übereinstimmen?"

Cleo hob den Blick von ihrem Teller und sah ihre Großmutter an, und ihre Wangen färbten sich rosig. „Ich muß noch darüber nachdenken."

„Aha." Oma Adams nickte. „Wie klug von dir. Niemals einen Gedanken übereilt aussprechen." Ihr Blick wanderte zu Alex.

Cora sah, daß er mit funkelnden Augen auf ihre Frage wartete. „Und Sie, Alex? Waren Sie in der Lage, sich eine Meinung über die Predigt zu bilden?"

Er grinste. „Es tut mir leid, Mrs. Adams, aber ich muß ehrlich sein – ich fürchte, ich war heute morgen sehr abgelenkt."

Markus lächelte beschämt. „Bevor ich an die Reihe komme, gestehe ich auch, Oma." Er zuckte die Achseln und blickte in die Runde. „Was sind wir doch für ein trauriger Haufen! Hast du deswegen darauf bestanden, daß wir alle zum Mittagessen herkommen – um uns zu überführen, wie unaufmerksam wir gewesen sind?"

Seine Großmutter schüttelte vorwurfsvoll den Kopf. „Natürlich nicht, Markus. Das ist eine Sache zwischen euch und Gott. Es hat mich nur amüsiert, euch vier zu beobachten. Ganz offensichtlich hattet ihr andere Dinge im Sinn als die Predigt."

Ihr Mann lehnte sich zurück und lachte. „Na ja, wenigstens sorgt ihr Kinder dafür, daß ich demütig bleibe. Ich war so stolz darauf, daß ihr mir so gebannt zuhört." Er griff nach seiner Kaffeetasse und lachte wieder.

„Armer Opa." Tim wendete sich an seinen Großvater. „Wirfst deine Perlen vor die Säue. Ich wenigstens kann dir genau sagen, wie ich deine Predigt gefunden habe." Er grinste Cleo an. „Natürlich stammte dein Text nicht aus den Paulusbriefen, sondern aus Jesaja."

Cleo streckte Tim die Zunge heraus. Sie schob ihren Stuhl zurück und half Alex, das schmutzige Geschirr abzuräumen. „Wie wäre es, wenn Alex, Cora und ich zur Strafe das Geschirr spülen?" fragte sie und versetzte ihrer Großmutter einen sanften Rippenstoß. „Ihr setzt euch ins Wohnzimmer und erzählt Markus, was er heute morgen im Gottesdienst an Perlen verpaßt hat. Wir anderen ‚Säue' werden das Chaos in der Küche beseitigen."

Alex und Cora arbeiteten schweigend, antworteten Cleo, wenn sie eine Frage stellte, sahen sich aber nicht an. Aus dem Augenwinkel bemerkte Cora die dunklen Haare auf Alex' muskulösen Armen. Als sie einmal nach einem Teller griff, berührte sie mit ihrer Hand versehentlich Alex' bloßen Arm. Beide fuhren zurück, als hätten sie sich verbrannt.

Durch die Tür zum Eßzimmer konnte Cora hören, wie Tim und sein Großvater über die Predigt sprachen. Ein Lächeln stahl sich auf ihre Lippen, aber Cleo schüttelte den Kopf und verzog das Gesicht.

„Typisch Tim. Immer tut er wie ein Heiliger."

„Cleo!" Coras Stimme klang vorwurfsvoll.

Alex blickte vom Spülwasser auf und wendete sich mit hochgezogenen Augenbrauen Cora zu.

„Alex", fragte Cleo ihn, „findest du nicht auch, daß mein Bruder manchmal schwer zu ertragen ist?"

Alex grinste und schüttelte nur den Kopf. Er ließ das Spülwasser ab und trocknete sich die Hände. „Nach Coras Gesichtsausdruck zu urteilen, scheint sie darin nicht mit dir übereinzustimmen." Sein Blick ruhte auf ihrem Gesicht, und er fragte mit weicher Stimme: „Nicht wahr, Cora?"

Cora spürte, wie sie errötete, doch sie bemühte sich, ihre Stimme gleichgültig klingen zu lassen. „Ich bin der Meinung, daß Cleo zu hart über ihren Bruder urteilt. Das ist alles. Mir tut er leid." *Aber warum versuche ich eigentlich, meine Gefühle für Tim zu leugnen?* fragte sie sich. *Warum zeige ich Alex nicht, wie ich empfinde?* Sie konnte die Frage nicht beantworten; sie wußte nur, daß sie sich am liebsten vor Alex' dunklem Blick versteckt hätte. In seiner Nähe fühlte sie sich unbehaglich, und sie hatte das Gefühl, als würden seine Augen tief in sie hineinsehen, viel tiefer, als es einem Fremden zustand.

„Armer Tim", meinte Alex trocken. „Aber er scheint es ja zu überleben."

Cleo schnaubte, und Cora bückte sich, um die Katze zu streicheln – und ihr Gesicht zu verstecken.

„Ich möchte bald nach Hause fahren, Cora", sagte Cleo.

„Okay, gleich." Cora setzte sich im Schneidersitz auf den Küchenboden, und die Katze kletterte schnurrend auf ihren Schoß. „Liebe Samantha", murmelte sie und streichelte die Katze. Sie hielt den Kopf geneigt, während Cleo die Küche verließ, um sich von ihren Großeltern zu verabschieden. Einen Augenblick lang spürte Cora Alex' Blick auf sich gerichtet, doch dann folgte auch er Cleo in den Nebenraum.

„Da bist du ja, Liebes." Cora blickte in Oma Adams' ruhige Augen. „Ich hoffe, meine Neckerei war dir nicht peinlich."

Cora zuckte die Achseln. „Ein bißchen." Sie kräuselte die Lippen. „Aber ich habe es verdient."

Gram lächelte. „Ich verrate dir ein Geheimnis. Ich selbst hätte heute auch keine Fragen zur Predigt beantworten können. Ich gestehe, daß ich zu beschäftigt damit war, Markus und Cleo zu beobachten, und du hast Tim beobachtet, während Alex dich beobachtet hat. Erst heute ist mir klar geworden, welch kompliziertes Gefühlsnetz ihr jungen Leute euch da strickt. Während des ganzen Gottesdienstes habe ich überlegt, wie ich euch helfen könnte. Vielleicht habe ich deshalb gedacht, der Text sei einem Paulusbrief entnommen. Denn mir kam der elfte Vers aus dem ersten Thessalonicherbrief in den Sinn: ‚. . . daß ihr ein stilles Leben führt'. In diesem Augenblick wurde mir klar, daß mein ganzes Planen und Überlegen, selbst mein Beten für das, was ich möchte, oft die Stimme meines Herrn übertönt."

Cora konnte ihren offenen blauen Augen nicht begegnen. „Ich werde nichts mehr weiter sagen, Liebes. Ich sehe, daß ich dich schon wieder in Verlegenheit gebracht habe. Ich wollte dir nur klarmachen, daß ich sehe, was in den Herzen von euch jungen Leuten passiert. Ich werde mich nicht einmischen, aber ich werde weiter beten . . . für euch alle." Ihre kleine Hand legte sich an Coras Wange. „Komm, ich glaube, die anderen wollen sich verabschieden."

Draußen stieg Cleo sofort in Coras Wagen. Cora zögerte

und beobachtete Tim, der sich gerade von seinen Großeltern verabschiedete. Sie hatte auf ein neues Zeichen gehofft, daß er sich für sie interessierte, aber nichts war passiert. *Das ist Alex'* Schuld, dachte sie unvernünftigerweise. Tim kam die Treppe hinunter und wendete sich an Alex. „Um noch einmal auf den Zwischenfall von neulich zurückzukommen, McGregor", sagte er. „Ich bin der Meinung, daß Sie da vollkommen falsch reagiert haben."

Alex hatte seine Wagentür geöffnet, doch jetzt wendete er sich Tim zu. „Welcher Zwischenfall?" fragte er leichthin.

Tim preßte die Lippen aufeinander. „Den mit Felix Jones in Coras Schrank. Ich kann es einfach nicht verstehen, wie man einem solchen Kind Privilegien geben kann, die es nicht verdient hat."

Alex betrachtete die Rosen, die an dem weißen Gitter neben der Tür hochrankten. „Schenkt Gott uns nicht auch gute Dinge, ohne daß wir sie verdient haben? Er weiß eben, daß sie uns helfen zu wachsen. Und so sehe ich das auch mit Felix und dem Schrank. Um zu sich selbst zu finden, um herauszufinden, wer er ist, und seine Talente zu entwickeln, braucht er Zeit für sich und einen Ort, wo er manchmal allein sein kann. Sonst werden seine Talente verkümmern. Und er hat sehr viele davon."

Tim schüttelte ungeduldig den Kopf. „Ich möchte hier keine Diskussion über geistliche Dinge führen. Ich spreche von einem mißratenen Kind, einem altklugen kleinen Tyrannen, der wer weiß was für einen Schaden anrichten kann, wenn er sich unbeaufsichtigt im Schulgebäude aufhält. Ich bin erstaunt, daß Margaret und die Hauseltern damit einverstanden sind. Das macht einfach keinen Sinn."

Alex blickte Tim nachdenklich an. „Ich glaube, sowohl Margaret als auch die Hauseltern haben erkannt, daß dieses Privileg für Felix zu wichtig ist, als daß er es aufs Spiel setzen würde, indem er es mißbraucht. Wenn wir nichts tun, um die wissensdurstige, kreative Seite in Felix Jones zu fördern, wird sie verwelken und sterben – und dann ist er tatsächlich nur noch ein weiteres schwieriges Kind." Sein Blick wanderte zu Cora. „Was meinen Sie, Cora? Felix ist in Ihrer Klasse. Ich bin eigentlich nicht mehr für ihn verantwortlich."

Cora zögerte. Sie blickte von Tims dunklem, ungeduldigen Gesicht in Alex' ruhige Augen. Aus dem Wageninnern vernahm sie ein abwertendes Schnauben, und sie sehnte sich danach, sich auf Tims Seite zu schlagen. „Ich denke, ich stimme mit Ihnen überein", meinte sie schließlich widerstrebend zu Alex. „Ich habe den Eindruck, als würde Felix diesen Schrank brauchen." Sie sah Tim an. „Obwohl ich auch deine Position verstehen kann, Tim."

Tim schüttelte den Kopf. „Du weißt noch gar nichts, Cora. Du hast noch nicht mit diesen Kindern gearbeitet. Ein Haufen Probleme wird auf dich warten."

„Wie ich schon sagte", meinte Alex ruhig, „es ist wirklich nicht mehr meine Angelegenheit." Er setzte sich in seinen Wagen und schloß die Tür.

Tim wartete, bis Alex auf die Straße zurückgesetzt hatte. „Wollen wir uns später zum Essen treffen?" fragte er. Er beugte sich vor und blickte in Coras Wagen hinein. „Cleo? Wie sieht es aus, Markus?"

Cora warf Cleo einen hoffnungsvollen Blick zu, aber diese schüttelte heftig den Kopf.

„Ein anderes Mal, Tim", murmelte Markus und stieg in seinen Wagen ein.

Tim schüttelte den Kopf und zuckte die Achseln. Er lächelte Cora zum Abschied an, und sie fühlte sich von der Wärme seines Blickes eingehüllt.

„Was ist denn mit den beiden los?" fragte Tim Cora am nächsten Tag, als sie zusammen zur Schule gingen.

Cora schüttelte den Kopf. „Ich weiß es nicht. Cleo sagt, sie hat einfach den Eindruck, es sei nicht Gottes Wille für sie, Markus zu heiraten."

Tim schnaubte. „Wie hat Gott ihr das klargemacht? Hat er ihr ein Telegramm geschickt? Das habe ich gern, wenn Leute die Verantwortung für ihre Entscheidungen auf Gott abschieben!“

Cora blickte ihn zweifelnd an. „Aber Gott zeigt uns doch seinen Willen. Glaubst du das nicht?“ Als er nicht antwortete, seufzte sie. „Ich kann es nicht mehr lange ertragen, Cleo so niedergeschlagen zu sehen.“

„Sie wird schon wieder in Ordnung kommen. Sie hat schon viel Schlimmeres überlebt.“ Er hielt ihr die Tür auf und legte ihr die Hand auf die Schulter. „Alles Gute heute, Cora. Ich hoffe, dein erster Tag wird ein Erfolg. Denk dran: nicht zu nachgiebig sein mit den kleinen Ungeheuern.“

Cora stand im Flur und starrte ihm nach. Sie legte ihre Hand auf die Stelle, wo seine gelegen hatte, und langsam verwandelte sich ihr Stirnrunzeln in ein Lächeln.

In ihrem Klassenraum waren die Vorhänge vorgezogen. Es war dunkel und still, doch unter der Schranktür konnte sie einen schmalen Lichtstreifen entdecken. Sie lächelte und durchquerte den Raum. „Guten Morgen, Felix“, sagte sie und öffnete die Schranktür.

Er hockte auf dem Boden, ein Stück Zeichenkohle in der Hand. Unter seinen Händen nahm das lange, weiche Gesicht einer Giraffe Gestalt an. Er blickte sie finster an. „Haben Sie noch nie was von Anklopfen gehört?“

6

„Du hast recht", meinte Cora. „Ich hätte anklopfen sollen. Das nächste Mal werde ich dran denken."

Felix nickte kurz, dann wendete er sich wieder seiner Zeichnung zu. Nach einer Weile blickte er Cora an. „Ist was?"

Sie lächelte. „Eigentlich nicht. Ich wollte nur Hallo sagen. Das Bild ist toll. Woher kannst du so gut eine Giraffe zeichnen? Ich meine, ohne eine Vorlage?"

Er zuckte die Achseln. „Ich habe mich intensiv mit Giraffen beschäftigt. In der Bibliothek. Bevor ich ein Tier zeichne, bringe ich soviel wie möglich über es in Erfahrung und sehe mir viele Bilder an." Seine Hand glitt langsamer über das Papier, und seine Stimme wurde weicher. „Manchmal versuche ich auch, mich in das Tier zu verwandeln." Er sah zu Cora hinauf, dann wieder auf sein Bild.

Cora nickte ernst. Sie wußte, er hatte Angst gehabt, daß sie vielleicht über dieses Geständnis lachen würde. „Würdest du denn gern eine Giraffe sein?"

Felix verzog das Gesicht. „Nee. Die sind zu dumm. Der einzige Grund, warum sie nicht ständig gefressen werden, ist ihre Größe. Sie sind zu sanftmütig und wehrlos."

Cora betrachtete das Bild des Tigers über Felix' Kopf. „Wärst du lieber ein Tiger?"

Felix beugte sich tiefer über seinen Zeichenblock. „Tigern tut niemand weh", sagte er nach einer Weile. „Sie fressen, wen sie wollen, und niemand frißt sie."

Cora hockte sich vor den Schrank. Sie nickte. „Denkst du, daß du dich wie ein Tiger verhältst?"

Er zeichnete sorgfältig die weichen Nüstern der Giraffe. Er schien sie beinahe vergessen zu haben, so versunken war er in seine Zeichnung, und sie dachte schon, daß er ihre Frage nicht beantworten würde. Doch schließlich sagte er: „Ich bin zu klein."

„Zu klein, um andere so zu verletzen, wie ein Tiger es tun würde?"

Er nickte.

„Aber du wünschtest, du könntest es?"

Er hob kurz den Kopf und sah sie an. Seine Augen waren dunkel und ausdruckslos. „Natürlich. Nur die Tiere, die andere töten, werden selbst nie getötet."

Cora sehnte sich danach, ihre Hand auf seine magere Schulter zu legen. Statt dessen sagte sie: „Ich bin nicht sicher, ob das wirklich stimmt. Jedenfalls nicht bei Menschen. Ich denke, daß die Menschen, die anderen weh tun, sich selbst vielleicht am allermeisten weh tun."

Er zog seine dunklen Augenbrauen zusammen und schüttelte ungeduldig den Kopf. „Wer hat dir so weh getan, Felix?" fragte sie leise.

Wieder schwieg er so lange, daß sie schon dachte, er würde auf ihre Frage nicht antworten. *Das ist zu schnell, Cora. Du bedrängst ihn,* sagte sie sich, doch da flüsterte er so leise, daß sie ihn kaum verstehen konnte: „Meine Mama."

Sie streckte die Hand nach ihm aus, doch er hob den Kopf und blickte sie finster an, so als wolle er sie warnen, ihm noch näherzukommen. „Alle", fügte er lauter hinzu. „Alle hacken immer auf den Kleinen herum."

Sie nickte. „Aber denk mal an deine Mama. Wenn sie nicht selbst sehr schlimm verletzt wäre, würde sie dir bestimmt nicht weh tun. Und ich wette, nachdem sie dir weh getan hatte, fühlte sie sich noch viel schlechter."

Er schnitt eine Grimasse, als würde er jeden Moment anfangen zu weinen. Doch plötzlich glättete sich sein Gesicht, und er beugte sich wieder über seine Zeichnung. „Was wissen Sie schon", murmelte er.

„Nicht viel", gab Cora zu. „Aber ich weiß ganz sicher, daß

deine Mama dir niemals weh getan hätte, wenn sie nicht selbst innerlich ganz schlimm verletzt gewesen wäre. Du hast nichts getan, das deine Mutter dazu hätte bringen können."

„Vielleicht habe ich ihr zuerst weh getan." Seine Stimme war wieder nur ein Flüstern.

Cora schüttelte den Kopf. „Das hast du ganz sicher nicht, Felix. Du bist nicht dafür verantwortlich, daß deine Mutter so ist, wie sie ist."

Er beschäftigte sich jetzt mit den Flecken der Giraffe. Jeden einzelnen malte er anders. Cora wartete, während die Stille immer drückender wurde, und schließlich erkannte sie, daß die Unterhaltung für ihn beendet war. Sie lächelte. „Weißt du, an welches Tier du mich erinnerst?"

„An welches?" Er seufzte, als würde ihn das im Grunde gar nicht interessieren.

„Eine Schnappschildkröte. Du schützt dich auf zwei Arten. Entweder du schnappst nach jedem, der dir zu nahe kommt, oder du ziehst dich in deine eigene kleine Welt zurück, die du mit dir herumträgst – deine Malerei."

Felix verzog das Gesicht. Er malte die Giraffe fertig und lehnte sich zurück. „Da."

„Sie ist wunderschön."

Er blickte sie an. „Wenn ich es recht bedenke, erinnern Sie mich an eine Giraffe."

„Weil ich so groß bin?"

Er nickte. „Einmal das – und weil Sie auch ziemlich dumm sind." Seine dunklen Augen funkelten jetzt, so als müsse er ein Grinsen unterdrücken.

Cora lächelte nur. „Ach ja?"

„Ja."

„Nun", meinte sie nachdenklich, „vielleicht hast du recht. Ich glaube, ich bin auch relativ sanftmütig. Aber ich bin nicht besonders still."

„Nein", seufzte er. „Sie reden ziemlich viel." Er blickte an ihr vorbei auf die Uhr an der Wand. Sein Gesichtsausdruck veränderte sich, wurde wieder hart und angespannt. „Die anderen werden bald hier sein."

Fast im selben Moment hörte Cora Schritte im Flur. Sie stand auf, und Felix eilte zu seinem Pult. Plötzlich wirkte er eher wie eine Maus und kein bißchen wie ein Tiger. Sie lächelte ihn ermutigend an, doch er wich ihrem Blick aus. Cora begab sich zur Tür, um die anderen Schüler zu begrüßen.

Als sie hereinkamen, versuchte Cora, sie den Namen auf ihrer Liste zuzuordnen. Die Mädchen stürmten zuerst in die Klasse, und bei ihnen war das nicht schwer, denn es waren nur vier: Tammy mit dem Pferdeschwanz, die ihren Kopf immer etwas geneigt hielt, als erwarte sie einen Schlag; die dicke kleine Polly; die hübsche Kristen mit den langen Wimpern und die dunkelhäutige Sandra, die immer ein wenig zu schmollen schien. Cora lächelte sie an, aber nur Polly lächelte zurück.

Nun war schrecklicher Lärm aus dem Flur zu hören. „Nicht so schnell." Sie erkannte Alex' Stimme. „Ich wüßte nicht, daß hier irgendwo Feuer ausgebrochen wäre."

Sieben Jungen platzten in die Klasse. „Sie sind also die neue Lehrerin", sagte einer von ihnen. „Wie heißen Sie?"

„Miss Carpenter. Und wer bist du?"

„Kenny." Er setzte sich auf einen der Tische. Kenny war sehr groß, und seine blonden Haare fielen ihm in die Stirn. „Was meinst du, Lamar?"

Lamar grinste Cora schüchtern an; seine weißen Zähne stachen gegen seine dunkle Haut ab. Er nahm sich einen Stuhl und antwortete nicht.

„Ich finde, sie ist hübsch", sagte ein dünner, sommersprossiger Junge.

„Mir gefällt Ihr Haar", sagte Kristen. „Färben Sie es?"

„Nein", erwiderte Cora. „Das ist Natur." Sie fing Felix' düsteren Blick auf und lächelte, doch er blickte schnell beiseite. Sie sah sich unter den Schülern um und atmete tief durch.

„Und nun, da wir alle da sind, wollen wir den Tag beginnen, indem wir mit Gott sprechen. Ich werde zuerst beten, danach kann sich anschließen, wer will, und ich werde dann abschließen." Cora schloß die Augen.

„Vielen Dank, lieber Gott, für dieses Klassenzimmer." Sie hörte ein Kichern, doch sie hielt die Augen geschlossen. „Danke für jedes einzelne dieser Kinder. Ich weiß, daß du sie alle kennst und sehr lieb hast." Sie wartete, doch sie hörte nichts als weiteres Gekicher und das Scharren von Füßen. Sie seufzte. „Danke, daß du heute bei uns sein willst. Hilf uns, dich klarer zu erkennen. Amen."

Sie öffnete die Augen und betrachtete die Gesichter der Kinder; sie waren entweder hämisch verzogen oder völlig ausdruckslos. „So. Zuerst wollen wir uns mal ein bißchen kennenlernen, okay? Ich möchte, daß jeder von euch mir etwas von sich erzählt, dann eine Sache, die er von seinem rechten Nachbarn weiß. Ich werde anfangen." Sie zögerte. „Mal sehen. Etwas von mir. Und ich meine damit nicht etwas, das man auf den ersten Blick erkennt, zum Beispiel, daß ich rote Haare habe oder groß bin. Mal sehen." Sie begegnete Felix' Blick und lächelte. „Vor kurzem hat mir jemand gesagt, daß ich viel rede. Das ist mir noch nie so richtig aufgefallen, aber vermutlich stimmt es. Ich spreche gern mit jedem, der bereit ist, mir zuzuhören. Ich rede sogar, wenn mir niemand zuhören will. Manchmal spreche ich mit Gott. Manchmal spreche ich auch einfach mit mir selbst. Vermutlich ist mir das eine wichtige Hilfe, mit Schwierigkeiten fertigzuwerden."

Sie wendete sich an Kenny, der rechts von ihr saß. „Und jetzt mal sehen, Kenny. Ich kenne dich erst seit fünf Minuten – aber eins habe ich sofort gemerkt, als du durch die Tür getreten bist."

Kenny warf sein blondes Haar zurück. „Und das wäre?"

„Du bist eine Führungspersönlichkeit."

„Was meinen Sie damit?"

Sandra antwortete, bevor Cora die Gelegenheit dazu hatte: „Das heißt, daß du gut andere Leute rumkommandieren kannst. Und damit hat sie recht."

Kenny blickte Sandra finster an, dann wendete er sich mit kaltem Blick an Cora. „Jemand muß den Leuten sagen, wo es langgeht. Sonst passiert nichts."

Cora lächelte. „Du hast vollkommen recht. Jede Gruppe braucht einen Leiter. Eine Führungspersönlichkeit zu sein ist eine ganz besondere Begabung. Es ist aber auch eine große Verantwortung. Verstehst du, was ich meine?"

Kenny zuckte die Achseln.

„Also, nehmen wir einmal an, du würdest aus dem Fenster springen, und alle in der Klasse würden dir hinterherspringen und sich dabei verletzen. Das wäre ein Beispiel für einen Fall, wo ein Leiter seine Macht nicht verantwortlich eingesetzt hat."

Kristen kicherte. „Da wir Kenny kennen, würde er vermutlich eher das Fenster zerbrechen. Und dann würden alle Jungen ebenfalls die Fenster zerbrechen."

Cora nickte. „Das wäre ein weiteres Beispiel dafür, daß Macht nicht verantwortlich eingesetzt wurde."

Sandra streckte die Nase in die Luft. „Auf jeden Fall ist Kenny nicht mein Anführer, das ist sicher. Kein weißer Junge sagt mir, was ich tun soll."

Kennys Blick war kalt und geringschätzig. „Ach ja?"

„Du bist an der Reihe, Kenny", forderte Cora ihn schnell auf. „Erzähl mir etwas über dich."

Kenny verzog das Gesicht. „Ich weiß nichts über mich."

„Was ist deine Lieblingsbeschäftigung?" fragte Cora. „Was kannst du richtig gut?"

„Ach, ich bin gut im Basketball." Er blickte sich in der Runde um. „Ich wette, ich kann euch alle schlagen." Er grinste. „Heute nachmittag in der Sporthalle. Wie wär's? Wer tritt gegen mich an?"

„Warum besprecht ihr das nicht nachher?" fragte Cora.

„Kannst du uns etwas über deinen rechten Nachbarn Jamie erzählen?"

Kenny blickte Jamie an. „Äh, er hat Locken."

„Das stimmt zwar, er hat tatsächlich wunderschöne Locken." Die Klasse kicherte bei dem Wort „wunderschön", und Jamie verdrehte peinlich berührt die Augen. „Aber kannst du uns noch etwas über ihn erzählen, was man nicht auf den ersten Blick sieht?"

„Klar." Kenny grinste verschlagen. „Auf den ersten Blick sieht man es nicht, aber Jamie ist ein richtiger Vollidiot."

Jamies Gesicht färbte sich rot, und Cora atmete tief durch. „Ich meinte eigentlich, ob du uns etwas Positives über Jamie erzählen kannst."

„Sie meinen, etwas Gutes?"

„Genau."

Kenny blickte Jamie nachdenklich an. „Nein", sagte er nach einer Weile. „Das kann ich nicht." Die Klasse brach in schallendes Gelächter aus.

Nur Felix lachte nicht. Sein Gesicht war ausdruckslos, doch als er Cora ansah, funkelten seine Augen amüsiert. Wieder atmete Cora tief durch. „Jetzt reißt euch aber mal ein bißchen zusammen. Der Sinn dieser Übung ist nicht, daß ihr mit Beleidigungen um euch werft. Gut, ich hätte mich wahrscheinlich von Anfang an genauer ausdrücken müssen – ich möchte, daß ihr mir etwas Positives über euch und etwas Positives über euren rechten Nachbarn erzählt. Jamie, jetzt bist du dran."

Am Ende dieses Tages war Cora vollkommen erschöpft. Sie ließ sich gegen ihr Pult sinken, während ihre Schüler aus dem Raum stürmten und umgekippte Stühle und Papierschnitzel hinterließen.

„Ich mag die Kids", erzählte sie Cleo am Abend. „Ich mag sie sogar sehr, und es ist auch nicht direkt etwas schiefgegangen. Aber den ganzen Tag hatte ich das Gefühl, als hätte ich keine Kontrolle über sie. Das ist so ähnlich, wie wenn man auf einer eisglatten Straße fährt. Im Augenblick geht alles gut, doch eine falsche Bewegung, und –," sie hob die Hände, „schon ist die Katastrophe komplett. Das ist ein beklemmendes Gefühl."

„Es war dein erster Tag", meinte Cleo abwesend. „Du wirst dich wohler mit ihnen fühlen, wenn du sie besser einschätzen kannst."

Cora schüttelte den Kopf. „Immer wieder habe ich dumme Sachen gemacht. Mich selbst in Situationen manövriert, die ich hätte vermeiden können, wenn ich die Dinge besser durchdacht hätte." Aber in den vergangenen Tagen hatte sie ehrlich gesagt mehr von Tim geträumt als sich auf ihren Unterricht vorbereitet. Sie runzelte die Stirn. „Den ganzen Tag lang habe ich immer in letzter Sekunde das Ruder herumgerissen und sie gerade so eben wieder auf Kurs bringen können."

„Dann ist es doch gut", meinte Cleo.

„Das ist gar nicht gut, Cleo. Verstehst du denn nicht? Ich habe nicht genügend Erfahrung im Umgang mit einer Gruppe. Ich habe immer nur Einzelunterricht oder höchstens kleine Gruppen von zwei oder drei Kindern unterrichtet. Ich fühle mich wie ein Jongleur, der zu viele Bälle in der Luft hat. Früher oder später werden sie herunterfallen und in alle Richtungen davonrollen."

Cleo sah von ihren Papieren hoch und seufzte. „Du wirst das schaffen, Cora. Gib dir etwas Zeit. Ich bin sicher, du wirst mit jedem Tag mehr Selbstvertrauen gewinnen."

Aber so war es nicht. Mit jedem Tag verkrampfte sich Cora mehr, wenn sie zur Arbeit fuhr, als würde sie sich auf einen Kampf vorbereiten. Jeden Tag stellte ihre Klasse ihre Autorität ein wenig härter auf die Probe. An einem Tag warf Kenny Felix einen wirklich üblen Schimpfnamen an den Kopf, so laut, daß Cora es hören mußte, obwohl sie vorgab, es nicht gehört zu haben. Am nächsten Tag ließ John ein Papierflugzeug durch die Klasse fliegen. Am Tag darauf erwischte sie Kristen und Sandra dabei, wie sie miteinander kicherten und sich Zettel zuschoben, anstatt an ihrem Geschichtsprojekt zu arbeiten.

Und Felix saß bei allem ruhig dabei. Er sprach kaum ein Wort mit den anderen, und seine Mitschüler ignorierten ihn größtenteils. Cora hatte immer das Gefühl, als würde er sie verächtlich ansehen, als würde er all die Fehler sehen, die sie machte.

„Ich verliere völlig die Kontrolle", berichtete Cora Cleo, als sie zusammen das Geschirr spülten.

„Laß dich doch nicht gleich entmutigen." Cleos Blick war auf das Fenster gerichtet, und wie immer in letzter Zeit klang ihre Stimme traurig.

„Es ist ja auch keine Katastrophe oder so etwas. Vermutlich wünsche ich mir nur, daß sie mich mögen. Und ich habe das Gefühl, daß sie mich für ziemlich blöd halten."

„Natürlich mögen sie dich." Cleos Antwort klang mechanisch. Cora starrte sie frustriert an. Nach einer Weile warf sie ihr Geschirrtuch hin und ging nach draußen.

Die Abendluft war kühl, und es roch nach Herbst. Die Abendsonne fiel auf die ersten bunten Blätter und ließ sie warm aufleuchten. Wie immer war es sehr still, das einzige Geräusch war das entfernte Flüstern des Windes in den Blättern. Cora rannte den schmalen Feldweg hinunter, so schnell sie konnte.

Als Alex McGregors kleines Haus in Sicht kam, blieb sie abrupt stehen. Keuchend stand sie einen Augenblick mitten auf dem Weg, dann drehte sie sich um und ging zurück.

Am nächsten Morgen holte Tim sie auf dem Weg zu ihrem Klassenraum ein. In den vergangenen zwei Wochen seit ihrem ersten Schultag hatte sie ihn kaum zu Gesicht bekommen. Das war auch ein Grund dafür, daß sie so deprimiert war. Jetzt legte er ihr die Hand auf die Schultern und sah sie prüfend an. „Du siehst müde aus. Hast du Probleme mit den kleinen Ungeheuern?"

Sie schüttelte den Kopf. „Du solltest sie nicht so nennen. Das verstärkt nur ihre negative Haltung." Sie spürte, wie ihre Sorgen von ihr abfielen, als ein warmes Kribbeln sich unter seiner Berührung in ihrem Körper ausbreitete. „Ich finde mich nur so schrecklich langsam in die neue Routine ein", sagte sie. „Ich bin noch nicht daran gewöhnt, daß mein Wecker jeden Morgen um sechs Uhr klingelt. Ich bin froh, daß morgen Samstag ist und ich endlich etwas Schlaf nachholen kann."

„Ich weiß, was du meinst. Ich muß jetzt los, aber wir sollten uns mal wieder treffen, okay?" Er drückte ihre Schulter und eilte davon. Sie sah ihm lächelnd nach.

„Sie sehen aus, als wären Sie gerade Gott höchstpersönlich begegnet", ertönte eine leise Stimme hinter ihr.

Sie wirbelte herum und entdeckte Felix, der an der Wand lehnte. „Ich habe dich in letzter Zeit gar nicht mehr in deinem Schrank gesehen", sagte sie.

Er schüttelte den Kopf. „Ich arbeite nach der Schule darin. Ich kann ihn jederzeit benutzen, wenn Mr. McGregor in seinem Zimmer ist, und er arbeitet gewöhnlich lange. Am Nachmittag ist es ruhiger." Er blickte Cora finster an, als wollte er ihr mitteilen, daß sie diejenige war, die er mied.

Cora öffnete die Tür zu ihrem Klassenraum. „Woran arbeitest du gerade?" fragte sie.

Er blickte sie an. „Letzte Woche war es ein Pavian aus Indien. Diese Woche eine Feldmaus."

Cora lächelte. „Zwischen den beiden Tieren besteht aber ein gewaltiger Unterschied! Ich glaube, daß Gott sehr viel Spaß gehabt hat, als er die verschiedenen Tiere geschaffen hat. Er ist wirklich einfallsreich, nicht wahr?"

Felix ließ sich auf seinen Sitz plumpsen. „Ach, hören Sie doch endlich auf. Warum müssen Sie immer überall Gott mit reinbringen?"

„Weil er Teil von allem ist. Komm schon, denk doch mal daran, wieviel Spaß es dir macht, die Tiere zu zeichnen. Mehr als jeder andere muß Gott doch wissen, wie es ist, wenn man schöpferisch tätig ist, genau wie du, wenn du eine Zeichnung machst. Er muß dich ganz schön lieben, daß er dich so ähnlich wie sich selbst geschaffen hat."

Felix schüttelte den Kopf. „Wann werden Sie gehen?"

„Du wechselst das Thema. Und was meinst du überhaupt damit?"

„Ich meine, wann werden Sie aufgeben und gehen? Ich gebe Ihnen höchstens noch einen Monat."

„Wovon redest du? Ich werde nirgendwohin gehen. Ich habe einen Vertrag über ein Jahr mit der Schule. Und ich habe vor, auch bis nächstes Jahr zu bleiben." *Natürlich werde ich hierbleiben*, dachte sie, *schon allein weil Tim hier ist.*

„So lange werden Sie es nicht schaffen." Er grinste, aber das Lächeln erreichte nicht seine Augen. „Hey, nehmen Sie's leicht. Seit ich hier bin, sind eine Menge Lehrer gekommen und wieder gegangen. Ich habe gehört, daß die Lehrerin der dritten Klasse gerade gestern alles hingeschmissen hat – sie hat es nicht einmal zwei Wochen ausgehalten. Und das Korintherhaus hat schon zweimal neue Hauseltern bekommen, seit ich da bin. Ich schätze, nicht viele Menschen sind so wie Mr. McGregor." Sein Mund verzog sich. „Oder auch wie Mr. Adams." Er schüttelte den Kopf. „Ich weiß das. Sie gehören zu denen, die vernünftig genug sind, diese Schule rechtzeitig zu verlassen."

Cora lehnte sich gegen ihr Pult und blickte Felix nachdenklich an. „Es muß schwer für dich gewesen sein, als deine Hauseltern einfach so gegangen sind."

Felix zuckte gleichgültig die Achseln. „Warum sollte mir das 'was ausmachen? Die sind doch alle gleich." Er blickte Cora an, als fordere er sie heraus, ihm zu widersprechen.

„Auf jeden Fall", sagte sie leichthin, „werde ich hierbleiben. Das kann ich dir versprechen."

„Sie werden gehen", beharrte er. „Wir werden Sie schon dazu bringen. Wir sind ziemlich gut darin, die Leute zu vergraulen."

„Nein." Cora beugte sich vor und legte ihre Hand auf Felix' dunklen Kopf. „Niemand wird mich vergraulen."

Er schüttelte ihre Hand ab. Sie meinte, genauso viel Furcht wie Zorn in seinen Augen gesehen zu haben. Während sie ihn beobachtete und überlegte, was sie sagen sollte, hörte sie Tims Stimme im Flur. Sie drehte sich lächelnd zur Tür. „Denk dran", rief er durch die offene Tür, „wir müssen bald mal zusammen ausgehen."

Cora wendete sich ihrem Pult zu. Tims Worte hatten sie innerlich richtig gewärmt, und dieses Gefühl hielt auch noch an, als die anderen Schüler hereinkamen. Sie lächelte sie an und war glücklicher als seit Tagen. Sie hörte ihrem Geschnatter eine Weile zu und rief ihnen dann zu, sie sollten mit ihrer Arbeit an ihrer Klassenzeitung beginnen.

„Wer hat denn heute eine Neuigkeit für uns?"

Sehr zu ihrem Erstaunen meldete sich Felix zu Wort, der sich sonst am Unterricht nicht beteiligte. „Ich."

„Na, dann mal los, Felix", sagte sie. Sie freute sich, daß er endlich auf sie reagierte.

Felix sah die anderen Schüler an. „Miss Carpenter ist in Mr. Adams verknallt", verkündete er. „Ich habe heute morgen gesehen, wie sie sich im Flur geküßt haben."

Cora spürte, wie sie errötete. „Das stimmt doch gar nicht!"

„Doch", erwiderte Felix ruhig.

„Diesen Penner?" Kenny stand von seinem Stuhl auf und betrachtete Cora von oben bis unten. „Sie könnten aber doch wirklich was Besseres bekommen, Miss Carpenter."

Kristen hatte ein Fläschchen Nagellack herausgeholt und lackierte sich die Nägel. „Ich finde Mr. Adams süß", sagte sie, ohne aufzusehen.

Sandra schüttelte den Kopf. „Ich kenne diese Sorte Typen. Meine Mama lebt mit so einem zusammen. Sie lächeln und schleimen rum, bis sie dich weichgeklopft haben. Und dann schlagen sie zu."

„Wir wollten an unserer Zeitung arbeiten", erinnerte Cora sie.

„Wen kümmert das schon? Ich habe diese blöde Klassenzeitung sowieso satt." Kenny versetzte John einen Schubs. „Ich wette, du schlägst mich nicht im Armdrücken." Die anderen Jungen scharten sich um Kenny, und John umklammerte seine Hand.

„Setzt euch bitte wieder hin." Coras Worte gingen in den allgemeinen Anfeuerungsrufen unter, als Kenny Johns Arm herunterdrückte.

„Ich sagte, alle setzen sich jetzt bitte wieder auf ihre Plätze." Diesmal war ihre Stimme lauter.

Ein oder zwei der Schüler blickten sie kurz an, doch nun kämpften Lamar und Kenny miteinander. Tammy gesellte sich kichernd zu den Jungen. Kristen und Sandra lehnten sich aus dem Fenster und winkten jemandem auf dem Fußballfeld zu. Nur Felix und die kleine Polly saßen noch auf ihren Plätzen. Coras Blick begegnete dem von Felix; er grinste zufrieden, und eine Welle von Zorn erfaßte Cora.

„Zurück auf eure Plätze!" schrie sie.

Die Köpfe wirbelten herum, und einen Augenblick lang schwiegen die Kinder. Dann brachen sie in Gelächter aus.

„Hey, kommt", rief Kenny, „wir sind mit der Zeitung fertig, und jetzt ist Lesezeit." Er ging in die Leseecke und begann die Bücher aus den Regalen zu werfen. Die anderen Jungen fingen sie auf und warfen sie Kenny wieder zu.

Kennys Arm war über seinem Kopf, und er wollte gerade ein weiteres Buch werfen, als er plötzlich innehielt und seinen Arm sinken ließ. Cora bemerkte, wie sein Blick zur Tür wanderte.

„Na, feiert ihr hier eine Party, oder was?" fragte Alex McGregor.

7

Als der Tag endlich vorbei war und die Schüler in ihre Häuser gegangen waren, kam Alex McGregor noch einmal in Coras Klassenzimmer.

„Ich hoffe, Sie hatten nichts dagegen, daß ich eingegriffen habe." Er senkte den Kopf, um ihr in die Augen zu sehen, doch Cora hielt ihren Blick fest auf die Papiere auf ihrem Schreibtisch gerichtet. Sie spürte, wie sie rot wurde.

„Nein, im Gegenteil", brachte sie mühsam heraus. „Offensichtlich hatte ich ja völlig die Kontrolle über die Klasse verloren."

Alex ließ sich auf einem der Stühle nieder. „Wollen Sie darüber reden?"

Eigentlich nicht, hätte sie am liebsten geantwortet. Sie zeichnete kleine rote Kreise in ihr Notizbuch. „Ich scheine doch nicht so fähig im Umgang mit Kindern zu sein, wie ich gedacht hatte", meinte sie steif. „Ich habe keine Ahnung, wie ich sie im Griff behalten kann. Eigentlich will ich sie gar nicht kontrollieren – ich möchte nur, daß sie mich mögen. Aber offensichtlich kann ich ohne eine gewisse Ordnung nichts erreichen. So wie die Dinge jetzt stehen, respektieren sie mich nicht einmal, geschweige denn mögen mich."

Alex schüttelte den Kopf. „Respekt ist bei diesen Kindern nicht leicht zu erringen. Ich bin ziemlich sicher, daß sie Sie mögen – aber Respekt, das ist etwas ganz anderes." Er schaukelte auf dem kleinen Stuhl hin und her. „Mögen Sie sie denn?"

Zum ersten Mal sah Cora auf. Sie nickte. „Ich mag sie sehr."

„Dann sind Sie absolut nicht die Versagerin, für die Sie sich halten. Mehr als alles andere – mehr als alle Disziplin und alles Lernen – müssen diese Kinder spüren, daß sie geliebt und akzeptiert werden. Nur auf diese Weise können sie einen liebenden Gott kennenlernen. Aus den Gesprächen mit den Kindern denke ich, daß sie Ihre Liebe zu ihnen spüren." Er lächelte sie an. „Nächste Frage: Respektieren Sie die Kids?"

„Ich denke schon."

Alex nickte. „An der Art, wie Sie neulich mit Felix umgegangen sind, hat man gemerkt, daß Sie ihn als eigenständige Persönlichkeit respektieren. Diese Kinder sind keine Gegenstände, die wir nach unserem persönlichen Gutdünken behandeln können. Vor Gott sind wir und unsere Schüler gleich. Stimmen Sie mit mir überein?"

Wie herablassend er ist, dachte sie, aber sie schluckte ihre Verärgerung hinunter und nickte.

„Dann lieben und respektieren Sie diese Kinder genug, um Ihren selbstsüchtigen Wunsch, von ihnen geliebt zu werden, zurückstellen zu können?"

Cora umklammerte ihren roten Stift, bis ihre Knöchel weiß hervortraten. „Was meinen Sie damit?" Sie sah, wie sein Blick zu ihrer Hand wanderte, und er kräuselte leicht die Lippen. Sie zwang ihre Finger, sich zu entspannen.

„Es tut mir leid", sagte er auf einmal sehr sanft. „Bin ich mal wieder unerträglich?"

Ihre Blicke trafen sich. Cora spürte, wie sie wieder errötete, und sie war erstaunt zu sehen, daß sich auch Alex' Wangen rot gefärbt hatten. „Ich sage immer das Falsche zur falschen Zeit, nicht?" Er schüttelte den Kopf und fuhr sich mit der Hand durchs Haar. Seine dichten Locken waren zerzaust, nachdem er seine Hand fortgenommen hatte. Zum ersten Mal lächelte Cora beinahe bei seinem Anblick.

Sie sah an seinem Blick, daß er die Veränderung ihres Gesichtsausdrucks bemerkt hatte, und auch er entspannte sich ein wenig. Sie rutschte auf ihrem Stuhl herum; noch nie hatte sie einen Menschen kennengelernt, der so aufmerksam jede winzige Bewegung wahrnahm, und einen Augenblick lang hatte sie das Gefühl, unter einem Mikroskop untersucht zu werden.

Er räusperte sich. „Ich arbeite nun schon sechs Jahre hier, und anfangs war ich genau wie Sie. Ich begegnete den Kindern wie anderen Menschen auch – mein Hauptziel war es im Grunde, von ihnen geliebt zu werden. Und sie mochten mich auch . . . und etwa ein Jahr lang drehte ich mich viel zu sehr um mich selbst, um zu verstehen, daß das nicht ausreichte.

Irgendwann wurde mir klar, daß ich als Christ ein Nachahmer von Jesus sein sollte. Jesus ist nicht auf die Erde gekommen, um die Menschen dazu zu bringen, ihn zu mögen. Er zog nicht eine solche Ein-Mann-Show ab wie ich es versucht hatte. Im Gegenteil, ich glaube, daß er einen großen Teil der Zeit still war und zuhörte. Und wenn er sprach, dann sprach er die Bedürfnisse der Menschen unmittelbar an, auch auf die Gefahr hin, daß diese ihn dann vielleicht zunächst mal nicht mehr mochten.

Als mir das klar wurde, erkannte ich, daß ich mich nicht selbst in den Mittelpunkt meiner Beziehung zu den Kindern stellen durfte. Ich mußte Gott dorthin stellen. Und als ich schließlich danach handelte, erkannte ich, daß eines der Dinge, die diese Kinder unbedingt brauchen, das Gefühl der Sicherheit durch eine bestimmte Ordnung ist, ein System der Ausgewogenheit und Überprüfung. Bei den meisten hat das zu Hause gefehlt, darum benehmen sie sich wie ein Gummiball, der wild herumspringt. Sie versuchen, ihre Grenzen auszutesten. Wenn wir sie im wahren Sinn des Wortes lieben und sie respektieren, dann denke ich, ist es unter anderem auch unsere Aufgabe, ihnen die Grenzlinien akzeptablen Verhaltens zu zeigen." Mit dem Zeigefinger fuhr er die Linien eines Namens nach, die ein Schüler in seinen Tisch geritzt hatte. „Ich weiß, daß Sie wie wir anderen auch die Schulordnung an der Wand hängen haben – aber haben Sie bestimmte Klassenregeln aufgestellt?"

Cora schüttelte den Kopf. Das Bewußtsein ihrer eigenen Dummheit verstärkte ihren Groll noch. *Jemand, der so lange Monologe halten kann, hat ganz offensichtlich seine Berufung als Prediger verpaßt*, dachte sie.

Doch Alex hielt den Blick gesenkt und spürte ihr Unbehagen nicht. „Sie könnten sich vornehmen, vielleicht zehn Regeln aufzustellen. Tun Sie es mit den Kindern zusammen. Ihre Aufgabe wird es sein, ihnen zu helfen, sie kurz und angemessen zu formulieren, sonst werden sie alles darin aufnehmen, vom Abwischen der Nase am Ärmel bis zum Entschuldigen, wenn man rülpst. Und für jede Regel sollte es eine Konsequenz geben, die definitiv erfolgen wird, wenn die Regel gebrochen oder aber andersherum auch eingehalten wird." Er blickte sie an. „Wenn Sie dieses System der Konsequenz und Belohnung verwenden wollen, könnten wir vielleicht freitags zusammen mit unseren Klassen besondere Aktivitäten planen. Einen Film vielleicht oder ein Picknick, eine Fahrt in die Stadt. Was halten Sie davon?"

Sie schluckte. *Ich wußte alles, was er mir gesagt hat. Warum habe ich also nicht danach gehandelt? Warum habe ich mich selbst in diese ganze deprimierende Situation gebracht?* „Ich – ja, das könnten wir machen", sagte sie laut.

„Glauben Sie mir, alles wird sehr viel leichter, wenn man eine Struktur hat. Sie setzen einfach nur die Regeln durch, die die Kinder selbst aufgestellt haben – und Sie haben dann nicht mehr das unangenehme Gefühl, daß die Dinge ihnen langsam aus der Hand gleiten."

Trotz ihrer Vorbehalte lächelte Cora ihn an. „Seit Unterrichtsbeginn habe ich genau dieses Gefühl." Sie legte ihren roten Stift beiseite und seufzte. „Vielen Dank, Alex", sagte sie, „Sie sind mir eine große Hilfe gewesen."

„Das freut mich." Sie spürte seinen Blick auf sich ruhen. „Und ich bin froh, daß Sie diesen Stift endlich hingelegt haben. Eine Zeitlang hatte ich Angst, Sie würden mich damit erdolchen."

Sie grinste, wendete aber schnell den Blick wieder ab. „Ich muß jetzt nach Hause fahren." Sie stand auf und griff nach ihrer Aktenmappe. Mit dem Ärmel stieß sie dabei den roten Stift an und warf ihn hinunter. Schnell bückte sie sich, um ihn aufzuheben, und Alex griff gleichzeitig danach. Ihre Arme stießen aneinander, und sie hörte, wie er scharf die Luft einzog.

„Es tut mir leid", sagte er, aber er sah sie nicht an; er richtete sich auf und steckte die Hände in die Hosentaschen. „Ich fahre jetzt auch besser nach Hause."

Cora sah ihm nach; ohne es zu wollen, bewunderte sie seine breiten Schultern unter dem Pullover, seine langen Beine in der lässigen Kordhose, die er immer trug. Achselzuckend wendete sie sich ihrem Pult zu und packte ihre Sachen zusammen.

Als sie aus dem Schulgebäude trat, sah sie gerade noch, wie Tims dunkler Schopf in seinem Wagen verschwand. Sie beschleunigte ihren Schritt in der Hoffnung, er würde wenigstens noch winken, wenn er losfuhr, doch als sie ihren Wagen erreicht hatte, war er bereits verschwunden. Sie seufzte und fuhr langsam nach Hause. Für den Augenblick vergaß sie ihre Klasse, Alex McGregor und seine guten Ratschläge; sie dachte nur noch an Tim. *Bitte, lieber Gott, laß bald irgend etwas zwischen uns passieren.*

Als sie in den Feldweg einbog, sah sie Cleos Wagen bereits in ihrer Einfahrt stehen. Markus' Wagen stand unmittelbar dahinter. Cora lächelte in sich hinein. Sicher würden die beiden jetzt eng aneinandergeschmiegt auf dem Sofa sitzen und alle ihre Differenzen gelöst haben.

Doch als sie, um sich bemerkbar zu machen, laut pfeifend durch die Tür trat, stand Markus direkt im Eingang, während Cleo steif am Küchentisch lehnte.

„Ach, kommt schon, ihr zwei", lachte Cora plump. „Könnt ihr euch nicht einfach einen Kuß geben und alles vergessen?"

„So einfach ist das nicht, Cora." Cleos Stimme klang gepreßt.

Markus hob hilflos die Hände. „Ich gebe auf. Laß mich wissen, wenn du deine Meinung ändern solltest, Cleo. Bis dahin werde ich dich nicht mehr belästigen." Er blickte Cora an. „Schön, dich zu sehen, Cora. Aber ich gehe jetzt wohl besser."

Cora wartete, bis die Tür sich hinter ihm geschlossen hatte, dann wendete sie sich an Cleo. „Komm schon, Cleo, siehst du denn nicht, wie unglücklich du euch beide machst? Wie kann das Gottes Wille für euch sein? Er möchte uns doch glücklich machen, oder?"

Cleo preßte die Lippen aufeinander. „Er möchte, daß wir ihm *nachfolgen.* Ihm ähnlicher werden, ihm vertrauen und ihm gehorchen. Ich glaube nicht, daß er etwas vom Glücklichwerden gesagt hat."

„Das hat er doch. Erinnere dich an Johannes 16 – ‚bittet, so werdet ihr nehmen, daß eure Freude vollkommen sei'."

Cleo schüttelte den Kopf. Sie drehte Cora den Rücken zu und starrte aus dem Küchenfenster. „Werd' endlich erwachsen, Cora." Noch nie hatte Cleos Stimme so hart geklungen. „Wir bekommen nicht alles, was wir uns wünschen. Das hat Jesus nicht gemeint. Viel häufiger ist es so, daß Gott von uns erwartet, Dinge aufzugeben, die wir uns sehr wünschen. Das habe ich vor langer Zeit gelernt, als Mom und Dad gestorben sind. Vielleicht kommt die Freude später – aber das ist etwas anderes als das selbstsüchtige Glück durch die Erfüllung der eigenen Wünsche." Sie drehte sich zu Cora um. Ihre blauen Augen blickten kühl und gleichmütig. „Vielleicht ist es an der Zeit, daß du unter diesem Aspekt mal über deine Beziehung zu Tim nachdenkst, Cora."

Cora starrte sie an. Plötzlich wurde Cleos Blick wieder weich, und ihre Augen füllten sich mit Tränen. „Es tut mir leid, Cora. Vergiß es am besten gleich wieder. Ich muß jetzt nur mal eine Weile allein sein."

Cora trat an sie heran. „Weißt du noch, was du gesagt

hast, als ich hier ankam? Du sagtest, was immer auch passieren würde, es würde leichter sein, weil wir jetzt zusammen sind."

Cleo fuhr sich mit der Hand über die Augen und nickte.

„Und meinst du nicht, es könnte dir helfen, wenn du einfach mit mir über das alles reden würdest? Du hast dich nicht nur von Markus, sondern auch von mir zurückgezogen. Ich bin vermutlich genauso verwirrt wie er. Das Ganze macht einfach keinen Sinn für mich."

Cleo verkrampfte sich sichtlich. „Es tut mir leid, Cora. Aber darüber kann ich nicht sprechen, und es würde auch nichts nützen. Ich bin ziemlich sicher, daß ich Markus nicht heiraten kann. Und ich fürchte, ich mache das lieber mit mir selbst ab. Bitte versuch mich zu verstehen." Ihre Stimme war belegt, ungeweinte Tränen schwangen darin mit, und sie eilte in ihr Schlafzimmer und schloß die Tür hinter sich.

Cora sah ihr nach, seufzte und ging ebenfalls in ihr Zimmer, um sich umzuziehen. Als sie wieder herauskam, war Cleos Zimmertür noch immer geschlossen. Wie immer war das kleine Haus sehr still. Cora verzog das Gesicht und ging nach draußen. Sie setzte sich unter die riesige Eiche.

Sie lehnte sich an ihren Stamm und streckte ihre Beine im Gras aus. Zwei Menschen hatten ihr heute gesagt, sie sei selbstsüchtig. Sie versuchte, Cleos Worte mit denen von Alex McGregor zusammenzubringen. *Bin ich wirklich selbstsüchtig, Gott?* Ihre Gedanken drehten sich im Kreis, wanderten zu ihrer Klasse und zu Tim, von Alex McGregor zu Cleo und Markus und wieder zu Tim. *Tim . . .*

„Coooraaaa!" rief Cleo aus dem Haus. „Telefon!"

Cora stand auf. Ihr Herz pochte plötzlich sehr laut. „Ist es meine Mutter?" fragte sie Cleo, als sie durch die Tür eilte.

Cleo verzog das Gesicht und schüttelte den Kopf. Sie reichte Cora den Hörer.

„Cora?" ertönte Tims Stimme, und ihr Herz klopfte noch lauter. „Ich hoffe, ich störe dich nicht."

„Nein, nein. Ich habe nur gerade . . . ich war nur draußen. Hallo, Tim.“ Ihr Mund verzog sich zu einem Lächeln, und sie bemerkte, wie Cleo die Augen verdrehte, bevor sie in ihr Zimmer zurückging.

„Wir wollten doch mal was zusammen unternehmen, weißt du noch?“ sagte Tim fröhlich, „und da Freitag ist, habe ich mich gefragt, ob du heute schon etwas vorhast. Ich weiß, es ist schon ein bißchen spät, aber ich dachte, wir können noch etwas essen gehen und uns vielleicht einen Film ansehen. Wie sieht's aus?“

8

„Du hast versprochen zu beten, bevor du mit Tim ausgehst.“ Cleos Stimme war leise und scharf.

Cora wirbelte herum; sie lächelte immer noch. „Oh Cleo, verstehst du denn nicht? Das ist die Antwort auf mein Gebet.“ Sie umarmte Cleo, die sich ganz steif machte. „Er hat mich eingeladen! Und dabei habe ich erst heute auf dem Heimweg gebetet, daß etwas zwischen uns passieren möge!“ Sie wirbelte mit Cleo herum und fühlte sich überglücklich. Cleo blickte sie ernst an. „Komm schon, Cleo, bitte. Freu dich doch ein bißchen für mich. Du weißt doch, daß ich mir das seit Jahren gewünscht habe.“

„Es ist doch nur eine Verabredung, Cora. Mach nicht mehr daraus, als es ist.“

„Du tust gerade so, als hätte ich etwas Gefährliches und Ungeheuerliches getan. Aber ich weiß, daß es ein Anfang ist. Ich weiß, das ist die Hand Gottes in meinem Leben.“

„Wie kannst du da so sicher sein?“

„Ich fühle es. Du weißt schon . . . so ein Gefühl der Sicherheit.“ Cora blickte Cleo an. „Vermutlich“, meinte sie langsam, „dieselbe Sicherheit, die dir sagt, daß Gott nicht will, daß du Markus heiratest.“ Einen Augenblick starrten sie sich an. Dann wendeten beide den Blick ab.

„Ich brauch' dich, Cleo. Was soll ich bloß anziehen?“

Cleo weigerte sich, ihr bei der Klamottenwahl zu helfen, doch Cora entschied sich schließlich für ein schlichtes dunkelgrünes Samtkleid und schwarze Leggings. Ihre grünen Augen starrten sie nervös im Spiegel an, als sie ihre roten Haare noch einmal bürstete. „Bitte, lieber Gott“, flüsterte sie, „mach, daß ich ihm gefalle.“

Sie hörte Tims Wagen in der Einfahrt und rannte aus dem Bad. „Tschüs", rief sie Cleo noch zu und eilte zur Tür hinaus.

Tims blaue Augen funkelten, als sie sich neben ihn in den Wagen setzte. „Du siehst toll aus, Cora", sagte er leise.

Cora zwang sich, sich zu entspannen. „Danke", flüsterte sie.

„Wie geht es meiner Schwester?" fragte er, als er den Wagen drehte.

Cora seufzte laut. „Nicht gut. Ich habe sie noch nie so erlebt. Ich verstehe sie einfach nicht mehr."

Tims Blick war auf die Straße gerichtet. „Cleo und ich haben nie ein besonders enges Verhältnis zueinander gehabt", sagte er nach einer Weile, „aber ich glaube, ich weiß, warum sie so denkt, wie sie denkt. Vielleicht sollte ich mal mit ihr sprechen."

Cora wendete sich ihm zu. „Ich wünschte, du würdest das tun. Sie macht sich doch nur unglücklich – und alle anderen in ihrer Umgebung auch. Ich weiß, daß du ihr helfen könntest."

Tim lächelte. „Kleine Cora. Du hast immer ein solches Vertrauen zu mir."

Cora grinste. „Das habe ich tatsächlich. Aber ich bin wohl kaum klein."

Tim zuckte die Achseln. „Ich sehe dich immer noch so, wie du ausgesehen hast, als wir das erste Mal miteinander gesprochen habe. Du warst noch so unglaublich jung." Er lächelte sie an. „Nur endlos lange Beine und große Augen, wie ein Fohlen."

Oh Mann, er erinnert sich an unsere erste Unterhaltung. Cora erinnerte sich auch daran; bei dieser Gelegenheit hatte sie sich in ihn verliebt.

Tim schüttelte den Kopf. „Ich fürchte, dein Vertrauen ist dieses Mal nicht angebracht. Ich bin nicht sehr gut darin, anderen Ratschläge zu geben. Und Cleo ist in unserer Familie immer der geistliche Überflieger gewesen. Vermutlich würde sie mir sowieso nicht zuhören. Sie kennt mich zu gut."

„Was meinst du damit?“

Er verzog das Gesicht. „Oh, Cleo hat mich immer ziemlich gut durchschaut. Vermutlich kennt sie meine Schwächen besser als ich selbst.“ Er blickte Cora an. „Ich wette, sie hat auch dich schon lang und breit über meine Fehler aufgeklärt, stimmt's?“

Cora starrte aus dem Fenster auf die Lichter der Stadt und preßte die Lippen zusammen. „Ich höre ihr nicht zu.“

Tim lachte; Cora lächelte und wendete sich ihm zu. „Sieh dir doch nur mal an, wie sie sich Markus gegenüber verhält. Ich habe sie wirklich sehr gern, aber manchmal sind ihre Ansichten ganz offensichtlich . . . na ja, ein bißchen verdreht.“

Wieder lachte Tim. „Was bedeutet, daß damit einerseits meine Ängste in bezug auf die Meinung meiner Schwester gerade bestätigt wurden – aber andererseits bin ich auch sehr erleichtert.“

Cora blickte ihn verlegen an. „Warum?“

„Weil“, antwortete er leise, „mir nur wichtig ist, was *du* von mir denkst, kleine Cora. Ich glaube, mir ist es lieber, wenn du mich nicht so ganz durchschaust.“

Vielleicht durchschaue ich dich mehr als jeder andere, dachte Cora. Diese Worte blieben jedoch ungesagt. Sie betrachtete sein Profil, seinen schwarzen Bart, das vorspringende Kinn und die gerade Nase, sein glänzendes Haar, und ihr wurde neu bewußt, wie sehr sie ihn liebte. Er drehte sich zu ihr um und lächelte sie an; der Blick in seinen Augen schien zu sagen, daß er wußte, was sie immer noch nicht aussprechen konnte.

Sie aßen in einem ruhigen Restaurant. Ein Feuer prasselte im Kamin, und das Licht der Kerzen ließ Tims schwarzes Haar bläulich schimmern. „Im Kerzenschein bist du sogar noch hübscher“, sagte er leise zu ihr.

Cora spürte seinen Blick wie Hände auf ihrer Haut. Sie sah zu Boden und überlegte, was sie sagen könnte. „Wie war dein Arbeitstag?“ fragte sie schließlich.

Er legte ihr den Finger auf die Lippen. „Schsch. Erwähne diesen Ort des Schreckens nicht. Nicht heute abend. Der heutige Abend ist etwas Besonderes."

Ihre Lippen brannten, wo er sie berührt hatte. Das Schweigen zwischen ihnen zog sich hin, aber es war ihr egal. Wann immer sie seinem Blick begegnete, schien er voller Botschaften zu sein, die Worte nicht ausdrücken konnten. *Heute,* dachte sie, *macht mir die Stille nichts aus. Mit Tim kann ich schweigen, siehst du das, Gott? Ich brauche nicht zu reden und er auch nicht, nicht wie Alex McGregor. Das muß doch zeigen, daß wir füreinander bestimmt sind, Vater, meinst du nicht? Oh Vater, danke für den heutigen Abend.*

„Woran denkst du gerade?"

„Oh", sie senkte den Blick auf die Teetasse in ihrer Hand. „An nichts Besonderes. Ich dachte nur, wie gut mir die Ruhe hier tut."

„Das habe ich an dir immer geschätzt, Cora – deine Fähigkeit zu schweigen. In der Nähe von Menschen, die zuviel reden, fühle ich mich nicht wohl. Wenn ich mit jemandem zusammen bin, der andauernd plappert, wünsche ich mir immer, ich wäre woanders."

Sie hob den Blick von ihrer Teetasse. „Manchmal rede ich viel, Tim." Sie mußte das einfach sagen. *Machst du einen ganz neuen Menschen aus mir, Vater? Oder entdeckt Tim einen Wesenszug an mir, den ich selbst nicht kenne?*

Er lächelte. „Cora, ich kenne dich jetzt schon seit Jahren, und nie habe ich dich anders als ruhig und gelassen erlebt."

Sie gab sein Lächeln zweifelnd zurück. In seiner Nähe war sie immer recht schweigsam gewesen, weil ihre Gefühle für ihn sie überwältigt hatten; das war der Grund für ihre Schweigsamkeit, das wußte sie. Aber vielleicht konnte sie ja eine neue, aufrichtigere Schweigsamkeit entwickeln.

Im Kino starrte sie auf die flackernde Leinwand, doch ihre Gedanken kreisten immer wieder um diese innere Ruhe, die sie lernen mußte. *Ist das nicht, was alle mir in letzter Zeit ge-*

sagt haben, Gott? Sogar Alex McGregor, hatte nicht auch er etwas vom Schweigen gesagt? Und ebenso Oma und Margaret Truesdell. Sogar das Haus. Vielleicht ist mir die Ruhe deshalb so aufgefallen, weil du versucht hast, mir eine Botschaft zu übermitteln. Du wußtest, was Tim brauchte, und du hast versucht, mich darauf vorzubereiten. Die Stille hat mir vorher nicht gefallen, weil ich es nicht verstanden habe, aber jetzt tue ich es, und, oh Gott, ich bin bereit, mich so zu verändern, wie es nötig ist, damit ich die Frau sein kann, die Tim braucht.

Sie schloß die Augen und sprach immer weiter mit Gott über diese neue Ruhe, die in ihr aufblühte, bis Tim in der Dunkelheit nach ihrer Hand griff. Seine warmen schlanken Finger umschlossen ihre, und ihre Gedanken wurden abgelenkt. Für den Rest des Abends war sie so aufgewühlt, daß sie nicht mehr weiter nachdenken konnte.

„Na, wie war's?" Cleo saß lesend auf dem Sofa, als Cora hereinkam.

„Es war wundervoll." Cora lächelte. „Hast du auf mich gewartet, Mama?"

Cleo schnitt eine Grimasse. „Ja. Ich wollte mit dir sprechen."

Cora sah Cleos ernsten Gesichtsausdruck und seufzte. „Können wir damit nicht bis morgen warten? Ich weiß bereits, was du von deinem Bruder hältst, ich weiß, dir gefällt nicht, daß ich mit ihm ausgegangen bin, ich weiß, daß dir im Augenblick gar nichts gefällt. Aber mir. Ich möchte jetzt einfach nur ins Bett gehen und schweigen."

Cleo blickte sie an. „Bist du in Ordnung? Du, Cora Carpenter, möchtest ‚einfach nur schweigen'? Ich dachte, so etwas würde ich nie aus deinem Mund hören."

Cora blickte auf ihre Hand, die Hand, die Tim während des Films in seiner gehalten hatte. „Ich werde mich ändern, Cleo. Ich verändere mich bereits. Ich werde lernen, ein ruhiger Mensch zu sein."

Cleo schnaubte und brach in Gelächter aus. „Das glaube ich erst, wenn ich es sehe. Cora, was ist denn bloß los mit dir?“ Sie starrte in Coras verträumtes Gesicht und zog eine Grimasse. „Doch nicht Tim! Bitte sag mir, daß du dich nicht für Tim verändern willst.“

Cora ging im Zimmer umher und streckte sich, nachdem sie den ganzen Abend gesessen hatte. „Ist das nicht genau das, was Menschen für andere tun, die sie lieben?“

„Nein. Das tun sie nicht.“ Cleo stützte den Kopf in die Hände. „Ehrlich, Cora, diese Sache mit Tim wird immer schlimmer. Es ist fast, als wärst du verhext. Du siehst Tim nicht so, wie er wirklich ist. Du meinst, du tätest es, aber ich weiß, daß es nicht stimmt. Das ist schon schlimm genug. Aber nun willst du ihm auch noch etwas vorspielen; du willst ein Mensch sein, der du nicht bist. Verstehst du denn nicht – selbst wenn ihr eine Beziehung beginnen würdet, selbst wenn Tim das wollte, dann wäre diese Beziehung von vornherein nicht echt, nicht ehrlich!“

Cora schüttelte den Kopf. „Ich will ihm ja gar nichts vorspielen, was nicht da ist. Ich möchte nur so sein, wie er mich braucht.“

„Oh bitte, Cora, Tim braucht dich nicht, in keiner Weise. Er möchte, daß du dich in ihn verliebst, das garantiere ich dir. So wie er dich ansieht – es ist genau wie immer. Ich habe das bei ihm beobachtet, seit ich ein Teenager war. Es gefällt ihm, wenn er bei den Mädchen ankommt. Vielleicht ist es, weil er innerlich so unsicher ist, vielleicht tröstet es den kleinen, verängstigten Jungen, der sich verlassen fühlte, als unsere Eltern starben. Aber er benutzt andere Menschen, damit er sich gut fühlt, und er tut ihnen weh. Ich möchte dich warnen, Cora, Tim ist nicht an einer ernsten Beziehung interessiert. Je eher er sicher ist, daß du dich in ihn verliebt hast, desto eher wird er dich fallenlassen und sich ein anderes Opfer suchen. Das ist nämlich leider so seine Art.“

„Nein“, rief Cora auf einmal wütend, „du hast unrecht! Du

bist nur eifersüchtig, weil du dich nicht überwinden kannst, dich ganz auf Markus einzulassen." Sie starrte Cleo mit brennenden Wangen an. Dann rannte sie zur Tür hinaus und füllte die stille, kühle Nachtluft mit ihrem zornigen Keuchen.

Das restliche Wochenende über verhielten sich Cora und Cleo höflich, aber kühl zueinander. Beim Gottesdienst am Sonntag saß Tim neben Cora, und sie verpaßte eine weitere von Opa Adams' Predigten. Sie spürte Cleos Blick auf sich, als sie nach dem Gottesdienst noch mit Tim sprach, doch sie ignorierte ihre Freundin und konzentrierte sich ganz auf Tim. Seine blauen Augen blitzten; und als sie in sie hineinsah, versuchte sie, ihn die neue Stille spüren zu lassen, die sich in ihr ausbreitete.

„Bis morgen", verabschiedete er sich schließlich. Sie blickte ihm nach, dann drehte sie sich um, um ihre Bibel zu holen, die sie auf der Bank liegengelassen hatte. Als sie danach griff, bemerkte sie kaum, daß sie jemanden anstieß, bis sie Alex McGregors Stimme hörte.

„Hallo, Cora", sagte er ruhig.

„Oh, tut mir leid", erwiderte sie. „Ich habe Sie gar nicht gesehen."

Er nickte ernst. „Ich bin so leicht zu übersehen. Das liegt bestimmt an meiner kleinen Statur."

Sie lächelte widerstrebend. „Ich glaube, ich war nur mit den Gedanken woanders."

Er nickte. Sein Gesichtsausdruck veranlaßte sie, einen Schritt auf den Gang zuzumachen. *Aber er kann nicht wissen, was ich für Tim empfinde. Und es wäre mir auch egal, wenn er es wüßte.*

„Waren Sie so beschäftigt, daß Sie nicht bemerkt haben, wer mich zum Gottesdienst begleitet hat?"

Sie blickte zu ihm auf. „Ich fürchte schon. Wen haben Sie denn mitgebracht?"

„Jemanden, von dem Sie es bestimmt nicht erwartet hätten. Er rief mich heute morgen an und sagte, er würde gern einmal eine andere Gemeinde ausprobieren als die im Heim." Alex grinste. „Seine genauen Worte waren eigentlich: ‚Ich will mal sehen, ob die eine nicht genauso blöd ist wie die andere.'"

„Doch nicht Felix Jones?"

Alex nickte. „Er wartet in meinem Wagen."

„Ich kann nicht glauben, daß ich ihn übersehen habe."

„Wie Sie schon sagten, Cora, Sie haben sich auf etwas anderes konzentriert. Ich glaube nicht, daß Sie auch nur einmal zu uns herübergesehen haben."

Cora errötete, doch bevor sie antworten konnte, fuhr Alex fort: „Ich habe Felix zum Mittagessen bei mir zu Hause eingeladen." Er zuckte die Achseln, und sie bemerkte die leichte Röte, mit der sein Gesicht überzogen war. „Er sagte, ich sollte Sie fragen, ob Sie sich uns nicht anschließen wollen."

Sie starrte ihn an und vergaß ihre Verlegenheit. „Felix hat das gesagt? Am Freitag hatte ich den Eindruck, daß er wünschte, ich würde möglichst bald verschwinden. Er wollte mich nicht einmal ansehen."

„Vielleicht hat er seine Meinung geändert." Er lächelte. „Kommen Sie mit zu meinem Wagen."

Sie folgte ihm zu seinem Wagen, der genauso klein und alt war wie ihr eigener. Felix saß wartend darin und trommelte mit den Fingern gegen die Tür. Als er Cora erblickte, runzelte er die Stirn und kurbelte das Fenster herunter. „Werden Sie mitkommen?"

Cora ließ ihren Blick zwischen ihm und Alex hin- und herwandern. Sie nickte. „Ja, das werde ich." Sie wendete sich an Alex. „Cleo ist heute gefahren, aber sie bleibt zum Essen bei ihren Großeltern. Sie werden mich mitnehmen müssen."

Alex lächelte. „Ich denke, das werden wir schon hinkriegen."

Felix verzog das Gesicht. „Sein Rücksitz ist voller Katzenhaare. Das bedeutet vermutlich, daß wir alle vorne sitzen müssen. Aber ich werde nicht in der Mitte sitzen. Ich bekomme Platzangst."

Cora rannte schnell zu Cleo, um ihr zu sagen, wo sie hinfuhr. Sie ignorierte bewußt den erfreuten Gesichtsausdruck ihrer Freundin und ging zu Alex' Wagen zurück. Tief atmete sie durch und erinnerte sich daran, daß sie dies einzig und allein Felix zuliebe tat. Sie stieg ein und rutschte in die Mitte.

Auf der kurzen Fahrt zu Alex' Haus wurde wenig gesprochen. Alex schien sich auf die Straße zu konzentrieren, während Felix zum Seitenfenster hinaussah. Cora starrte geradeaus. Sie fühlte sich eingeengt. Felix' kleine Schulter an ihrer rechten Seite machte ihr nichts aus, doch die übermächtige Präsenz von Alex' großem Körper zu ihrer Linken störte sie. Sie bewegte sich unbehaglich und versuchte, dichter an Felix heranzurücken.

„Hören Sie auf, mich zu zerquetschen", sagte dieser verstimmt.

„Es tut mir leid." Sie drehte sich ihm zu. „Freitag war ein schrecklicher Tag. Ich freue mich, daß du mich heute dabei haben wolltest."

Er wendete den Kopf zu ihr, und seine Augen starrten sie hinter seinen dicken Brillengläsern an. „Hat er Ihnen das erzählt?" Er beugte sich vor, so daß er Alex' Gesicht sehen konnte, dann lächelte er hinterhältig. „Ich habe ihm gesagt, er soll Sie fragen, weil ich Mr. Adams das Leben schwermachen wollte."

„Was meinst du damit?"

Alex räusperte sich laut, doch Felix' Augen funkelten, und er sagte: „Offensichtlich sind sowohl Mr. Adams als auch Mr. McGregor scharf auf Sie. Ich setze mein Geld auf Mr. McGregor."

9

„Das war eine ziemlich unangemessene Bemerkung, mein Lieber." Alex' Stimme war ruhig und gelassen. Er fuhr an Coras und Cleos Haus vorbei zu seinem eigenen kleinen Haus.

Felix grinste. „Sie können es auf jeden Fall nicht leugnen, oder?"

„Das geht dich wirklich nichts an, Felix", meinte Alex freundlich. Er parkte den Wagen in seiner Einfahrt. „Kommt rein, ihr zwei. Ich werde euch mit meinen erstaunlichen Kochkünsten beeindrucken."

Cora und Felix stiegen aus. Cora mußte an Alex' Worte vom Freitag denken, als er die Schüler mit hüpfenden Bällen verglich, die ihre Grenzen abtasteten. Felix hatte versucht, zu hoch und zu schnell zu hüpfen, genau wie am Freitag in ihrem Klassenzimmer. Alex jedoch hatte den Ball locker aufgefangen und ruhig, aber bestimmt zurückgeworfen. Sie folgte seiner großen Gestalt unter den Bäumen her zum Haus, dann legte sie einen Schritt zu, um ihn einzuholen. „Sie haben die Situation eben sehr gut gemeistert", murmelte sie, als er die Tür öffnete.

Er blickte sie von der Seite an, und sein Mund verzog sich zu einem Lächeln. „Ich bin froh, daß Sie so denken."

Als sie ihm ins Haus folgte, betrachtete sie ihn neugierig und bemerkte, daß seine Ohren rot geworden waren. *Kann es sein, daß Alex McGregor wirklich in mich verliebt ist, Gott?* Sie verdrängte den unangenehmen Gedanken und beugte sich zu der Katze hinunter, die an ihrem Bein entlangstrich. „Das muß Esther sein."

Alex nickte. „Das", sagte er an Felix gewandt und deutete

auf die Katze, „ist die einzige Frau in meinem Leben." Er grinste. „Nur zu deiner Information."

„Sicher", murmelte Felix. Er kniete sich neben die Katze und beobachtete sie. „Ich hatte auch mal eine Katze." Er streckte vorsichtig die Hand aus und ließ Esther daran schnuppern.

Cora sah sich in dem kleinen Haus um und bemerkte die Bücherstapel, die überall herumstanden, dann ließ sie sich neben Felix auf dem Boden nieder. „Mr. McGregor scheint seine Stühle als Ablageplatz für Bücher zu benutzen. Offenbar hat er noch nichts von Regalen gehört." Sie lächelte Felix an. „Wie hieß deine Katze?"

„Sam. Sie wurde überfahren."

Cora bemerkte, wie behutsam Felix Esther berührte. „Das tut mir leid."

Er zuckte die Achseln. „In dem Wohnwagenpark, wo ich lebe, werden andauernd Tiere überfahren. Sie sind so dumm, sie schlafen auf der Straße. Dann hat jemand zuviel Bier getrunken und fährt los, ohne hinzugucken –" Wieder zuckte er die Achseln. „Einmal habe ich einen ganz zerquetschten Hund gesehen. Man konnte seine Eingeweide sehen."

Alex holte eine Rührschüssel aus dem Schrank. „Vielen Dank, Felix", sagte er über die Schulter hinweg, „aber Beschreibungen von toten Tieren fallen unter die Rubrik ‚unangemessene Themen für eine höfliche Unterhaltung'."

Felix schnitt eine Grimasse. „‚Unangemessen'. ‚Höflich'. Wen kümmert das? Ihr zwei müßt euch langsam mal der wirklichen Welt stellen."

Alex schlug ein Ei auf. „Und was genau ist die ‚wirkliche' Welt?"

Felix lag auf dem Bauch, sein Kinn in die Hände gestützt und starrte Esther an. „Besuchen Sie einmal unseren Wohnwagenpark. Da können Sie überall die Realität sehen. Ihr Leute im Heim und dieser alte Knabe, der heute in der Kirche gepredigt hat – ihr lebt doch alle in einer Phantasiewelt."

Alex holte ein Päckchen Hühnergeschnetzeltes aus dem Kühlschrank. „Es gibt alle möglichen Realitäten, Felix", sagte er. „Da du soviel liest, weißt du bestimmt, daß es außerhalb des Wohnwagenparks auch noch eine heilere Welt gibt." Er tauchte das Hühnergeschnetzelte in das Ei und rollte es in Paniermehl. „Ich glaube zum Beispiel, daß die wahrhaftigsten Erlebnisse bei Gott zu finden sind. Vieles von dem anderen – ob man es nun im Wohnwagenpark oder in der guten Gesellschaft findet – sind einfach nur Lügen."

Felix runzelte die Stirn. „Das ist genau, was ich meine. Sie wollen die Realität einfach nicht akzeptieren, darum tun Sie so, als wäre sie nicht da." Er blickte Alex über seine Brillengläser hinweg an. „Es tut mir leid, daß ich Ihnen widersprechen muß, Mr. McGregor, aber die Leute dort draußen verletzen sich gegenseitig und benutzen einander. Das ist das wirkliche Leben. Das Leben im Wohnwagenpark ist nicht schön, aber wenigstens gibt es dort keinen lächerlichen Superhelden, der alles in der Hand hält, so wie das bei Ihnen in der Traumwelt ist. Wie Batman – total lächerlich!"

Cora wartete, während Alex das Fleisch in die Pfanne mit dem heißen Fett legte. Er ließ Wasser in einen Kessel laufen und stellte ihn auf den Herd, und Cora fiel auf, wie ruhig sein Gesicht war, wie effizient und gelassen seine Bewegungen in der Küche waren. Sie legte die Hand auf Esthers warmes Fell, und ein seltsamer Friede legte sich auf sie. *Wie komisch,* dachte sie, denn dieses Gefühl war ungewohnt, aber angenehm. Sie schloß die Augen, lauschte auf Esthers leises Schnurren und hörte zu, was Felix und Alex sagten.

„Jesus ist etwas völlig anderes als Batman", meinte Alex gerade. „Benutze deinen hervorragenden Verstand und lies mal ein paar neue naturwissenschaftliche Werke. Sogar inmitten des Chaos gibt es mehr Schönheit und Ordnung, als unser kleiner Verstand je erfassen kann." Cora hörte das Geklapper der Pfanne, aber sie hatte das Gefühl, als würde die Stille um sie herum den Lärm aufsaugen.

„Und als ich sagte, vieles von dem anderen Zeug in der Welt seien Lügen", fuhr Alex fort, „meinte ich, daß es auf Lügen aufgebaut ist." Sie hörte, wie er mit einem Löffel hantierte. „Zum Beispiel ist es eine Lüge, wenn man dir erzählt, du bräuchtest bestimmte Dinge, um glücklich zu sein – Sex, Drogen, Geld oder was auch immer. Wir *meinen,* wir bräuchten das alles, und darum benutzen wir Menschen und tun üble Dinge."

Die Katze schnurrte, die Ofentür quietschte, als sie geöffnet und dann wieder geschlossen wurde; das Wasser im Kessel begann zu kochen, und Cora war fast eingeschlafen. „Der heilige Augustinus hat gesagt, daß wir alle nach dem unendlichen Glück suchen, aber unsere Herzen sind ruhelos, bis sie in Gott ruhen", fuhr Alex fort. „T.S. Elliot nannte Gott den Ruhepol einer sich drehenden Welt. Und Jakobus in der Bibel nennt ihn den Vater des Lichts, bei dem kein Schatten ist." Die Kühlschranktür öffnete sich und wurde wieder geschlossen. „Diese Ruhe, diese Sicherheit brauchen wir alle. Erst wenn wir sie finden, können wir wirklich ausruhen. Und das, Felix, ist in mehr Worten, als du hören wolltest", Cora hörte das Lächeln in Alex' Stimme, „das, was ich in bezug auf die Realität glaube."

„Und was ist mit unserer schlafenden Schönheit hier?" fragte Felix. „Ich wette, sie glaubt, daß sie Mr. Adams braucht, um glücklich zu sein. Ich sehe das an der Art, wie sie ihn anschaut."

Cora öffnete die Augen, die Ruhe war gestört. Sie begegnete Alex' Blick. „Wir sind alle nur Menschen", sagte er leise, doch irgend etwas an seiner Stimme sagte ihr, daß er eher über sich sprach als über sie. Sie wendete den Blick ab, erschrocken über die Sehnsucht, die sie in seinen Augen las.

Felix lag auf dem Bauch, Nase an Nase mit Esther, doch seine dunklen Augen beobachteten sie. „Werden Sie Mr. Adams heiraten, Miss Carpenter?"

Cora zögerte. Sie blickte Alex an, doch seine Augen waren

wieder auf die Bratpfanne gerichtet, und er sah nicht wieder auf. Doch sie wußte, daß er zuhörte, und sie sträubte sich, Felix' Frage zu beantworten. *Ich werde Tim doch heiraten, oder, Gott?* Aber natürlich konnte sie Felix das nicht sagen, wo Tim selbst es noch nicht wußte. Sie rutschte unbehaglich hin und her. Ihre alte Ruhelosigkeit überfiel sie wieder. „Ich weiß es nicht", meinte sie schließlich zögernd.

Felix lachte. „Sie weiß es nicht. Was bedeutet das?"

Alex drehte sich vom Ofen um. „Sie brauchen ihm nicht zu antworten, das wissen Sie, nicht?" Seine dunklen Augen blickten finster, aber seine Stimme war weich. „Es gibt keinen Grund, daß unsere Schüler jedes Detail unseres Lebens kennen müssen. Wie ich Felix bereits sagte, es geht ihn nichts an." Cora hörte die Botschaft in seiner Stimme; ihr wurde klar, daß sie wieder einmal um Felix' Gunst gebuhlt und die Distanz nicht gehalten hatte, die zwischen Lehrer und Schüler notwendig war.

Alex grinste und beugte sich vor, um Felix durch das Haar zu streichen. „Es tut mir leid, Felix, so sehr wir dich auch mögen – wir werden unser Liebesleben nicht vor dir ausbreiten."

Felix verzog die Mundwinkel. „Als ob Sie mich wirklich mögen würden!"

Cora lächelte. „Das tun wir."

Felix wand sich. Nach einer Weile grinste er hinterhältig, obwohl er sie wieder von der Seite her ansah. „So sehr, wie Sie Mr. Adams mögen?"

Cora nahm ein Buch vom Stapel und schlug es Felix leicht auf den Kopf. „Genug jetzt, du neugieriges Etwas!"

Felix kicherte, und zum ersten Mal, seit sie ihn kennengelernt hatte, fand Cora, daß er tatsächlich wie ein elfjähriger Junge aussah.

Alex holte einen Laib warmes Brot aus dem Ofen. „Hier, Cora", sagte er, „machen Sie sich nützlich und schneiden Sie das schon mal. Und du, Felix", er holte ein Blatt Papier und einen Stift, „malst mir ein Bild von Esther, während wir das Essen auf den Tisch bringen. Vielleicht wird das dein unermüdliches Gehirn beschäftigen, damit Cora und ich ein wenig Ruhe haben." Er lächelte.

Felix nahm das Papier und den Stift und legte es vor sich auf den Boden. Er rutschte ein Stück von Esther fort und begann auf dem Bauch liegend die sanfte Kurve des Katzenrückens zu zeichnen. Cora sah einen Augenblick zu, dann drehte sie sich um und nahm das Brotmesser aus Alex' Hand.

Die Küche war klein; jedesmal, wenn Cora sich rührte, stieß sie Alex an. „Tut mir leid", murmelte sie, als sie beide wieder einmal ineinander gelaufen waren. *Das ist keine große Sache,* redete sie sich ein. Sie war aber schrecklich nervös, und zum ersten Mal wünschte sie, sie hätte Cleo zu ihren Großeltern begleitet. Vielleicht wäre auch Tim herübergekommen, und im Augenblick hätte sie mit ihm zusammensein können, anstatt hier neben diesem Mann zu arbeiten, der so groß war, daß sie kaum atmen konnte, ohne ihn zu berühren.

Dann erinnerte sie sich wieder an die Ruhe, die sie empfunden hatte, und sie dachte: *Du veränderst mich bereits zu dem ruhigen Menschen, den Tim braucht, nicht wahr, Gott?* Sie wünschte, sie wäre mit Tim zusammengewesen, als sie dies erlebte, anstatt diesen großartigen Augenblick an Alex McGregor zu vergeuden.

„Ganz offensichtlich ist dies eine Küche, in der nur einer arbeiten kann", meinte Alex. Er lächelte, aber seine Stimme klang seltsam atemlos. „Sie könnten sich ruhig schon hinsetzen, ich werde gut allein fertig."

Dankbar verließ Cora den Küchenbereich. „Wo soll ich mich denn hinsetzen?" Sie betrachtete den Eßtisch, auf dem alle möglichen Bücher und Papiere ausgebreitet lagen, und auf allen Stühlen außer einem stapelten sich weitere Bücher.

„Improvisieren Sie", antwortete Alex einfach.

Cora räumte die Bücher und Papiere auf dem Tisch zusammen. Während sie das tat, las sie die Buchtitel. Neben mehreren Bibelausgaben schien Alex fünf Romane, zwei Kommentare, drei wissenschaftliche Bücher, eine Autobiographie, ein Geschichtsbuch und vier Bücher zu geistlichen Themen zu lesen, und zwar offenbar alle gleichzeitig.

Cora mußte lächeln. Nachdenklich betrachtete sie die Bücher und erkannte, daß die meisten von ihnen entweder zu ihren Lieblingsbüchern gehörten oder Bücher waren, die sie gern noch lesen wollte. „Ich brauche wohl nicht zu fragen, was Sie mit Ihrer Freizeit anfangen", sagte sie leichthin. Sie nahm die Bücher von den Stühlen und legte sie auf den Boden.

Alex stellte eine Schüssel Spaghetti mit Geschnetzeltem auf den Tisch. „Ich denke, man kann sie meine Gefährten nennen." Er deutete auf die Bücher. „Esther ist sehr anschmiegsam, aber sie spricht nicht viel. Da ich allein lebe, neigt mein Verstand dazu, ein wenig überaktiv zu sein, wenn ich nicht die Gedanken und Ideen anderer als Gegengewicht dagegensetzen kann. Als ich zuerst allein lebte, war ich so ruhelos, daß ich dachte, ich würde verrückt werden. Dann begann ich, mir Freunde einzuladen." Er griff nach einem der Bücher. „Das ist eines von C.S. Lewis – ein sehr guter Freund von mir."

Cora drehte sich zu ihm um. Er stand dichter hinter ihr, als sie gedacht hatte, aber zum ersten Mal wich sie nicht vor ihm zurück. „Auch wenn ich mit Cleo in einem Haus wohne", hörte sie sich sagen, „habe ich manchmal das Gefühl, als würde ich allein leben. Sie ist im Augenblick ein wenig schwierig." Sie hielt inne und wunderte sich, daß sie ihm das erzählte. „Das Haus scheint so still. Manchmal habe ich das Gefühl, ich kann es nicht mehr ertragen." Sie griff nach den Tellern, die er auf die Theke gestellt hatte, und deckte den Tisch. Schnell sah sie zu ihm auf. „Sonst lese ich auch sehr gern. Aber in letzter Zeit erscheint mir das zu ruhig. Ich renne immer aus dem Haus und versuche, vor der Stille zu fliehen."

Er nickte. „Manchmal sehe ich Sie." Er holte die Gläser aus dem Schrank. „Es ist nicht leicht zu lernen. Das Ruhigsein, meine ich", sagte er über die Schulter hinweg. „Ich glaube, der Grund ist, daß wir nur in der Stille auf Gottes Stimme hören können – und was er sagt, ist nicht immer angenehm. Wir halten uns die Ohren zu und laufen fort, wollen unseren eigenen Weg gehen, wie Jona." Er reichte ihr die Gläser und holte das Besteck aus der Schublade. „Es muß schrecklich still in diesem Fischbauch gewesen sein. Niemand, mit dem er reden konnte, und er konnte nicht mehr weglaufen. Jona mußte sich schließlich sich selbst stellen – und Gott."

Er kam um den Tisch herum und legte das Besteck neben die Teller, und wieder wich Cora vor seiner Nähe zurück. *Laß mich einfach nur in Ruhe. Hör auf, mich mit deinen Blicken zu verfolgen. Hör auf, jeden Gesichtsausdruck, jeden Gedanken von mir zu bewerten.* Sie ging zur anderen Seite des Tisches; sie wußte, er hatte ihre Bewegung bemerkt, aber sie weigerte sich, ihn noch einmal anzusehen.

Das Unbehagen zwischen ihnen verflüchtigte sich, als Felix zu Tisch kam. Ungeduldig wartete er darauf, daß Alex sein Dankgebet beendete, dann hob er ungläubig die Augenbrauen, als er auf die Teller sah. „Grüne Spaghetti?"

„Pesto", korrigierte Alex.

„Pfui Teufel!"

„Erweitere deinen Horizont", meinte Cora. „Es schmeckt köstlich." Sie lächelte Alex an, wenn sie auch den direkten Blickkontakt mit ihm mied.

Felix nahm eine Gabel Spaghetti. „Nicht schlecht", gab er zu. „Natürlich ist alles besser als das Zeug, das wir im Heim bekommen."

„Ich denke", meinte Alex, „wenn ich zwischen den Zeilen lese, kann ich das folgendermaßen interpretieren: ‚Vielen Dank, daß Sie mich zum Mittagessen eingeladen haben, Mr. McGregor. Ich freue mich über das leckere Essen.' Habe ich recht?"

Felix zuckte die Achseln und steckte gerade eine neue Gabel voll Spaghetti in den Mund. „Wenn Sie wollen."

Cora wechselte über Felix' Kopf hinweg einen Blick mit Alex. Sie lächelten sich an, und plötzlich fiel das Unbehagen von ihr ab; wieder einmal empfand sie dieses seltsame Gefühl tiefen Friedens.

Felix erzählte ihnen von dem Leben im Wohnwagenpark, und Cora lachte über seine Anekdoten, bis ihr Tränen in den Augen standen; dann wieder brannten ihre Augen vor ungeweinten Tränen.

Als sie fertig gegessen hatten, spülten sie und Felix das Geschirr ab. Felix verschüttete ganze Fluten von Wasser auf den Boden. Esther hatte sich auf den Kühlschrank zurückgezogen und sah zu. Alex lehnte am Küchentisch hinter ihnen; Cora spürte seinen Blick auf ihr, und dann und wann blickte sie ihn über die Schulter hinweg an und lächelte. Sie konnte die Veränderung in ihren Gefühlen nicht erklären, es war, als hätte sich eine Tür in ihr zuerst geöffnet, dann geschlossen und jetzt wieder geöffnet; sie wußte nur, daß sie sich ruhig und zufrieden fühlte, als würde sie vollkommen im Einklang mit sich, Gott und der Welt stehen.

Und mit Alex.

Sie und Felix wuschen den letzten Teller ab. „Wie wäre es mit einer Runde Monopoly?" fragte Alex.

Felix stöhnte. „Ich *hasse* Monopoly. Das ist das langweiligste Spiel, das je erfunden wurde."

„Ein anderes Spiel habe ich aber nicht", antwortete Alex.

„Ich habe eine Idee", erwiderte Cora, „wir könnten doch das Lexikonspiel spielen. Bestimmt haben Sie hier irgendwo ein Wörterbuch, Alex, und ich bin sicher, Felix wird großartig darin sein, alle möglichen Definitionen zu erfinden." Sie erklärte die Regeln des Spiels, bei dem alle Beteiligten sich zu einem skurrilen Begriff aus dem Lexikon eine möglichst verrückte, aber echt klingende Definition ausdenken mußten, und die anderen sollten dann raten, welches die erfundene und welches die echte Bedeutung des Wortes war.

Cora lachte über Felix' und Alex' völlig verrückte und kreative Definitionen, bis ihr die Tränen kamen. Sie konnte sich nicht erinnern, wann sie sich das letzte Mal so entspannt und so glücklich gefühlt hatte. Als Alex verkündete, es sei nun an der Zeit, Felix ins Heim zurückzubringen, war sie richtig enttäuscht, daß der Nachmittag schon vorüber war.

Sie zögerte in der Tür von Alex' Haus, streichelte Esther noch einmal über den weichen Rücken. Es fiel ihr seltsam schwer zu gehen, so als wüßte sie, daß der Zauber des Tages zu Ende sein würde, wenn sie das Haus verließ, und sie würde wieder in ihre Ruhelosigkeit verfallen; diese Tür in ihrem Innern würde wieder zuschlagen und sie von der Wärme trennen, die sie in Alex' Augen entdeckt hatte.

Was denke ich da eigentlich? Schnell trat sie aus der Tür. „Möchtest du deine Zeichnung von Esther eigentlich behalten?" fragte sie Felix.

Er zuckte die Achseln.„Mr. McGregor kann sie haben."

„Vielen Dank, Felix", sagte Alex. „Vielleicht kann ich sie rahmen lassen."

„Bestimmt", meinte Felix sarkastisch.

„Im Ernst", erwiderte Alex. „Es ist eine sehr gute Zeichnung. Es bedeutet mir sehr viel, daß du sie mir geschenkt hast. Ich habe mir immer eine von deinen Zeichnungen gewünscht."

Auch Felix schien sich wieder zu verwandeln, zog sich wieder in sein Schneckenhaus zurück.

„Soll ich Sie zu Hause absetzen?" fragte Alex Cora, als sie zu seinem Wagen gingen.

Cora schüttelte den Kopf. „Ich denke, ich werde nach Hause laufen." Sie lächelte Felix an. „Bis morgen, Felix. Das war ein richtig schöner Nachmittag, nicht wahr?" Sie sah zu Alex und schnell wieder weg. „Vielen Dank für das Mittagessen. Es war schön heute."

Er nickte. „Das war es." Er öffnete den Mund, als wolle er noch etwas anderes sagen, doch dann schloß er ihn wieder. „Bis dann", sagte er noch.

Cora winkte ihnen noch nach, dann ging sie langsam nach Hause. *Ich hätte heute nachmittag mit Tim zusammensein können,* dachte sie, doch dann erinnerte sie sich an Felix' fröhliches Lachen, als er sie beim Lexikonspiel ausgetrickst hatte, und sie lächelte.

„Danke, Gott", begann sie, doch sie fand sonst keine Worte mehr, und so sagte sie noch einmal: „Danke."

Der Frieden, den sie empfand, war auch noch mit ihr, als sie am nächsten Morgen zum Heim fuhr. Als sie auf den Parkplatz abbog, überlegte sie, welche Regeln sie aufstellen sollte. „Bitte hilf mir", flüsterte sie Gott zu, dann stieg sie aus.

Alex' Wagen stand bereits da, und sie beeilte sich, weil sie hoffte, daß Felix an diesem Morgen vielleicht wieder in seinem Schrank sitzen würde. Seit gestern hatte sie immer wieder an ihn denken müssen. Sie wünschte, sie könnte ihm ein anderes Leben bieten als das, was er kennengelernt hatte. *Er ist so klug und begabt und so liebeshungrig,* dachte sie, als sie das Schulgebäude betrat. *Alex spricht so selbstverständlich mit ihm über dich, Gott. Bitte gib auch mir die Gelegenheit, ihm deine Liebe zu zeigen. Was ich eigentlich möchte, Gott, ist, ihm zu zeigen, wie es ist, sich geliebt und sicher zu fühlen. Falls Tim und ich heiraten, könnten wir ihn vielleicht adoptieren . . .* Dann dachte sie an die Spannungen zwischen Tim und Felix, und sie verzog das Gesicht. *Na ja, Gott, du kannst doch Wunder tun, oder?* Sie versuchte, das Gefühl der Gegenwart Gottes wiederzufinden, doch irgendwie schien es verschwunden zu sein. Stirnrunzelnd stieg sie die Treppe zum zweiten Stockwerk hoch.

„Gibt es ein Problem, Cora?" Margaret Truesdell stand oben auf der Treppe und blickte zu ihr hinunter. „Sie schauen so finster drein."

Cora lächelte verlegen. „Nein, ich habe nur nachgedacht –" Sie brach ab; es war unmöglich, Margaret ihre Gedankengänge zu erklären. Sie nahm einen anderen Gedanken auf. „Ich habe einige Disziplinprobleme mit meiner Klasse, fürchte ich. Alex McGregor hat mir geraten, feste Klassenregeln aufzustellen. Das werde ich heute gleich in Angriff nehmen."

Margaret begleitete sie den Flur hinunter. „Gut. Es tut mir leid, daß ich Ihnen in den vergangenen Wochen nicht mehr zur Verfügung gestanden habe, aber der Herbst vergeht immer viel zu schnell – und offen gesagt, ich habe nur Gutes über Sie gehört; darum habe ich angenommen, daß Sie auch allein zurechtkommen." Vor Coras Klassenzimmer blieb sie stehen und wendete sich Cora zu. „Ich bin froh, daß Sie von Alex einen Rat annehmen. Er ist ein guter Lehrer, ich möchte sogar sagen, er ist außergewöhnlich begabt. Ich erinnere mich noch daran, daß ich als junge Lehrerin sehr von meinen Freundschaften mit erfahreneren Lehrern profitiert habe."

„Ja, ja, das sehe ich auch so." Cora scharrte unbehaglich mit dem Fuß. „Natürlich", fügte sie hinzu, „kenne ich ja bereits Tim. Er unterrichtet schon länger als Alex." *Warum mußte ich Tim ansprechen?* Sie spürte, wie sie errötete.

Margaret betrachtete sie nachdenklich. „Ja", meinte sie, „das stimmt. Tim unterrichtet schon länger als Alex. Aber –" Sie schüttelte den Kopf. „Kommen Sie nach dem Unterricht doch kurz in meinem Büro vorbei, Cora. Ich würde gern hören, wie es mit Ihren neuen Regeln gelaufen ist."

Cora war einverstanden. Sie blieb noch eine Weile im Flur stehen, nachdem Margaret gegangen war. *Warum bin ich wieder so unruhig, Gott? Sie hat Tim nicht erwähnt, doch ich hatte das Gefühl, als müßte ich ihn ins Gespräch bringen, so als müßte ich ihn irgendwie gegen Alex verteidigen. Warum bin ich manchmal so dumm?* Sie schüttelte ärgerlich den Kopf und öffnete die Tür zu ihrem Klassenraum.

Erstaunt sah sie, daß Felix bereits auf seinem Platz und nicht im Schrank saß. Er beugte sich über ein Blatt Papier, einen Stift in der Hand, doch er sah auf, als sie die Tür öffnete. Er schob seine Brille hoch. „Das wird aber auch Zeit. Ich habe auf Sie gewartet."

Cora lächelte. „Ich habe noch mit Mrs. Truesdell gesprochen. Wolltest du etwas Bestimmtes?"

Felix nickte. „Könnten Sie mir eine Bibel geben?"

10

„Sie brauchen gar nicht so erfreut zu gucken", meinte Felix kopfschüttelnd. „Es ist ja nicht so, daß ich Sie gebeten habe, mich zu bekehren oder so etwas. Ich möchte nur eine Bibel haben, in der ich lesen kann. Ich könnte meine Hauseltern oder Mr. McGregor fragen, aber ich habe gedacht, daß die sich dann zuviel dabei denken. Also machen Sie bitte nicht denselben Fehler."

Cora ging zu ihrem Pult und öffnete eine Schublade. „Ich habe immer eine Bibel hier. Du kannst sie haben." Sie beugte sich vor, um sie Felix zu reichen. „Was willst du damit?"

Er zuckte die Achseln. „Ich bin bloß neugierig. Wir hören hier so viele Predigten, und ständig zitieren die Leute aus der Bibel. Ich möchte in der Lage sein, selbst zu überprüfen, was mir erzählt wird. Mir gefällt es nicht, wenn jemand Zugang zu einer möglichen Informationsquelle hat und ich nicht." Er streckte das Kinn vor. „Ich hoffe, Sie haben mitgekriegt, daß ich *mögliche Informationsquelle* gesagt habe. Und wer weiß – vielleicht interpretieren Sie alle das Ganze ja vollkommen falsch. Vielleicht ist ja etwas ganz anderes gemeint, wenn man sich den Kontext ansieht. Wissen Sie, was ich meine? Ich traue nur meinem eigenen Verstand."

Cora nickte. „Das macht Sinn."

„Tatsächlich?"

„Sicher. Niemand kann dir vorschreiben, was du glauben sollst. Das mußt du ganz allein herausfinden." Sie drehte sich um und öffnete die Vorhänge, damit er ihr Lächeln nicht sah.

Er beobachtete sie einen Augenblick. „Dann wollen Sie mir also kein kleines Traktat mit den zwölf Schritten zur Erlösung in die Hand drücken oder so etwas?"

Cora drehte sich um und lächelte ihn an. „Nein."

Felix schüttelte den Kopf, stand auf und legte die Bibel zu seinen Sachen in den Schrank. „Erzählen Sie es niemandem. Vor allem nicht den anderen Kindern."

„Wieso?"

„Sie ärgern mich auch so schon genug, auch ohne daß sie denken, ich würde mich in einen religiösen Fanatiker verwandeln. Ich kann schon hören, wie Kenny sich über mich lustig macht."

Cora setzte sich an ihr Pult. „In vieler Hinsicht seid ihr euch sehr ähnlich, Kenny und du."

Felix verzog das Gesicht. „Wir sind uns überhaupt nicht ähnlich. Er ist ein Vollidiot. Die anderen Jungen mögen ihn, weil er so gut in diesen blöden Spielen ist, die Mr. Adams für so wichtig hält – und ich bin klein und schlau, und keiner der Jungen mag mich. Wenn ich in einer Mannschaft mitspielen muß, stöhnen alle."

Cora nickte. „Und ich bin sicher, daß Kenny genauso neidisch auf deinen Verstand und deine künstlerischen Fähigkeiten ist wie du auf seine Statur."

Felix blickte sie finster an. „Ich bin nicht neidisch auf ihn. Wer möchte schon ein großer Vollidiot sein?"

Cora zuckte die Achseln. „Siehst du, was ich meine? Ihr beide beleidigt die Leute, die ihr eigentlich beneidet. Ihr beide möchtet gern alles kontrollieren. Euch beiden fällt es schwer, Menschen an euch heranzulassen – und ihr benutzt euren Mund, um die Leute auf Distanz zu halten. Und euch beiden fällt es schwer, Autorität zu akzeptieren, nicht?"

Felix senkte den Blick und radierte an seiner Zeichnung herum. „Vielleicht", meinte er schließlich. Er beugte sich über seine Zeichnung und streckte konzentriert die Zungenspitze heraus, als er die Umrisse eines Nilpferds zeichnete. Cora lehnte sich gegen ihr Pult und beobachtete ihn. Er hob den Kopf und sah Cora an. „Am Freitag war es ziemlich übel in der Klasse, nicht?"

Cora nickte.

„Sie haben völlig die Kontrolle verloren, nicht? Gut, daß Mr. McGregor gerade kam."

Wieder nickte Cora.

Felix sah auf seine Zeichnung. „Ich schätze, ich habe mit dem ganzen Blödsinn angefangen, nicht?"

Cora zuckte die Achseln. „Du hast diesen bestimmten Zwischenfall inszeniert. Wie Mr. McGregor sagen würde, war das absolut nicht angemessen. Aber irgend etwas ähnliches wäre irgendwann sowieso passiert, ob du nun damit angefangen hast oder nicht."

„Dann werden Sie uns so etwas also nicht mehr durchgehen lassen?"

Sie schüttelte den Kopf.

„Werden Sie gehen?"

„Nein."

„Was wollen Sie denn dann tun?"

Cora lächelte. „Wart's ab."

Felix blinzelte sie an. „Ich wette, Sie können gar nicht gemein sein. Nicht gemein genug, um uns im Griff zu haben. Es sei denn, Sie haben Nachhilfe bei Ihrem tollen Mr. Adams genommen. Er ist ziemlich gemein."

Cora öffnete den Mund, dann schloß sie ihn wieder. Sie blickte zum Fenster hinaus. „Wie ich schon sagte, Felix, warte es ab."

Nach dem Unterricht schloß Cora die Tür zu ihrem Klassenzimmer hinter sich und ging zu Margaret Truesdells Büro. Margaret blickte auf und lächelte, als Cora eintrat.

„Und, wie ist es gegangen?"

Cora sah sich in Margarets Büro um. Es war in verschiedenen Grüntönen dekoriert, und nach dem Lärm in ihrem Klassenraum erschien es Cora so friedlich wie ein Wald. Sie betrachtete die Samtvorhänge hinter Margarets Schreibtisch und seufzte. „Ganz gut. Es ist aber auch nichts Wundersames passiert." Sie lächelte verlegen. „Vermutlich dachte ich, ich würde mich über Nacht in die vollkommene Lehrerin verwandeln. Aber die Atmosphäre in meiner Klasse hat sich ganz eindeutig gewandelt. Die Kinder waren nicht besonders glücklich darüber, aber ich sage mir immer wieder, daß das nichts macht. Ich glaube, ich sehe endlich ein Licht am Ende des Tunnels . . . oder so etwas. Ich meine, ich weiß endlich, worauf ich hinarbeite, und werkele nicht mehr so ziellos herum wie vorher." Sie ließ sich auf einen Stuhl fallen, den Margaret ihr hingestellt hatte. „Ich wußte gar nicht, daß Unterrichten so anstrengend sein kann."

Margaret lächelte. „Ich habe mehrmals im Flur gestanden und Ihren Unterricht beobachtet, Cora. Sie sind ein Naturtalent. Sie müssen nur Ihren Stil finden, Ihren persönlichen Rhythmus. Wenn Sie den erst einmal haben, werden Sie sich besser entspannen können. Aber Sie haben recht, Unterrichten kann sehr schwierig sein, vor allem, wenn wir emotional mit etwas anderem beschäftigt sind. Diese Schüler erfordern unsere ganze Aufmerksamkeit."

Cora dachte an die vielen Male, bei denen sie sich durch ihre Gedanken an Tim von ihrer Klasse hatte ablenken lassen. Sie nickte langsam.

Margaret berührte ihren Arm. „Ich danke Gott, daß Sie zu uns gekommen sind, Cora. Haben Sie ein wenig Geduld mit sich. Ich weiß, daß Gott Sie hier gebrauchen wird."

„Ich dachte, du müßtest heute abend arbeiten", sagte Cora zu Cleo, als sie zur Tür hereinkam und ihre Freundin auf dem Sofa sitzend vorfand.

Cleo putzte sich die Nase und zog sich ihren Schal fester um die Schultern. „Sollte ich auch, aber ich habe eine Erkältung. Der Doktor hat mich nach Hause geschickt – er sagte, er wolle nicht, daß ich alle seine Patienten anstecke." Sie putzte sich wieder die Nase und schniefte leise.

„Das klingt ja schrecklich. Soll ich dir etwas holen?"

Cleo schüttelte den Kopf.

„Wie wäre es mit einer Tasse Tee?"

Cleo lächelte schwach. „Ich weiß nicht, warum du so lieb zu mir bist, wo ich in der letzten Zeit doch einfach unerträglich gewesen bin."

Cora füllte den Kessel mit Wasser. Sie lächelte Cleo über die Schulter hinweg an. „Weil ich dich mag."

In Cleos blauen Augen glitzerten Tränen. Cora stellte den Wasserkessel ab und kniete vor dem Sofa nieder. „Oh Cora", sagte Cleo und ließ den Kopf an Coras Schulter sinken, „ich fühle mich so schrecklich. So hart innendrin und gleichzeitig so unsicher. Ich weiß, daß das nicht in Ordnung sein kann. Wenn ich wirklich Gottes Willen tue, indem ich Markus nicht heirate, meinst du nicht, dann müßte ich Frieden darüber finden?"

Cora nickte.

„Aber den habe ich nicht. Ich fühle mich schrecklich. Kalt und einsam, so als würden alle, denen ich nahestehe, sich immer weiter von mir entfernen. Du, Oma und Opa, Markus –" Sie fuhr sich mit der Hand über die Augen, und Cora fand, daß sie wie eine unglückliche Zehnjährige aussah. „Ich weiß einfach nicht, was ich tun soll. Ich liebe ihn, Cora. Aber ich kann ihn einfach nicht heiraten."

Cora strich über Cleos Locken. „Das ist schon in Ordnung", sagte sie liebevoll. „Die Leute, die dich lieben, sind alle noch da. Wir können warten, während du dir über alles klar wirst. Aber heute abend ist vielleicht nicht der richtige Zeitpunkt, über das alles nachzudenken. Ruh dich einfach aus." Cora lächelte, und dann wiederholte sie Margaret Truesdells Worte: „Hab ein bißchen Geduld mit dir."

Cleo seufzte und putzte sich die Nase. Cora stand auf und setzte Wasser auf.

Während sie darauf wartete, daß das Wasser zu kochen anfing, erzählte sie Cleo von ihrem Schultag. „Vermutlich habe ich erwartet, daß die Kinder genauso scharf darauf sind, diese Regeln aufzustellen, wie ich. Aber sie waren es natürlich nicht." Sie schüttelte den Kopf. „Sie beherrschen die Kunst der emotionalen Erpressung so gut – *Tu, was ich will, dann bin ich dein Freund.* Wenigstens erkenne ich jetzt, was sie machen, dank Alex." Sie goß kochendes Wasser auf den Teebeutel und reichte Cleo die dampfende Tasse.

„Mmm." Cleo lächelte sie über den Tassenrand hinweg an. „Dann gibst du also zu, daß Alex gar kein so übler Kerl ist?"

Cora zuckte die Achseln. „Ich gebe zu, daß er ein sehr guter Lehrer ist."

„Besser als Tim?"

Cora preßte die Lippen aufeinander. „Tim hat im Augenblick Probleme mit seinem Unterrichtsansatz. Das hat nichts damit zu tun, wie ich für ihn empfinde."

„Ich verstehe", meinte Cleo sanft. Sie trank schweigend ihren Tee, während Cora mit den Vorbereitungen fürs Abendessen begann.

Cleos Erkältung wurde immer schlimmer. Am Freitag saß sie mit einer Packung Taschentücher auf dem Sofa und schwitzte und fror abwechselnd. „Ich glaube, du hast eine ausgewachsene Grippe", meinte Cora, als sie von der Schule nach Hause kam. Sie ging zum Kühlschrank und holte ihr ein Glas Orangensaft.

„Vielen Dank, Schwester Carpenter", murmelte Cleo, als sie das Glas entgegennahm. „Wie war dein Arbeitstag?"

Cora lächelte. „Besser. Sehr viel besser. Die Situation scheint sich langsam zu entspannen. Es tritt eine gewisse Ordnung in der Klasse ein – und wir sind sehr viel netter zueinander. Es ist, als brauchten wir nicht mehr alle versuchen, irgend etwas zu beweisen, mich eingeschlossen. Zum ersten Mal kann ich mich richtig auf den Unterricht konzentrieren, anstatt immer nur zu versuchen, mögliche Katastrophen zu umschiffen, wie ich es bisher getan habe. Und in ihrer Freizeit habe ich Polly und Lamar in der Leseecke entdeckt – und sie haben tatsächlich gelesen." Sie seufzte und ließ sich in einen Sessel sinken. „Alex und ich werden zusammen einen ‚Laden' aufmachen, mit Dingen, die die Kinder mit den Punkten für angemessenes Verhalten ‚kaufen' können. Und nächste Woche können alle, die genügend Punkte zusammenhaben, sie gegen eine Fahrt zur Rollerskatingbahn eintauschen. Margaret hat uns einen Bus bewilligt, mit dem Alex' und meine Klasse hinfahren können."

Cleo stellte das leere Glas auf den Boden und strich sich ihre Haare aus der Stirn. „Klingt gut", meinte sie schlapp, dann runzelte sie die Stirn. „Eine Rollerskatingbahn – das scheint mir nicht das zu sein, was deinem kleinen Freund Felix Spaß machen wird."

Cora grinste. „Nein. Alex und ich haben auch schon daran gedacht. Es wird also noch eine andere Fahrt angeboten werden – zum Kunstmuseum. Ich bin mir ziemlich sicher, daß Felix der einzige Interessent dafür sein wird." Sie streckte ihre langen Beine von sich und zog sich die Schuhe aus. „Ich freue mich schon darauf, ein wenig Zeit mit Felix allein zu haben. Ich mag die Kinder alle, wirklich, aber Felix hat etwas Besonderes. Ich wünschte, ich könnte ihn mit nach Hause nehmen."

Das Telefon läutete, und Cora sprang auf, um den Hörer abzunehmen. Die ganze Woche über hatte sie sich so stark auf ihre Schüler konzentriert, daß sie kaum an Tim gedacht hatte. Auf dem Heimweg jedoch hatte sie sich gefragt, ob er sich am Wochenende wohl melden würde, und während sie sich mit Cleo unterhielt, hatte sie mit halbem Ohr auf das Telefon gehört. Ihr Herz klopfte, als sie den Hörer abnahm. „Hallo?"

„Hey, Cora."

Cora ließ den Atem entweichen, den sie angehalten hatte. „Hallo, Tim." Sie lächelte.

„Ich weiß, es ist mal wieder auf den letzten Drücker, aber jedesmal wenn ich versucht habe, in der Schule mit dir zu sprechen, warst du gerade mit Alex McGregor zugange."

„Es ging um Schulangelegenheiten", erklärte Cora schnell. „Wir haben ein gemeinsames Programm für unsere beiden Klassen ausgearbeitet."

„Aha. Na ja, was ich dich fragen wollte: Hast du heute abend schon etwas vor? Ich würde mich gern mit dir treffen."

„Ich habe nichts vor", erwiderte sie, „aber deine Schwester ist ziemlich krank. Ich glaube, sie hat die Grippe. Ich würde gern bei ihr bleiben, nachdem sie schon den ganzen Tag allein war."

Cleo zog eine Grimasse und winkte ab. „Geh nur", krächzte sie. „Ich komme schon allein zurecht."

„Arme Cleo." Tim zögerte. „Ich hab's! Frag sie, ob sie nicht zu Oma überwechseln möchte. Da gehört sie hin, wenn sie krank ist. Sie kann sich verwöhnen lassen und Omas Hühnersuppe essen. Oma wird das gefallen und Cleo auch. Wir könnten sie hinbringen, und dann könnten wir beide irgendwohin gehen."

„Bleib dran", antwortete Cora. „Ich werde sie fragen."

Cleo war von der Idee sehr angetan, und Cora sagte Tim voller Freude zu.

„Das Haus wird mir leer erscheinen", sagte Cora, als sie für Cleo eine Tasche packte. „Ich werde dich vermissen."

„Ich wüßte nicht, warum", schniefte Cleo. „Ich bin doch eine solche Ziege gewesen."

Cora lachte. „Du bist wirklich krank, Cleo, wenn du anfängst, so pathetisch zu werden." Sie sah zum Fenster hinaus. „Da ist Tim schon. Denkst du, du kannst bis zum Wagen laufen?"

„Ich bin doch kein Invalide", entrüstete sich Cleo, als sie zur Tür ging. Doch sie mußte sich gegen die Wand lehnen und schloß die Augen. „Aber vielleicht würde es Tim ganz gut tun, mir in den Wagen zu helfen." Sie atmete tief durch und öffnete die Augen. „Weißt du, das könnte ihm nicht schaden. Geh doch bitte hinaus und sag ihm, daß seine kleine Schwester seine Hilfe braucht."

Tim verzog den Mund zu einem schiefen Grinsen, als Cora ihm Cleos Botschaft überbrachte. „Du hast es so gewollt", sagte er, als er einen Augenblick später mit Cleo auf den Armen zur Tür herauskam.

„Ich kann laufen", beharrte sie. „Ich wollte mich nur ein wenig auf dich stützen."

„Halt den Mund, Cleo", sagte er. „Du wiegst kaum soviel wie Omas alte Katze. Außerdem habe ich dich immer herumgetragen, als wir noch klein waren." Er lächelte, als er seine Schwester in den Wagen setzte und eine Decke um sie legte. „Weißt du nicht mehr?"

„Ich kann mich nur noch vage daran erinnern." Cleo rutschte in die Mitte, damit Cora sich neben sie setzen konnte. „Das ist schon lange her."

Tim startete den Motor. „Bevor Mom und Dad gestorben sind."

Cora bemerkte, wie Cleo sich fester an die Decke klammerte. „Ja."

Tim fuhr den Wagen rückwärts aus der Einfahrt. „Hast du eigentlich in letzter Zeit mit Markus gesprochen?" fragte er, als er auf die Landstraße abbog.

„Nein."

„Das habe ich mir gedacht. Ich habe ihn angerufen, bevor ich herkam, und ihm gesagt, daß du krank bist."

Cora sah, wie Cleo sich straffte. „Warum hast du das getan?"

„Ich weiß nicht. Vermutlich dachte ich, daß er es bestimmt gern wissen wollte. Damit er für dich beten kann."

„Ha, ha", meinte Cleo trocken. „Weißt du", sagte sie nach einer Weile, „das sieht dir eigentlich nicht ähnlich, Tim. Normalerweise kümmerst du dich doch nur um deine eigenen Angelegenheiten."

„Normalerweise", entgegnete Tim sanft. „Vermutlich mache ich mir Sorgen um dich, Cleo."

Cleo schnaubte.

„Ja, wirklich. Du scheinst es mit deinem Bruch mit Markus ziemlich ernst zu meinen. Und das wäre wirklich sehr dumm."

„Ach ja?" Cleos Stimme klang gezwungen.

„Ja. Ihr zwei seid ganz offensichtlich füreinander geschaffen. Es wäre doch dumm, wenn du das alles wegwirfst, nur weil du Angst hast."

Cleo ballte die Hände zu Fäusten. „Was weißt du schon, Tim?"

Tim schwieg eine Weile. „Ich weiß", meinte er schließlich, „daß du Angst hast. Ich weiß, daß es wegen Mom und Dad ist. Ich schätze . . . ach, ich weiß nicht. Du denkst vermutlich, wenn du es wagst, zu heiraten und glücklich zu sein . . . daß Markus dann auch etwas zustößt."

„Wie kannst du es wagen, Tim!" sagte Cleo mit leiser, harter Stimme. „Wie kannst du es wagen, mich zu analysieren, wo – wo –" Cora hörte, wie sie schluckte, als würde sie ihre Worte nur durch reine Willenskraft unterdrücken.

„Ich weiß", erwiderte Tim leise, „ich weiß. Aber vielleicht verstehe ich es deshalb ja auch so gut." Er bog in die Einfahrt der Adams ein. „Sieh mal, Cleo, ich weiß, du bist krank, und dies ist vermutlich kein guter Zeitpunkt für ein solches Gespräch. Aber ich weiß, daß Markus morgen versuchen wird, mit dir zu sprechen, und es würde mir gar nicht gefallen, wenn du ihn abweisen würdest. Die Missionsgesellschaft hat ihn angenommen – und eines Tages kommt er vielleicht nicht mehr zu dir zurück." Er stellte den Motor ab, und Cora spürte, wie er Cleo den Arm um die Schulter legte. „Ob du es glaubst oder nicht, Cleo", sagte er leise, „ich liebe dich." Er stieg aus und nahm Cleo wieder auf die Arme.

Cora folgte ihnen nach draußen. Sie wartete, während die Großeltern Adams die beiden begrüßten und Cleo dann nach oben ins Bett packten. „Gute Besserung", sagte sie zu ihrer Freundin. Sie blickte auf Cleos kleines, blasses Gesicht hinab und sah die Tränen in ihren Augen. „Mach dir keine Gedanken. Ruh dich einfach nur aus. Bis bald." Sie schloß leise die Schlafzimmertür hinter sich.

Unten preßte Mrs. Adams die Lippen aufeinander und schüttelte den Kopf. „Seit der Sache mit Markus hat sie nicht mehr gut geschlafen. Ich sehe das an ihren Augen. Wenn sie als Kind bedrückt war, sah sie genauso aus, und dann wurde sie immer krank."

Mr. Adams legte ihr die Hand auf die Schulter. „Auf jeden Fall bekommt sie jetzt die Ruhe, die sie braucht, und du kannst sie verwöhnen."

„Ich hoffe es." Cleos Großmutter schüttelte wieder den Kopf. „Aber ich kann nicht dafür sorgen, daß ihre Gedanken zur Ruhe kommen."

„Nein." Ihr Mann lächelte. „Aber unser Herr kann es."

Sie gingen in ein italienisches Restaurant, das wegen der späten Stunde ziemlich leer war. Tim redete während des Essens sehr wenig. Cora betrachtete sein Gesicht und dachte an die Liebe, die er Cleo vorhin gezeigt hatte. Mehrmals öffnete sie den Mund, um irgend etwas über Cleo und Markus zu sagen, doch sie hielt sich immer gerade noch rechtzeitig zurück. *Tim braucht einen ruhigen Menschen an seiner Seite,* ermahnte sie sich. Sie versuchte, zu dem Frieden zu finden, den sie in der vergangenen Woche immer wieder erfahren hatte, doch ihre Gedanken arbeiteten unaufhörlich. Sie konnte nichts anderes denken, als daß sie Tim liebte.

Nach dem Essen fuhr er sie zu ihrem Haus zurück. „Hast du Angst, allein zu sein?" fragte er, als sie vor dem Haus standen.

Cora schüttelte den Kopf. „Eigentlich nicht."

„Soll ich mit hineinkommen?"

Cora blickte ihn an. „Das wäre ganz schön. Ich könnte uns einen Kaffee machen."

Tim beobachtete sie, wie sie Kaffee machte. Das seltsame Schweigen zwischen ihnen machte Cora unruhig, doch sie zwang sich, das Gefühl zu ignorieren. Sie lächelte ihn an, während die Kaffeemaschine unromantisch zu röcheln begann. Er lächelte zurück.

„Du siehst heute abend sehr hübsch aus, kleine Cora."

„Danke." *Nicht gerade ein guter Gesprächseinstieg,* dachte sie. Der Kaffee war fertig, und sie goß jedem eine Tasse ein.

Tim nahm seine Tasse und stellte sich neben sie an die Küchentheke. Sehr intensiv spürte sie seine Nähe; er berührte sie mit seiner Schulter, und sie verspannte sich. Sie sah ihm ins Gesicht, und schließlich konnte sie das Schweigen nicht mehr länger ertragen. „Du hast dich Cleo gegenüber vorhin ganz wunderbar verhalten", sagte sie leise.

Er verzog den Mund. „Sie war nicht gerade sehr empfänglich für das, was ich zu sagen hatte. Nicht, daß ich ihr das übelnehmen würde."

„Sie fühlt sich im Augenblick nur so elend. Aber ich weiß, wenn es ihr besser geht, wird sie zu schätzen wissen, was du ihr gesagt hast."

Tim zuckte die Achseln.

„Mir ist nie in den Sinn gekommen", fuhr Cora fort, „daß sie vielleicht wegen dem, was deinen Eltern passiert ist, Angst hat, Markus zu heiraten. Aber es könnte durchaus sein."

Tim trank seinen Kaffee.

„Ich meine", sagte Cora, „der frühe Tod deiner Eltern hat seine Spuren bei ihr hinterlassen. Bei euch beiden." Sie blickte ihn an.

Er lächelte. Dann nahm er ihr die Kaffeetasse aus der Hand und stellte sie auf die Theke. „Pssst, Cora", sagte er und zog sie an sich. „Nicht reden."

Cora barg ihr Gesicht an seiner Schulter. Nach einer Weile wendete er sich ihr zu, und seine Lippen berührten ihre, vorsichtig erst, dann drängender.

„Oh, Tim", sagte Cora, als sie sich schließlich voneinander lösten, „ich liebe dich."

11

Tim lächelte und zog sie wieder an sich. „Ich liebe dich auch, kleine Cora", flüsterte er, als seine Lippen erneut ihren Mund suchten.

Seine Küsse wurden immer intensiver. Schließlich schob Cora ihn zurück. „Ich glaube, du gehst jetzt wohl besser", sagte sie atemlos.

„Ich denke auch." Er lächelte, während er ihr zärtlich über den Rücken streichelte. „Kann ich morgen vorbeikommen?"

Sie nickte. „Vielleicht könnten wir einen Spaziergang machen", meinte sie schüchtern.

„Was immer du möchtest." Er zog sie noch einmal fest an sich und verabschiedete sich dann.

Noch lange, nachdem er bereits gegangen war, stand Cora an der Küchentheke in dem stillen kleinen Haus. „Tim liebt mich", sagte sie laut. „Hast du das gehört? Er sagte, er würde mich lieben."

Sie schüttete den kalten Kaffee in den Ausguß und spülte ihre Tassen ab. Dann machte sie sich fertig fürs Bett. Sie wünschte, Cleo wäre hier, und sie könnte ihr Glück mit ihr teilen. *Aber sie würde sich nicht mit mir freuen,* erinnerte sie sich. *Sie ist im Augenblick so negativ und sagt soviel Schlechtes über Tim. Es ist besser, daß sie heute abend nicht hier ist, damit ich diesen Augenblick genießen kann, ohne daß sie ihn mir mit ihrem Nörgeln verdirbt.*

Sie lag im Bett und starrte an die schwarze Decke. Immer wieder sprach sie Tims Worte nach, erinnerte sie sich an seine Küsse. *Ich bin so glücklich wie noch nie in meinem Leben,* sagte sie sich. Im Haus war es ganz still. Draußen schrie eine Eule. Sonst war kein Geräusch zu hören, doch in ihrem Innern meinte Cora ein Flüstern zu vernehmen: *Wen willst du denn hier überzeugen?*

Sie wälzte sich ruhelos herum. Erst sehr viel später schlief sie ein.

„Tim liebt mich", sagte sie laut, sobald sie die Augen am nächsten Morgen aufschlug. Irgendwie konnte sie immer noch nicht glauben, daß sie den vergangenen Abend tatsächlich erlebt hatte. Wenn Tim sie liebte, müßte sie dann nicht eigentlich vor Glück schweben?

Sie stand auf und stellte sich unter die Dusche. Da Tim an diesem Tag kommen wollte, zog sie sich etwas schicker an als sonst und schminkte sich sorgfältig. Als sie fertig war, betrachtete sie sich nachdenklich im Spiegel. „Vielleicht hast du Angst, an dein Glück zu glauben", sagte sie. „Vielleicht bist du ähnlich wie Cleo und fürchtest dich davor zu glauben, daß es wirklich wahr ist."

Sie machte ihr Bett und lief dann ziellos im Haus herum. Sie wischte den bereits sauberen Tisch noch einmal ab, schüttelte die Kissen auf und goß die Blumen. „Ich sollte ein wenig für die Schule arbeiten", sagte sie sich dann und setzte sich auf das Sofa. Sie nahm ihr Planungsbuch zur Hand und legte es wieder weg. Sie blätterte einige Aufgaben der Schüler durch, doch es fiel ihr schwer, sich zu konzentrieren.

Als es an ihrer Tür klopfte, sprang sie auf und riß die Tür auf.

Alex McGregor stand davor. „Ach, Sie sind's", platzte Cora heraus.

„Haben Sie jemand anderen erwartet?" Er blickte sich im Zimmer um. „Wo ist Cleo?"

„Sie hat die Grippe", antwortete Cora. „Tim und ich haben sie gestern abend zu ihren Großeltern gebracht."

„Oh." Alex betrachtete sie nachdenklich. „Das muß gewesen sein, als ich versucht habe, Sie anzurufen." Er trat verlegen von einem Fuß auf den anderen.

„Wollten Sie etwas Bestimmtes?“

Er zuckte die Achseln. „Freunde von mir sind dabei, ihren Speicher aufzuräumen. Ihre Kinder gehen bereits zum College, und sie haben einen Haufen altes Spielzeug dort oben. Sie sagten, wir könnten uns nehmen, was wir für unseren ‚Klassenladen‘ bräuchten.“ Er blickte sie an und rang nervös die Hände. „Ich habe mich gefragt, ob Sie Lust haben, mitzukommen und das Zeug durchzusehen.“

„Sehr gern.“ Sie war erstaunt festzustellen, daß sie das ernst meinte. *Ich bin nur so froh, unseren Punkteladen aufzustocken, das ist alles.* Sie gähnte; in der Nacht hatte sie so lange wach gelegen, daß sie noch sehr müde war. Sie betrachtete Alex' breite Schultern und wünschte, sie könnte ihren Kopf nur für einen Augenblick an seine Brust lehnen. *Was ist denn nur los mit mir? Ich habe eindeutig nicht genügend Schlaf bekommen. Entweder ist es das, oder ich werde verrückt.* Sie schüttelte energisch den Kopf. „Aber heute kann ich leider nicht, Alex. Ich würde sehr gern mitkommen, aber es geht nicht.“

Er blickte ihr ins Gesicht. „Sind Sie in Ordnung? Sie haben ganz tiefe Ringe unter den Augen. Und Sie scheinen ein wenig – ich weiß nicht – verändert zu sein.“ Er runzelte die Stirn. „Vielleicht bekommen Sie auch eine Grippe.“

Cora schüttelte wieder den Kopf. „Mir geht es gut.“ Plötzlich hatte sie Angst, Tim könnte durch die Tür treten. *Was wäre so schlimm daran?* fragte sie sich. Aber sie wollte, daß Alex ging. Sie spürte, wie sie sich plötzlich wünschte, sie könnte ihn zur Tür hinausdrängen. Dann stellte sie sich vor, wie seine Arme unter dem rauhen Pullover sich wohl anfühlen würden, und es wurde ihr seltsam warm ums Herz.

„Sie haben einen ganz roten Kopf“, stellte Alex fest und sah sie eindringlich an.

„Vielleicht bekomme ich ja wirklich eine Grippe“, erwiderte sie und wendete sich von ihm ab. „Sie gehen wohl besser, bevor ich Sie noch anstecke.“

Alex schüttelte den Kopf. „Sie haben anscheinend wirklich irgend etwas, Cora. Sie wirken so seltsam. Gar nicht wie sonst."

Ich fühle mich auch gar nicht wie sonst. Was ist nur los mit mir? Tim liebt mich – und ich denke nur daran, daß ich Alex McGregor berühren möchte. Ihr Gesicht brannte noch mehr.

Sie lächelte gezwungen. „Nein, nein, wirklich, mir geht es gut. Ich bin nur beschäftigt." Sie deutete auf ihre Schulbücher, die auf dem Sofa ausgebreitet lagen. „Sehen Sie? Ich habe mir vorgenommen, meinen Papierkram heute zu erledigen. Gehen Sie einfach allein und nehmen Sie mit, was wir Ihrer Meinung nach gebrauchen können. Ich traue Ihrem Urteilsvermögen voll und ganz."

„Also gut", sagte er schließlich. Er starrte sie immer noch an; dann legte er ihr die Hand auf die Stirn. Cora zuckte erst zurück und stand dann sehr still. Sie hatte ein Gefühl, als hätte sie sich verbrannt. Alex zog seine dunklen Augenbrauen zusammen. „Ihre Stirn ist heiß, Cora." Sein Blick begegnete ihrem, und auf einmal wurde auch er rot.

Nein, stöhnte sie, *es kann doch nicht sein, daß du in meinem Gesicht lesen kannst. Du kannst doch nicht wissen, was ich diesmal gedacht habe. Ich weiß ja nicht einmal selbst genau, was ich gedacht habe – wie kannst du es da wissen?* Sie riß ihren Blick von seinem los.

Cora sah, wie sich sein Adamsapfel bewegte, als hätte er mühsam geschluckt. „Ich rufe später nochmal an", sagte er seltsam hastig, „um mich zu vergewissern, daß Sie in Ordnung sind. Wenn Sie sich besser fühlen und Ihre Arbeit erledigt bekommen, könnten Sie vielleicht später vorbeikommen und mir helfen, das Zeug zu sortieren." Er atmete tief durch, dann lächelte er. „Ich koche Ihnen sogar ein Abendessen, wenn Sie möchten."

Cora wendete sich von seinem hoffnungsvollen Blick ab. „Vielleicht", meinte sie. „Mal sehen."

Nachdem er gegangen war, warf sie sich auf das Sofa.

„Was ist nur los mit mir?“ rief sie laut. „Ich weiß, daß ich Tim liebe. Ich liebe ihn schon seit Jahren. Ich weiß, daß er der Mann ist, den Gott für mich bestimmt hat. Ich glaube daran. Und jetzt endlich liebt auch er mich. Wir werden heiraten, unser eigenes kleines Haus haben, und vielleicht wird Felix eines Tages bei uns leben . . .“ Sie schloß die Augen, als könnte sie mit reiner Willenskraft den Gedanken an Alex verdrängen. „Vielleicht versucht der Teufel, mich in Versuchung zu führen. Vielleicht ist es das.“ Sie atmete tief durch. „Aber würde er Alex McGregor dazu benutzen?“ Plötzlich lachte sie laut und legte ihre Hände auf ihr Gesicht. „Wie kann ich durch *Alex McGregor* in Versuchung geführt werden? Ich mag ihn nicht einmal. Und Tim liebe ich so sehr.“

Sie hörte einen Wagen in ihre Einfahrt einbiegen und sprang auf. Sie fuhr sich mit der Hand durchs Haar und über ihr Gesicht, als könnte sie die Wärme vertreiben, die immer noch auf ihrer Haut brannte. „Tim“, sagte sie, als sie ihm die Tür öffnete, „wie schön, dich zu sehen.“

Er beugte sich vor und küßte sie sanft auf die Lippen. „Guten Morgen, Cora. Hast du schon gefrühstückt?“

Sie schüttelte den Kopf.

„Wollen wir frühstücken gehen? Ich kenne da ein wunderschönes kleines Lokal.“

Während des Frühstücks konnte Cora das Schweigen nicht mehr länger ertragen. Sie plauderte über ihre Klasse, über den neuen „Laden“, den Ausflug zur Rollerskatingbahn und zum Kunstmuseum. Tim verzehrte schweigend seine Rühreier und ließ sie reden.

Als Cora schließlich schwieg, grinste er und zog eine Augenbraue hoch. „Es ist dir schwergefallen, gestern abend allein zu sein, nicht? Ich glaube, ich habe dich noch nie soviel reden hören.“

Cora errötete und preßte die Lippen aufeinander. „Tut mir leid.“

„Das ist schon in Ordnung.“ Er schob seinen Teller zurück

und malte mit seiner Gabel Muster auf seine Serviette. Schließlich schüttelte er den Kopf. „Aber ich muß dir sagen, es gefällt mir irgendwie nicht, daß du so unter dem Einfluß von Alex McGregor stehst. Ich bin der Meinung, daß er ganz falsch mit den Kindern umgeht. All diese Regeln, Bonuspunkte und Vergünstigungen – es ist, als würde man sie erpressen, damit sie sich nett verhalten. Sie manipulieren uns, nutzen uns aus – sie beherrschen das Spiel und nehmen, was sie kriegen können. Da bringen solche Maßnahmen einfach nichts. Was sie eigentlich brauchen, ist eine feste Hand. Du mußt streng mit ihnen umgehen und ihnen zeigen, wer das Sagen hat. Dann wissen sie, woran sie sind, und ein bißchen Respekt hat noch niemandem geschadet."

Cora biß sich auf die Lippen. „Ich denke, das ist ein möglicher Ansatz", meinte sie schließlich. „Aber selbst dabei bin ich der Meinung, daß eine starke Hand mit Liebe geführt werden sollte."

Tim zuckte die Achseln. Cora blickte ihm ins Gesicht und versuchte, seine Gefühle zu erraten, doch seine blauen Augen verrieten nichts. „Manchmal, Tim", sagte sie langsam, „scheinst du so wütend zu sein, wenn du von den Kindern sprichst. Du –" Sie schüttelte den Kopf, entschlossen, nicht mehr zu sagen.

Er zuckte wieder die Achseln und lächelte. „Wie du schon sagtest, Cora", meinte er leichthin, „jeder hat seinen eigenen Ansatz." Er nahm die Rechnung und schob seinen Stuhl zurück. „Komm, wir wollen uns diesen herrlichen Tag doch nicht dadurch verderben, daß wir über die kleinen Ungeheuer sprechen."

Er fuhr sie zu ihrem Haus zurück, und sie standen nebeneinander an seinem Wagen und blickten hinauf in den blauen Himmel. „Was für ein wundervoller Tag", sagte Cora.

Tim trat näher an sie heran, so nah, daß sein Atem ihre losen Haare streifte. „Laß uns hineingehen", murmelte er.

Sie blickte ihm schnell ins Gesicht, dann wich sie einen

Schritt zurück. „Es ist zu schön draußen, um hineinzugehen", sagte sie und nahm seine Hand. „Laß uns einen Spaziergang machen."

Hand in Hand schlenderten sie zum Fluß. *Ich träume bestimmt,* dachte Cora. *Dies ist einer meiner Tagträume. Das kann nicht Wirklichkeit sein.* Sie blickte Tim von der Seite an. Die Sonne ließ sein Haar blauschwarz aufleuchten; er wendete sich ihr zu und lächelte, und seine Augen waren so blau wie der Himmel über ihnen. Sie schüttelte den Kopf, als wollte sie ihn klarbekommen. *Warum fühle ich mich nicht glücklich?*

Sie setzten sich auf den umgefallenen Baumstamm. Tim legte den Arm um Coras Schulter und zog sie zu sich heran. Sie schloß die Augen, konzentrierte sich auf seine Nähe, seine Wärme, seinen Geruch, doch sie mußte statt dessen an die beiden Male denken, wo sie Alex hier am Fluß begegnet war.

„Im Sonnenlicht leuchtet Ihr Haar wie eine Flamme." Hatte er das nicht gesagt? Sie schüttelte den Kopf. *Nein, ich will nicht an Alex McGregor denken. Ich liebe Tim.* Sie drehte den Kopf zu ihm hin und ließ sich von ihm küssen.

Das Knacken eines Astes ließ sie zusammenfahren. Sie öffnete die Augen. Alex McGregor stand unten am Flußufer und sah zu ihnen hoch. Sein Gesicht sah so hart aus, als wäre es in Stein gemeißelt.

12

„Es tut mir leid", meinte Alex steif. „Ich wollte nicht stören." Er blickte über ihre Köpfe hinweg auf die Bäume, deren Blätter sich bereits bunt gefärbt hatten. „Ich habe Sie angerufen." Sein Blick suchte den von Cora, doch schnell wendete er ihn wieder ab. „Als Sie nicht abgenommen haben, dachte ich, daß Sie vielleicht hier sind." Er verzog den Mund. „Anscheinend hatte ich recht."

„Alex –" Cora wußte nicht, was sie sagen sollte.

Er zog die Schultern hoch. „Es tut mir leid, daß ich Sie gestört habe." Die Hände in die Taschen gesteckt, wandte er sich zum Gehen. Cora sah ihm nach, wie er zwischen den Bäumen verschwand.

„Er mag dich." Tims Stimme war seltsam weich. „Er mag dich sogar sehr."

Cora schüttelte den Kopf. Sie sah ihm in die Augen, doch sie konnte den Ausdruck darin nicht deuten.

Tim blickte auf den Fluß hinaus. „Eigentlich würdet ihr beide gut zusammenpassen, weißt du? Vermutlich habt ihr viele Gemeinsamkeiten."

Cora ergriff Tims Hand und schüttelte den Kopf. Er lächelte schwach. „Du siehst ängstlich aus, kleine Cora."

Sie betrachtete seine langen, schlanken Finger, dann atmete sie tief durch. „Dich liebe ich, Tim." Sie beugte sich zu ihm vor und wartete darauf, daß er sie küßte.

Am nächsten Tag holte Tim sie zum Gottesdienst ab. Sie saß neben ihm auf der Bank und lauschte auf seine Tenorstimme, wenn er sang, dann beobachtete sie, wie er mit sicherer Hand die Seiten seiner Bibel umblätterte. Er warf ihr einen Blick zu und lächelte; sie lächelte zurück und ließ ihren Blick nicht ein einziges Mal zur anderen Seite der Kirche gleiten, wo, wie sie wußte, Alex McGregor saß.

Nach dem Gottesdienst wartete Oma Adams im Vorraum auf sie. „Kommt doch zum Mittagessen", sagte sie. „Cleo fühlt sich einsam." Sie wendete sich Alex zu, der gerade aus dem Gemeindesaal kam. „Hallo, Alex. Möchten Sie nicht auch mit uns zu Mittag essen?"

„Nein", lehnte er ab. „Ich fürchte, das geht nicht." Er blickte Cora nicht an. „Vielen Dank für die Einladung." Damit eilte er davon.

Mrs. Adams sah ihm stirnrunzelnd nach. Sie wendete sich wieder Cora und Tim zu, und ihr Blick fiel auf Tims Hand, die auf Coras Schulter lag. Ihr Stirnrunzeln verstärkte sich noch.

„Wir kommen gern", meinte Tim. „Nicht, Cora?"

Sie nickte, doch sie konnte Mrs. Adams' Blick nicht standhalten.

Nach dem Mittagessen ging Cora nach oben, um sich ein wenig mit Cleo zu unterhalten. „Wie geht es dir?"

Cleo lächelte, aber sie war immer noch sehr blaß. „Besser. Ich habe dich vermißt – aber es tut gut, wieder einmal in dem schönen Bett zu liegen, in dem ich als Kind immer gelegen habe. Oma und Opa geben mir so ein Gefühl der Sicherheit."

Cora setzte sich auf ihre Bettkante. „Ist Markus gestern gekommen?"

Cleo nickte. „Aber Oma hat ihn nicht zu mir gelassen. Sie sagte, ich müßte mich ausruhen, bevor ich versuche, Entscheidungen zu treffen." Cleo seufzte. „Was für eine Erleichterung! Ich fühle mich einfach nicht in der Lage, mich ihm zu stellen. Ich bekomme allmählich Zweifel, ob es richtig war, die Beziehung abzubrechen – und doch kann ich immer noch nicht sagen, daß ich ihn heiraten möchte. Ich kann es einfach nicht." Ihre Hände klammerten sich um die Decke.

„Denk jetzt einfach nicht darüber nach", beruhigte sie Cora. „Gib dir ein wenig Zeit, gesund zu werden."

Cleos Griff löste sich. Nach einer Weile seufzte sie und ließ sich in die Kissen sinken. „Was ist mit dir? Wie war dein Abend mit Tim?"

„Gut." Cora zupfte einen losen Faden von der Decke. „Wir hatten eine schöne Zeit." Sie spürte Cleos Blick auf sich, und sie versuchte noch mehr zu sagen, aber die Worte blieben ihr in der Kehle stecken.

„Du wirkst ein wenig bedrückt", meinte Cleo schließlich. „Ist irgend etwas passiert?"

Cora zögerte. „Er hat gesagt, daß er mich liebt." Sie hielt die Luft an und wartete auf Cleos Reaktion.

„Glaubst du ihm?" Cleos Stimme war sanft, so als sei sie einfach nur neugierig.

„Ich weiß nicht." Cora sah ihre Freundin an. Sie atmete tief durch. „Ich schätze, das ist es, was mich bedrückt. Ich habe so lange darauf gewartet, daß das passiert, und jetzt plötzlich sagt er, daß er mich liebt. Es scheint zu schön, um wahr zu sein."

Cleo streichelte Coras Hand. „Sei vorsichtig, Cora."

Cora fühlte sich besser, nachdem sie mit Cleo gesprochen hatte. *Nach allem, was Cleo mir von Tim und seinen Frauengeschichten erzählt hat, ist es kein Wunder, daß ich ein wenig Angst habe,* sagte sie sich an diesem Abend, als sie zu Bett ging. *Ich brauche nur ein wenig Zeit, bis ich weiß, daß ich ihm wirklich vertrauen kann. Nicht wahr, Gott?* Sie war auf einmal erschöpft und legte sich ins Bett, ohne auf eine Antwort zu warten.

In dieser Woche schaute Tim mindestens einmal am Tag in ihrer Klasse vorbei. Er strahlte sie mit seinen blauen Augen an, er streichelte zärtlich ihr Haar oder gab ihr einen flüchtigen Kuß. Am Dienstag und Mittwoch aßen sie zusammen zu Mittag, und Cora begann allmählich zu glauben, daß seine Gefühle für sie echt waren. Sie verdrängte den Gedanken an Alex McGregor immer mehr.

Allerdings fürchtete sie sich vor den Ausflügen mit Alex und ihren Klassen zur Rollerskatingbahn und zum Kunstmuseum. Die ganze Woche über war sie Alex aus dem Weg gegangen, hatte sich in ihrem Klassenraum verkrochen, wann immer sie seine Stimme im Flur hörte. Am Donnerstag, dem Tag des Ausflugs, war ihr vor Nervosität ganz übel. *Wie können wir nach allem, was passiert ist, noch unbefangen miteinander umgehen?*

Sehr zu ihrem Erstaunen verhielt er sich jedoch so, als wäre gar nichts geschehen. Er lachte mit den Kindern und lächelte Cora fröhlich an, wenn sie sich auf ihren Rollschuhen begegneten. Sie war seltsam enttäuscht über sein Verhalten, denn anscheinend hatte es ihm nicht sehr viel ausgemacht, sie mit Tim zusammen zu sehen. *Ich muß mir eingebildet haben, daß er sich zu mir hingezogen fühlt.*

Am nächsten Tag holte Alex sie in ihrem Klassenzimmer zu dem Ausflug mit Felix zum Kunstmuseum ab. Seine Schüler hatten sich alle für die Rollerskatingbahn entschieden, doch sehr zu ihrem Erstaunen hatte Lamar darum gebeten, ebenfalls zum Kunstmuseum mitfahren zu dürfen. Die beiden Jungen saßen an ihren Tischen und warteten auf Alex und Cora.

„Denkt ihr, daß wir alle in meinen Wagen passen?" fragte Alex.

Felix verzog das Gesicht. „Ich setze mich nicht auf den Rücksitz mit den ekligen Katzenhaaren."

Alex grinste. „Ich dachte, du magst Katzen."

„Ich mag Katzen. Ich mag nur ihre Haare nicht."

„Wir können ja meinen Wagen nehmen", bot Cora an.

Cora konzentrierte sich auf die Straße, während Alex die Jungen mit lustigen Geschichten unterhielt.

„Ich war erst dreizehn, als mein Bart zu wachsen begann", erzählte er. „Keiner der anderen Jungen rasierte sich schon. Ich fühlte mich wie eine Mißgeburt. Und ich war natürlich auch total ungeschickt; mein ganzes Gesicht war übersät mit kleinen Stücken von grünem Toilettenpapier, wo ich mich geschnitten hatte. Es sah aus, als würde ich schimmeln oder so etwas. Und wer kam ausgerechnet an diesem Tag zu uns nach Hause und verkaufte Kekse? Allison Jenkins, das hübscheste Mädchen der Klasse. Ich warf einen Blick auf sie, und . . . ratet, was ich getan habe?"

Cora lächelte. Zum ersten Mal seit langer Zeit fühlte sie sich ganz entspannt. *Das kommt daher, daß ich anfange, an Tims Liebe zu glauben. Darum bin ich so glücklich.*

Im Kunstmuseum war Felix vollkommen verzückt. Vor einigen Werken stand er so lange, daß Lamar ihn schließlich am Arm nahm und fortzog.

„Komm schon, Mann, was ist denn daran so toll?" fragte er. „Das ist doch bloß ein Bild von ein paar Blumen. Nicht mal eine nackte Frau oder so etwas."

Felix schüttelte den Kopf. „Sieh doch nur diesen Strich da. Durch ihn sieht die Blume so aus, als würde der Wind sie bewegen. Und schau dir doch die Farben an! Darin bin ich nicht gut. Ich kann die Linien zeichnen, aber die Farben bekomme ich nicht hin. Natürlich habe ich keine Ölfarben. Vielleicht, wenn ich welche hätte . . ." Er ließ sich von Lamar zum nächsten Gemälde ziehen.

Cora lächelte. Sie blickte Alex an und wollte ihr Vergnügen mit ihm teilen, doch er betrachtete das Gemälde. „Schön", sagte er schlicht und folgte den beiden Jungen.

„Kann ich nicht hierbleiben, während ihr essen geht?" fragte Felix, als es Zeit zu gehen war. „Das ist besser als essen."

Alex fuhr ihm durch die Haare. „Es sieht tatsächlich so aus, als würdest du Nahrung hier bekommen, die du mehr brauchst als einen Big Mac. Aber nein, du kannst nicht allein hierbleiben. Wir werden aber noch einmal mit dir herkommen."

Felix blickte sie bitter an. „Ha, ha, was für ein toller Witz."

„Ich verspreche es, Felix", meinte Cora ruhig. „Wir werden noch einmal mit dir herfahren."

Aber Felix scharrte mit dem Fuß und wollte sie nicht ansehen. Im Restaurant weigerte er sich, seinen Cheeseburger zu essen. Er ließ den Kopf hängen und malte mit einem Pommes frites grimmige Gesichter in seinen Ketchup.

Alex unterhielt sich mit Lamar, und Cora wurde klar, wie wenig sie diesen Jungen eigentlich kannte. Sie hörte ihnen zu, trank ihre Cola und beobachtete Felix aus den Augenwinkeln.

Auf einmal hob er den Kopf und starrte sie an. „So", meinte er, „es sieht so aus, als hätte ich meine Wette verloren."

„Was meinst du?" Zu spät sah Cora, wie Alex den Kopf schüttelte.

Felix lächelte, doch seine Augen hinter den Brillengläsern waren ausdruckslos. „Sie und Mr. Adams. Ich habe auf Mr. McGregor gewettet, aber es sieht so aus, als würde er verlieren."

Lamar blickte zwischen Cora und Alex hin und her. „Sind Sie mit Mr. Adams zusammen, Miss Carpenter?" fragte er neugierig.

„Das ist Miss Carpenters Angelegenheit", erinnerte Alex sie ruhig. „Wer möchte einen Nachtisch?"

Coras Blick ruhte auf Alex' ausgeprägten Wangenknochen. *Er könnte beängstigend wirken,* dachte sie. *Mit diesem Gesicht könnte er einer dieser alten heidnischen Krieger sein, die plündern und Brände legen. Und doch ist er so sanft und freundlich.* Sie hörte, wie er mit den beiden Jungen lachte. *Er ist so lieb zu ihnen. Wenn nur Tim . . .* Sie seufzte. *Lieber Gott, laß Tim und Alex Freunde werden. Tim könnte von Alex so viel lernen . . .*

Sie fuhr die beiden Jungen zum Heim zurück. Alex folgte ihr in seinem Wagen nach Hause. Auf dem ganzen Heimweg sah sie seine Scheinwerfer im Rückspiegel, so als wären es seine Augen, die sie beobachteten. Er hupte, als sie in ihre Einfahrt einbog, und seine Rücklichter verschwanden hinter dem Hügel. Sie betrat das leere Haus, und auf einmal fühlte sie sich sehr einsam.

Am nächsten Tag kam Cleo nach Hause zurück. Sie war noch immer schwach, aber ihre runden Wangen waren wieder rosig. Cora packte sie aufs Sofa.

„Ich bin so froh, daß du wieder da bist! Dieses leere Haus hat mich allmählich verrückt gemacht."

Cleo lächelte. „Niemand da, mit dem du sprechen konntest, hm?"

Cora grinste. „Du kennst mich doch. Ich rede trotzdem. Nichts kann mich davon abhalten. Aber ich fühlte mich bereits wie eine Verrückte, als ich mich neulich dabei ertappte, wie ich mit einem Käfer gesprochen habe, der am Fenster entlangkrabbelte."

Cleo lachte. „Was ist denn aus dem stillen Wasser geworden, in das du dich verwandeln wolltest?"

Cora zuckte die Achseln. „Ich schätze, das habe ich für den Augenblick aufgegeben. Man kann nicht alles auf einmal machen." Sie blickte Cleo an. „Natürlich glaube ich immer noch, daß Gott mir helfen wird, der Mensch zu werden, den Tim braucht."

„Und umgekehrt?"

„Was meinst du damit?"

„Verändert Gott auch Tim, damit er so wird, wie *du* ihn brauchst?"

Cora zögerte. „Na ja, geht das nicht automatisch? Ich meine, sieh dir doch nur an, wie gut deine Großeltern zusammenpassen . . . wie zwei Hälften eines Ganzen. Sie waren doch bestimmt nicht von Anfang an so, oder?"

Cleo lächelte. „Nein. Du solltest nur hören, wenn Oma von ihren Auseinandersetzungen zu Beginn ihrer Ehe erzählt. Natürlich glätten sich die Kanten, je länger zwei Menschen zusammenleben. Aber ich glaube nicht, daß die eigentliche Persönlichkeit sich verändert."

Cora machte eine wegwerfende Handbewegung. „Mir gefällt Tims Persönlichkeit."

„Mir auch", meinte Cleo. „Ich weiß, daß du mir das nicht

glaubst, aber es stimmt. Ich bin nur nicht der Meinung, daß er gut für dich ist."

In den folgenden Wochen, während sich die Blätter braun färbten und von den Eichen herunterfielen, spürte Cora Cleos Blick auf sich, wann immer sie und Tim zusammen waren. Immer häufiger kam er nach der Schule bei ihnen vorbei, an jedem Wochenende ging er mit Cora aus, und auch den Sonntag verbrachten sie meist gemeinsam.

Cleo schien stiller als sonst, doch Cora hatte nicht mehr den Eindruck, daß sie sich vor ihr verschloß, wie es vor ihrer Erkrankung der Fall gewesen war. Immer noch wollte sie Markus nicht sehen, und Cora wußte, daß sie viele Stunden in ihrem Zimmer saß und um Klarheit betete.

Sie kritisierte Tim nicht mehr und stellte auch seine Beziehung zu Cora nicht mehr in Frage, aber Cora wußte, daß sie sie beobachtete und ihnen zuhörte, wenn sie sich unterhielten. Eines Sonntags, nachdem sie alle bei den Adams' zu Mittag gegessen hatten, beobachtete Cleo, wie Tim davonfuhr. Sie wandte sich an Cora.

„Weißt du", sagte sie, „vielleicht liebt er dich wirklich."

Cora lächelte. „Das habe ich dir doch gesagt."

„Ich weiß, ich weiß. Aber ich konnte nicht anders, ich habe die ganze Zeit darauf gewartet, daß sich dasselbe alte Muster wiederholt. Aber es passierte nicht. Ich glaube nicht, daß er es jemals so lange mit einem Mädchen ausgehalten hat. Vielleicht meint er es endlich ernst."

„Natürlich meint er es ernst." *Immerhin werden wir ja heiraten, nicht wahr? Das ist nur eine Frage der Zeit.* Cora sah ihre Freundin an und warf dann in gespielter Verzweiflung die Hände in die Luft. „Und weshalb runzelst du jetzt schon wieder die Stirn?"

Cleo betrachtete sie nachdenklich. „Ich denke, daß Tim dich vielleicht wirklich liebt. Aber ich bin nicht sicher, daß *du* ihn liebst."

Cora lachte. „Na, das ist jetzt aber wirklich ein dicker Hund! Natürlich liebe ich ihn."

Sie lächelte noch immer, als sie am folgenden Morgen zur Arbeit fuhr. *Oh Gott, du hast alles so gefügt, wie ich es mir erträumt habe. Ich wußte, daß Tim der richtige Mann für mich ist. Wir werden unsere Ecken und Kanten abschleifen, und dann werden wir so glücklich sein . . .* Sein Wagen stand auf dem Parkplatz, und sie eilte ins Schulgebäude, weil sie hoffte, ihn noch im Flur zu treffen.

Sie wartete eine Weile, doch schließlich ging sie in ihren Klassenraum. Die Klasse war leer, auch Felix' Schrank. Cora setzte sich an ihr Pult, betete für den neuen Tag, der vor ihr lag und versuchte, ihre Gedanken auf ihre Schüler zu lenken, aber sie war zu ruhelos. Nach einer Weile sprang sie auf und rannte die Treppe hinunter zur Sporthalle.

Normalerweise kam Tim morgens bei ihr vorbei, aber an diesem Tag würde sie eben einmal zu ihm gehen. *Und wenn er nun wie Cleo denkt, daß ich ihn vielleicht nicht richtig liebe? Vielleicht sollte ich viel öfter die Initiative ergreifen . . .* In seinem Büro brannte Licht, die Tür war nicht ganz geschlossen. Cora lächelte und stieß die Tür auf. „Tim, ich –"

Tim hielt eine junge Frau mit langem blondem Haar im Arm und hatte sie ganz offensichtlich soeben innig geküßt. Die junge Frau wich nun zurück und blickte Cora an. Es war die neue Lehrerin der dritten Klasse, die erst in der vergangenen Woche angekommen war.

„Ich vergesse doch immer wieder Ihren Namen", sagte Cora gefaßt. „Entschuldigen Sie die Störung." Sie sah Tim nicht an, doch aus den Augenwinkeln heraus bemerkte sie, daß er die Arme sinken ließ

„Es tut mir leid, Cora", sagte er leise „Ich habe es wirklich versucht."

13

Irgendwie schaffte sie es, zu ihrer Klasse zu gelangen – wie, das wußte sie nicht. Durch die offene Tür entdeckte sie Licht im Schrank. Sie drehte sich wieder um, da sie wußte, daß sie Felix im Augenblick nicht gegenübertreten konnte. Ohne zu überlegen rannte sie den Flur entlang zu Alex' Klasse.

Als sie zur Tür hereinplatzte, stand er auf und kam auf sie zu. „Cora –"

Sie warf sich ohne nachzudenken an seine Brust und klammerte sich an ihn. Er stand eine Weile ganz still, dann legte er die Arme um sie und zog sie an sich. „Cora, was ist los?"

Sie schüttelte den Kopf und barg ihr Gesicht an seiner Brust. Sie wollte nicht reden oder erklären, wollte nicht denken oder sich erinnern. Sie wollte sich einfach nur an ihm festhalten, wo sie sich sicher und geborgen fühlte. Ihr ganzer Körper bebte von ihrem Schluchzen.

Sie spürte seine Hand auf ihrem Haar. Er ließ sie weinen, sagte nichts mehr, hielt sie einfach nur fest.

Nach einer ganzen Weile trat er einen Schritt zurück und versuchte, ihr ins Gesicht zu sehen. „Cora?" Er legte ihr den Zeigefinger ans Kinn und hob ihr Gesicht ein wenig hoch. „Was ist los?"

Cora zog sich zurück, plötzlich sehr verlegen. „Tim. Er war mit . . . sie haben –" Sie schluckte und trat zurück. „Es tut mir leid", murmelte sie. „Ich gehe besser zurück in meine Klasse. Die Kinder werden jeden Augenblick kommen."

Er ließ seine Hände auf ihrer Schulter liegen. Sie wußte, daß er sie ansah, aber sie konnte seinen Blick nicht erwidern. „Nein", sagte er schließlich. „Ich werde Ihre Klasse zu mir holen. Wir werden uns den wissenschaftlichen Film ansehen, den wir ihnen morgen zeigen wollten. Sie gehen jetzt erstmal spazieren. Beruhigen Sie sich ein wenig."

Sie nickte, blickte ihn immer noch nicht an und entwand sich seinen Händen.

„Cora?"

Sie blickte hastig zu ihm hoch.

„Ich werde für Sie beten."

Sie nickte und eilte davon. Sie hatte Angst, die Schüler würden ihr noch in der Halle begegnen. Ihr Make-up war sicher ruiniert, ihr französischer Zopf zerzaust, und sie fühlte sich nicht stark genug, sich der Neugier der Schüler zu stellen. Sie eilte in die Damentoilette und schlüpfte schließlich durch eine der Hintertüren der Schule hinaus ins Freie.

Die Bäume waren schon beinahe kahl, der Wind pfiff kalt durch ihren Pullover. Sie schlang die Arme um ihren Körper und lehnte sich an einen Baumstamm; sie erinnerte sich daran, wie blau der Himmel an dem Tag gewesen war, als sie und Tim auf dem umgefallenen Baumstamm am Fluß gesessen hatten, wie klar und warm. *So blau wie Tims Augen.* Sie schüttelte den Kopf und ging langsam zum Schulgebäude zurück.

Am Ende des Schultages steckte sie den Kopf in Alex' Raum.

„Vielen Dank für Ihre Hilfe heute morgen. Ich weiß das wirklich zu schätzen."

Er stand auf und kam auf sie zu. Sie spürte seinen Blick auf ihrem Gesicht, doch sie drehte den Kopf weg und starrte auf Felix' Sonnensystem.

„Wie ist Ihr Tag gelaufen?" fragte er.

Sie zuckte die Achseln. „Es ging. Ich wurde anscheinend vom Autopilot gesteuert, aber die Struktur, die ich in die Klasse gebracht hatte, schien stark genug gewesen zu sein, das zu verkraften. Zumindest für heute." Sie lächelte schwach. „Ich schätze, das ist gut, richtig?"

Er nickte und kam noch näher. „Und wie geht es Ihnen?"

„Ich bin in Ordnung."

„Würden Sie . . . würden Sie gern darüber reden?"

Sie schüttelte den Kopf. „Vielen Dank, Alex. Aber ich bin okay. Ich werde jetzt nach Hause fahren."

Vor ihrem Haus zögerte sie. Cleo war bereits zu Hause. Irgendwie widerstrebte es Cora, sich ihr zu stellen. Sie schien versagt zu haben, und Cleo hatte recht behalten. Aber es half nichts; Cora atmete tief durch und öffnete die Tür.

Cleo saß lesend in einem der Sessel. „Hallo", sagte sie, ohne aufzusehen.

„Hallo." Cora zog ihre Jacke aus und hängte sie auf. Sie ging zum Kühlschrank und öffnete ihn. „Soll ich Abendessen machen?"

„Ja, das wäre prima." Cleo konzentrierte sich noch immer auf ihr Buch. „Ich habe eine Packung Hackfleisch rausgelegt."

Cora schnitt eine Zwiebel. Sie mischte sie mit dem Hackfleisch, fügte Gewürze, ein Ei und Paniermehl hinzu.

„Wie war dein Tag?" fragte Cleo.

„Es ging so." Cora holte eine Pfanne aus dem Schrank. „Hast du Lust auf Frikadellen?"

„Klingt gut. Ich glaube, es sind auch noch einige Kartoffeln da, die wir braten können." Cleo schloß ihr Buch und trat neben Cora an die Arbeitsplatte. „Ich werde sie waschen."

Cora drückte das Fleisch in die Pfanne. „Nein, das mache ich. Du setzt dich hin." Sie hielt ihren Blick starr auf ihre Arbeit gerichtet.

Cleo rührte sich nicht. „Was ist los, Cora?" fragte sie nach einer Weile.

„Was soll los sein?" Cora gab ihrer Stimme einen betont fröhlichen Klang.

„Du siehst mich nicht an. Und du siehst aus, als hättest du geweint. Was ist los?" Als Cora immer noch nicht antwortete, legte Cleo die Tüte mit den Kartoffeln ins Spülbecken. „Geht es um Tim?"

„So könnte man sagen." Cora nahm die Kartoffeln und begann sie zu waschen. „Ich habe ihn dabei erwischt, wie er heute morgen die neue Lehrerin der dritten Klasse geküßt hat." Vorsichtig schnitt sie die Augen aus den Kartoffeln heraus. „Sieht so aus, als würde er mich nicht so richtig lieben, meinst du nicht?"

„Oh, Cora." Cleo nahm ihr die Kartoffel aus der Hand und legte die Arme um sie. „Oh, das tut mir so leid."

Cora trat einen Schritt zurück. „Kommt jetzt nicht: ‚Ich hab's dir ja gleich gesagt'?"

„Nein", gab Cleo zurück, „das kommt nicht." Sie berührte Coras Arm. „Ich werde für dich beten, und dann werde ich meinem Bruder gehörig die Meinung sagen." Ihre Augen blitzten.

Cora schüttelte den Kopf. „Nein, das wirst du nicht. Nicht, wenn ich dir irgend etwas bedeute." Sie legte die Kartoffel ins Spülbecken. „Ich glaube, ich werde mich eine Weile hinlegen. Ruf mich, wenn das Abendessen fertig ist."

Cora eilte in ihr Zimmer, warf sich auf ihr Bett und vergrub das Gesicht in ihrem Kissen. Sie zwang sich, an die Unterrichtsstunden des nächsten Tages, an die Einkäufe und an alles mögliche zu denken, nur nicht an Tim. Schließlich griff sie nach der Bibel, die auf ihrem Nachttisch lag. Sie öffnete sie und starrte auf das vierte Kapitel des Römerbriefs.

Nach einer Weile jedoch nahm sie die Worte, die sie unterstrichen hatte, erst richtig wahr. *„Gott . . . ruft das, was nicht ist, daß es sei. Abraham hat geglaubt aus Hoffnung, wo nichts zu hoffen war . . . Denn er zweifelte nicht an der Verheißung Gottes durch Unglauben, sondern wurde stark im Glauben . . ."*

„Natürlich", flüsterte Cora. „Natürlich." Sie schloß die Bibel und ging in die Küche zurück.

„Fühlst du dich besser?" fragte Cleo.

Cora nickte.

Während des Essens spürte sie Cleos Blick prüfend auf sich gerichtet; doch Cora lächelte nur.

Am nächsten Sonntag, als sie zusammen vom Gottesdienst nach Hause fuhren, schüttelte Cleo den Kopf. „Ich verstehe das nicht. Du bist so . . . gelassen. Du lächelst wie die Mona Lisa. Als würdest du ein Geheimnis kennen, von dem alle anderen nichts wissen."

Coras Lächeln verstärkte sich. „Vielleicht ist das ja so."

Cleo wendete den Blick von der Straße und sah Cora an, dann schüttelte sie wieder den Kopf. „Ich verstehe das nicht. Seit Jahren schwärmst du für Tim. Nun endlich siehst du ihn, wie er wirklich ist – und du verhältst dich, als ob nichts passiert wäre. Wie kommt das?"

Cora zögerte. „Ich glaube einfach, daß alles in Ordnung kommen wird", meinte sie schließlich.

„Sicher wird es das. Aber ich bin erstaunt, daß du das Ganze so leicht nehmen kannst. Ich freue mich natürlich darüber, aber –" Cleo blickte sie erneut an. „Warte mal. Du meinst doch nicht etwa immer noch, daß Tim der Richtige für dich ist, oder?" Sie fuhr an den Straßenrand und drehte sich um, damit sie Cora ins Gesicht sehen konnte. „Doch, das glaubst du!" Sie stützte sich mit dem Ellbogen am Lenkrad ab und barg ihr Gesicht in ihren Händen. „Ich kann es nicht fassen."

Eine Weile saßen sie schweigend im Wagen. „Hör zu, Cleo", meinte Cora schließlich, „geht es beim Glauben nicht genau darum? Daß man an etwas festhält, auch wenn alles dagegen spricht? Tim ist also noch nicht bereit für eine feste Bindung. Gut. Das bedeutet aber nicht, daß er es nie sein wird. Der heilige Geist wirkt in unseren Herzen. Das weißt du doch."

Cleo preßte die Lippen zusammen. Sie ließ den Motor wieder an, dann drehte sie auf der Straße und fuhr zurück.

„Wo willst du hin?" fragte Cora.

„Zu meinen Großeltern."

„Ich dachte, du wolltest heute nicht dort zu Mittag essen." Cora rutschte unbehaglich auf ihrem Sitz hin und her. „Wieso hast du deine Meinung plötzlich geändert?"

Cleo hielt den Blick geradeaus gerichtet. „Als Tim hörte, daß wir nicht hingehen, sagte er zu Oma, er würde kommen. Ich muß mit ihm sprechen. Und du auch."

Sie bog in die Einfahrt der Adams' ein. „Komm schon."

„Cleo, ich glaube nicht –" Aber Cleo öffnete bereits die Eingangstür. Langsam folgte Cora ihr ins Haus.

„Was für eine schöne Überraschung, Mädchen", sagte Mrs. Adams, die aus der Küche kam. Sie wischte sich ihre feuchten Hände an ihrer Schürze ab und beugte sich vor, um beiden Mädchen einen Kuß zu geben. „Ich war gerade dabei, den Salat zu machen. Wie schön, daß ihr eure Meinung geändert habt! Ich stelle nur noch zwei Teller auf den Tisch, und –"

„Ich glaube nicht, daß wir zum Essen bleiben, Oma", unterbrach sie Cleo. „Wir müssen mit Tim sprechen."

Mrs. Adams öffnete den Mund und schloß ihn wieder. „Ich verstehe", meinte sie schließlich, den Blick auf Cora gerichtet. „Er ist im Wohnzimmer. Ich werde deinen Großvater in die Küche rufen." Ihre blauen Augen funkelten. „Er muß mir unbedingt helfen, das Gemüse zu schneiden."

„Danke, Oma." Cleo lächelte ihre Großmutter an.

„Cleo", flüsterte Cora nervös. „Ich weiß nicht, was du vorhast, aber –"

Doch Cleo war bereits ins Wohnzimmer gegangen. Cora blieb im Flur stehen. Sie hörte Cleos Stimme, dann Tims Antwort und die leisen Stimmen der Adams' aus der Küche. Sie überlegte kurz, dann schlich sie sich zur Eingangstür, um das Haus einfach zu verlassen.

Sie zog ihre Jacke fester um sich und eilte über den Hof. Sie hatte kein bestimmtes Ziel; sie wollte einfach nur der Begegnung mit Tim ausweichen.

„Cora, wo willst du denn hin?" rief Tim ihr nach. „Hey, Cora! Cleo sagt, du wolltest mit mir sprechen."

Sie drehte sich langsam um und schüttelte den Kopf. „Ich will nicht mit dir sprechen. Nicht im Augenblick." Sie lächelte schwach.

Er nickte und kam auf sie zu. „Es geht darum, daß du mich mit Stacey erwischt hast, nicht?“

Cora beobachtete eine Krähe, die auf Omas Gartenzaun landete. Im Garten wuchs jetzt nichts mehr, nur ein paar abgestorbene Tomatensträucher hingen noch an ihrem Gitter, und sogar ein tapferer Broccolistrauch stand noch welk im Boden. Sie konnte Tim nicht antworten, konnte sich nicht einmal überwinden, ihn anzusehen.

„Cora?“

„Ich . . . ich kann das nicht“, flüsterte sie. Ihre Augen brannten auf einmal.

Er trat noch einen Schritt näher. „Dieses Mal hat Cleo recht. Wir müssen tatsächlich miteinander reden. Komm zurück ins Haus.“

Cora hatte das Gefühl, als würde eine Welle über sie hinwegrollen. Sie konnte die Tränen nicht mehr länger zurückhalten. „Du hast gesagt, du würdest mich lieben!“

Tim legte den Kopf zur Seite. „Nein“, meinte er nachdenklich, „ich glaube nicht, daß ich so etwas je gesagt habe. Normalerweise bemühe ich mich, nicht zu lügen.“

Cora hörte seine Worte, und sie hatte das Gefühl, als würde ihr von dieser Welle der Boden unter den Füßen entzogen. Sie schloß die Augen. „Wie konntest du?“ flüsterte sie. „Du hast nur mit mir gespielt, nicht?“

„Nein.“ Tims Stimme klang bedauernd. „Dieses Mal wollte ich es wirklich. Ich habe es versucht. Es tat so gut zu wissen, daß du mich liebst. Ich wollte mich selbst davon überzeugen, daß ich mich dir zuliebe verändern könne.“ Sie öffnete die Augen und sah, wie er den Kopf schüttelte. „Aber ich habe es nicht hingekriegt.“

„Warum hast du es mir nicht gesagt? Warum hast du zugelassen, daß ich mich so zum Narren mache? Warum –“ Ihre Stimme wurde immer lauter, und sie schloß den Mund. *Gott ruft das, was nicht ist, daß es sei,* sagte sie sich und versuchte, ihre Gefühle unter Kontrolle zu behalten. Doch die Worte erschienen ihr auf einmal zu schwach, und sie wurden von der Welle des Schmerzes und der Wut mit fortgespült. Sie betrachtete Tims feingeschnittenes Gesicht, und sie sah darin nur ein leichtes Bedauern. „Du hättest mir einfach alles sagen sollen", stieß sie zwischen zusammengepreßten Zähnen hervor. „Du hättest mich nicht so auf die Wahrheit stoßen lassen dürfen. Und daß du mich nicht liebst, ist eine Sache. Daß du aber eine andere küßt, wenn du vorgibst, mit mir zusammenzusein, das ist es, was ich nicht begreife!"

„Vermutlich hätte ich wirklich mit dir reden müssen." Er zuckte die Achseln. „Ich wollte dir nicht wehtun, kleine Cora."

„Nenn mich nicht so." Sie fuhr sich über die Augen und funkelte ihn an. „Du wolltest mir also nicht weh tun, ja? Was meinst du, wie man sich fühlt, wenn man belogen und betrogen wird? Das konntest du doch vorher wissen, daß mir das wehtun würde!"

Tim zuckte die Achseln. „Ich dachte, ich könnte die Sache langsam und weniger schmerzhaft beenden." Er lächelte trocken. „Darin habe ich viel Übung. Ich hatte das nicht geplant, was da mit Stacey passiert ist. Aber sie war so verführerisch –" Wieder ein Achselzucken. „Ich mag Frauen eben. Und mir gefällt es, wenn sie mich mögen. Das ist ja auch ganz natürlich, nicht wahr?" Seine Lippen kräuselten sich. „Was kann ich sonst noch sagen?"

„Du könntest zumindest *sagen,* daß es dir leid tut, wenn du das schon nicht denkst!" Cleos Stimme klang hart. Ohne daß Cora und Tim sie bemerkt hatten, war sie aus dem Haus getreten. Sie kam jetzt näher, ihre Wangen waren flammend rot, und ihre Augen blitzten. Sie sah aus, als würde sie ihrem Bruder jeden Augenblick einen Kinnhaken versetzen, und er trat lachend zurück.

„Hey, Cleo, reg dich ab! Das letzte Mal, als du so auf mich zugekommen bist, warst du zehn Jahre alt – und ich hatte hinterher ein blaues Auge. Denkst du nicht, daß wir mittlerweile erwachsen geworden sind?"

„Offensichtlich nicht. Anscheinend werden einige Leute nie erwachsen." Cleo schüttelte den Kopf. „Du kotzt mich so unsagbar an, Tim! Du stehst da und gibst zu, daß du die Frauen nur benutzt – und du hast nicht einmal den Anstand, dich dafür zu schämen."

Tim preßte die Lippen aufeinander, doch seine Stimme war noch immer ruhig, als er antwortete: „Wir können eben nicht alle Heilige sein, Cleo." Er drehte sich um und wollte zum Haus zurückgehen.

Einen Augenblick schienen Cleo die Worte zu fehlen. Dann rannte sie hinter Tim her und packte ihn am Jackenärmel. „*Du* bist doch derjenige, der vorgibt, ein Heiliger zu sein, nicht ich! Dein ganzes selbstgerechtes Gerede, als wärst du Mr. Superchrist! Das wäre alles nicht so schlimm, wenn du nicht eine solche Ratte wärst. Und du hast auch noch den Nerv zu behaupten, daß du versuchst, ehrlich zu sein."

„Anscheinend hast du schon eine ganze Weile gelauscht, Schwesterherz." Zum ersten Mal entdeckte Cora eine Spur von Röte über Tims schwarzem Bart. „Es ist auch nicht gerade christlich, wenn man die Privatgespräche anderer belauscht, oder?"

„Ach, du meine Güte", seufzte Cleo. „Ich stand ganz offensichtlich neben euch, das kann man wohl kaum lauschen nennen. Und es geht auch nicht darum, wer von uns beiden schlechter ist, das weißt du genau."

„Ach, nein?" Tim zog die Augenbrauen hoch. „Worum geht es denn dann?"

„Um *dich!*" Cleo packte ihn am Hemd und schüttelte ihn. „Diese miese Tour hast du schon drauf, seit Mom und Dad tot sind. Wirst du denn nie damit aufhören?"

Tim löste ihre Finger von seinem Hemd und trat einen Schritt zurück. „Ich weiß nicht, wovon du sprichst."

„Ich spreche davon, wie sehr du dich nach ihrem Tod verändert hast. Du hast mich nicht mehr an dich herangelassen; du hast niemanden mehr an dich herangelassen. Und du verhältst dich so, als wärst du ein Christ, dabei weiß ich, daß du das gar nicht bist.“

„Wie schön, daß du so allwissend bist.“ Tims Wangen brannten jetzt, und seine blauen Augen blitzten genauso wie Cleos. Cora beobachtete, wie er Cleo lange anstarrte und dann seufzend den Blick abwandte. „Natürlich hast du recht. Aber“, er sah Cleo wieder an, „ich war nicht dumm. Ich habe gemerkt, daß du alle Aufmerksamkeit von Oma und Opa bekommen hast. Du warst die liebe kleine fromme Cleo, und sie haben dich angebetet. Darum beschloß ich, dasselbe Spiel zu spielen.“

Cleo starrte ihn an. „Und da stehst du nun“, sagte sie schließlich sehr ruhig, „fünfzehn Jahre später, und spielst noch immer dasselbe idiotische Spiel. Nur, daß du es jetzt mit Frauen spielst.“

Tim zuckte die Achseln und drehte den Kopf weg. „Ich verstehe nicht, wieso dich das etwas angehen sollte, Cleo.“

„Ich dachte, die Tatsache, daß du mein Bruder bist und ich dich blöderweise trotz allem sehr liebe, würde es zu meiner Angelegenheit machen. Aber selbst wenn das nicht so wäre“, Cleos Augen verengten sich, „du hast dieses Spiel mit Cora begonnen, und in diesem Augenblick geht es mich sehr wohl etwas an. Sie denkt, du würdest sie lieben und eines Tages sogar heiraten –“

„Cleo!“ jammerte Cora.

Tims Blick flog zu Cora. „Von Heirat habe ich nie etwas gesagt, da bin ich ganz sicher.“

„Oh, ganz sicher hast du das nicht. Du bemühst dich ja immer, ehrlich zu sein.“ Cleo verzog die Lippen. „Aber Cora liebt dich schon seit Jahren. Jahrelang war sie der Meinung, du seist der Mann, den Gott für sie bestimmt hat.“ Cleo wendete sich Cora zu. „Es tut mir leid, Cora. Aber wie ich schon sagte, es ist an der Zeit, daß dir jemand mal die Augen öffnet, und ich denke, eine Portion Wahrheit könnte nicht schaden.“

Tims Blick ruhte neugierig auf Cora. „Warum hast du gedacht, Gott könnte wollen, daß du mich heiratest?"

Coras Gesicht brannte. Die Hitze breitete sich auf ihrem ganzen Körper aus. Sie zuckte die Achseln und wendete sich ab. Sie konnte die kühle Distanz in Tims Blick nicht ertragen.

„Weil sie ein unverbesserlicher Optimist ist", meinte Cleo. „Sie liebte dich, und darum meinte sie, Gott würde dich ihr schenken. Sie hat den Bibelvers wörtlich genommen, wo es heißt, daß Gott ein guter Vater ist, der uns schenkt, worum wir bitten – du weißt schon: ‚der seinem Sohn, wenn er ihn bittet um Brot, einen Stein biete? Oder wenn er ihn bittet um einen Fisch, eine Schlange biete?' Sie wußte ja nicht, daß sie Gott tatsächlich um eine Schlange bat!"

Cora sah, daß Tims Gesicht noch dunkler geworden war. Er sah aus wie ein Fremder. „Wie schön", sagte er leise. „Wie schön zu erfahren, was meine kleine Schwester von mir hält." Er beugte sich dicht zu Cleo herab. „Da wir gerade von Selbstgerechtigkeit sprechen. Wie sieht es denn mit dem Balken in deinem Auge aus? Wie wäre es, wenn du den erst einmal herausziehen würdest, ehe du dich mit dem Splitter im Auge eines anderen beschäftigst? Du willst mich zurechtbiegen, Cora zurechtbiegen – aber du selbst bist nicht mal annähernd perfekt."

„Ich habe nie behauptet, vollkommen zu sein."

„Nein, aber du verhältst dich so, als würdest du es denken. Was sonst würde dir das Recht geben, dich so in Coras und meine Angelegenheit einzumischen? Die kleine Cleo, Gottes Botschafterin auf Erden. Aber weißt du was? Ich lasse mich von dir ebensowenig täuschen wie du dich von mir."

„Was meinst du damit?" Cleos Stimme klang auf einmal gepreßt. „Ich habe im Gegensatz zu dir wirklich eine Beziehung zu Gott."

„Oh, da bin ich sicher. Aber du vertraust ihm genausowenig wie ich. Du würdest nie einen solchen Fehler begehen wie Cora, weil du ebensogut wie ich weißt, daß Gott seinen Kindern tatsächlich Steine und Schlangen gibt. Warum sonst hat er zugelassen, daß Mom und Dad gestorben sind?"

Cleos Augen schwammen in Tränen. „Gott wußte schon, was er tat. Er liebt uns. Ich vertraue ihm."

„Nein, das tust du nicht. Wenn du es tätest, dann würdest du mit diesem Mist aufhören und Markus heiraten. Aber du weißt zu genau, was passieren kann. Vielleicht bin ich in meiner Beziehung zu Frauen nicht ehrlich – aber du bist es genauso wenig. Und du gibst auch noch Gott die Schuld daran, daß du dich nicht traust, Markus zu heiraten." Tims Stimme klang nicht mehr wütend. Er seufzte. „Du hast beschlossen, dich niemals wieder in eine Situation zu bringen, in der Gott dir noch einmal so wehtun kann wie damals, als unsere Eltern gestorben sind. Ich werfe dir das nicht vor. Aber gib wenigstens dir selbst gegenüber zu, daß es stimmt."

Cleo schloß die Augen. „Sie waren so glücklich. Wir alle waren so glücklich. Wir hatten ein schönes Leben." Sie öffnete die Augen. „Nicht wahr, Tim?"

Er nickte. „Das stimmt."

Cleo fuhr sich über die Augen. „Als sie starben", flüsterte sie, „haben wir das alles verloren. Ich dachte, wir müßten dafür bezahlen, daß wir so glücklich gewesen sind." Sie ließ ihren Blick zwischen Tim und Cora hin- und herwandern. „Ich wollte nicht riskieren, jemals wieder so glücklich zu sein." Sie biß sich auf die Lippen und unterdrückte ein Schluchzen.

Cora legte den Arm um die Freundin. „Da wir gerade vom Augen öffnen sprechen", meinte sie sanft. „Du hattest recht, wir alle brauchten ein wenig Wahrheit." Über Cleos Kopf hinweg sah sie Tim an, und dann schob sie Cleo zu ihm hin.

Tim öffnete die Arme und zog Cleo an sich. „Ich liebe dich, kleine Schwester. Vermutlich habe ich dir das lange nicht mehr gesagt. Aber es stimmt. Und du hattest unrecht – wir haben bei Moms und Dads Tod nicht alles verloren. Denn wir haben immer noch uns."

Cleo sah zu ihm auf. „Du hast recht", schluchzte sie. „Ich

bin ein selbstgefälliger kleiner Tugendbold gewesen, habe mir über die Splitter in den Augen aller anderen Gedanken gemacht, während ich selbst einen Baumstamm in meinen Augen hatte. Ich muß ziemlich abscheulich gewesen sein."

Tim lächelte. „Das warst du auch. Aber wir lieben dich trotzdem." Er sah, wie Cleos Augen sich wieder mit Tränen füllten und schüttelte den Kopf. „Ich habe genug davon, hier draußen in der Kälte zu stehen, während wir uns gegenseitig unser Herz ausschütten. Ich gehe jetzt hinein. Oma hat bestimmt das Mittagessen schon fertig."

Doch als sie sich umdrehten und zum Haus gehen wollten, entdeckten sie Mrs. Adams, die auf der Treppe saß, einen blauen Pullover um die Schultern gelegt. „Es tut mir leid", sagte sie, „aber ich dachte, wenn ich mich sofort schuldig bekenne, dann würde mein Lauschen nicht so schlimm sein. Euer Großvater wird vielleicht kein Wort mehr mit mir reden, aber ich war einfach zu neugierig."

Cleo lachte schallend und nahm ihre Großmutter in den Arm. „Wir haben sowieso keine Geheimnisse vor dir, Oma."

„Wie könnten wir?" murmelte Tim.

Sie blickte ihn traurig an. „Mir ist gar nicht klar gewesen, daß wir so sehr an dir versagt haben, Tim. Als deine Eltern starben, war Cleo noch ein Kind, und irgendwie schien es . . . ich weiß auch nicht – es war leichter, sie zu trösten. Du warst ein Jugendlicher, so kühl und stachlig. Ich hätte es wissen und deine Abwehr durchbrechen müssen. Aber ich habe es nicht getan. Kannst du mir verzeihen?"

Tim öffnete den Mund, als wollte er seiner Großmutter widersprechen. Cora sah, wie Mrs. Adams' Blick fest auf Tims Gesicht ruhte. „Mach dir keine Gedanken darum, Oma. Das ist lange her", meinte Tim schließlich und wendete sich ab. „Ich gehe jetzt hinein. Ihr Frauen könnt ja weiter in der Kälte stehen und miteinander schnattern, wenn ihr wollt. Ich sehe schon, wenn Opa und ich nicht das Mittagessen auf den Tisch bringen, dann werden wir alle verhungern."

Mrs. Adams sah ihm nach. „Er ist noch nicht bereit, mir wirklich zu vergeben." Sie seufzte, dann wendete sie sich wieder an Cleo und Cora. „Wie alt ich auch werde, mir fällt es immer noch so schwer, alles Gott zu überlassen. Auch ich höre zu viele verschiedene Stimmen in meinem Kopf und habe ihnen wie ihr im Laufe der Jahre zuviel Aufmerksamkeit geschenkt. Immer wieder muß ich mich an den Vers aus Jesaja dreißig erinnern: ‚Wenn ihr umkehrtet und stille bliebet, so würde euch geholfen; durch Stillesein und Hoffen würdet ihr stark sein.' Im Augenblick muß ich wieder einmal allen Lärm in meinem Herzen abstellen und auf den Herrn warten."

„Ich versuche, auf dich zu warten, Gott", flüsterte Cora, als sie am folgenden Morgen zur Arbeit fuhr. „Aber es ist so schwer." Sie fühlte sich innerlich furchtbar leer.

Nachdem sie das Haus der Adams' verlassen hatte, war sie froh gewesen, nach Hause zu kommen und sich in ihr Bett fallen zu lassen. An diesem Tag war es ihr ganz recht, daß Cleo so früh schlafen ging, denn sie wollte nicht reden, wollte nicht einmal denken. Und an diesem Morgen war sie froh, daß sie zur Arbeit fahren konnte, froh, eine Klasse zu haben. Sie dachte an Felix, der in ihrem Klassenzimmer wartete, und lächelte. „Wenigstens habe ich immer noch ihn."

Sie stellte ihren Wagen ab und ging zum Schulgebäude. Eine kleine Frau mit kurzem dunklen Haar und einer Brille wartete vor ihrer Tür.

„Kann ich Ihnen helfen?" fragte Cora.

Die Frau wendete sich mit gerunzelter Stirn ihr zu. „Ich möchte mit jemandem sprechen, der hier verantwortlich ist. Ich bin Terri Jones. Ich bin gekommen, um meinen Sohn Felix nach Hause zu holen."

14

„Sie kann ihn doch nicht einfach mit nach Hause nehmen, oder?" Mrs. Jones war bei Felix, und Cora lief unruhig in Margaret Truesdells Büro hin und her.

„Natürlich nicht." Margarets graue Augen blickten ruhig. *Zu ruhig*, dachte Cora. „Aber nach dem, was sie sagt, hat der Familienrichter, der Felix in die Obhut des Heimes gegeben hat, nun beschlossen, daß Mrs. Jones in der Lage ist, Felix wieder zu sich zu nehmen. Wir können ihn erst in die Obhut seiner Mutter zurückgeben, wenn die nötigen Papiere da sind – aber wenn seine Mutter recht hat, dann ist das nur eine Frage der Zeit."

Margaret zog die Augenbrauen zusammen und legte Cora die Hand auf die Schulter. „Das ist schwer für Sie, ich weiß. Diese Kinder brauchen uns, und sie brauchen es, daß wir unser Herz an sie hängen. Das Problem dabei ist, daß wir früher oder später verletzt werden."

Cora schüttelte den Kopf. „Das ist nicht fair! Felix hat gerade angefangen, auf mich zu reagieren. Er hat mich um eine Bibel gebeten – er kam morgens zu mir, und wir haben uns unterhalten . . . ich habe mich so gefreut . . ." Sie schluckte und schüttelte wieder den Kopf. „Der Richter hat unrecht. Felix ist etwas Besonderes. Er kann nicht in diese schreckliche Umgebung zurückkehren."

Margaret goß Tee in eine Tasse und reichte sie Cora. „Setzen Sie sich, und trinken Sie das. Ihr Unterricht beginnt bald, und Sie müssen sich ein wenig beruhigen."

Widerstrebend setzte sich Cora hin. Sie trank den heißen Tee und atmete tief durch, doch ihre Knie waren trotzdem weich, und sie sehnte sich danach, daß Margaret ihr sagte, was sie unternehmen könnte, um den Lauf der Dinge aufzuhalten. „Was kann ich tun? Es muß doch etwas geben, das wir tun können."

Margaret lächelte und schüttelte den Kopf. „Mrs. Jones hat mir erzählt, daß sie eine Therapie macht. Sie hat eine neue Stellung, die ihr besser gefällt und wo sie mehr Geld bekommt. Sie behauptet, sie hätte sich verändert – und ich muß zugeben, sie scheint mir auch wirklich anders, irgendwie glücklicher zu sein. Sie besucht sogar Abendkurse am staatlichen College."

„Wie schön für sie", meinte Cora kühl. „Aber das bedeutet nicht, daß Felix bei ihr glücklicher sein wird als vorher."

Margaret legte ihre schlanken Finger um ihre Teetasse. „Ich glaube doch, daß er glücklicher sein wird, Cora. Felix ist sehr intelligent. Seine Mutter ist auch sehr klug, und sie war frustriert über ihre unterbezahlte Stellung. Als Felix herkam, war sie nicht in der Lage, dem Druck des Lebens standzuhalten, ihre Verantwortung als alleinerziehende Mutter mit einer monotonen, nervtötenden und dazu noch unterbezahlten Arbeit hat sie einfach überfordert. Dazu kam, daß das Geld hinten und vorn nicht reichte . . . und leider hat sie ihren Frust dann an Felix ausgelassen. Sicher war das falsch und schlimm. Aber das bedeutet nicht, daß sie einander nicht lieben und nicht zueinander gehören." Margaret nahm einen Schluck Tee und lächelte Cora an. „Offensichtlich hat Mrs. Jones jetzt die so dringend benötigte Hilfe bekommen. Man spürt die Veränderung, die mit ihr vorgegangen ist. Ich bin sicher, daß Sie für Felix gebetet haben – und ich vermute, daß die Veränderung seiner Mutter die Erhörung dieser Gebete ist."

„Natürlich habe ich für ihn gebetet. Aber ich habe nicht gebetet, daß –" Cora brach ab und preßte die Lippen aufeinander. Sie wußte, ihre Worte würden egoistisch und lieblos klingen.

Margaret lächelte sie noch herzlicher an. „Ich weiß, Cora.

Mir gefällt es auch nicht immer, wie Gott auf meine Gebete reagiert. Ich habe meine eigene Vorstellung davon, wie die Dinge sein sollten – und dann bin ich verstimmt über die Art, wie Gott vorgeht." Sie schüttelte den Kopf. „Es ist schon schwierig, stillzuhalten, damit wir offen sind für das, was Gott möchte . . . es ist wirklich nicht leicht."

Sie stellte ihre Tasse auf den Tisch und lehnte sich zurück. „Aber, Cora, wenn Sie Felix lieben, wirklich lieben im vollsten Sinn des Wortes, dann werden Sie akzeptieren müssen, daß es das beste für ihn ist, bei seiner Mutter zu sein. Unsere Schüler müssen manchmal ihrem Zuhause entkommen, und darum werden sie hergebracht – aber in den meisten Fällen ist es das beste für sie, wenn sie nach einer gewissen Zeit, wenn sie und ihre Eltern ihre Probleme aufgearbeitet haben, wieder zu den Menschen zurückkehren, die sie lieben. So sehr wir uns auch bemühen, ihnen ein liebevolles Heim zu schaffen, wir können ihnen eine Familie nicht ersetzen."

Cora runzelte die Stirn. „Dann sind Sie also der Meinung, das Heim würde diesen Kindern ein Happy End verschaffen?"

Margaret seufzte, und wieder einmal zog sie die Augenbrauen zusammen. „Die meisten dieser Kinder stammen aus Elternhäusern, die so zerstört sind, daß ein wirkliches Happy End nicht möglich ist. Aber ich bin der Meinung, daß das Heim einige Fenster öffnen kann, durch die ein Schimmer der Liebe Gottes hereinströmen kann. Ich muß darauf vertrauen, daß diese Liebe eines Tages, irgendwie, Heilung bringt, sei es nun so, wie ich es mir vorstelle und ersehne oder anders." Ihr Gesicht entspannte sich. „Bei Felix Jones habe ich große Hoffnung. Und die sollten Sie auch haben." Sie sah auf ihre Uhr und stand auf. „Machen Sie weiter, Cora. Gehen Sie in Ihre Klasse. Und lassen Sie nicht zu, daß Ihr Schmerz Sie daran hindert, zu lieben." Sie lächelte. „Christus hat uns geliebt – und seine Liebe hat ihn verletzlich gemacht, er ist sogar für uns gestorben. Aber sehen Sie nur, wieviel Gutes daraus entstanden ist!"

„Ich gehe bald nach Hause." Felix war noch an seinem Tisch sitzen geblieben, nachdem die anderen Schüler die Klasse bereits verlassen hatten. Cora sah ihn an und versuchte, seinen Gesichtsausdruck zu deuten, doch sein dunkles Haar hing ihm über die Brille, und die gerade Linie seines Mundes sagte ihr nichts.

„Ich habe schon davon gehört." Sie wendete sich den Arbeitsbüchern auf ihrem Pult zu. „Was hältst du davon?"

Felix schnaubte. „Was meinen Sie, was ich davon halte? Ich bin natürlich froh. Ich kann es kaum erwarten, diesem Loch hier zu entkommen. Dieser Ort macht mich krank."

Cora sah ihn an. „Ich werde dich vermissen", sagte sie ruhig.

Er zuckte die Achseln und wendete sich ab. „Ich werde meinen Schrank ausräumen", sagte er über die Schulter hinweg.

Cora beobachtete ihn, wie er seine Malutensilien und Bücher fein säuberlich in einen Karton packte. Vor ihren Augen verschwamm alles, und sie stellte sich schnell ans Fenster, damit er ihre Tränen nicht sah. „Bis morgen", sagte sie mühsam, als er fertig war.

„Vielleicht. Falls ich bis dahin nicht schon weg bin." Er war zur Tür hinaus, bevor sie noch etwas sagen konnte.

Cora setzte sich an ihr Pult und barg ihr Gesicht in den Händen. *Ich verstehe es nicht, Gott. Alle meine Hoffnungen werden zunichte gemacht. Ich weiß, daß ich nur dich allein wirklich brauche. Aber ich habe gedacht –*

„Wie geht es Ihnen?"

Cora hob den Kopf. Sie fuhr sich mit der Hand über die Augen und lächelte. „Hallo, Alex."

Er kam herein und lehnte sich gegen ihr Pult. Wie gewöhnlich war sie von seiner Gegenwart überwältigt, von seiner Größe und der Wärme, die er ausstrahlte, doch an diesem Tag fühlte sie sich davon eher getröstet als abgestoßen. Sie stand auf und ging zum Fenster – wenn sie nicht eine Distanz zwischen sich und ihn legte, würde sie vielleicht ihrer Sehnsucht nachgeben und ihm um den Hals fallen.

„Margaret hat mir gesagt, es sei Gottes Wille, daß Felix zu seiner Mutter zurückgeht“, meinte sie, den Blick auf die kahlen Bäume am Rande des Spielplatzes hinter der Schule gerichtet. „Es fällt mir schwer, das zu akzeptieren.“

„Das kann ich gut verstehen.“ Seine Stimme war ruhig. Sie verglich seinen tiefen Tonfall mit Tims etwas heiserer Tenorstimme, und innerlich schüttelte sie sich. *Auf keinen Fall darf ich mir jetzt einreden, ich hätte mich in ihn verliebt.* Er kam ihr nach und stellte sich hinter sie, und Cora mußte heftig gegen den Drang ankämpfen, sich an ihn zu lehnen. *Lieber Gott, was ist denn nur los mit mir? Wie kann ich mich jetzt so von Alex angezogen fühlen, wo ich doch so aufgebracht bin wegen Felix und wegen der Sache mit Tim?*

„Margaret sagt, seine Mutter hätte sich geändert“, meinte Cora und zwang sich, die Botschaften ihres Körpers zu ignorieren. Sie drehte sich um und sah ihn an. „Meinen Sie, daß Felix in Ordnung kommt?“

Alex zuckte die Achseln. „Ich glaube nicht, daß sein Leben je richtig in Ordnung sein wird, Cora, falls Sie das meinen. Er und seine Mutter werden immer zu kämpfen haben.“ Er steckte die Hände in die Hosentaschen und blickte sie an. „Mir gefällt es auch nicht, daß er geht. Aber ich denke, daß sich die Situation für ihn und seine Mutter gebessert hat, wenigstens für den Augenblick. Und ich vertraue darauf, daß Gott Felix auch weiterhin nicht loslassen wird.“

Er trat näher an sie heran. Sie senkte den Blick und starrte auf das blau-grüne Muster seines Hemdes; ihre Hände hatte sie zu Fäusten geballt, um dem Drang zu widerstehen, den weichen Flanell mit ihren Fingerspitzen zu berühren. Er fuhr mit einem Finger sehr sanft über ihr Kinn, und sie erbebte und schluckte.

„Wie geht es Ihnen wirklich, Cora Carpenter?“ fragte er leise. „Es ist eine schwere Zeit, nicht?“

Sie nickte und lächelte schwach, obwohl sie seinem Blick nicht standhalten konnte. „Zuerst Tim und jetzt Felix." Sie schüttelte den Kopf. „Noch vor wenigen Wochen dachte ich, das Leben würde sich ganz von selbst schön regeln. Und nun habe ich das Gefühl, als hätte jemand die Mosaiksteinchen meines Lebens genommen und in die Luft geworfen. Das Muster, das ich mir entworfen hatte, ist nicht mehr da."

Alex lächelte. „Vielleicht werden Sie ja ein ganz neues, viel schöneres Muster finden. Wissen Sie noch, daß ich Ihnen einmal gesagt habe, Gott würde uns gern überraschen?"

Cora nickte. „Sie sagten, Gott sei wie ein Schachtelmännchen." Sie blickte ihn an und grinste. „Ich wußte nicht, wovon Sie sprachen. Ich wußte nur, daß es mir unangenehm war und ich mich über Sie ärgerte."

„Anscheinend habe ich Sie damals sehr häufig verärgert." Er gab ihr Lächeln zurück, doch sie sah die Wachsamkeit in seinem Blick, so als fürchte er erneut eine solche Reaktion von ihr.

Sie drehten sich dem Fenster zu. Cora sah zum kalten, grauen Himmel hinauf, aber sie war sich Alex' Nähe sehr bewußt. Seine Schulter kam ihrer sehr nahe und berührte sie fast.

„Ich fühle mich so dumm wegen der Sache mit Tim", sagte sie schließlich. Ihre Stimme war kaum lauter als ein Flüstern. Sie wollte ihm das eigentlich nicht sagen, aber irgendwie hatte sie das Gefühl, als würden ihr diese Worte aus dem Mund gezogen.

„Dumm? Was meinen Sie?"

„Verlegen, schätze ich. So, als hätte ich mich zum Narren gemacht."

Aus den Augenwinkeln bemerkte sie, wie Alex den Kopf schüttelte. „Wir alle machen uns manchmal zum Narren." Er bewegte sich, und seine Schulter berührte sie. „Ich habe gedacht, Sie wären traurig, verzweifelt. Aber nicht verlegen."

„Ich war verletzt", sagte sie traurig. „Aber dann, als ich Tim wiedersah, geschah etwas Seltsames. Es war, als fielen mir auf einmal Schuppen von den Augen, wie bei Paulus. Ich blickte Tim an, und ich erkannte, daß der Mann, den ich so lange geliebt hatte, nur in meiner Vorstellungswelt existierte. Ich hatte mich in eine Phantasiegestalt verliebt. Ich fühle mich so dumm."

Sie atmete tief durch und versuchte zu ignorieren, daß die Wärme seiner Schulter ihr Herz heftig pochen ließ. „Und jetzt muß ich immer daran denken, wie Felix mir vorgeworfen hat, ich würde zu einem eingebildeten Freund sprechen. Als er mich belauschte, wie ich betete. Erinnern Sie sich? Und ich frage mich, ob er vielleicht recht hatte. Vielleicht ist der Gott, zu dem ich bete, auch nur ein Produkt meiner Einbildung, genau wie Tim. So wie ich vielleicht gedacht hatte, mein Leben gleiche einer Geschichte, die ich selbst schreiben könnte, und Gott wäre nur eine Figur in dieser Geschichte." Sie bewegte sich leicht von ihm fort und legte die Hände an das kalte Glas des Fensters. „Das macht mir am meisten Angst. Und nun, wo Margaret und Sie mir sagen, ich solle darauf vertrauen, daß Gott für Felix sorgen wird, denke ich: ‚Natürlich, das wäre schön.' Aber es war auch schön, an das Märchen zu glauben, das ich mir in bezug auf Tim gestrickt hatte." Sie blickte ihn über die Schulter hinweg an. „Wie kann ich es wagen, wieder an irgend etwas zu glauben?"

Er schwieg eine Weile, sein Blick ruhte auf dem langsam dunkler werdenden Himmel. „Mir scheint", meinte er schließlich langsam und vorsichtig, „daß es in jeder Beziehung Zeiten gibt, wo die Kommunikation zusammenbricht. Unsere Selbstsucht kommt uns dazwischen, und wir hören nur noch, was wir hören wollen, sehen nur noch, was wir sehen wollen und bleiben nicht mehr in Kontakt mit der Wirklichkeit der anderen Person."

Sie wartete darauf, daß er fortfuhr. Als er es nicht tat, kam wieder ihre alte Ungeduld mit ihm durch. „Und?" fragte sie schließlich.

Sein Blick richtete sich auf ihr Gesicht. „Das ist mit Ihnen und Gott passiert. Sie hatten einen Kommunikations-Stillstand. Wenn Sie erkennen, daß Ihnen das bei einem anderen Menschen passiert, dann denken Sie doch auch nicht: ‚Mit dieser Person werde ich kein Wort mehr sprechen.' Oder: ‚Weil ich diesen Menschen einmal mißverstanden habe, werde ich nie mehr etwas glauben, was er sagt.'"

Sein Gesichtsausdruck war so zärtlich, daß sie sich schnell abwandte, weil sie Angst hatte zu glauben, was sie sah. Sie erkannte sich in dem, was er sagte. Genau so verhielt sie sich. Sie zwang sich, ihn wieder anzusehen.

Sein Lächeln wurde breiter. „Gott ist nicht Ihr eingebildeter Freund, Cora. Vielleicht haben Sie ihn wie einen behandelt. Darum ist er aus der Schachtel gesprungen, in die Sie ihn gesteckt haben, und hat Sie mit der Endlosigkeit seiner Realität konfrontiert. Aber er ist größer, als Sie gedacht haben, und er ist realer, nicht weniger real. Er gibt Ihnen die Gelegenheit, im Glauben zu wachsen – Sie brauchen nicht aus Angst und Verlegenheit zurückzuschrecken."

Er streckte die Hand nach ihr aus, ließ sie jedoch wieder sinken, bevor er sie berührt hatte. „Glauben Sie mir, ich weiß, wie angstmachend das ist. Wie die Menschen, die vor fast zweitausend Jahren mit Jesus gelebt haben, wollen wir ihn begrenzen und klein machen, in eine Höhle stecken, damit er die Art, wie wir unser Leben führen, nicht in Frage stellen kann. Dann würden wir am liebsten einen Stein vor die Öffnung rollen, genau wie die Leute damals es getan haben – und niemals erkennen, daß wir genauso schuld an seiner Kreuzigung haben wie sie."

Cora durchfuhr ein Freudenschauer. „Aber er ist nicht tot geblieben, nicht?"

Alex schüttelte den Kopf. „Gott sei Dank." Er wendete sich ihr zu und lehnte sich gegen die Fensterbank. „Es ist seltsam", sagte er und öffnete den Mund, als wollte er noch etwas sagen, dann schloß er ihn wieder. Das Schweigen zog sich hin, und auf einmal war eine Spannung da, wo vorher Frieden gewesen war.

„Was ist seltsam?“ fragte sie nach.

Er zuckte die Achseln, und sie beobachtete fasziniert, wie seine Ohren rot wurden. Er räusperte sich. „Ich schätze“, meinte er schließlich, „daß auch ich einen Kommunikations-Stillstand mit Gott gehabt habe. So ähnlich wie Sie. Nur . . . “, seine Hände umklammerten die Fensterbank, daß seine Knöchel weiß hervortraten, dann lockerte er seinen Griff wieder. „Nur daß ich dachte, Gott wollte, daß ich allein bleibe. Sie wissen schon, 1. Korinther 7, wo Paulus sagt, daß es besser ist, wenn die Alleinstehenden auch allein bleiben.“

„Ich weiß.“ Cora lächelte verlegen. „Ich muß gestehen, daß ich diesem Vers bisher keine große Aufmerksamkeit gewidmet habe.“

„Na ja, ich auch nicht. Doch vor einigen Jahren ging ich oft mit einem Mädchen aus. Wir hatten nur wenig Gemeinsamkeiten, aber ich war einsam, und zuerst schien meine Freundschaft zu ihr eine gute Sache zu sein. Doch dann wollte sie mich verändern. Sie kam in mein Haus und sah meine Bücher durch.“ Er schüttelte den Kopf und grinste. „Sie wollte sogar, daß ich Esther abschaffe. Sie drängte mich zu einem ernsteren Christentum – aber eines Tages, als ich wegen unserer Beziehung betete, schlug ich 1. Korinther 7 auf, und ich dachte: ‚Das ist es. Gott ruft mich auf, alleinstehend zu bleiben.‘ Und ich war unendlich erleichtert.“

„Sie –“ Cora zögerte; „Sie meinen, daß Gott das immer noch von Ihnen möchte?“ brachte sie schließlich heraus.

Alex verzog das Gesicht und zuckte die Achseln. „Ich wünschte, ich wüßte es. Ich weiß nur, daß ich mich schuldig fühlte, weil ich die Bibel mißbraucht habe, als wäre sie ein Glückskeks. Oh, ich glaube schon, daß Gott durch die Bibel zu uns spricht. Aber ich weiß nun, daß ich die Bibel dazu mißbraucht habe, mich in meiner Meinung zu unterstützen, anstatt darin nach Gottes Gedanken zu suchen.“

Cora nickte. „Das habe ich auch wegen Tim getan. Sogar noch nach dem, was neulich morgens passierte. Ich öffnete die Bibel und fand einen Vers und redete mir ein, ich würde ein Glaubensheld wie Abraham sein, wenn ich auch weiterhin allen Widrigkeiten zum Trotz daran festhielte, daß Tim und ich eines Tages heiraten würden." Alex' Blick ließ sie erröten. Sie schüttelte den Kopf. „Ich sehe nun, wie dumm ich war. Aber wodurch haben Sie erkannt, daß Sie unrecht hatten?"

Ganz unschuldig hatte sie die Frage gestellt. Es interessierte sie wirklich, aber irgend etwas in seinem Gesicht ließ sie den Atem anhalten. Sie sah, daß auch er nach Luft schnappte. „Durch Sie", sagte er schließlich.

„Mich?" Sie verstand nicht.

Er nickte, und seine Wangen waren nun genauso gerötet wie seine Ohren. „Sie." Er sah an ihr vorbei, betrachtete eine Weltkarte, die sie an der Wand aufgehängt hatte. „Zuerst dachte ich, es läge daran, daß Sie so hübsch sind. Ich fühlte mich wieder einsam, und –" Er zuckte die Achseln. „Ich dachte, es sei nur natürlich, sich dann und wann zu einem Menschen hingezogen zu fühlen. Ich dachte, wir könnten Freunde sein, und das wäre dann genug." Er lächelte schwach, und sein Blick wanderte zu ihr, dann richtete er ihn schnell wieder auf die Weltkarte an der Wand. „Aber Sie wollten nicht mit mir befreundet sein. Und ich konnte Sie nicht aus meinen Gedanken verbannen." Seine Stimme war sehr leise. „Und schließlich erkannte ich", sein Mund verzog sich, „daß eine Freundschaft mir nicht genügte. Ich weiß nicht, was Gott für die Zukunft will. Ich weiß nur, was ich mir wünsche!"

Cora fiel es schwer zu atmen. „Na ja", sagte sie und versuchte, ihrer Stimme einen beiläufigen Klang zu geben, „ich weiß, wie verwirrend Gottes Wille sein kann."

Alex schüttelte den Kopf. „Ich sagte, ich weiß nicht, was Gott für die *Zukunft* will. Für den Augenblick weiß ich es, glaube ich."

Cora sah zum Fenster hinaus. Es war schon fast dunkel

draußen; Cleo würde sich fragen, wo sie blieb, dachte sie zerstreut. „Und was glauben Sie, was er für den Augenblick will?“ flüsterte sie schließlich mit abgewandtem Blick.

Er nahm ihr Kinn in die Hand. „Ich glaube, Gott will, daß ich dich liebe, Cora Carpenter“, sagte er. Sie starrte ihn sprachlos an. „Ich wollte es nicht. Du warst so offensichtlich in Tim verliebt. Du mochtest mich nicht einmal. Je mehr ich für dich empfand, desto mehr tat es weh.“ Er schüttelte den Kopf. „Und doch fühlte ich mich irgendwie lebendiger, der Gegenwart Gottes in meinem Leben mehr bewußt als vorher.“

Sie biß sich auf die Lippe und wußte nicht, was sie sagen sollte. Er ließ die Hand sinken. „Es tut mir leid“, fuhr er fort. „Ich wollte das alles nicht sagen. Ich möchte nicht, daß du dich in meiner Gegenwart unbehaglich fühlst. Ich möchte wirklich dein Freund sein.“ Er schüttelte den Kopf und stieß sich vom Fensterbrett ab, so als wollte er gehen. „Es tut mir leid.“

„Nein –“ Sie legte ihre Hand an seine Brust, um ihn aufzuhalten, und sah zu ihm auf. „Ich –“ Sie brachte keinen Ton mehr heraus, und sie hatte das Gefühl, ihn nie mehr loslassen zu wollen. Er blickte sie an, und zum erstenmal war sie froh, daß er so gut in ihrem Gesicht lesen konnte. Sie würde die Gefühle, die sie plötzlich überwältigten, nicht in Worte kleiden müssen.

„Cora?“ Sehr langsam legten sich seine Hände auf ihre Schultern. Er zog sie an sich. Noch langsamer beugte er sich zu ihr herab. Sie spürte seine warmen, weichen Lippen, und obwohl ihr Herz zum Zerspringen klopfte, hatte sie das Gefühl, als könne sie sich nun endlich nach den langen Monaten des Aufruhrs und der Verwirrung entspannen.

Ein Klopfen an der Tür ließ sie auseinanderfahren. „Ich bin so froh, daß Sie beide noch hier sind“, sagte Margaret Truesdell, als Cora die Tür öffnete. „Felix Jones ist abgehauen!“

15

Cora starrte Margaret an. „Aber warum sollte er jetzt fortlaufen? Er schien sich doch so darauf zu freuen, nach Hause zu gehen."

Margaret zuckte die Achseln. „Er weiß, wie das Leben zu Hause ausgesehen hat. Vielleicht hat er Angst. Seine Mutter ist unten. Als ich ihr heute morgen sagte, ohne die nötigen Papiere könnten wir ihr Felix nicht mitgeben, ist sie anscheinend sofort zum Büro der Richterin gefahren und bestand darauf, daß ihr die Papiere ausgehändigt wurden. Nach Schulschluß hat sie sie bei mir vorbeigebracht. Alles schien in Ordnung zu sein, doch ich rief die Richterin an, um mich zu vergewissern. Sie bestätigte, daß wir Felix ohne weiteres nach Hause schicken könnten. Ich benachrichtigte Felix' Hauseltern, und Mrs. Jones und ich unterhielten uns noch ein wenig. Dann gingen wir hinüber ins Korintherhaus – und stellten fest, daß Felix verschwunden war." Margaret seufzte. „Mrs. Jones ist ziemlich aufgebracht."

„Er kann noch nicht weit gekommen sein", meinte Alex ruhig. „Laßt uns das Gelände absuchen."

Eine Stunde später hatten sie ihn noch immer nicht gefunden. „Manchmal fährt er per Anhalter", sagte Felix' Mutter, Terri Jones. Ihr Gesicht war leichenblaß. „Wenn er mit jemandem mitgefahren ist, kann er sonstwo sein."

Alex und Cora sahen sich an. „Wir fahren in der Stadt herum und suchen nach ihm, Mrs. Jones", sagte Alex. „Machen Sie sich keine Gedanken, wir werden ihn finden."

Sie nahmen Alex' Wagen und fuhren langsam die Straßen der kleinen Stadt ab.

„Ich habe Angst", meinte Cora.

Alex legte ihr die Hand auf die Schultern. „Er ist schrecklich klug, weißt du nicht mehr? Er wird keine Dummheiten machen."

„Aber er ist doch erst elf Jahre alt."

„Er ist daran gewöhnt, selbst auf sich aufzupassen. Bete nur weiter."

Lieber Gott, ich weiß, daß du jetzt bei Felix bist. Sie spürte die Wärme von Alex' Hand auf ihrer Schulter; sie spürte die Liebe Gottes, die sie umgab. Langsam entspannte sie sich.

„Meinst du, daß er vielleicht ins Kunstmuseum gegangen ist?" fragte sie Alex.

Sie nahmen die einstündige Fahrt auf sich, doch als sie endlich in der Stadt ankamen, war das Kunstmuseum bereits geschlossen und dunkel. Trotzdem stellten sie den Wagen ab und gingen um das Gebäude herum, spähten in Fenster und sahen hinter Büschen nach. Schließlich kehrten sie zum Wagen zurück und fuhren zu einer Telefonzelle.

Cora wartete, während Alex Margaret im Heim anrief. Als er aus der Telefonzelle herauskam, schüttelte er den Kopf. „Immer noch kein Lebenszeichen von ihm. Margaret hat die Polizei angerufen, und Mrs. Jones ist nach Hause gefahren für den Fall, daß er dort auftaucht. Margaret sagt, wir sollten jetzt auch nach Hause fahren."

Als sie die Abzweigung zu ihrem Haus erreichten, blickte Alex Cora an. „Hast du etwas dagegen, deinen Wagen über Nacht beim Heim stehenzulassen? Ich nehme dich morgen früh mit."

Cora nickte.

Er bog in ihre Einfahrt ein. Nach einer Weile stellte er den Motor ab und streckte die Hand nach Cora aus. „Komm einen Augenblick her."

Sie rutschte näher zu ihm heran. Sie war froh über seine Wärme.

„Dies ist zwar nicht der richtige Zeitpunkt", meinte Alex,

„aber ich wollte mich noch einmal vergewissern, daß ich eben nicht geträumt habe." Er wendete sich ihr zu, zögerte, dann drückte er sanft seine Lippen auf ihre. „Schlaf ein wenig", flüsterte er nach einer Weile. „Felix geht es bestimmt gut."

Sie nickte und öffnete die Beifahrertür. Doch bevor sie ausstieg, drehte sie sich noch einmal zu Alex um, wollte noch einmal seine Wärme spüren. Auch sie hatte das Gefühl zu träumen.

„Sieht so aus, als hätte ich meine Wette doch gewonnen", erklang eine Stimme aus dem Gebüsch.

Cora sprang aus dem Wagen. „Felix!"

Er hockte zitternd auf ihrer Treppenstufe, die Arme um seine Knie geschlungen. „Wo sind Sie gewesen? Ich warte schon seit Stunden auf Sie." Das Scheinwerferlicht spiegelte sich in seinen Brillengläsern, und er wirkte sehr verstimmt.

„Felix." Cora nahm ihn in die Arme und drückte ihn an sich.

„Was ist nur heute los? Anscheinend umarmen Sie heute jeden, oder?" Sie sah sein Grinsen. „Ich habe gesehen, was Sie und Mr. McGregor getan haben. Das war's dann also für Mr. Adams, ja?"

Alex stieg ebenfalls aus dem Wagen und blickte auf Felix herab. „Weißt du überhaupt, was für Sorgen wir uns um dich gemacht haben?"

Felix zuckte die Achseln. Cora hielt ihn immer noch im Arm, und obwohl er sie finster anblickte, bemerkte sie, daß er sich nicht zurückzog. „Warum bist du davongelaufen?" fragte sie ihn. „Wolltest du nicht mit deiner Mutter nach Hause gehen?"

„Natürlich möchte ich nach Hause gehen." Jetzt zog er sich vor ihr zurück. „Ich bin doch nicht doof. Ich bin nicht davongelaufen. Ich wollte Sie nur sehen, bevor Mom und ich losfahren. Ich hatte Angst, sie würde mich nicht hierherbringen, wenn ich sie darum bitte, deshalb bin ich hergetrampt. Woher sollte ich wissen, daß Sie stundenlang nicht aufkreuzen würden? Vermutlich haben Sie die ganze Zeit mit Mr. McGregor geschmust."

„Wir haben dich gesucht", erklärte Cora. „Überall. Wir sind sogar in der Stadt herumgefahren und zum Museum. Die Heimleitung hat die Polizei gerufen, und deine Mutter ist ganz krank vor Sorge."

Felix schüttelte den Kopf. „Na, großartig. Scheint so, als ob ich schon wieder in Schwierigkeiten stecke, bevor ich überhaupt wieder zu Hause bin." Er schüttelte sich das Haar aus dem Gesicht und sah zu Alex auf. „Das bedeutet doch hoffentlich nicht, daß die ihre Meinung geändert haben und mich nicht nach Hause lassen?"

Alex schüttelte den Kopf. „Ich glaube nicht. Aber vielleicht denkst du das nächste Mal erst über die möglichen Konsequenzen nach, bevor du eigenmächtig handelst." Er wuschelte Felix durchs Haar. „Und weshalb wolltest du Miss Carpenter noch einmal sehen?"

Felix senkte den Blick und betrachtete seine Schuhe. „Ich wollte mich vermutlich nur von ihr verabschieden." Er blickte Cora schnell an, nahm seinen Rucksack vom Rücken und griff hinein. „Und ich habe noch etwas für Sie."

Er zog die Bibel heraus, die sie ihm gegeben hatte. Sie dachte, er wollte sie ihr zurückgeben und setzte an, den Kopf zu schütteln, doch statt dessen holte er aus den Seiten ein in Papierhandtücher eingewickeltes Päckchen heraus. Er reichte es ihr.

Sie packte es auf und fand ein Bild darin. Sie hielt es in das Scheinwerferlicht des Wagens und entdeckte einen wundervollen Vogel, der sich vor der aufgehenden Sonne in die Lüfte erhob.

„Das ist ein Phönix", meinte Felix. „Sie wissen schon, diese mythischen Vögel, die sterben und sich dann aus der Asche wieder erheben." Er schob seine Brille zurück und blickte Cora schnell an. „Ich habe in der Bibel gelesen, die Sie mir gegeben haben. Ich dachte, daß ein Phönix vielleicht der passende Vogel für einen Christen ist."

Cora blinzelte die Tränen fort. „Er ist wundervoll", sagte sie. „Vielen Dank. Ich glaube, das ist das schönste Geschenk, das ich jemals bekommen habe."

„Wirklich?" Felix starrte sie an. „Wie kommt es dann, daß Sie weinen?"

„Oh, Felix!" Cora nahm ihn erneut fest in den Arm. „Ich werde dich so sehr vermissen."

Alex legte ihr die Hand auf die Schulter. „Das wird nicht das letzte Mal sein, daß wir uns sehen, Felix, weißt du. Ich erinnere mich daran, daß wir dir versprochen haben, noch einmal mit dir ins Kunstmuseum zu gehen. Vielleicht hat deine Mutter ja nichts dagegen, daß wir dieses Versprechen einhalten, was meinst du?"

Felix grinste nur glücklich.

„Aber jetzt müssen wir ihr sofort Bescheid sagen, daß du wieder da bist!"

„Ich kann nicht glauben, daß er den ganzen Abend auf unserer Treppe gesessen hat und ich es nicht gemerkt habe", meinte Cleo später am Abend. Alex und Cora hatten Felix zum Heim zurückgebracht, wo seine erleichterte Mutter auf sie gewartet hatte.

Cora ließ sich auf das Sofa sinken. „Was für ein Tag!"

Cleo blickte sie an. „Sieht so aus, als sei es für dich und Alex ein ziemlich guter Tag gewesen."

Cora schüttelte grinsend den Kopf. „Du kriegst aber auch alles mit, was?"

„Jawohl." Cleo ließ sich auf einem Sessel nieder. „Also – erzähl mir, was zwischen euch beiden passiert ist. Ich will alles ganz genau wissen!"

„Ich bin nicht sicher." Cora betrachtete das Bild, das Felix ihr geschenkt hatte. „Ich schätze . . . ich schätze, während ich so damit beschäftigt war, an Tim zu denken, hat sich ein Teil von mir in Alex verliebt. Ich wollte es erst nicht akzeptieren. Ich war so daran gewöhnt zu meinen, daß Tim der richtige Mann für mich ist, daß es mir Angst machte, auch nur an Alex zu denken. Je mehr ich mich von Alex angezogen fühlte, desto mehr redete ich mir ein, daß Tim der Mann sei, den ich liebe. Macht das Sinn?"

„Nein." Cleo stützte ihr Kinn in die Hand und lächelte Cora an. „Aber ich verstehe es. Ich bin genauso dumm in bezug auf Markus gewesen."

„Hast du endlich mit ihm gesprochen?"

Cleo nickte, und ihr Lächeln verstärkte sie. „Auch für mich war heute ein recht guter Tag. Nach der Arbeit haben Markus und ich einen langen Spaziergang gemacht."

„Und?"

„Und ich habe ihm gesagt, wie sehr ich ihn liebe und daß ich ihn trotz meiner Angst heiraten möchte." Sie streckte Cora ihre linke Hand entgegen, und Cora entdeckte daran das Funkeln eines Diamantrings. „Sieht so aus, als hätte er die Hoffnung nicht aufgegeben, daß ich doch irgendwann ja sage."

„Oh, Cleo!" Cora sprang auf und umarmte ihre Freundin. „Ich gratuliere! Ich bin so froh, daß ihr eure Unstimmigkeiten bereinigt habt."

„Ich auch. Markus sagte, er hätte auf mich gewartet, egal wie lange ich gebraucht hätte. Ist er nicht wunderbar?" Cleo betrachtete lächelnd ihren Ring. „Tim würde es wahrscheinlich nicht gern hören, aber Gott hat ihn wirklich gebraucht, als er mir gestern alle diese Dinge gesagt hat."

Cora nickte. „Es ist seltsam", meinte sie langsam. „Ich war so sicher, daß Gott mir ein Happy End mit Tim geben würde, weil es das war, was ich mir am meisten gewünscht habe. Und du warst so sicher, daß Gott dir ein trauriges Ende geben würde, wenn du es wagen würdest, Markus zu heiraten, weil es das war, wovor du die größte Angst hattest. Aber wir beide haben dasselbe getan." Sie kniete sich neben Cleos Sessel und blickte zu ihrer Freundin auf. „Wir beide haben auf unsere eigene Stimme gehört und nicht auf die Stimme Gottes. Ich habe Gott mit einer guten Fee gleichgesetzt und du mit einem angstmachenden, strafenden Ungeheuer." Sie griff nach Felix' Zeichnung und lächelte. „Felix hat mir einmal vorgeworfen, in einem Märchen zu leben. Vermutlich hatte er recht. Und jetzt erkenne ich, daß Gottes Realität sehr viel besser und sehr viel größer ist als ein Märchen."

Sanft fuhr Cora über das Bild. „Eine Weile jedoch habe ich das Gefühl gehabt, als würde alles, was ich mir ersehnt hatte, zu Asche zerfallen. Und jetzt, wo unsere Herzen endlich ruhig und für Gott offen sind, ist neues Leben daraus entstanden!"

An einem Samstag fast einen Monat später fuhren Alex und Cora von einem Besuch bei den Jones' nach Hause. Alex bog in Coras Einfahrt ein, stellte den Motor ab und wendete sich ihr zu. „Felix hat sich unglaublich über die Ölfarben gefreut, die du ihm mitgebracht hast. Das war genau das richtige Geschenk."

„Sein Gesichtsausdruck, als er sie auspackte – ich glaube, er war noch aufgeregter als an dem Tag, an dem wir mit ihm das Kunstmuseum besucht haben. Ich bin froh, daß seine Mutter nichts dagegen hat, daß wir ihn besuchen."

Alex nickte. „Ich mag sie eigentlich richtig gern. Ich weiß jetzt, wo Felix seinen Sinn für Humor her hat. Die beiden scheinen glücklich miteinander zu sein – und hast du die Bibel gesehen, die du Felix geschenkt hast? Sie lag ganz offensichtlich mitten auf dem Tisch. Ich habe das Gefühl, daß Gott sehr gut für Felix und seine Mutter sorgt."

Cora lächelte. Sie blickte aus dem Wagenfenster und beobachtete die Schneeflocken, die sanft vom Himmel fielen.

Nach einer Weile nahm Alex ihre Hand. „Du bist so schweigsam, seit wir den Wohnwagenpark verlassen haben. Worüber denkst du nach?"

Cora betrachtete seine große schlanke Hand. Sie spürte,

wie sie errötete, aber sie hob ihren Blick und antwortete ehrlich. „Ich dachte gerade an den Tag, an dem Felix gegangen ist. Als wir allein in meinem Klassenzimmer waren. Du sagtest, du wüßtest nicht mehr, was Gott für die Zukunft wollte – aber du wüßtest, was du dir wünschst. Ich habe mich gefragt, was du damit gemeint hast."

„Du bist ganz schön neugierig, nicht?" Er grinste, aber sie sah, wie sich seine dunklen Wimpern senkten, so als sei er unsicher, wie sie reagieren würde. Sein Daumen streichelte ihre Hand. „Ich meinte", sagte er schließlich, „daß ich nicht weiß, ob Gott eine Ehe für mich vorgesehen hat. Die Antwort davon hängt von dir ab." Er blickte sie auf und begegnete ihrem Blick. „Weil du die Frau bist, die ich heiraten möchte, Cora."

Sie bemerkte, daß seine Ohren und Wangen rot geworden waren, und sie lächelte. Seine dunklen Augen studierten ihr Gesicht, aber er gab ihr Lächeln nicht zurück. Als er wieder das Wort ergriff, war seine Stimme sehr sanft. „Ich liebe dich, Cora Carpenter. Und was empfindest du für mich?"

Sie fuhr mit ihrer freien Hand die Linien seiner Brauen, Wangen und Nase nach. Er schloß die Augen, hielt ganz still, so als hätte er Angst, daß sie ihre Hand zurückziehen würde, falls er sich bewegte. „Weißt du das denn immer noch nicht?" fragte sie. „Kannst du es nicht in meinem Gesicht lesen?"

Sein Mund verzog sich ein wenig. „Ich denke schon. Aber ich wollte es von dir hören."

Sie berührte sein dunkles Haar und zog ihn an einer seiner Locken näher zu sich heran. „Ich habe endlich aufgehört, mir meine eigenen Geschichten in bezug auf die Zukunft zurechtzulegen. Aber ich hoffe sehr, daß Gott eine Ehe für dich vorgesehen hat!" Sie lächelte ihn an, und aus irgendeinem Grund spürte sie Tränen in den Augen brennen. „Weil ich dich nämlich auch liebe, Alex McGregor."

Nachdem sich Alex endlich von ihr verabschiedet hatte, ging Cora ins Haus. Cleo und Markus hielten Jugendstunde in der Gemeinde, und das kleine Haus war still und leer. Cora nahm ihre Aktentasche und setzte sich an den Küchentisch, um die Stunden der nächsten Woche vorzubereiten. Ihre Klasse machte ihr Freude, aber der Unterricht war auch immer wieder eine Herausforderung. Wie sehr sie sich auch über ihre Beziehung mit Alex freute, sie wußte, sie konnte es sich nicht leisten, ihre Verantwortung ihren Schülern gegenüber zu vernachlässigen.

Während sie arbeitete, spürte sie, daß die Stille sie wie eine warme und liebevolle Hand berührte. Verse aus Jesaja 32 fielen ihr ein: „Und der Gerechtigkeit Frucht wird Friede sein, und der Ertrag der Gerechtigkeit wird ewige Stille und Sicherheit sein, daß mein Volk in friedlichen Auen wohnen wird, in sicheren Wohnungen und in stolzer Ruhe." Sie lächelte. Die Ruhe, die sie immer wieder in diesem kleinen Haus gespürt hatte, war ihr nicht mehr unangenehm; sie wußte, es war die Gegenwart Gottes. Endlich konnte ihr Herz seine leise Stimme hören.

Brenda Bancroft

Es gibt immer ein Morgen

Brenda Bancroft

Es gibt immer ein Morgen

1

Kristin Allen legte den Kopf zur Seite. Das Telefon war leider nicht zu überhören. Mit dem Fuß stellte sie ihren Staubsauger ab, legte das glänzende Metallrohr auf den Boden und eilte zum Apparat.

Stoffwindeln waren Kristins Meinung nach immer noch die besten Reinigungstücher. Und Kristin mußte es wissen; schließlich war das Putzen ihr Geschäft. Doch da die Wegwerfwindeln den Markt beherrschten, waren Stoffwindeln gar nicht so leicht zu bekommen.

Vor einigen Monaten hatte Kristin in einem Warenhaus diese altmodischen Windeln aufgestöbert und gleich vier Dutzend gekauft. Die Verkäuferin hatte ihr lächelnd gratuliert, und Kristin hatte es nicht übers Herz gebracht, die Frau zu enttäuschen und ihr zu gestehen, daß sie mit diesen Windeln Fenster putzte und staubige Schränke abwischte . . .

„Guten Tag, Miss Allen!" unterbrach die Stimme des Anrufers ihre Gedankengänge. „Hier spricht Sam Sherman von der Tip-Top-Tierhandlung in Camden Corners."

Kristin seufzte und betrachtete stirnrunzelnd ihr Bild im Spiegel. Das hörte sich ganz nach einem Verkaufsgespräch an.

„Ich habe keine Haustiere", erwiderte Kristin ruhig und machte sich innerlich bereit, dem Mann höflich, aber bestimmt eine Absage zu erteilen. Seit wann machten solche Spezialgeschäfte überhaupt Telefonverkaufsaktionen?

Während der freundliche Tierhandlungsbesitzer sehr wortreich den Grund seines Anrufs erläuterte, blitzten Kristins blaue Augen auf einmal ärgerlich auf, denn ihr wurde plötzlich klar, daß er, ein Fremder, ihre noch nicht verzeichnete Telefonnummer hatte!

Seit sie im Vorjahr nach Camden Corners gezogen war, führte sie eine Liste aller Personen, denen sie ihre nicht verzeichnete

Privatnummer gegeben hatte. Es war ein wenig seltsam, daß sie als selbständige Raumpflegerin ihre Nummer nicht in den offiziellen Verzeichnissen aufführen ließ, das wußte sie, aber in Kleinstädten wurden persönliche Eigenarten toleriert. In ihrer Anzeige hatte sie nur die Nummer ihres Postfachs angegeben mit der Bitte, Interessenten sollten sich schriftlich mit ihr in Verbindung setzen. In New York, wo sie herkam, hatte sie sich durch einen Telefondienst schützen können, doch leider gab es so etwas in ländlichen Gebieten nicht. Ihren Kunden gab sie gelegentlich ihre Privatnummer, doch nur wenn sie versprachen, sie keinesfalls weiterzugeben.

Kristin ging in Gedanken alle Personen durch, die ihre Telefonnummer kannten, und versuchte herauszufinden, wer der Schuldige war. Sie spürte bereits den Stachel des Verrats, als ihr einfiel, daß sie nicht unbedingt vor unliebsamen Anrufen geschützt war, nur weil sie ihre Nummer nicht hatte registrieren lassen. Telefonverkäufer wählten manchmal wahllos irgendwelche Nummern, um auch die zu erreichen, die in den örtlichen Telefonbüchern nicht verzeichnet waren.

Doch als ihr einfiel, daß der Tierhandlungsbesitzer sie mit Namen angesprochen hatte, durchfuhr sie ein Schrecken. Wieder empfand sie dieses bereits bekannte Gefühl der Verletzlichkeit. Sie fühlte sich schwach und verängstigt.

„Im Namen der Happy-Horse-Pferdefutter-Hersteller und im Namen unserer Stadtverwaltung möchte ich Ihnen meine herzlichen Glückwünsche übermitteln, Miss Allen“, sagte Mr. Sherman gerade gemessenen Tones.

„Was soll das? Ist das ein Witz?“ unterbrach Kristin ihn und bemühte sich darum, Haltung zu bewahren. Es gefiel ihr gar nicht, daß sie immer noch bei den einfachsten Dingen in Panik geriet, obwohl es doch schon so lange her war.

„Oh, das ist kein Scherz, Madam“, erwiderte der Mann am anderen Ende der Leitung versöhnlich. „Sie, Miss Kristin Allen, haben den ersten Preis des Happy-Horse-Preisausschreibens gewonnen! Mit einer weiteren Person Ihrer Wahl werden Sie zwei herrliche Wochen auf der Circle-K-Ferienranch verbringen, einem wunderschönen Fleckchen Erde in Süd-Dakota. Außerdem bekommen Sie einen Scheck über fünftausend Dollar – was, wie ich sagen möchte, auch nicht gerade ein Pappenstiel ist!"

„Aber ich habe doch an gar keinem Preisausschreiben teilgenommen", beharrte Kristin. „In Ihrem Geschäft bin ich ganz sicher nicht gewesen, und von Happy-Horse-Pferdefutter habe ich noch nie etwas gehört. Es muß ein Irrtum vorliegen."

„Vielleicht sind Sie noch nicht bei mir gewesen", unterbrach sie Mr. Sherman. „Aber offensichtlich hat jemand einen oder mehrere Teilnahmescheine mit Ihrem Namen in den Kasten auf meiner Theke gesteckt. Das kommt häufiger vor. Es ist eine nette Art, einen Freund mit etwas wirklich Schönem zu überraschen."

„Aber wer?" fragte Kristin stirnrunzelnd.

Mr. Sherman klang sehr herzlich. „Das ist eigentlich ziemlich egal, obwohl ich sicher bin, daß Sie das zu gegebener Zeit herausfinden werden. In der Zwischenzeit freuen Sie sich einfach an der Tatsache, daß Sie den ersten Preis gewonnen haben. Die Unterlagen werden Ihnen demnächst zugehen, und wenn sie unterschrieben, beglaubigt und an die zuständige Stelle zurückgegeben worden sind, können Sie Ihren Preis entgegennehmen. Haben Sie noch etwas zu sagen? Etwas, das wir im Radio und in der Zeitung weitergeben können?"

„Ich – ich bin natürlich überwältigt. Und . . . und . . ."

„Sehr glücklich?" fragte der Tierhandlungsbesitzer nach.

„Äh, ja, genau", stimmte Kristin zu. Das Lächeln auf ihrem Gesicht wirkte etwas gezwungen. „Sehr, sehr glücklich."

„Sehr schön!" meinte der Mann zufrieden. „Vermutlich wird jemand von der örtlichen Zeitung kommen und uns bei der Überreichung des Schecks fotografieren, Miss Allen. In einer Gegend wie dieser ist das eine große Geschichte. Wenn Sie ein schönes Bild von sich haben, können wir es vielleicht sogar auf die Titelseite bringen . . ."

„Ein Bild auf der Titelseite . . .", murmelte Kristin. *Was für ein Abstieg, dachte sie, in zwei kurzen Jahren vom Titelmädchen großer Zeitschriften zum Lokalteil einer Kleinstadtzeitung.* Bei diesem Gedanken erstarrte Kristin. Bilder? Hatte sie Bilder? Ja! Ganze Alben voll, die jetzt in einem riesigen Koffer verstaut waren. Sie konnte es nicht ertragen, diesen Koffer zu öffnen. Plötzlich hatte sie das Gefühl, als würde sie in alptraumhaften Erinnerungen ertrinken.

„Nein!" sagte sie mit dünner Stimme und hoffte, daß der Mann aus der Tierhandlung in ihrer Stimme nicht die Panik entdeckte. „Es tut mir leid. Das wird nicht gehen", wiederholte sie ein wenig sachlicher.

„Sie haben also kein Bild, das wir verwenden können? Wie schade . . . Aber egal." Nachdem er ihr noch einige Einzelheiten erklärt hatte, beendete der Mann den Überraschungsanruf und überließ Kristin ihren Gedanken.

Als Kristin sechzehn gewesen war, waren ihre Eltern bei einem Flugzeugabsturz ums Leben gekommen. Ihre Tante Delilah hatte sich Kristins und ihrer Schwester Janice angenommen. Sie zogen zu ihr nach New York in ihr Apartment in der Park Avenue.

Das Leben, das sie führte, war den beiden Kleinstadtmädchen vollkommen fremd gewesen. Da Tante Delilah eine wichtige Position bei der UNO bekleidete, war sie sehr viel unterwegs; die Mädchen waren sich daher häufig selbst überlassen.

Der lebenslustigen Janice gefiel das Leben in New York sehr gut. Sie ging oft aus und brach jeden Abend einem anderen Mann das Herz. Janice und Tante Delilah waren sehr mit sich selbst beschäftigt und bemerkten kaum, daß Kristin sehr einsam und introvertiert war.

Sie lernte sehr eifrig, las Liebesromane, Krimis und Abenteuergeschichten, kaufte sich die neusten Modezeitschriften, und sie brachte Stunden damit zu, sich zu schminken und zu frisieren, während sie davon träumte, eines Tages ihrer großen Liebe zu begegnen.

Einige von Janices abgelegten Freunden bemerkten Kristin schließlich und forderten sie auf, mit ihnen auszugehen. Doch sie gewöhnte es sich an, die Einladungen auszuschlagen, weil sie nicht die zweite Wahl sein oder als Mittel dienen wollte, um Janice eifersüchtig zu machen.

Und dann las Kristin in einer ihrer Teenagerzeitschriften von dem Schönheitswettbewerb. Mit hochrotem Kopf und sich vor Verlegenheit windend nahm sie allen Mut zusammen und bat ihre große Schwester, sich einen Nachmittag Zeit zu nehmen und Fotos von ihr zu machen.

Widerstrebend stimmte Janice zu. Die Bilder wurden großartig. Tante Dee und Janice lächelten sich amüsiert an, als Kristin sie einschickte. Vermutlich waren sie sich darüber einig, daß Janice die eigentliche Schönheit in der Familie war, und obwohl Kristin ihrer älteren Schwester außergewöhnlich ähnlich sah, so fehlte ihr doch der Spritzer Mutwilligkeit, der Janices Schönheit würzte. Kristin dagegen wirkte sehr unschuldig.

Doch sie hörten auf zu lachen, als Kristin in die Endausscheidung kam und zu den Mädchen gehörte, die von einem Berufsfotografen fotografiert wurden. Und schließlich gewann sie sogar die Endrunde.

Drei Monate später wurde Kristin zurechtgemacht, geschminkt und frisiert und als Titelmädchen ihrer Lieblingszeitschrift fotografiert. Es war, als würde sie von einem Wirbelwind mit fortgerissen, denn danach war ihr Leben nicht mehr dasselbe.

Sehr zu ihrem Erstaunen nahm innerhalb von einer Woche André D'Arcy – der Leiter einer kleinen, aber sehr exklusiven Agentur – Kontakt zu ihr auf und bot ihr einen Vertrag an. Seine Versprechungen klangen schwindelerregend, und Tante Delilah warnte sie immer wieder, sich keine zu hochfliegenden Hoffnungen zu machen. Aber Kristin war gehorsam, arbeitete hart und tat alles, was André von ihr verlangte. Und als Folge ihrer harten Arbeit wurden ihre Träume wahr, denn beinahe über Nacht war sie als Teenagermodel sehr gefragt und bekam unglaubliche Gagen.

Kristin hatte Tante Delilahs Warnungen, sie solle nicht soviel Zeit mit dem wesentlich älteren André verbringen, keine Beachtung geschenkt. Außerhalb ihrer Arbeit existierte sie praktisch gar nicht mehr; alle Kontakte, die nichts mit ihrer Arbeit zu tun hatten, vernachlässigte sie. Als ihr Gesicht immer häufiger in den Zeitschriften erschien, wagten die Jungen ihres Alters nicht mehr, sie um ein Rendezvous zu bitten, und viele Abende verbrachte sie allein und einsam zu Hause.

Glücklicherweise wurde Kristin nun klar, daß ihr Erfolg vielleicht nicht von langer Dauer sein könnte. Sie würde den Teenagerzeitschriften entwachsen und den Übergang in die Welt der Haute Couture vielleicht nicht schaffen. Es war durchaus möglich, daß sie dann ohne Beruf dastand und auch kein Engagement als Model mehr fand. Sie würde dann nichts mehr außer einem hübschen Gesicht haben.

Tante Delilah war eine resolute Frau und hatte darauf bestanden, daß Kristin einen großen Teil ihrer Einnahmen investierte. Und da sie schon viel erlebt hatte, schloß Delilah für Kristin eine Versicherung ab für den Fall, daß Kristin aufgrund eines Unfalls arbeitsunfähig werden sollte.

Leider zeigte sich, daß ihr Gefühl richtig gewesen war, als nach vier Jahren des Erfolgs Kristins Karriere abrupt endete und sie eine Woche lang für Schlagzeilen in allen Sensationszeitschriften des Landes sorgte.

Wenn sie die Berichterstattung in den Schundblättern las, erlebte sie den Angriff immer wieder neu. In allen Einzelheiten wurde die Geschichte eines verwirrten jungen Mannes erzählt, eines Gammlers mit wilden Augen, eines besessenen Fans, der Kristin nachstellte und sich einbildete, daß sie seine Gefühle erwidern würde, wenn er kurz mit ihr sprechen könnte. Danach würden sie glücklich bis an ihr Lebensende miteinander leben . . .

Doch als er sie eines Tages auf der Straße ansprach, ließ sie ihn einfach stehen. Sie war allein und hatte Angst; und woher sollte sie wissen, daß eine solche Zurückweisung bei ihm ungezügelte Wut hervorrufen würde? Wenn er sie nicht haben konnte, würde er dafür sorgen, daß niemand sie mehr haben wollte! Sie spürte die kalte Klinge des Rasiermessers, bevor sie noch Gelegenheit hatte, die Waffe in seiner Hand zu sehen.

Der Rest war für sie wie ein Nebel. Sie erinnerte sich daran, daß sie geschrien hatte, ihr Gesicht mit den Händen bedeckte, während ihr das Blut über die Hände lief und schreckliche dunkle Flecken auf dem grauen Gehsteig hinterließ.

Die hohe Versicherungssumme war kein Trost für das Ende ihrer Karriere und den Schmerz, den sie jedesmal empfand, wenn sie in einen Spiegel schaute. Das Geld ermöglichte es ihr jedoch, sich von den besten Ärzten auf dem Gebiet der Gesichtschirurgie behandeln zu lassen. Sie richteten ihr Gesicht wieder her, so gut es ging, allerdings in dem Wissen, daß sie ihren Beruf niemals wieder würde ausüben können. Einer ihrer Ärzte versicherte Kristin, daß ihre äußeren Wunden heilen würden. Doch er sprach vorsichtig von inneren Wunden, die eine sehr viel ernstere Entstellung verursachten. Er schlug Kristin vor, Hilfe bei einem Therapeuten zu suchen, vielleicht auch bei einem kirchlichen Seelsorger.

Während ihrer Behandlung verkroch sich Kristin in Delilahs Apartment. Ihre eigene Wohnung hatte sie Janice und ihrem Mann, einem Broker an der Wall Street, überlassen. Tante Delilah war mit einem Manager einer ausländischen Firma befreundet. Als die Behandlung abgeschlossen war, verkündete Tante Dee, ihre Nichte sei nun wieder gesund und finanziell unabhängig, so daß sie ihren ungeduldigen Freund heiraten und mit ihm ins Ausland gehen könne.

Kristin, die niemandem zur Last fallen und sich auch nicht mehr von anderen abhängig machen wollte, stimmte lächelnd zu.

Allein und ohne Arbeit, ohne einen Menschen, mit dem sie über ihre Ängste und immer wiederkehrenden Alpträume sprechen konnte, wurde die Stadt ihr unerträglich. Sie schlief schlecht und fuhr bei dem kleinsten Geräusch aus dem Schlaf hoch. Sie war nur noch ein nervöses Wrack und verlor immer mehr Gewicht. André und seine Mitarbeiter schickten ihr Blumen und besuchten sie auch mehrmals. Immer wieder wurde sie aufgefordert, doch mal in der Agentur vorbeizukommen, doch es war offensichtlich, daß sie im Alter von einundzwanzig bereits der Vergangenheit angehörte.

Kristin kehrte kurz in ihre Heimatstadt nordwestlich von Chicago zurück, doch dort schien sich alles verändert zu haben. Ihre alten Freundinnen waren entweder fortgezogen oder verheiratet und mit Familienangelegenheiten beschäftigt. Oder sie waren verlobt und steckten mitten in den Hochzeitsvorbereitungen. Es war Kristin peinlich, wenn die Leute aus ihrer Heimatstadt sie immer noch um ein Autogramm baten, ihr alte Ausgaben von Zeitschriften mit ihrem Bild auf der Titelseite hinschoben und sie baten, ihren Namen darauf zu setzen.

Doch am schlimmsten waren die wohlmeinenden Menschen, die sich Kristins Gesicht genau ansahen, ihr den Arm tätschelten und meinten, die Narben wären „kaum zu sehen, es sei denn, man sieht genau hin", und mit der Zeit würden sie noch mehr verblassen.

Kristin wollte nichts weiter, als den Angriff vergessen. Sie wollte dieses Kapitel ihres Lebens in der Versenkung verschwinden lassen. Und ihr wurde klar, daß das nur möglich war, wenn sie noch einmal von vorne anfing. Camden Corners am Rande des Shawnee-Nationalparks, wo sie als junges Mädchen einmal gezeltet hatte, schien ihr genau der richtige Ort dafür zu sein.

Doch jetzt, als sie gerade anfing, sich mit ihrem neuen Leben abzufinden, erhoben sich die Gespenster aus der Vergangenheit wieder, um sie zu verfolgen.

Sie hatte oft vor Kameras gestanden, doch nach ihrer Gesichtsoperation hatte sie sich nicht mehr fotografieren lassen. Nur der Fotograf des Schönheitschirurgen hatte noch einmal Aufnahmen von ihr gemacht, nachdem Dr. Steinberg seine Arbeit abgeschlossen hatte. Er brauchte Bilder ihres Gesichts vor und nach Abschluß der Behandlung, um zukünftigen Patienten zu zeigen, daß er auch für sie Wunder vollbringen konnte.

Auf keinen Fall würde sich Kristin noch einmal vor eine Kamera stellen. Wenn die Lotterieausschreiber darauf bestanden, daß die Überreichung des Schecks fotografisch festgehalten wurde, dann würde sie eben auf das Geld verzichten – und, wenn es sein mußte, auch auf die Reise zu dieser Ferienranch!

Sie brauchte das Geld nicht. Doch Mrs. Stanwyck hatte recht, ein Urlaub würde ihr guttun . . .

Mrs. Stanwyck!

Die geheimnisvolle Person, die unter ihrem Namen an dem Preisausschreiben teilgenommen hatte, war bestimmt Mrs. Stanwyck. Sie mußte es gewesen sein – jeden Donnerstagnachmittag war Kristin bei ihr, und am Sonntag morgen besuchten sie gemeinsam den Gottesdienst. Sie vertrieb sich ihre Langeweile mit dem Ausschneiden von Coupons, dem Ausfüllen von Erstattungsformularen, dem Anfordern von Reiseprospekten und der Beteiligung an allen möglichen Preisausschreiben. Mrs. Stanwyck war die Witwe eines Pastors und behauptete, diese Beschäftigung täte Wunder für die Arthritis in ihren Händen und würde ihre Finger beweglich halten. Außerdem sorge sie dafür, daß ihr Verstand aktiv und wach bliebe. Auf diese Weise könne sie sich auf die Post freuen, sagte sie, und obendrein bekäme sie eine Fülle von Briefmarken, die sie für Missionsprojekte sammle. Und nicht zuletzt hätte sie einen Traum, den sie ihr eigen nennen könne.

Und Mrs. Stanwyck glaubte sehr fest an Träume.

Kristin seufzte. Dann lachte sie liebevoll, denn sie stellte fest, daß sie der alten Frau nicht böse sein konnte. Sie war für sie wie eine Großmutter. Immerhin war Kristin eine junge Frau, die das Gefühl hatte, ohne Familie dazustehen, was der Wahrheit sehr nahe kam, nun da Tante Dee mit ihrem Mann in Europa lebte und Janice von ihrem ersten Mann geschieden war, sich aber bereits auf der Suche nach Ehemann Numero zwei befand.

Niemandem außer Mrs. Stanwyck war aufgefallen, daß Kristin das ganze Jahr gearbeitet hatte, ohne auch nur einen Tag Urlaub zu nehmen. Kristin hatte gespürt, daß die alte Frau sich Gedanken um sie machte. Aber erst in diesem Augenblick wurde ihr klar, wie weit das ging, und sie war gerührt über den greifbaren Beweis der Fürsorge eines anderen Menschen.

Nicht nur einen Urlaub brauchte Kristin nach Mrs. Stanwycks Meinung. Vermutlich dachte sie, daß sie auch Geld brauchte, und darum hatte sie sie ihren Freunden weiterempfohlen. Und da Mrs. Stanwyck eine Romantikerin durch und durch war, glaubte sie, daß Kristin Allen außerdem einen Freund brauchte. Liebesromane allein reichten nicht aus, sie brauche einen guten Mann. Natürlich einen gläubigen Mann, denn Mrs. Stanwyck war fest davon überzeugt, daß sie nur einen solchen Mann heiraten könne . . .

Ganz offensichtlich hatte die pragmatische Mrs. Stanwyck beschlossen, daß Kristin einen Urlaub brauchte – idealerweise an einem Ort, wo es gutaussehende, bodenständige Männer vom alten

Schlag in Hülle und Fülle gab. Und darum hatte sich Mrs. Stanwyck darangemacht und wer weiß wie viele Teilnahmezettel ausgefüllt in der vagen Hoffnung, daß Kristin gewinnen würde . . . und zweifellos hatte sie darum gebetet und darauf vertraut, daß Gott ein Wunder tun und Kristin den richtigen Mann in den Weg führen konnte.

In den folgenden vierundzwanzig Stunden führte Kristin viele Telefonate. Sie sprach mit Vertretern von Happy-Horse-Pferdefutter, den Leitern der Circle-K-Ferienranch, sie traf Verabredungen mit einem Reisebüro und fand heraus, daß sie den ersten Preis tatsächlich Mrs. Stanwyck zu verdanken hatte.

Einem Impuls folgend hatte Kristin die alte Frau zum Abendessen eingeladen. Sie besuchten ein nettes Restaurant, ließen sich ein gutes Essen schmecken und kehrten schließlich zum Apartment der alten Dame im Seniorenwohnheim zurück. Dieses Wohnheim lag nur wenige Straßen von der Kirche entfernt, wo ihr Mann den größten Teil seines Lebens als Pastor gearbeitet hatte und die auch Kristin sonntags immer besuchte.

Mrs. Stanwyck lud Kristin noch zu einer Tasse Kaffee ein. „Es war ein wunderschöner Abend, Liebes. Ich habe ihn sehr genossen."

„Das war das mindeste, was ich tun konnte, um mich bei Ihnen zu bedanken. Auch mir hat der Abend sehr viel Spaß gemacht", meinte Kristin.

„Wir sollten häufiger ausgehen."

„Auf jeden Fall werden wir ausgehen, wenn ich aus Dakota zurückkomme. Bestimmt werde ich Ihnen viel zu erzählen haben."

„Ich werde Sie vermissen, Kristin. Aber das Wissen, daß Sie im Urlaub sind und viel Spaß haben werden, wird mir ein Trost sein", sagte Mrs. Stanwyck. „Und überlegen Sie gut, was Sie mit den fünftausend Dollar anfangen, Kindchen."

„Darüber wollte ich noch mit Ihnen sprechen", sagte Kristin zögernd. Sie suchte nach den richtigen Worten. „Ich weiß, Sie wollen, daß ich nach Dakota fahre. Aber ich habe beschlossen, nur zu fahren, wenn Sie das Geld annehmen. Wenn Sie es nicht nehmen, werde ich eben hierbleiben."

Mrs. Stanwyck starrte sie schockiert an. „Ich . . . ich fürchte, ich verstehe nicht. Liebes, ich möchte, daß Sie das Geld bekommen. Sie arbeiten so hart. Sie sind noch so jung. Du meine Güte, mit fünftausend Dollar könnten Sie –"

Kristin hob die Hand, um sie zu unterbrechen. „Ich weiß, daß ich Ihnen vertrauen kann, deshalb erzähle ich Ihnen jetzt etwas, was nur wenige Menschen wissen", sagte sie. „Die Wahrheit ist, daß ich das Geld nicht brauche. Ich bin finanziell mehr als gut abgesichert und bräuchte eigentlich überhaupt nicht zu arbeiten. Ich tue die Arbeit nur, um mich zu beschäftigen. Wenn ich Menschen helfen kann, die allein nicht mehr zurechtkommen, habe ich das Gefühl, daß mein Leben noch einen Sinn hat."

„Ich fürchte, ich verstehe das nicht", meinte Mrs. Stanwyck stirnrunzelnd. Doch nachdem Kristin ihr vom Tod ihrer Eltern, der Höhe ihres Vermögens, das für Kristin und ihre Schwester treuhänderisch verwaltet wurde, von ihrem ehemaligen, sehr lukrativen Beruf und der Versicherung erzählt hatte, verstand Mrs. Stanwyck sehr genau.

„Und Sie nehmen den Scheck an?" fragte Kristin, nachdem sie ihre Geschichte zu Ende erzählt hatte.

Mrs. Stanwyck, die nur eine bescheidene Rente besaß, nickte. „Wenn Sie nur dann auf diese Ranch fahren."

„Prima", erwiderte Kristin erleichtert und umarmte die alte Frau. „Jetzt sind wir beide die Preisträger. Möchten Sie mich nicht auf die Circle-K-Ranch begleiten? Die Reise ist für zwei Personen, wie Sie wissen."

Mrs. Stanwyck lachte. „Wenn ich zwanzig Jahre jünger wäre, Liebes, würde ich mir sofort Reitstiefel und einen Cowboyhut kaufen. Sie würden mich festbinden müssen, um mich zu Hause zu halten. Sehen Sie sich doch nur den Prospekt der Circle-K-Ranch an!"

„Sie haben einen Prospekt?" fragte Kristin erstaunt.

„Oh ja, ich bin fast sicher, daß ich einen habe. Er muß hier irgendwo sein. Vermutlich in der Schachtel mit den Reiseprospekten, die ich gesammelt habe. Sie wissen ja, ich lasse mir immer irgendwelche Prospekte schicken. Soll ich mal nachsehen?"

„Wenn es Ihnen keine Mühe macht. Die Leute von der Ranch schicken mir Informationsmaterial, aber ich hätte nichts dagegen, mir schon jetzt einen Prospekt anzusehen."

„Wir können uns sofort auf die Suche machen. Ich hole meine Schachtel", sagte Mrs. Stanwyck. „Sie können in der Zeit schon mal Kaffee aufsetzen. Danach sehen wir gemeinsam die Prospekte durch."

Nach kurzer Zeit hatte Mrs. Stanwyck gefunden, was sie gesucht hatte. Triumphierend schwenkte sie einen Farbprospekt. Sie blätterte ihn schnell durch und reichte ihn Kristin. „Das ist sogar noch besser, als ich es in Erinnerung hatte!"

Kristin öffnete den Prospekt. Eine Reihe von Bildern fesselte ihre Aufmerksamkeit. Darauf waren das Haupthaus abgebildet, der Speisesaal, die Freizeiträume, die Tanzfläche im Freien, die kleine Kirche, die Geschenkboutique, der Rodeo-Corral, die Reitbahn, der Pferdestall, eine Herde Pferde, die über eine riesige Weide galoppierten, ein Swimmingpool, spielende Kinder und überall glückliche sonnengebräunte Menschen.

Kristin las die Überschriften und sah sich die Bilder genau an.

„Sehen diese Rancharbeiter nun gut aus oder nicht?" seufzte Mrs. Stanwyck.

„Sehr gut", stammelte Kristin. Sie hoffte, daß die Menschen auf den Bildern keine professionellen Models waren, sondern daß das wirklich Fotos von den Leuten waren, die auf der Circle-K-Ferienranch arbeiteten.

„Süd-Dakota . . . ein Ort, wo Männer noch Männer sind", las Mrs. Stanwyck, „und so wie diese attraktiven Cowboys aussehen, wissen sie, wie man eine Dame behandelt. Kristin Allen, nach diesem Urlaub wird Ihr Leben sicherlich nicht mehr dasselbe sein. Wenigstens können wir dafür beten."

Kristin lachte verlegen. „An meinem jetzigen Leben gibt es doch gar nichts auszusetzen."

„Sie führen ein nettes Leben, das stimmt. Es fehlt Ihnen nur ein Mann, den Sie lieben können – ein guter, aufrichtiger Mann, der

Sie liebt. Dieser Urlaub, meine hübsche, junge Freundin", sagte sie optimistisch, während sie ihren Blick auf den Prospekt richtete, „bringt vielleicht die Lösung dieses Problems."

„Schrauben Sie Ihre Erwartungen nicht zu hoch", warnte Kristin.

Mrs. Stanwyck dachte einen Augenblick nach. „Wen werden Sie bitten, Sie zu begleiten, Kristin?"

Kristin zuckte die Achseln. „Da Sie mich nicht begleiten wollen, habe ich niemanden, den ich fragen könnte . . . außer meiner Schwester."

„Janice?"

„Genau die."

Kristin war gar nicht sicher, ob sie Janice tatsächlich einladen wollte, doch noch weniger wußte sie, ob sie es schaffen würde, ganz allein auf diese Ranch zu fahren.

„Ihr habt euch eine Zeitlang nicht gesehen?"

„Seit ich nach Illinois zurückgegangen bin, nicht mehr. Wir telefonieren gelegentlich. Aber unser Leben hat sich in unterschiedlicher Richtung entwickelt. Irgendwie haben wir nur noch wenig Gemeinsamkeiten."

„Es gibt nichts Schöneres als eine enge Familienbindung. Die wundervollen Erinnerungen, die wir mit denen teilen, die wir lieben. Die ganz besonderen Bindungen, die Gott uns dadurch schenkt, daß er uns in eine Familie stellt, in der alle dieselben Vorfahren haben."

„Ich weiß, und das habe ich auch vermißt, seit . . . Mutter und Vater gestorben sind . . ." Kristin strich sich das Haar aus der Stirn. Sie konnte nicht mehr weitersprechen. Ein Klumpen schnürte ihr plötzlich die Kehle zu. „Janice zu fragen, ob sie mich nach Dakota begleiten möchte, könnte eine gute Gelegenheit für uns sein, uns wieder wie Familienmitglieder zu verhalten . . . und zu fühlen."

„Es ist ein Schritt in die richtige Richtung. Egal was für eine Frau sie ist, Kristin, sie wird Ihnen auf halbem Weg entgegenkommen, und Sie können die Entfremdung überwinden, die zwischen Ihnen entstanden ist."

„Ich denke, ich gehe jetzt sofort nach Hause und rufe Janice an", sagte Kristin in einem Anflug von Begeisterung.

Zehn Minuten später schloß Kristin ihre Wohnungstür auf, schaltete das Licht an und griff nach dem Telefon. Sie schlug Janices Nummer in ihrem Telefonverzeichnis nach und tippte die Nummer ein.

Sie versuchte sich zu erinnern, wann sie das letzte Mal miteinander gesprochen hatten. Ganz bestimmt war es einer dieser Pflichtanrufe gewesen. Ostern? Weihnachten? Neujahr? Ein Geburtstag? Kristin fiel auf, daß sie es nicht einmal genau sagen konnte.

Janice nahm beim vierten Klingeln den Hörer ab, und Kristin nannte zweimal ihren Namen, bevor Janice begriff, daß ihre Schwester am anderen Ende der Leitung war. Kristin seufzte, als sie bemerkte, daß Janice beinahe enttäuscht klang. Sofort wünschte sie sich, sie hätte nicht angerufen, doch nun war es zu spät.

„Der Grund meines Anrufs", sagte Kristin und kam sofort zur Sache, weil ihnen der Gesprächsstoff immer schnell ausging, „ist, daß etwas Unglaubliches passiert ist. Ich habe in einem Preisausschreiben gewonnen –"

„Das ist ja toll, Kleine", sagte Janice. „Am besten nimmst du Kontakt zu den Ausschreibern auf und sagst ihnen, daß du den Preis in bar ausgezahlt haben möchtest."

„Aber ich –"

„Sie werden vermutlich versuchen, dir weniger als den eigentlichen Wert des Gegenstandes anzudrehen, weil sie die Diamanten, den Pelz, den Fernseher oder was immer du gewonnen hast, zu einem günstigen Preis bekommen haben; aber mit Bargeld bist du sehr viel besser dran –"

„Ich habe nicht angerufen, weil ich deinen Rat brauche!" unterbrach Kristin ihren Redefluß.

„Oh. Was willst du denn?"

„Mein Preis ist eine Urlaubsreise für zwei Personen auf einer Ferienranch", begann Kristin. „Ich dachte, daß du vielleicht Lust hast, mich für zwei Wochen dorthin zu begleiten. Wir hätten dann ein wenig Zeit füreinander und könnten uns wieder ein wenig näherkommen, und –"

„Oh, es tut mir leid, Kristin, aber das geht nicht. Vor einem Jahr, nach dem Bruch mit Bernard, bin ich schon mal auf so einer Ferienranch gewesen, aber diese Art von Zerstreuung liegt mir nicht. Nicht nach dem, was ich durchgemacht habe. *Nie wieder,* habe ich mir geschworen!"

„Oh." Kristin wußte, daß das genauso niedergeschlagen klang, wie sie sich fühlte. Janice schien das nicht zu bemerken.

„Aber wenn du mal eine Reise nach Hawaii, Rio, Tahiti, an die Riviera oder in ein anderes interessantes Land gewinnst, ruf mich auf jeden Fall an. Ich packe sofort und bin fertig, noch bevor wir zu Ende telefoniert haben!"

Unglücklich blätterte Kristin in dem Prospekt. „Die Circle-K-Ferienranch sieht sehr komfortabel aus", murmelte sie, um das Schweigen zu durchbrechen.

„Das ist sie bestimmt. Circle K? Der Name kommt mir bekannt vor. Vielleicht waren Sissy und ich damals dort. Aber das ist eher unwahrscheinlich", fuhr Janice fort. „Du weißt ja, alle diese Ranchnamen klingen irgendwie gleich."

„Ja", stimmte Kristin zu, und sie überlegte, wie sie das Gespräch schnell beenden konnte. Sie wünschte, sie hätte gar nicht erst angerufen.

„Versteh mich nicht falsch", sagte Janice mit plötzlicher Herzlichkeit in der Stimme. Sie schien bemerkt zu haben, daß das Gespräch in eine falsche Richtung lief. „Du wirst eine wundervolle Zeit dort verleben. Du warst immer ein Wildfang und irgendwie jungenhafter als ich. Auf einer Ferienranch kann man sehr viel unternehmen – wenn man diese Art von Aktivitäten mag und nichts dagegen hat, sich schmutzig zu machen, zu schwitzen, einen Sonnenbrand und einen wunden Po vom Reiten zu bekommen. Oh, wenn ich nur daran denke", meinte sie stöhnend.

„Ich dachte, es würde Spaß machen."

„Und dort gibt es Männer ohne Ende, wenn du den rauhen, wortkargen Typ magst."

„Ich habe den Prospekt gesehen. Ich hoffe nur, sie haben für die Fotos keine professionellen Models genommen", meinte Kristin.

„Wenn es dieselbe Ranch ist, sind sie echt."

„Das ist gut zu wissen", bemerkte Kristin, und ihre Laune besserte sich.

„Aber paß nur auf dich auf", warnte Janice, „und glaub um Himmels willen nicht alles, was sie dir erzählen. Diese Cowboys werden vermutlich dafür bezahlt, daß sie die weiblichen Gäste so behandeln, als seien sie Miss America, auch wenn sie alt, häßlich, dick und bemitleidenswert sind."

Oder ein Narbengesicht haben, fügte Kristin automatisch in Gedanken hinzu.

„Also, glaub nicht an all ihr romantisches Geschwafel", mahnte Janice. „Bestimmt ist das alles auswendig gelernt, und bestimmt müssen sie ein mündliches Examen in diesem Bereich ablegen, bevor sie überhaupt eingestellt werden!"

„Ich bin sicher, ich kann das unterscheiden. Man kann mich wohl kaum als unreif oder verantwortungslos bezeichnen", verteidigte sich Kristin. Sie konnte nicht verhindern, daß ihre Stimme eine Spur kühler klang.

„So wie ich das sehe, meine Liebe, bist du für eine Frau deines Alters sehr unerfahren. Du hast deine Nase in Bücher gesteckt, während wir anderen die Jungen entdeckt haben. Und hast in eine Kamera gelächelt, als wir den Umgang mit Männern lernten. Ich möchte nicht, daß man dir weh tut. Ich bin auch schon auf so einer Ferienranch gewesen, vergiß das nicht; ich habe gesehen, wie die Cowboys dort mit den weiblichen Gästen umgehen."

„Höre ich da die Stimme der Erfahrung?" murmelte Kristin. Sie machte sich nicht einmal die Mühe, ihren stechenden Sarkasmus zu verbergen.

„Allerdings!" bestätigte Janice. Sie war durchaus nicht beleidigt.

Und dann erzählte sie Kristin von dem reichen und gutaussehenden Mann, der sie bei ihrem Ranchurlaub umworben hatte.

„Es war wirklich eine sehr stürmische Affäre", erklärte Janice. „Er sprach vom Heiraten, bevor ich überhaupt meine Koffer ausgepackt hatte. Ich konnte nicht glauben, daß er es ernst meinte, und ich wollte ganz bestimmt nichts anderes als meinen Spaß haben. Er war sehr attraktiv, interessant, gebildet und hätte jede Frau haben können, die er wollte ... doch er wollte nun mal mich. Aber glaube mir, kleine Schwester, ich war zwar in ihn verknallt, aber nicht so sehr, daß ich dafür in die Wildnis gezogen wäre, zu Kühen, Pferden und Klapperschlangen. Ich hätte viele Kilometer zurücklegen müssen, um an einem sogenannten kulturellen Ereignis teilzunehmen, über das man in New York vermutlich nur gelacht hätte. Und nicht nur das, er wollte auch noch Kinder haben ... mehrere!" Janice lachte und schauderte zusammen. „Kannst du dir mich als Mutter vorstellen?"

Janices Tonfall verriet Kristin, daß sie vermutlich gerade abfällig die Nase rümpfte, und Kristin dankte Gott, daß es einem Kind erspart geblieben war, eine so kaltherzige Mutter wie ihre große Schwester zu bekommen.

„Ich wußte gar nicht, daß du auf der Ferienranch eine Romanze hattest", meinte Kristin und machte sich bereit, den Anruf zu beenden.

„Wir sind uns wirklich fremd geworden, nicht? Wir haben gar keine Gelegenheit mehr, uns auszutauschen. Aber höre auf deine große Schwester, ja? Ich würde dir nichts Falsches erzählen, also merke dir, was ich über Cowboys gesagt habe."

„Hast du etwas von Tante Dee gehört?" fragte Kristin schnell, um das Thema zu wechseln, bevor sich Janice ausführlicher über ihr Liebesleben ausließ.

„Sie und ihr Mann kommen noch in diesem Monat nach New York. Sie werden im Plaza wohnen. Ruf mich an, dann könntest du auch mit ihnen sprechen."

„In Ordnung", stimmte Kristin zu. „Das werde ich."

„War schön, mit dir zu sprechen, meine Liebe. Wir müssen wirklich häufiger in Verbindung bleiben ..."

„Ich rufe dich von der Ranch aus an", versprach Kristin.

„Prima, Kristin. Ich wünsche dir eine schöne Zeit. Und denk an das, was ich dir gesagt habe!"

2

Sehr zu Kristins Erleichterung startete das Flugzeug rechtzeitig. Sie würde pünktlich in Süd-Dakota landen, wo die Leute von der Ferienranch sie abholen würden.

Kristin hatte sich in einen Roman vertieft, den sie am Flughafen gekauft hatte. Als der Pilot die Maschine zum Gate rollen ließ, nahm sie ihre Sonnenbrille heraus, weil die Sonne sie blendete, und beobachtete die zusteigenden Passagiere. Eine Mutter mit einem Kind setzte sich in die Reihe vor ihr. Kristin lächelte höflich und bot ihre Hilfe an, als die Mutter Schwierigkeiten mit dem Sicherheitsgurt ihres Kindes hatte.

Kristins Aufmerksamkeit wurde auf einen Mann gelenkt, der von der Stewardeß wie ein alter Freund begrüßt wurde. Sie fragte ihn, wie das Rodeo gelaufen sei.

Seine Antwort konnte Kristin nicht hören, doch nach der Meisterschaftsschnalle an seinem Gürtel und dem triumphierenden Lächeln auf seinem gebräunten Gesicht zu urteilen, vermutete Kristin, daß er Erfolg gehabt hatte.

Seine Augen waren von einer unglaublichen Farbe, tiefblau wie der Himmel über Nebraska. Als er sich auf die Suche nach seinem Platz machte, wandte er sich Kristin einen Augenblick lang zu, und sie war verblüfft, wie gut er aussah.

Sein Haar war schwarz wie ihr eigenes, und er war sehr viel größer als Kristin, mit breiten Schultern, schlank, aber sehr muskulös. Er hatte ein gut geschnittenes kantiges Gesicht und dazu diese unvorstellbar blauen Augen . . . Einen Augenblick lang traf sich ihr Blick oder hätte sich getroffen, wenn sein Blick nicht an ihrer Brille abgeprallt wäre. Dann blickte er durch sie hindurch und war fort. Kristin wurde klar, daß sie ehrfürchtig den Atem angehalten hatte.

Wenn dieser Mann ein Vorbote dessen war, was Süd-Dakota

für sie bereithielt, dann hätte sie sich vermutlich doch besser ein Herzmedikament von Mrs. Stanwyck mitgenommen!

Minuten später hielt die Flugbegleiterin ihre vorbereitete Rede und wünschte ihnen einen angenehmen Flug. Wenige Augenblicke darauf heulten die Motoren auf, das Flugzeug rollte an und beschleunigte so stark, daß sie in ihre Sitze gedrückt wurden. In Sekundenschnelle waren sie in der Luft, und unter ihnen wurde die Welt immer kleiner.

Eine Zeitlang las Kristin in ihrem Roman, doch schon bald steckte sie das Buch in ihre Handtasche, sah aus dem Fenster und bewunderte die zerklüftete Landschaft.

Kristin betrachtete die dicht bewaldeten Berge, die von den Sioux-Indianern *Paho Sapa* genannt worden waren. Auch der berühmte Mount Rushmore mit den eingemeißelten Konterfeis der amerikanischen Präsidenten lag in diesem Gebiet. Kristin sah ihn aus der Luft, konnte seine Höhe jedoch nicht richtig einschätzen. Sie wußte, daß die Touristen unten von dem Aussichtspunkt die Gesichter von George Washington, Thomas Jefferson, Theodore Roosevelt und Abraham Lincoln betrachten würden. Die Skulpturen waren in Stein gehauen, etwa zweihundertzehn Meter hoch und ragten achtzehnhundert Meter über das Tal empor.

Nach der Landung auf dem Flughafen von Rapid City erhob sich Kristin, sammelte ihre Sachen zusammen und begab sich zusammen mit den anderen Passagieren zum Ausstieg.

Geduldig wartete sie am Gepäckfließband auf ihre Koffer. Als sie ihren zweiten Koffer vom Band nahm, drehte sie sich um und sah gerade noch, wie der gutaussehende Rodeoreiter durch die Glastür auf den Parkplatz hinaustrat. Sie empfand ein Gefühl des Verlustes, weil sie ihn nie wiedersehen würde.

„Ist zufällig jemand hier, der auch zur Circle-K-Ferienranch will?" fragte eine rothaarige, sommersprossige junge Frau.

„Ja, ich", erwiderte Kristin, ebenso mehrere andere.

„Super", sagte das Mädchen und gesellte sich zu Kristin, zweifellos weil sie beide etwa dasselbe Alter hatten und allein waren. „Wir bleiben zusammen, in Ordnung?"

„Gute Idee", stimmte Kristin zu. „Ein Kleinbus von der Ranch soll uns abholen."

„Wir werden ihn schon finden", sagte das Mädchen zuversichtlich. „Ich heiße Amanda Gentry. Meine Freunde nennen mich Mandy."

„Ich freue mich, dich kennenzulernen. Ich bin Kristin Allen. Freunde nennen mich Kristi, Kris oder Kristin."

„Ruf mich wie du willst, aber ruf mich nicht zu spät zum Mittagessen, was?" neckte das rundgesichtige Mädchen. Dann runzelte sie die Stirn. „Aber so schlank wie du bist, hast du vermutlich keine Probleme mit deinem Gewicht."

„Ich habe mich lange genug deswegen gequält", gestand Kristin ein, und auf einmal wanderten ihre Gedanken zurück zu der Zeit in New York, als sie sich um ihrer Karriere willen so vieles hatte versagen müssen.

„In deinem Fall hat es sich gelohnt", murmelte Mandy. „Du hast eine Figur, für die viele Frauen ihr Leben geben würden. Auch dein Gesicht ist nicht von schlechten Eltern. Weißt du, irgendwie kommst du mir bekannt vor. Haben wir uns schon mal getroffen?"

Bei Mandys Bemerkung zu ihrem Gesicht hatte Kristin das Gefühl, als habe sie eine Ohrfeige bekommen, doch dann erkannte sie, daß das Mädchen es ehrlich gemeint hatte.

„Ich . . . ich glaube nicht", brachte sie schließlich heraus. „Ich bin sicher, du wärst mir in Erinnerung geblieben."

„Hmm. Ich könnte schwören, daß ich dich schon mal gesehen habe." Mandy betrachtete sie noch eingehender.

Kristin fühlte sich auf einmal unbehaglich. Sie wendete sich ab, damit Mandy ihre Narben nicht sah. Mrs. Stanwyck hatte ihr immer wieder versichert, Dr. Steinberg hätte sehr gute Arbeit geleistet und ein Fremder könne nicht erkennen, daß sie früher einmal ernstlich entstellt gewesen sei . . . trotzdem . . .

„Das ist wieder mal typisch für mich", seufzte Mandy, als das Schweigen unerträglich wurde. „Du kennst mich noch nicht, also warne ich dich wohl besser vor: Ich rede immer so viel."

Kristin brachte ein herzliches Lächeln zustande. „Das finde ich ganz sympathisch, keine Sorge. Hast du dein Gepäck, Mandy? Dann können wir ja gehen."

„Ich bin froh, daß wir uns getroffen haben", sagte Mandy. „Zuerst hatte ich Vorbehalte, allein auf eine Ferienranch zu fahren, doch jetzt habe ich das Gefühl, bereits eine Freundin gefunden zu haben."

„Mir geht es genauso. Da drüben steht der Wagen", erwiderte Kristin.

„Und da steht auch schon einer dieser gutaussehenden Cowboys. Hilf mir, Kristin." Mandy preßte die Hand aufs Herz, wo ein goldenes Kreuz an einer zarten Kette hing. „Ich glaube, ich werde mich in diesem Urlaub schrecklich verlieben!"

Kristin lachte. „Paß besser auf, Mandy, sonst werden deine Ferien auf der Ranch zu einem Reinfall."

„Wovon sprichst du?"

„Meine Schwester hat im letzten Jahr Urlaub auf einer Ferienranch gemacht, und sie sagte, man könnte den Cowboys nicht trauen, sie hätten eine Vorliebe für alle Frauen zwischen acht und achtzig. Sie schwingen ihr Lasso, reiten Rodeos und flirten – alles mit derselben Kunstfertigkeit. Wenn man Janice Glauben schenken kann, darf man ihnen absolut nicht über den Weg trauen. Unglücklicherweise . . ."

Mandy zog die Lippen kraus und grinste. „Ach, wen kümmert das schon?" fragte sie fröhlich. „Ich bin hergekommen, um der Realität ein wenig zu entfliehen. Realität habe ich in meinem Büro genug. Kreuzfahrtromantik hält auch nicht länger. Also, was soll's? Genieße den Augenblick, nicht?"

Die beiden jungen Frauen gingen zu dem Kleinbus mit dem Emblem der Circle-K-Ferienranch hinüber. Ein freundlicher Cowboy begrüßte die Gäste, verstaute das Gepäck und forderte sie auf, in dem klimatisierten Wagen Platz zu nehmen.

„Hallo, Mädels!" begrüßte er Mandy und Kristin, als sie näherkamen.

„Hallo!" erwiderte Mandy mutig. Sie grinste ihn breit an, während Kristin nur zurückhaltend lächelte.

Das Lächeln gefror auf ihrem Gesicht, als der Mann sie sehr

genau betrachtete, ein zweites Mal hinsah und sie dann offensichtlich unangenehm berührt anstarrte. Es schien, als erwarte er, daß sie etwas sagte. Dann öffnete er den Mund, überlegte es sich aber anders und schwieg. Ohne sie eines weiteren Blickes zu würdigen verstaute er das Gepäck der beiden Frauen im Wagen und forderte sie ungeduldig zum Einsteigen auf.

„Anscheinend hat er eine Reißzwecke in der Jeans, so wie er dreinschaut", murmelte Mandy. „Aber schließlich ist er nicht der einzige Cowboy im Wilden Westen, auch wenn er unheimlich süß ist."

Der auf einmal sehr schweigsame Mann stand noch einen Augenblick vor dem Wagen, überprüfte seine Gästeliste und stellte fest, daß jetzt alle da waren, die er abholen sollte. Sie fuhren los. Der Verkehr war zuerst sehr dicht, doch sobald sie Rapid City hinter sich gelassen hatten, kamen sie besser voran. Mandy plapperte unentwegt, und Kristin war dankbar, daß sie dieses fröhliche Mädchen kennengelernt hatte.

Bisher war ihre Reise ganz gut verlaufen. Wenn sie nur herausfinden könnte, warum der freundlich aussehende Cowboy von der Circle-K-Ranch sie unablässig im Rückspiegel beobachtete, seinen Blick aber schnell abwendete, wenn seine und Kristins Blicke sich trafen.

„Wow!" seufzte Mandy. „Sieh dir das an!"

Kristin folgte Mandys Blick und erkannte den attraktiven Mann mit den blauen Augen aus dem Flugzeug. Er fuhr in einer weißen Corvette an ihnen vorbei.

„Jetzt ist es passiert!" stöhnte Mandy. „Kann unser Mann nicht ein wenig schneller fahren? Ich möchte diese Corvette nicht aus den Augen verlieren!"

Wie auf ein Stichwort drückte der Fahrer der Corvette auf die Hupe, ihr Fahrer hupte ebenfalls und winkte ihm zu. Der Cowboy in der Corvette beschleunigte und fuhr davon.

„Na, komm schon, Mann!" beschwerte sich Mandy leise und deutete auf den Fahrer. „Gib Gas. Zeig' mal, was du unter der Haube hast!"

„Zu spät, Mandy", sagte Kristin. „Er ist fort."

„Aber nicht vergessen. Vermutlich erinnere ich mich noch an dieses Gesicht, wenn ich schon alt und grau bin. Wow, das ist Süd-Dakota", seufzte das Mädchen aus Missouri.

„‚Wo Männer noch Männer sind und wissen, wie sie mit einer Dame umzugehen haben', sagte mir eine Freundin", fügte Kristin hinzu.

Diese Vorstellung gefiel Mandy. „Ich bin im Himmel!" verkündete sie.

Zwanzig Minuten später wiederholte Mandy diese Bemerkung, als der Bus langsamer wurde und in eine lange, gewundene Auffahrt einbog, die zum Hauptgebäude der Circle-K-Ferienranch führte.

Die Mädchen und die anderen Gäste verrenkten sich beinahe den Hals, um alles zu betrachten, was die Ranch zu bieten hatte.

Da war zuerst einmal das große Hauptgebäude, in dem die Büros, die Empfangshalle, der Speisesaal, der Tanzsaal, die Kapelle, der Schönheitssalon, die Geschenkboutique, das Hallenbad, der Aufenthaltsraum und der Laden untergebracht waren, in dem man Westernkleidung kaufen konnte. Draußen waren Tennisplätze, eine Minigolfbahn, Koppeln, Reitbahnen, ein Swimmingpool mit Liegestühlen, Tischen und ein Spielplatz für die Kinder zu finden.

Gepflasterte Gehwege, umrahmt von bunten Blumenbeeten, führten zu den verschiedenen Nebengebäuden, in denen ganze Familien, aber auch Einzelpersonen untergebracht werden konnten.

„Was für ein Hammer", seufzte Mandy. „Ich hoffe, daß unsere Zimmer nicht zu weit voneinander entfernt liegen. Oh! Das ist meiner!" rief sie, als der Fahrer, der das Gepäck entlud, ihren Koffer in die Hand nahm und ihren Namen auf dem Gepäckanhänger vorlas.

„Kristin Allen?"

„Hier", sagte Kristin und trat vor, um ihr Gepäck in Empfang zu nehmen.

Der Cowboy sah noch einmal auf dem Kofferanhänger nach, blickte Kristin in die Augen, so als hätte er Schwierigkeiten, das

Gesicht mit dem Namen auf dem Koffer in Einklang zu bringen. Schließlich reichte er ihr ihr Gepäck.

„Einen schönen Aufenthalt wünsche ich Ihnen, Madam", murmelte er und lächelte sie dabei so freundlich an, daß ihr Herzschlag für einen Augenblick aussetzte. Das war doch schon viel besser, nachdem er ihr in den vergangenen vierzig Minuten diese eiskalten Blicke im Rückspiegel zugeworfen hatte.

„Den habe ich bestimmt", erwiderte sie freundlich.

Mandy wartete auf sie. „Anscheinend hatte das alte Steingesicht endlich ein Lächeln für dich übrig, stimmt's?" flüsterte sie Kristin ins Ohr. „Ich frage mich, was er hatte."

„Ich weiß es nicht. Aber was immer es gewesen ist, anscheinend hat er es jetzt gelöst."

„Wenn deine Schwester recht hat, hat er vermutlich sein Verhalten jetzt geändert, weil das hier von ihm erwartet wird. Er hat sicher Angst, daß er einen Rüffel bekommt."

„Ach, das glaube ich nicht", erwiderte Kristin. „Vielleicht hatte er einfach nur Kopfschmerzen."

„Du hast recht. Wir alle haben dann und wann einen schlechten Tag."

„Vor der Rezeption wartet eine ziemlich lange Schlange, Mandy. Alle wollen einchecken. Was hältst du davon, wenn wir auf dieser Bank dort im Schatten warten und erst mal die Umgebung genießen?"

„Das klingt gut. Außerdem erhöht das unsere Chancen, nebeneinanderliegende Räume zu bekommen."

Fünfzehn Minuten später betraten die Mädchen die Empfangshalle. Mandy entschuldigte sich und begab sich zu den Toiletten, während Kristin sich um ihre Reservierung kümmerte.

Der Mann an der Rezeption, der, wie Kristin hatte beobachten können, sehr freundlich auf die Gäste einging, blickte auf und lächelte sie freundlich an, bevor er sie richtig zu bemerken schien. Sofort änderte sich sein Verhalten und wurde um zehn Grad kälter.

Er nickte ihr kaum merklich zu. „Dieses Jahr allein?" murmelte er.

„Äh, ja“, erwiderte Kristin etwas verwirrt. „Mein Name ist –“

„Lassen Sie mich nachsehen –“ Die Worte des Mannes verklangen, während er die Reservierungen durchging. Er ließ sie nicht einmal ausreden. Schließlich runzelte er die Stirn. „Es tut mir leid, aber wir haben keine Reservierung auf Ihren Namen. Vielleicht gibt es in dem Motel in der Stadt noch ein Zimmer –“

Kristins Kehle schnürte sich zu. „Ach du meine Güte, das kann doch nicht sein! Ich habe mich doch selbst um die Reservierung gekümmert. Und ich habe auch eine Bestätigung bekommen; allerdings habe ich die nicht bei mir. Könnten Sie nicht noch einmal nachsehen? Mein Name ist Kristin Allen. Ich . . . ich habe den Hauptgewinn der Happy Horse –“

„Ach, Miss Allen sind Sie? Es tut mir leid; mein Fehler“, sagte der Mann. Er sah unter einem anderen Buchstaben in dem Karteikasten nach. „Ich weiß nicht, wo ich meine Gedanken gehabt hatte. Ich habe Sie mit einem Gast verwechselt, an den ich mich noch vom letzten Jahr erinnerte . . . Ach, da ist es ja. Und alles ist in Ordnung, wie ich sehe. Es tut mir sehr leid, Madam.“

Schnell und mit aufrichtiger Herzlichkeit erledigte er den Papierkram, und Kristin unterschrieb gerade, als Mandy wiederkam.

„Kann ich sonst noch etwas für Sie tun, Miss Allen?“ fragte er hilfsbereit, so als wolle er sein anfängliches unhöfliches Benehmen wiedergutmachen.

„Nun, wir wären Ihnen sehr dankbar, wenn Sie meine Freundin in meiner Nähe unterbringen könnten.“

„Ich werde Ihnen nebeneinanderliegende Zimmer geben.“

„Prima!“ meinte Mandy und schenkte ihm ein Lächeln.

„Einer der Männer wird sich um Ihr Gepäck kümmern und Sie zu Ihren Zimmern bringen“, sagte der Mann am Empfang. „Und heute abend heißen wir unsere Gäste mit einem großen Barbecue willkommen.“

Mandy strich sich über den Bauch. „Das ist tatsächlich der Himmel“, flüsterte sie Kristin zu. „Sie sollen mir sofort zeigen, wo die Cowboys sind und wo es das Barbecue gibt.“

Mandy und Kristin richteten sich in ihren Zimmern ein, machten sich frisch, zogen sich um und beschlossen, sich ein wenig umzusehen und die Möglichkeiten zu erforschen, die die Ferienranch ihnen bot. Schließlich begaben sie sich zu dem Platz, wo das Barbecue stattfand. Herrliche Düfte hingen in der Luft.

Allmählich trafen auch die anderen Gäste ein, und das festliche Ereignis begann. Das Essen war ausgezeichnet, es herrschte eine fröhliche Stimmung unter den Gästen, und als die Glühwürmchen schließlich in der Dämmerung herumschwirrten, begann eine Musikgruppe zu spielen. Mitreißende Country-Rhythmen füllten die Nachtluft.

Kristin fiel auf, daß nicht nur die Gäste anwesend waren, sondern auch Leute von den umliegenden Ranches, die den Stadtmenschen wohl das Gefühl geben sollten, willkommen zu sein. Cowboys aller Altersgruppen forderten die Frauen zum Tanzen auf, während sich die Mädchen der Stadtjungen annahmen.

Es wurde gekichert und protestiert, doch den Zweiflern wurde versichert, daß jeder die einfachen Tanzschritte lernen konnte. Auch Mandy und Kristin wurden zum Tanzen aufgefordert und zur Tanzfläche geführt. Mandy kicherte und bemühte sich nach Kräften, Kristin war nicht ganz so ausgelassen.

Mandy schien ihren Tanzpartner Billy Joe wirklich zu mögen. Er neckte sie und blieb immer dicht in ihrer Nähe. Kristin fand ihren jungen Begleiter zwar sympathisch, doch sie spürte, daß er sie ein wenig zu nett fand. Er hieß Kerry Kendrick, war etwa in ihrem Alter und studierte an einer technischen Hochschule. Die Art, wie er sie ansah, war ganz eindeutig nicht vom Chef der Circle-K-Ranch vorgeschrieben . . .

Kristin mochte Kerry. Sie mochte ihn sogar so sehr, daß sie nicht riskieren wollte, seine Gefühle zu verletzen, indem sie ihm etwas vorspielte, was sie nicht empfand. Irgendwann würde sie ihm dann sagen müssen, daß sie seine Gefühle nicht erwiderte.

Im stillen fragte sie sich, ob sein jugendlicher Überschwang sie so störte und sie deshalb Entschuldigungen fand, sich von ihm zu distanzieren, bevor sie sich näher mit ihm einließ und sie nicht mehr wußte, wie sie sich verhalten sollte. Vielleicht war es aber auch einfach so, daß das gewisse Etwas nicht da war. Allerdings konnte es auch sein, daß sie sich älter fühlte, als sie war.

Als Kristin ein Mädchen mit dichtem braunem Haar entdeckte, das sehr traurig wirkte, wo alle anderen Menschen um sie herum so glücklich waren, schlug sie Kerry vor, dieses Mädchen zum Tanzen aufzufordern.

„Ich möchte Ihre Zeit nicht allein für mich in Anspruch nehmen", sagte sie fröhlich, „und dieses Mädchen sieht so aus, als könnte es ein bißchen Aufmunterung brauchen."

„Oh . . . in Ordnung", meinte Kerry. „Wenn Sie wirklich nichts dagegen haben."

„Natürlich nicht. Ich möchte einen Augenblick auf mein Zimmer gehen."

„In Ordnung. Bis später dann, Kristin."

„Sicher. Und vielen Dank für den Unterricht!"

Kristin bahnte sich den Weg durch die Menge.

„Gehst du schon?" rief Mandy glückstrahlend, während Billy Joe sie über die Tanzfläche wirbelte.

„Nur einen Augenblick. Ich muß ein paar Telefonate erledigen."

„Komm schnell wieder zurück!" rief Mandy hinter ihr her.

Kristin ging vom Pavillon zum Haus zurück. Sie war ganz allein, und ihre Schritte hallten in der Dunkelheit wider. Sie orientierte sich von einer Laterne zur nächsten und wußte nicht so genau, wie weit sie gekommen war, als sie bemerkte, daß sie nicht allein war.

Jemand ging hinter ihr her und holte sie schnell ein!

Einen Augenblick lang schnürte ihr die Furcht die Kehle zu. Der Schrecken des Angriffs von damals überfiel sie wieder und lähmte sie, bevor sie sich zwang, sich auf die Tatsache zu konzentrieren, daß sie sich auf einer Ferienranch befand, umgeben von fröhlichen Urlaubern, und daß es hier niemanden gab, der ihr etwas antun wollte.

Sie wollte gerade in den Seitenweg abbiegen, der zu dem Gebäude führte, in dem sie und Mandy untergebracht waren, als sie plötzlich mit eisernem Griff am Handgelenk gepackt und zurückgerissen wurde.

Kristin spürte, wie ihre Beine unter ihr nachgaben, doch der

Angreifer hielt sie fest. Sein Gesicht war nur wenige Zentimeter von ihrem entfernt.

Kristin hielt die Luft an. Sie versuchte zu schreien, doch sie brachte keinen Ton heraus. Ihre Augen waren vor Angst weit aufgerissen, und sie suchte in der Dunkelheit nach einem Hinweis auf die Identität ihres Angreifers.

Wie betäubt starrte sie ihn an, als sie ihn schließlich erkannte. *Er* war es! Der gutaussehende Rodeoreiter aus dem Flugzeug. Der Besitzer der weißen Corvette!

Kristin versuchte, die Sprache wiederzufinden und dem Cowboy zu sagen, er solle seine Hände von ihr nehmen, doch sein Griff wurde noch fester, und er zog sie in den Schatten. Er drückte sie gegen eine Hauswand, stützte sich mit einem Arm an der Wand ab und starrte auf sie herab.

Er stieß ein kurzes, verbittertes Lachen aus. „Du mußtest unbedingt zurückkommen, nicht?" fragte er mit zornbebender Stimme. „Konntest nicht einfach fortbleiben und mich in Ruhe lassen?" Er schien drauf und dran zu sein, sie zu beschimpfen, doch gerade rechtzeitig hielt er sich noch zurück.

„Bitte –", flüsterte Kristin. Sie schluckte mühsam, denn ihre Kehle war wie zugeschnürt, und sie hatte das Gefühl, jeden Augenblick in Tränen auszubrechen. „Das muß ein Irrtum sein –"

Wieder lachte er hart. „Das kannst du glauben, daß es ein Irrtum war. Es waren sogar mehrere Irrtümer – und die meisten davon auf meiner Seite! Deine Reservierung hätte verweigert werden müssen! Man hätte dich sofort zurückschicken müssen. Hast du uns nicht schon genug angetan? Ich habe gesehen, wie du mit meinem kleinen Bruder getanzt und geflirtet hast. Willst du dich jetzt über ihn an mir rächen? Aber ich warne dich, Janice: halte dich von ihm fern. Ich werde nicht zulassen, daß du ihm antust, was du mir angetan hast. Das habe ich davon, daß ich so dumm gewesen bin, mein Herz sprechen zu lassen und meinen Verstand auszuschalten."

„Ich weiß nicht, wer Sie sind und wovon Sie sprechen –"

„Natürlich nicht!" meinte der Mann verächtlich. Ihr wurde klar, daß es besser war, wenn sie schwieg.

„Aber wenn du glaubst, du könntest Kerry so behandeln, wie du es mit mir gemacht hast, dann bist du im Irrtum. Dieses Mal wirst du dafür bezahlen!"

„Sie sind ja total durchgedreht! Verschwinden Sie, sonst werde ich mich bei dem Besitzer dieser Ranch beschweren!" zischte Kristin.

Als Antwort lachte der Mann ihr nur ins Gesicht.

„Lassen Sie mich sofort los!" befahl Kristin. Sie war plötzlich so wütend, daß sie das Gefühl hatte, mit ihm fertig werden zu können.

„Nur zu gern", sagte der Cowboy mit einem herablassenden Lachen. Er ließ ihr Handgelenk so ruckartig los, als hätte er sich an ihrer Haut verbrannt. „Kein Mann mit Verstand würde sich freiwillig auch nur im Umkreis von einer Meile in der Nähe einer so berechnenden Schlange aufhalten. Kerry ist noch ein Kind, und ich bin für ihn verantwortlich. Wenn du mit ihm spielst, dann bekommst du es mit mir zu tun. Ich habe eine Weile gebraucht, bis ich zur Vernunft gekommen bin, aber jetzt habe ich dich durchschaut!"

Kristin war so schockiert, daß sie nicht in der Lage war, eine Antwort zu formulieren. Erleichtert sank sie in sich zusammen, als der wütende Cowboy sich von ihr abwandte und davonmarschierte.

Im Fortstürmen schleuderte er ihr noch entgegen. „Ich kann nicht glauben, daß ich wirklich so dumm war zu glauben, ich würde dich lieben. Für soviel Dummheit sollte ich ausgepeitscht und zehn Meilen hinter einem wilden Hengst hergeschleift werden!" Die verächtlichen Worte verklangen in der Nacht.

Und dann war er fort.

Kristin blieb zitternd zurück. Ihr fiel ein, daß der Cowboy sie während seiner Tirade *Janice* genannt hatte. All die kleinen Hinweise, die sie im Laufe dieses Tages hatte sammeln können, kamen ihr wieder in Erinnerung, nahmen Gestalt an: wie er im Flugzeug durch sie hindurchgesehen hatte, als ihre Gesichtszüge hinter einer Sonnenbrille verborgen gewesen waren; die feindselige Gleichgültigkeit des Fahrers am Flughafen; der Empfangschef, der ihr offensichtlich zufrieden verkündete, auf ihren Namen sei keine Reservierung vorgenommen worden, und die neugierigen Blicke der Ranchangestellten, als sie und Mandy über das Gelände geschlendert waren.

Und dazu die Tatsache, daß das Verhalten aller Leute sofort herzlicher wurde, wenn sie ihren Namen nannte. Sie war davon überzeugt, daß sie für das Verhalten einer anderen bestraft wurde. Und diese andere war ihre Schwester Janice!

3

Kristin fühlte sich noch lange, nachdem sie sich in ihrem Zimmer eingeschlossen und die Tür mit der Kette gesichert hatte, schrecklich zittrig. Sie wünschte, sie würde aufwachen und feststellen, daß alles nur ein böser Traum gewesen war.

Sie hatte sich insgeheim gewünscht, den Mann aus der Corvette wiederzusehen, aber ganz bestimmt nicht unter solchen Umständen.

Um ihre Nerven zu beruhigen, begann Kristin, ihre Koffer auszupacken und ihre Sachen in die Schränke zu räumen.

Plötzlich klopfte es leise an die Tür. Kristins Herz tat einen erschrockenen Sprung. Sie ging zur Tür, sah durch das Guckloch, dann öffnete sie die Tür, um Mandy hereinzulassen.

„Ich dachte, du würdest zurückkommen", meinte Mandy.

„Ich wollte auch", erwiderte Kristin. „Aber mir ist etwas dazwischengekommen."

Mandy starrte sie abschätzend an und zog die Augenbraue hoch. „Meinst du nicht eher *jemand?*"

„Du hast mich gesehen?"

Mandy nickte. „Was für interessante Geheimnisse hast du vor mir? Ich hätte nie gedacht, daß du den Corvette-Cowboy kennst, Kristin."

„Ich kenne ihn nicht, Mandy. Er hat mich nicht umarmt, er hat mir weh getan. Ich – ich . . ."

Kristins neugefundene Freundin ließ sich auf das Bett fallen. „Du hast wirklich Angst", meinte sie verwirrt. „Du zitterst ja richtig."

„Das war absolut nicht angenehm, glaub mir", flüsterte Kristin. „Der heutige Tag ist ein einziger Alptraum. Er, sie alle, haben mich für jemand anderen gehalten."

„Das ist es also?" murmelte Mandy. „Ich habe bemerkt, daß

man dich überhaupt nicht gern gesehen hat. Die Leute schienen dich zu hassen."

„Ich weiß", hauchte Kristin. „Und glaub mir, das ist ziemlich unangenehm. Und dieser heißblütige Corvette-Cowboy –"

„Er heißt übrigens Dacian Kendrick", warf Mandy ein.

„– hält mich für eine andere Frau, mit der er einmal etwas hatte. Er hat mir unmißverständlich klargemacht, ich solle mich von seinem Bruder Kerry fernhalten."

„Der Typ, mit dem du den größten Teil des Abends getanzt hast?"

„Genau der. Und dann hat er mich noch ein bißchen beschimpft und ist dann gegangen. Er hat mir nichts getan, aber er wirkte sehr bedrohlich", erklärte Kristin. „Menschen, die die Kontrolle über sich verlieren und fähig sind, gewalttätig zu werden, machen mich wirklich wütend. Ich . . . ich denke schon über den Vorfall nach, seit ich auf mein Zimmer gekommen bin. Ich weiß nicht, was ich tun soll, Mandy. Meinst du, daß ich sein Verhalten vielleicht dem Besitzer der Ranch melden sollte?"

Mandy starrte sie verwirrt an, dann lachte sie nervös, bevor sie erklärte: „Kristin, da gibt es ein kleines Problem: Du kannst ihn dem Boß nicht melden. Dacian Kendrick *ist* der Besitzer dieser Ranch."

„In diesem Fall reise ich vermutlich besser ab", sagte Kristin und erhob sich. Sie sah sich in ihrem Zimmer um, als wüßte sie nicht, was sie als erstes einpacken sollte.

„Nein, du Dummchen, das ist doch nur eine Verwechslung. Seine Gefühle sind doch nicht gegen dich gerichtet. So verhält er sich dir gegenüber nur, weil er dich für eine andere Frau hält und nicht weiß, wer du bist." Mandy hielt inne und räusperte sich. „Falls du mir folgen kannst . . ."

„Äh . . . ja, eigentlich schon . . . glaube ich. Hast du zufälligerweise einen Doktortitel in Unlogik?"

Mandy grinste. „Ich habe meine Doktorarbeit noch nicht geschrieben. Aber im Ernst, Kris, mir scheint, die Lösung des Problems ist, in sein Büro zu gehen und ihm einfach klipp und klar zu sagen, daß du nicht die bist, für die er dich hält."

Kristin schüttelte heftig den Kopf. „Ich werde mich nicht mehr in die Nähe dieses Mannes begeben."

Mandy zog die Augenbrauen in die Höhe. „Meine Liebe, wenn er diese Ranch besitzt, dann hältst du dich bereits in seiner Nähe auf."

„Tu mir einen Gefallen und erinnere mich nicht daran."

„Ich könnte dir noch einen anderen Gefallen tun", bot Mandy an. *„Ich* könnte ihm sagen, daß du nicht die bist, für die er dich hält." Sie wartete gar nicht erst ab, ob Kristin die Idee billigte oder ablehnte. „Für wen hält er dich übrigens?"

Kristin wollte es ihr gerade erzählen, als sie es sich anders überlegte, die Achseln zuckte und den Kopf schüttelte. Obwohl sie Mandy mochte und sich in ihrer Nähe wohlfühlte, war ihr Wunsch nach Distanz und Anonymität zu groß. Außerdem wäre es ihr peinlich, Mandy gegenüber eingestehen zu müssen, was für eine Art von Frau ihre große Schwester offensichtlich geworden war.

„Wer weiß das schon?"

„Nach dem zu urteilen, wie abfällig die Leute dich den ganzen Nachmittag und Abend angesehen und wie sie dich behandelt haben, muß diese Person dir so ähnlich sehen", überlegte Mandy, „daß sie für deine Schwester durchgehen könnte."

„Scheint so. Aber ehrlich, Mandy, es wäre das einfachste, wenn ich meine Sachen packe und veranlasse, daß mich morgen früh jemand zum Flughafen fährt. Ich fliege einfach wieder nach Hause."

„Das kannst du mir nicht antun, Kris!" protestierte Mandy. „Laß mich hier nicht ganz allein. Wir haben schon soviel Spaß zusammen gehabt. Bitte reise nicht ab. Es gibt immer ein Morgen, und ganz bestimmt sieht alles dann schon ganz anders aus. Ich weiß es. Ich habe gesehen, wie Gott aus ganz schrecklichen Situationen noch etwas Gutes geschaffen hat. Ich wette, du hast das auch erlebt, seit du dich bekehrt hast, wie du mir auf der Fahrt hierher erzählt hast."

Kristin war gezwungen, zustimmend zu nicken. Nie würde sie diesen Augenblick vergessen, als sie nach dem Gottesdienst mit

Mrs. Stanwyck zusammen zu Mittag gegessen und dann den ganzen Nachmittag mit ihr über den Glauben gesprochen hatte. Danach hatte sie eine solche Sehnsucht nach Gott empfunden, daß sie Jesus spontan in ihr Leben eingeladen hatte. Und auf einmal wollte sie alles über ihn wissen, um sein Leben, seine Taten und seinen Tod auf der Erde zu verstehen, und vor allem die Hoffnung, die sie in ihm fand. Sie war frustriert gewesen – es gab so vieles, das sie wissen und verstehen wollte, und sie wurde schrecklich ungeduldig, als sie erkannte, daß sie Zeit brauchen würde, um die Freuden, die Tiefe und das Wachstum zu entdecken, die sie so dringend benötigte.

Mrs. Stanwyck hatte gelacht und sie ermahnt, ein wenig mehr Geduld zu haben und Gott zu vertrauen, daß er ihr Weisheit schenken würde und die Erkenntnis, daß er ihr im täglichen Umgang mit ihm viele Lektionen beibringen würde. Die Pastorenwitwe hatte ihr gesagt, daß sie aus dem Versagen genauso viel lernen würde wie aus ihren Siegen. Sie hatte ihr erklärt, daß die Menschen manchmal auch harte Lektionen hinnehmen müßten, daß Gott manchmal unschöne Dinge zuließ, damit sie aus ihren Fehlern lernten.

Konnte dies vielleicht so eine Lektion Gottes sein, wie Mandy angedeutet hatte?

Kristin seufzte. „Vermutlich hast du recht. Doch wenn er sich nicht ganz schnell entschuldigt, dann reise ich bestimmt ab."

„Die anderen haben doch bereits herausgefunden, daß du nicht sie bist, oder?" fragte Mandy.

„Ja, der Fahrer wurde auf einmal sehr freundlich, als er meinen Namen auf dem Gepäckanhänger entdeckte. Genau wie der Empfangschef."

„Siehst du?" bestätigte Mandy. „Vielleicht hat Dacian Kendrick bereits herausgefunden, was für einen dicken Fehler er gemacht hat."

„Vielleicht", meinte Kristin lahm. „Obwohl mir egal ist, was dieser arrogante, egoistische, selbstsüchtige Typ von mir denkt."

„Ich halte ihn trotzdem für den schönsten Mann, den ich in den zweiundzwanzig Jahren meines Lebens je gesehen habe", gestand Mandy. „Und wenn er Kerry auch nur ein wenig ähnlich ist, dann ist er auch noch sehr, sehr nett."

„Nach meinem Eindruck ist er alles andere als *nett*", murmelte Kristin verstimmt.

Mandy lächelte und gähnte. „Wenigstens kannst du das Ganze jetzt schon von der lustigen Seite nehmen. Das bedeutet, daß es dir bereits besser geht. Morgen wird dir alles wie ein böser Traum erscheinen."

„Es war für uns beide ein langer Tag", meinte Kristin. „Vielleicht sieht morgen tatsächlich alles schon anders aus."

„Ich hau mich ins Heu", sagte Mandy gähnend.

„So spricht ein wahres Cowgirl."

„Ich versuche es", erwiderte Mandy. „Und morgen wird dieses Stadtmädchen direkt nach dem Frühstück Reiten lernen."

„Hol mich zum Frühstück ab, dann können wir zusammen etwas unternehmen. Ich habe seit Jahren nicht mehr auf einem Pferd gesessen, obwohl ich als Kind gern geritten bin. Danach konnte ich nicht mehr riskieren, blaue Flecken zu bekommen oder mir gar einen Arm oder ein Bein zu brechen. Ich würde mich gern noch ein wenig vergnügen, bevor ich . . . vielleicht gezwungen bin . . . abzureisen."

Nach dem Gespräch mit Mandy und einem ausgedehnten heißen Bad fühlte sich Kristin bereits bedeutend besser. Obwohl sie dachte, viel zu aufgekratzt zu sein und bestimmt keine Ruhe finden zu können, war sie innerhalb weniger Minuten, nachdem sie sich ins Bett gelegt hatte, eingeschlafen.

Sie hatte keinen Weckauftrag erteilt, und die Sonnenstrahlen, die bereits in ihr Zimmer fielen, weckten sie schließlich auf.

Sie zog sich an, legte ein wenig Make-up auf, kämmte ihre langen schwarzen Haare und steckte sie auf. Schließlich nahm sie noch ihren Cowboyhut, um ihre Haut vor der Sonne zu schützen, und war bereit zu gehen. Sie betrachtete sich noch einmal im Spiegel, als es leise an die Tür klopfte.

„Einen Augenblick", rief sie.

Sie ging zur Tür und erwartete Mandy davor zu sehen, als sie durch das Guckloch spähte. Da sah sie einen Rosenstrauß, der das Gesicht des Überbringers vollkommen verdeckte.

„Was –" keuchte sie, als sie die Tür öffnete.

„Miss Kristin Allen?" fragte der Ranchangestellte, und Kristin nickte. „Die sind für Sie. Eine Karte liegt bei."

„Die sind ja wunderschön."

„Wo soll ich sie hinstellen, Madam?"

„Dort hinten auf den Tisch vor dem Fenster, dort machen sie sich bestimmt gut."

Der Ranchangestellte folgte ihren Anweisungen, lächelte Kristin an, wünschte ihr einen schönen Tag und ging. Mandy stand vor der Tür, als der Mann Kristins Zimmer verließ.

„Rosen? Du brauchst mir gar nicht zu erzählen, von wem sie sind, Kristin. Ich wette, die Blumen sind von *ihm.* Ich habe dir ja gesagt, er wird merken, was für einen Fehler er begangen hat, und es wird ihm schrecklich leid tun. Ein Dutzend langstieliger roter Rosen? Offensichtlich ist es ihm sehr peinlich."

„Das sollte es auch, so wie er sich aufgeführt hat."

„Wir alle machen Fehler und sind darauf angewiesen, daß uns unsere Sünden vergeben werden. Also gib dem Mann eine Chance, Kris, und lies die Karte. Mal sehen, was er zu sagen hat."

Kristin hatte die kleine Karte aus dem Umschlag gezogen.

Sehr geehrte Miss Allen!

Entschuldigende Worte und Blumen allein können nicht ausdrücken, wie sehr ich mein Verhalten Ihnen gegenüber bedaure. Ich habe mich wie ein Vollidiot benommen, und das ist mir sehr peinlich. Bitte werten Sie diese Blumen als Zeichen meiner Reue, bis ich mich persönlich bei Ihnen entschuldigen kann.

Mit tiefem Bedauern
Dacian Kendrick

P.S. Für das, was ich Ihnen angetan habe, sollte ich ausgepeitscht und zehn Meilen hinter einem wilden Hengst hergeschleift werden . . .

Kristin lachte leise und reichte Mandy die Karte.

„Was bedeutet der Nachsatz?"

„Das sind die Worte, die er mir gestern abend zum Abschied gesagt hat", erklärte sie. „Er fand, das hätte er verdient, weil er so dumm gewesen sei, sich in mich zu verlieben."

„Junge, die Dame muß ja eine bösartige Nummer gewesen sein, nicht? Würdest du nicht gern wissen, wer sie war?"

„Mandy, meine Liebe", seufzte Kristin, „ich würde ein kleines Vermögen dafür bezahlen, wenn ich verhindern könnte, daß die Leute *herausfinden,* wer sie ist."

Mandy brauchte eine Zeitlang, bis sie diese Bemerkung begriff. Sie riß die Augen auf, und ihre Kinnlade sank herunter. „Du meinst, du weißt, wer sie ist? Spann mich doch nicht so auf die Folter! Sie muß diesem Mr. Kendrick ja wirklich unter die Haut gegangen sein."

„Glaub mir, sie ist wirklich ein übles Früchtchen", sagte Kristin und atmete tief durch. „Ich habe das schreckliche Gefühl, daß die Frau, die hier so verhaßt ist, niemand anderes als meine große Schwester Janice ist. Und wag es nicht, das jemandem zu erzählen!"

„Keine zehn Hengste könnten mich dazu bringen, das preiszugeben!"

„Amanda . . . ich glaube, ich werde dir dieses Wortspiel vergeben", sagte Kristin mit müder Stimme. „Laß uns frühstücken gehen, uns dann die Pferde ansehen und den großen Boß vergessen."

„Ja", erwiderte Mandy. Ihre Miene hellte sich auf. „Schließlich ist er nicht der einzige Cowboy in Süd-Dakota. Obwohl er vermutlich der schönste ist . . ."

Mandy hatte noch nie auf einem Pferd gesessen, so daß der Vormann beschloß, ihr Einzelunterricht zu geben. Er ließ eine große, sehr sanfte Stute mit Namen Molly holen. In jedem Sommer wurde Molly für die Anfänger von einer Nachbarranch geholt, weil sie so sanft und lieb war.

Kristin, die bereits geritten war, bekam Misty, einen sehr schön gezeichneten Appaloosa, der in der Grundfarbe braun war, auf dem Hinterteil aber eine weiße Decke mit kleinen dunklen Punkten hatte.

„Ich warte in der Cafeteria auf dich", rief Mandy Kristin nach, als Molly gebracht wurde.

Zwei Stunden später hinkte Mandy nach draußen, um Kristin und die anderen vom Ausritt zurückkehrenden Reiter zu begrüßen.

Kristin stieg ab und reichte einem jungen Mann Mistys Zügel, der schon darauf wartete, das Pferd entgegenzunehmen. „Wie war dein Reitunterricht, Mandy?"

„Ich glaube, ich habe alles über Pferde gelernt, was man wissen muß."

„Ach ja? Erzähl."

„Erstens, sie buckeln. Zweitens, sie beißen. Drittens, sie würden dich jederzeit ohne Zögern niedertrampeln. Viertens, sie treten nach dir, wenn du auf dem Boden liegst . . ."

„Ich habe Molly gesehen. Sie würde so etwas nicht tun."

„Molly ist ein Schatz", stimmte Mandy zu. „Der Unterricht lief sehr gut, sogar super, sagt Jake. Aber vielleicht wird er dafür bezahlt, daß er allen Greenhorns so etwas erzählt . . ."

„Was hast du heute gelernt?"

„Wie man aufsteigt, die Zügel hält, ein Pferd zum Loslaufen und zum Anhalten bringt."

Kristin lächelte. „Hattest du Schwierigkeiten, den Blinker zu finden?"

„Mein großes Problem war, die Hupe und die Notbremse zu finden. Nein, im Ernst, es war sehr schön. Jetzt könnte ich eine Abkühlung brauchen. Oder", sie fuhr sich mit der Hand über ihr Hinterteil, „ein Bad im Whirlpool."

„Ich glaube, hier gibt es irgendwo einen Whirlpool. Auf dieser Ranch scheint wirklich alles vorhanden zu sein."

„Bevor wir auf unser Zimmer gehen, mußt du dir noch etwas ansehen, Kris. Die ‚Rodeo-Ruhmeshalle' der Familie Kendrick. Eigentlich ist es eher die Ruhmeshalle von Dacian F. Kendrick. Da stehen die Trophäen, die sein Vater gewonnen hat. Und seine Brüder. Sogar seine Schwestern haben einige Pokale gewonnen.

Aber ganz offensichtlich ist Dacian das ganz große Rodeotalent in der Familie."

Kristin seufzte laut. „Dacian Kendrick! Höre ich heute nichts anderes?"

„Was ist los mit dir? Ich habe doch nur Konversation gemacht und von meinem Vormittag erzählt."

„Ich weiß, Mandy, und es tut mir leid, daß ich so empfindlich bin. Aber du bist nicht die einzige, die von Dacian Kendrick spricht. Einige der anderen Frauen haben auf dem Ritt unablässig von ihm geschwärmt, und die Ranchangestellten taten nichts anderes, als sein Lob zu singen. Die reinste Heldenverehrung! Er scheint von allen geradezu angebetet zu werden."

„Hmm. Vielleicht werden wir dich ja auch noch bekehren. Jetzt, wo du es sagst, fällt mir auf, daß auch die Jungs auf der Koppel der Meinung zu sein scheinen, er wäre eine Art Übermensch."

„Vielleicht werden sie dafür bezahlt, daß sie das sagen. Glaub' mir, Mandy, ich hätte einigen die Augen öffnen können, wenn ich erzählt hätte, wie er mich gestern abend behandelt hat."

„Er hat dich wohl wirklich tief verletzt, hm? Dabei war es doch eine Verwechslung!"

„Du wärst auch nicht gerade begeistert, wenn dir das passiert wäre, Mandy. Und ja, er hat meine Gefühle verletzt. Aber schlimmer noch, er hat mir schreckliche Angst gemacht. Ich . . . ich wurde schon einmal überfallen", erzählte Kristin. Sie merkte, wie sie sich Mandy öffnete, obwohl sie nicht sicher war, ob sie das überhaupt wollte. Doch bewußt ließ sie alle Vorsicht außer acht und fuhr fort: „Ich wurde von einem Mann überfallen und so schwer verletzt, daß ich mich mehreren Gesichtsoperationen unterziehen mußte."

„Wie schrecklich, Kris . . ." Mandy blickte sie mitfühlend an. „Ich hatte keine Ahnung. Kein Wunder, daß du gestern abend so außer dir warst. Ein solcher Angriff hinterläßt bestimmt seine Spuren auf der Seele."

„Mr. Kendricks Verhalten gestern abend hat viele unangenehme Erinnerungen und Gefühle aufgewühlt, mit denen ich mich lieber nicht beschäftigen möchte. Ich möchte sie einfach nur vergessen. Schließlich bin ich hergekommen, um meinen Spaß zu haben."

„Wir können die ‚Ruhmeshalle' auch auslassen."

„Nein, wir sind ja schon fast da. So kann ich wenigstens sagen, daß ich sie gesehen habe", meinte Kristin. „Auf die Circle K zu kommen und die Ruhmeshalle nicht zu sehen, wäre vermutlich ungefähr so, als würde man Paris besuchen, ohne sich den Eiffelturm anzusehen."

Die jungen Frauen schlenderten durch den Raum, und trotz allem war Kristin beeindruckt. Wenn sie vergessen konnte, wessen Karriere sie da bewunderte, empfand sie ein Gefühl von Ehrfurcht. Man konnte genau verfolgen, wie Dacian Kendrick sich im Laufe der Jahre vom kleinen grünen Rodeo-Teilnehmer zum Star der Professional Rodeo Cowboy Association entwickelt hatte. Er hatte beinahe jeden Preis gewonnen, der auf diesem Gebiet zu holen war.

Obwohl sie ihm vorgeworfen hatte, egoistisch zu sein, wirkte er auf den Bildern, die ihn zeigten, wie er Pokale, Gürtelschnallen und silberbesetzte Sattel entgegennahm, sehr bescheiden.

„Das ist ein Mann, was?" grinste Mandy.

„Eine beeindruckende Karriere", gab Kristin zu.

„Trotz seines Reichtums, Kris, ist er sehr sozial gegenüber der Arbeiterklasse", meinte Mandy. „Offensichtlich hält er eine ganze Armee von Schmelzern und Metallarbeitern damit beschäftigt, Pokale anzufertigen!"

Kristin lachte. „Und vermutlich hat er auch jemanden, der sie alle einmal die Woche abstaubt."

Mandy versetzte Kristin einen leichten Rippenstoß. „Ich würde mich jederzeit als seine persönliche Putzfrau zur Verfügung stellen."

In diesem Augenblick wurde die Glocke geläutet.

„Schon Zeit zum Mittagessen?" fragte Mandy und sah zum Himmel hinauf, um den Sonnenstand zu überprüfen.

„Wie die Zeit dahinfliegt, wenn man sich amüsiert."

„Komm, wir wollen uns beeilen und uns ein wenig frisch machen, dann schnell unser Essen hinunterschlingen und danach schwimmen gehen", schlug Mandy vor.

„Ich weiß nicht. So heiß, wie es heute ist, würde ich zwar gern, aber –"

„Aber was?" fragte Mandy nach, als Kristin nicht weitersprach.

„Vermutlich sind heute nachmittag viele Leute am Pool."

„Na klar, dafür ist der Pool doch da."

„Ich weiß, aber ich möchte mich nicht im Badeanzug zeigen."

„Ach, komm schon. Wir sind doch unter uns."

„ Ich . . . ich habe Narben."

„Tatsächlich? Ich habe auch eine große Narbe von einer Blinddarmoperation. Keiner ist vollkommen, Kris. Die Leute am Pool werden das vermutlich nicht einmal bemerken. Und wenn sie es bemerken, interessiert es sie bestimmt nicht besonders. Und wenn das doch der Fall ist, dann ist das *ihr* Problem. Wir müssen in der Lage sein zu akzeptieren, daß bestimmte Dinge eben passieren. Aber das Wichtigste ist doch, daß Gott dich so liebt, wie du bist – mit allen Narben, Warzen und Pickeln. Und das Wissen, daß Gott uns so annimmt, wie wir sind, kann uns helfen, unsere eigene menschliche Fehlerhaftigkeit und Unvollkommenheit zu akzeptieren. Mir jedenfalls geht das so. Wenn er mich ohne großes Trara so annimmt, wie ich bin, dann kann ich doch gar nicht so übel sein. Und vor allem habe ich kein Recht, etwas nicht zu mögen, was Gott offensichtlich gut findet. Und das bin in diesem Falle ich selbst."

Mandy hatte ohne Pause gesprochen, und Kristin wollte etwas darauf erwidern, doch ihre Kehle war so zugeschnürt, daß sie kein einziges Wort herausbrachte. Sie war überwältigt von dem, was Mandy sagte. Mandy war eine sehr junge Frau, doch als Christ war sie offenbar sehr gereift, außerdem war sie noch so herrlich humorvoll. Schließlich drehte sich Mandy zu ihr herum und schlug sich mit der Hand vor die Stirn.

„Schon wieder! Vielleicht humple ich besser zu dieser Bank hinüber, damit ich mich hinsetzen und den Fuß aus meinem Mund nehmen kann. Ehrlich, Kristin, ich wollte dich nicht anpredigen."

Kristin brachte ein schwaches Lächeln zustande. „Ich habe nur gerade über das nachgedacht, was du gesagt hast. Du bist nicht nur ein sehr witziges Mädchen, sondern auch eine sehr reife Christin."

„Ich versuche es . . . Ehrlich, Kristin, ich wollte deine Gefühle nicht verletzen oder etwas herunterspielen, das dir offensichtlich soviel Kummer bereitet. Ich habe nur akzeptiert, daß ich niemals vollkommen sein werde. Ich mußte lernen, mit dieser Tatsache zu leben. Und ich habe beschlossen, daß ich mich so mögen kann, wie Gott mich geschaffen hat, und hoffe, daß andere mich auch so mögen, wie ich bin. Wenn sie mich nicht mögen, dann ist das ihr Problem. Bei Mandy Gentry ist das, was du siehst, auch das, was du bekommst. Eine gerettete Sünderin, die ihr Bestes tut, aber manchmal eben auch versagt."

„Und was ich bekommen habe", meinte Kristin, „ist eine wirkliche Freundin. Ich weiß, daß du meine Gefühle nicht verletzen wolltest, Mandy. Vermutlich bin ich in bezug auf mein Aussehen zu empfindlich."

Mandy betrachtete sie. „Das stimmt wahrscheinlich", stimmte sie zu. „Die Narben in deiner Erinnerung sind bestimmt viel schlimmer als die auf deiner Haut."

„Genau das hat der Chirurg auch zu Tante Delilah gesagt", gestand Kristin ein. „Vielleicht erscheinen sie mir auch wegen meiner Vergangenheit so offensichtlich. Früher war ich einmal Fotomodell, weißt du. Und damals . . . ich mußte immer perfekt sein . . . wurde für die Kameras fehlerlos zurechtgemacht."

Einen Augenblick war Mandy Gentry sprachlos.

„Ich erinnere mich an dich! Kein Wunder, daß du mir so bekannt vorkamst, als wir uns bei der Gepäckausgabe begegnet sind!" Sie wurde ganz aufgeregt. „Oh Kristin, du warst mein Vorbild! Dein Gesicht, deine Figur . . . einfach super. Du warst mein Idol. Ich habe sogar ein Bild von dir im Bikini an die Tür von unserem Kühlschrank geheftet. In diesem Sommer habe ich zehn Pfund abgenommen."

„Aber bitte erzähl es hier niemandem", bat Kristin. „Es ist seltsam, ich habe mir zwar ein vollkommen neues Leben aufgebaut, und niemand erinnert sich an mich als das Mädchen, das ich früher einmal war. Aber auf einmal hat es den Anschein, als sei ich gezwungen, mich Dingen zu stellen, die ich lieber vergessen würde."

„Hm. Ich verspreche, daß ich nichts sagen werde", stimmte Mandy zu.

„Danke. Was hältst du davon, wenn wir uns jetzt etwas zu essen holen? Wenn ich nicht bald etwas in den Magen bekomme, falle ich noch vor Hunger um!" scherzte Kristin.

Lachend gesellten sich die beiden zu den anderen Gästen in den Speisesaal. Nach dem Essen zogen sie sich auf ihre Zimmer zurück, um ein wenig auszuruhen, bevor sie zum Schwimmen gehen wollten.

„Kommst du noch mit rein?" fragte Kristin ihre Begleiterin, während sie ihren Schlüssel aus der Tasche holte.

„Das könnte ich eigentlich machen", entschied Mandy. „Hey! Das Lämpchen an deinem Telefon leuchtet. Eine Nachricht."

„Was kann das sein?"

„Es gibt nur einen Weg, das herauszufinden."

Kristin nahm den Hörer auf und wurde mit dem Empfang verbunden. „Sie haben eine Nachricht für mich?" fragte sie.

„Einen Augenblick, bitte", forderte der Mann an der Rezeption sie auf. „Ich verbinde Sie."

„Miss Allen? Hier spricht Dacian Kendrick. Ich habe den ganzen Morgen versucht, Sie zu erreichen. Vielen Dank, daß Sie zurückrufen."

Dacian Kendrick?

Die Erwähnung seines Namens ließ ihren Puls schneller schlagen. „Oh. Ich . . . äh . . . gern geschehen." *Was will er nur von mir?*

„Ich würde Sie gern sehen, um mich für meinen gräßlichen Auftritt gestern abend zu entschuldigen."

„Das ist nicht nötig", erwiderte Kristin. Wie steif und förmlich ihre Stimme klang! Das gefiel ihr gar nicht. „Die Blumen sind angekommen. Ich habe Ihre Entschuldigung akzeptiert."

„Blumen können den Schaden nicht gutmachen, den ich angerichtet habe."

Nein, das können sie nicht! dachte Kristin. *Nichts kann das.*

„Gestern abend habe ich mich unglaublich aufgeführt", fuhr Dacian fort. „Ein solches Benehmen würde ich bei meinen Angestellten nicht dulden. Wenn sie einen Gast in einer solchen Weise belästigt hätten, würde ich sie sofort entlassen. Darum, Miss Allen, möchte ich mich persönlich bei Ihnen entschuldigen. Es würde mir danach besser gehen, und ich kann nur hoffen, daß ich das schlechte Beispiel, das ich meinen Leuten gegeben habe, wiedergutmachen kann . . ."

„Ich . . . es reicht doch vollkommen, wenn wir am Telefon miteinander sprechen", meinte Kristin. „Ich bin zufrieden damit."

„Unser Zusammenstoß hat sich in der Öffentlichkeit ereignet, und es scheint mir nur angemessen, daß eine freundschaftliche Entschuldigung auch öffentlich ausgesprochen werden sollte. Ich dachte daran, Sie zum Essen einzuladen, um meinen beleidigenden Angriff zu sühnen."

„Ich . . . ich weiß wirklich nicht", sagte Kristin.

Mandy saß neben ihr auf dem Bett und verrenkte sich beinahe den Hals, um mitzuhören, was er sagte.

„Heute abend um sieben?" schlug er vor, mit befehlsgewohnter Stimme, der man kaum zu widersprechen wagte. „Bitte!"

„Ich bin gerührt und weiß Ihre Einladung zu schätzen, aber –"

Kristin hatte das nicht erwartet. Sie hielt den Hörer nur lose in der Hand, und im Handumdrehen hatte Mandy ihn ihr entrissen und ihre linke Hand auf Kristins Mund gelegt, damit sie nicht protestieren konnte.

„Ich komme gern mit, Mr. Kendrick", säuselte Mandy in den Hörer, wobei sie Kristins Stimme erstaunlich gut nachahmte. „Ich werde um sieben Uhr auf Sie warten. Nett von Ihnen, mich einzuladen. Tschüß, bis dann!"

Schnell legte sie den Hörer auf, bevor Kristin reagieren und alles wieder zunichte machen konnte. Verwirrt und ungläubig starrte Kristin Mandy an.

„Was fällt dir ein?" zischte sie.

Mandy blickte sie zerknirscht an. „Ich . . . ich weiß es nicht. Irgend etwas ist über mich gekommen. Ich hätte selbst nicht gedacht, daß ich zu so einer Aktion fähig sein könnte. Kristin, es tut mir leid – aber andererseits auch wieder nicht, falls du mir folgen kannst. Es ist einfach über mich gekommen, und so, wie du dich verhalten hast, wußte ich, daß du seine Einladung ablehnen würdest. Und, nun, manchmal bin ich halt impulsiv. Ich kümmere mich auch nicht immer um meine eigenen Angelegenheiten."

„Mandy, du warst ganz einfach unverschämt! Und du hast meine Stimme genau nachgeahmt. Der Himmel weiß, was dieser Mann jetzt von mir denkt!"

„Ich klang wirklich wie du, nicht? Vielleicht habe ich ja Schauspieltalent und es nur noch nie bemerkt", überlegte Mandy.

„Versuch nicht, das Thema zu wechseln, Amanda Gentry!"

„Glaub mir, Kristin, wenn ich es schaffen könnte, auch so *auszusehen* wie du, würde ich heute abend gern deinen Platz einnehmen."

Bei diesem Gedanken stöhnte Kristin auf. „Ich kann es nicht. Ich werde nicht mit ihm essen gehen. Ich muß hier raus. Ruf ihn zurück, Mandy, und drücke ihm mein, unser Bedauern aus. Schnell! Sofort –"

Mandy lächelte Kristin an. „Zu meinen vielen Fehlern gehört auch, daß ich ein wenig starrköpfig bin. Die Antwort ist Nein, Kris. Wenn du wirklich deine Verabredung mit Dacian Kendrick heute abend absagen willst, mußt du das selbst tun."

„Wie nett von dir, obwohl du mich doch da hineinmanövriert hast!"

„Wenn du wirklich nicht mitgehen willst, da ist das Telefon."

Kristin starrte den Apparat an, rührte sich aber nicht.

Auf einmal stieß Mandy einen Jubelschrei aus und warf ein Kissen auf Kristin. „Du kannst mir nichts vormachen, Kristin Allen, du *willst* nämlich mitgehen."

„Ja, vermutlich schon", gab Kristin zu. „Aber . . . aber nur, um ein wenig mehr über den Mann zu erfahren, der meiner Schwester einen Heiratsantrag gemacht hat."

„Und du meinst wirklich, daß sie die betreffende Frau ist?"

„Ich bin davon überzeugt. Wenn ich mich irre, fresse ich meinen Hut." Sie warf ihren Hut auf die Kommode. „Und meine Stiefel dazu . . ." Sie zog sie aus und ließ sie auf den Boden fallen. „Und jetzt wollen wir schwimmen gehen."

„Schwimmen? Wirst du nicht den ganzen Nachmittag brauchen, um dich zurechtzumachen?"

„Mandy, du vergißt, mit wem du sprichst. Ich weiß, wie man Make-up innerhalb von zehn Minuten perfekt auflegt."

„Dann laß uns gehen!" rief Mandy. „Wir treffen uns in fünf Minuten. Aber wir können nicht lange bleiben, weil ich einen Mittagsschlaf halten muß."

„Einen Mittagsschlaf?" wiederholte Kristin verständnislos.

„Ja, natürlich. Ich muß doch heute abend lange aufbleiben, damit du mir von deinem Abend mit dem großen Boß der Circle-K-Ranch erzählen kannst."

4

„Wieviel Uhr ist es?“ fragte Kristin.

„Viertel vor sieben“, antwortete Mandy und stöhnte vor Aufregung. „Ich werde jetzt gleich in mein Zimmer gehen müssen. Das ist wie Weihnachten. Ich kann es kaum erwarten. Bist du denn gar nicht aufgeregt?“

Kristin dachte darüber nach. „Eher nervös.“

„Um dein Aussehen brauchst du dir auf jeden Fall keine Gedanken zu machen“, meinte Mandy. „Der Nachmittag hat Spaß gemacht, und die Mühe hat sich wirklich gelohnt. Heute abend werden sich alle nach dir umdrehen.“

Kristin betrachtete sich in dem großen Spiegel an der Schranktür. Ihr glänzendes schwarzes Haar hing ihr lose über die Schultern. Sie hatte sich sorgfältig geschminkt und sah lebenssprühend und sogar geheimnisvoll aus, wie Mandy fand.

Kristins Kleid aus hellorangem Crêpe saß wie für sie gemacht. Es hatte einen weitschwingenden Rock und ein enganliegendes Oberteil mit Spaghettiträgern. Dazu trug sie an einer zarten Goldkette einen herzförmigen Goldanhänger mit einem ansehnlichen Diamanten in der Mitte.

Das Kleid hatte Kristin ein Jahr zuvor gekauft, doch bisher hatte sie es noch nie getragen. Als sie es am Nachmittag anprobiert hatte, um Mandys Reaktion auszutesten, war diese beinahe in Ohnmacht gefallen.

Kristin hatte sich im Spiegel betrachtet. „Ich kann es nicht tragen . . .“

„Warum nicht?“

„Weil . . . ach, ich weiß nicht. Man sieht eine Narbe . . .“

Mandy hatte die Lippen zusammengekniffen, ein wenig Abdeckcreme genommen und auf die winzige Narbe auf Kristins Schulter getupft. Sie verschwand, als hätte es sie nie gegeben.

„Trag es!" befahl Mandy in einem Tonfall, der keinen Widerspruch duldete.

Und nun, eine Stunde später, machte Mandy die Zeitansage. „Zehn vor sieben", verkündete sie.

Kristin schauderte zusammen und bekam eine Gänsehaut. Mandy bemerkte es, mißverstand es aber.

„Es könnte heute abend kühl werden, Kristin. Ich habe genau das Richtige für dich. Ein weißer Spitzenschal. Du kannst ihn dir um die Schultern legen. Das wird toll aussehen."

Mandy rannte in ihr Zimmer und kam einen Augenblick später mit dem Schal zurück. Sie legte ihn Kristin um die Schultern.

„Du bist lieb", sagte Kristin.

„Ich muß jetzt gehen", erwiderte Mandy und umarmte Kristin impulsiv. „Er wird jeden Augenblick hier sein. Also vergiß, was gestern abend geschehen ist, und laß dies als Neuanfang gelten. Übrigens, falls es spät werden sollte, tu dir keinen Zwang an. Du brauchst nicht um elf Uhr zu Hause zu sein, um mir alles zu erzählen." Mandy zuckte gutmütig die Schultern. „Ich werde heute abend mit Billy Joe ausgehen. Und es gibt immer ein Morgen . . ."

Dacian kam pünktlich um sieben Uhr. Als Kristin seine weiße Corvette vor ihrem Quartier vorfahren sah, schwankte sie zwischen Aufregung und Entsetzen, zwischen Freude auf den Abend und dem beinahe unwiderstehlichen Drang, sein Klopfen zu ignorieren und sich zu verstecken.

Doch sie wußte, daß Mandy Gentry sie niemals damit davonkommen lassen würde. Kristin lachte leise, als sie sich vorstellte, wie Mandy nebenan durch das Fenster ihres dunklen Zimmers spähte, um sie zu beobachten.

Als Kristin auf Dacians Klopfen hin die Tür öffnete, durchströmten sie die unterschiedlichsten Empfindungen. Ihr Pulsschlag beschleunigte sich, und vermutlich würde Dacian das heftige Pulsieren der Ader an ihrem Hals bemerken. Sie war von seinem Anblick zugegebenermaßen überwältigt.

Er trug einen beigefarbenen Leinenanzug, der seine Sommerbräune hervorhob. Sein Aftershave war sehr intensiv, und ihr wurde beinahe schwindelig, als sie es tief einatmete. Und seine blauen Augen, die am Abend zuvor wie Blitze gezuckt hatten, waren nun so ruhig und offen wie ein wolkenloser Himmel.

„Dacian Kendrick“, sagte er, da Kristin kein Wort herausbrachte. Er streckte ihr die Hand hin. „Sie sind Kristin Allen?“

„Ja.“

Er verbeugte sich höflich vor ihr. „Ich freue mich, Sie kennenzulernen. Willkommen auf der Circle-K-Ranch.“

Kristin lächelte ihn nervös an. „Vielen Dank. Das klingt, als würden wir uns zum ersten Mal begegnen“, platzte sie heraus, um das peinliche Schweigen zu durchbrechen.

Dacian lachte. „Es tut mir leid. Ich habe nur versucht, noch einmal ganz von vorn zu beginnen, Kristin, so wie ich Sie gestern hätte begrüßen sollen.“

„Oh.“

Er hielt inne, zögerte. „Können wir noch einmal von vorne anfangen? Bitte. Ich weiß nicht, was gestern abend über mich gekommen ist. Das hat mich den ganzen Tag beschäftigt . . .“

Seine Unsicherheit rührte Kristin. „Ich glaube, das ist der beste Vorschlag, der mir an diesem Tag gemacht wurde. Mr. Kendrick, ich freue mich sehr, Ihre Bekanntschaft zu machen, und ich bin sicher, daß ich meinen Aufenthalt hier sehr genießen werde.“

„Das klingt jetzt beinahe wie einem Reiseprospekt entnommen“, neckte er sie. „Da Sie bereits wissen, was die Circle K zu bieten hat, wollen wir lieber nach Rapid City fahren, ja?“

Kristins Herz pochte aufgeregt, als er ihr in seinen Wagen half, und während er zur Fahrerseite hinüberging, winkte sie Mandy verstohlen zu.

Ihr war klar, egal wo sie hinfuhren oder was sie tun würden – dieser Abend würde in jedem Fall ein denkwürdiges Ereignis werden.

Als Kristins Eltern noch lebten, hielt man sie für zu jung, um mit Jungen auszugehen. Dann, in Tante Dees Obhut, war sie zu schüchtern. Und schließlich hielten die Jungen sie für unnahbar. In der High School hatte sie ein paarmal auf Feten mit Jungs herumgeknutscht, und sie war mit ein paar anderen auf die Rollschuhbahn gegangen. Doch solche Abenteuer waren später für sie verboten. Sie konnte es sich nicht leisten, blaue Flecken zu bekommen. Und so kam es, daß sie nie eine richtige Verabredung gehabt hatte.

Bis zu diesem Abend . . .

Dacian Kendrick hatte sie eingeladen, weil er sein Verhalten ihr gegenüber wiedergutmachen wollte. Aber Kristin hatte sich vorgenommen, ihre erste Verabredung so zu genießen, als hätte er sie eingeladen, weil er sie für die schönste und faszinierendste Frau der Welt hielt.

Und das versuchte sie auf der Fahrt nach Rapid City zu sein. Sie hörte ihm zu, bewunderte seine melodische Stimme, als er ihr erzählte, wie die nahegelegenen „Badlands" entstanden waren, die als die interessanteste und zerklüftetste Landschaft der Welt galten. Er erklärte ihr, vor welchen Schwierigkeiten seine Vorfahren gestanden hatten, als sie die Ebenen Süd-Dakotas durchquerten, um nach Westen zu gelangen; wie sie vor den scheinbar unüberwindlichen Badlands gestanden hatten und verzweifelt gewesen waren, sich dann aber doch ein gutes Leben aufgebaut hatten.

In dem eleganten Restaurant wurden sie zu ihrem Tisch geführt, den Dacian vorbestellt hatte. Der Abend war ebenso perfekt, wie der Zusammenstoß vom vergangenen Abend häßlich gewesen war.

Beim Kaffee plauderten sie munter miteinander. Dacian betrachtete Kristin im Kerzenschein. Sie erzählte ihm von ihrer Arbeit, doch alles, was er mit Janice in Verbindung bringen konnte, behielt sie für sich.

Als er sie nach ihrer Familie fragte, antwortete sie nur, ihre unmittelbare Familie sei sehr klein, und dann vertauschte sie die Rollen, indem sie ihn nach seiner Familie fragte. Er unterhielt sie mit fröhlichen Geschichten über den weit verzweigten Kendrick-Clan.

Kristin freute sich, als sie merkte, daß Dacian ihre Gesellschaft aufrichtig genoß, und dieses Wissen steigerte auch ihr eigenes Vergnügen. Im Laufe des Abends sah er sie mehrmals über den Tisch hinweg sehr eindringlich an, und sie versuchte, den unerklärlichen Ausdruck in seinen Augen zu deuten. Belustigung? Bewunderung? Zuneigung? Einen Hauch von Verlegenheit? Schließlich starrte er sie so unverhohlen an, daß sie rot wurde.

„Einen Dollar für Ihre Gedanken, Dacian."

„Ich dachte gerade, daß ich mir nicht erklären kann, warum ich mich gestern abend so zum Narren gemacht habe. Es war nicht nur ein dummer Irrtum, ich muß vor Aufregung blind gewesen sein, daß ich nicht sofort gemerkt habe, daß Sie nicht die sind, für die ich Sie gehalten habe."

„Oh", sagte Kristin und nahm einen Schluck Kaffee. Sie spielte mit ihrem Keks und wünschte, sie hätte das Gespräch nicht gerade auf das Thema gebracht, das sie eigentlich hatte meiden wollen.

„Auf den ersten Blick sahen Sie dieser Frau zum Verwechseln ähnlich", fuhr er fort, „doch bei näherem Hinsehen endet da die Ähnlichkeit auch schon. Sie besaß eine harte Schönheit. Und sie war auch etwas älter. Sie sehen so . . . so frisch aus, verletzlich . . . rein. Wenn ich Sie gestern abend ein wenig eingehender betrachtet hätte, hätte ich den Unterschied bemerkt."

„Sie waren wütend." Kristin tat den Zwischenfall ab.

„Das ist die Untertreibung des Jahres, Kristin! Doch als ich dachte, Sie hätten die Frechheit, nach allem, was vorgefallen war, noch einmal zur Circle K zurückzukehren, war ich so wütend, daß ich nicht mehr klar denken konnte."

„Das war nicht ich. Es war sie!" verteidigte sich Kristin vor Dacian.

„Verzeihen Sie", sagte er. „Ich weiß. Es ist nur so seltsam, daß ich Ihnen hier gegenübersitze, als wären Sie eine jüngere, hübschere und liebenswertere Ausgabe von ihr. Ich nehme an, ich habe immer noch Schwierigkeiten, das zu begreifen. Sonst hätte ich sofort gemerkt, daß Sie nicht sie sind. Aber ich habe nicht auf das gehört, was Sie gesagt haben oder wie Sie es gesagt haben. Sie sprach sehr affektiert, wie das wohl in der High-Society Mode ist."

„Ich weiß", sagte Kristin resigniert. Als sie nach New York in die Obhut von Tante Dee gekommen waren, hatte sich Janice als erstes diesen affektierten Tonfall zugelegt. Plötzlich wurde Kristin klar, was sie gesagt hatte. „Ich . . . ich meine, ich kenne solche Leute. Sie sind sehr oft Heuchler", stellte sie schnell klar.

Dacian betrachtete sie lange. Er schien etwas sagen zu wollen, doch dann entschied er sich dagegen. „Gestern abend war ich schrecklich taktlos, und da sitze ich heute abend und bin schon wieder taktlos, weil ich mit Ihnen über diese Frau spreche. Es tut mir leid. Aber Sie sehen ihr wirklich so ähnlich wie eine jüngere Schwester, sonst wäre mir das nicht passiert."

Das anschließende Schweigen wurde peinlich, und Kristin überlegte krampfhaft, was sie sagen konnte, um nicht das aussprechen zu müssen, was ihr auf der Zunge lag: daß diese andere Frau wie Kristins ältere Schwester aussah, weil sie es tatsächlich war!

„Solche Ähnlichkeiten gibt es", erwiderte Kristin schließlich. „Es tut mir leid, daß sie Sie so verletzt hat."

„Das ist jetzt vorbei", sagte Dacian. „Und ich habe eine Menge über mich selbst gelernt . . . und über den Umgang mit Frauen. Vor allem mit unaufrichtigen, berechnenden Frauen."

Dacian wurde sehr schweigsam, und sie wußte, daß er über das Vorgefallene nachdachte, über das, was hätte sein können und was war. Ganz offensichtlich hatte er zum ersten Mal sein Innerstes geöffnet und sich verletzlich gemacht; er hatte seine Liebe an eine herzlose Frau verschwendet, die kein Mitgefühl kannte. Der entschlossene Zug um seine Lippen warnte die Frauenwelt, daß er nicht noch einmal so mit sich spielen lassen würde.

„Es ist spät. Wir sollten fahren", sagte Dacian und half Kristin beim Aufstehen. Er beglich die Rechnung und brachte sie zu seinem Wagen.

Es war eine herrliche Nacht. Der Himmel sah aus wie dunkler, mit Diamanten besetzter Samt, der perfekte Hintergrund für den vollen, silbernen Mond. Impulsiv ergriff Dacian Kristins Hand, und sie schlenderten händeschwingend den Weg entlang. Auf einmal begann Kristin zu lachen.

„Was ist denn so amüsant?"

„Ich bin schon lange nicht mehr so Hand in Hand mit jemandem herumgelaufen", sagte sie und drückte seine Hand und hob sie hoch, um ihm klarzumachen, was sie meinte, „ich glaube, schon seit dem Kindergarten nicht mehr, was schon ein Jahrhundert her zu sein scheint."

„Als Kinder haben wir gar nicht gern gemacht, was wir als Erwachsene gern tun", grinste er.

„So habe ich das noch gar nicht gesehen", meinte Kristin. „Ich hatte immer irgendeinen kleinen Jungen mit dicken Patschhänden an der Hand."

Dacian blieb stehen und betrachtete ihr Gesicht. „Und ist einer dieser kleinen Jungen mit den dicken Patschhänden zu einem stattlichen jungen Mann herangewachsen, der Sie gern heiraten möchte?" fragte er, als sei es ihm auf einmal schrecklich wichtig, das zu erfahren.

„Ich fürchte nicht."

„Dann gibt es keinen Mann in Ihrem Leben?" fragte er vorsichtig. „In Illinois wartet niemand auf Sie?"

Die Frage, die zu beantworten ihr bei einem anderen vielleicht peinlich gewesen wäre, beantwortete sie Dacian Kendrick nur zu gern. „Nein . . . es gibt niemanden."

Er hauchte ihr einen Kuß auf die Wange, dann schlenderte er grinsend weiter, so als freue er sich, diese Antwort bekommen zu haben. „Ich bin froh", sagte er. „Sehr, sehr froh. Sie sind noch so jung; vermutlich verstehen Sie mich nicht. Ich mußte sehr viel Verantwortung übernehmen, als ich fast noch ein Kind war; und mir oft die einfachsten Dinge versagen, die andere für –" Abrupt brach er ab.

„Als Ihr Vater starb", sagte Kristin. Sie erinnerte sich daran, daß er am Abend zuvor davon gesprochen hatte.

„Ja. Mit sechzehn Jahren mußte ich die Tatsache akzeptieren, daß ich als ältester Sohn die Familie zusammenhalten und arbeiten mußte, damit wir finanziell über die Runden kamen. Und später mußte ich mir immer vor Augen halten, daß nicht nur das Schicksal der Kendrick-Familie in meinen Händen lag, sondern auch das unserer Angestellten, die mir vertrauten, sich hilfesuchend an mich wendeten. Das sind Dinge, die jemand, der so jung ist wie Sie, vermutlich nicht erlebt hat, wenn Sie Glück hatten und das Leben freundlich zu Ihnen gewesen ist."

„Glauben Sie mir, ich habe auch schon Schweres erlebt", meinte Kristin. „Ich bin dreiundzwanzig. Soviel älter sind Sie auch nicht, Dacian."

„Dreißig", gab er zurück. „Und das ist alt genug, daß ich den Wunsch habe –" Dacian hielt inne, schüttelte offensichtlich verwirrt den Kopf, seufzte und schwieg.

„Was für einen Wunsch?" fragte Kristin nach, als er die Corvette aufschloß.

„Nichts", wich er aus. „Es ist nicht wichtig."

„So wie Sie geseufzt haben, glaube ich, daß das, was Sie fühlen oder träumen, Ihnen sehr wichtig ist."

„Vielleicht", gestand er ein und drückte ihre Hand, und plötzlich beugte er sich vor und gab ihr einen zärtlichen Kuß auf die Wange. „Und vielleicht werde ich Ihnen einmal davon erzählen . . ."

Ohne daß er etwas gesagt hatte, spürte sie, daß er eine Frau finden, eine Familie gründen und aufhören wollte, allen Leuten alles zu sein, damit er mit der Frau zusammensein konnte, die er liebte, und mit den Kindern, die sie ihm schenken würde, auf dem Land, das ihm soviel bedeutete.

All das, von dem sie in leicht veränderter Form in ihren langen, einsamen Nächten auch geträumt hatte, von dem sie aber befürchtete, daß sie es nie haben würde.

Kristins Herz zog sich schmerzhaft zusammen. Was für eine Närrin war ihre Schwester doch gewesen, daß sie einen solchen Mann abgewiesen hatte . . . und ihm dabei so weh getan hatte, daß dies jetzt sein Verhältnis zu anderen Frauen prägte. Aber wie glücklich konnte Dacian sich schätzen, daß er Janice entkommen war, daß er ihren Betrug rechtzeitig bemerkt hatte!

Und wie würde er Kristin hassen, wenn er erfuhr, wer sie wirklich war . . .

„Sie haben heute abend von einer Haushälterin gesprochen", bemerkte Kristin. „Und ich hatte das Gefühl, daß Sie keine der Angestellten der Circle K meinten. Leben Sie nicht auf der Ranch?"

„Nein, eigentlich nicht. Ich habe ein Zimmer dort, wenn ich bleiben möchte, aber irgendwie muß ich nach Feierabend die Circle K verlassen, um dem allen zu entfliehen." Er blickte sie eindringlich an, dann legte er seine Hand über ihre. „Aber irgend etwas sagt mir, daß ich in der Zeit Ihres Aufenthaltes rund um die Uhr dort bleiben werde. Ich habe ein Haus in der Nähe des Familiensitzes." Er hielt inne. „Vielleicht nehme ich Sie einmal dorthin mit."

„Das würde mir gefallen", murmelte Kristin.

Dacian antwortete nicht, und als auch sie schwieg, schien ihm das nicht aufzufallen. Vielleicht dachte er genau wie sie an die andere Frau, Kristins Ebenbild, die vermutlich mit ihm dorthin geritten war, als er noch glaubte, sie würde seine Träume mit ihm teilen wollen. Hatte es auch noch andere gegeben? War er ein Frauenheld? Janice hatte angedeutet, alle Cowboys auf Ferienranches würden dazu neigen. War Dacian nur so aufmerksam, weil es zu seiner Geschäftstaktik gehörte, eine Frau zu umwerben, solange sie sich auf seiner Ranch aufhielt? Damit sie dann später für seine Ranch Werbung machte und ihn weiterempfahl?

Kristin wurde auf einmal klar, daß sie es gar nicht wissen wollte. Janice hatte sie vor einer Liebesgeschichte gewarnt. Und Mandy hatte gesagt, daß auch Kreuzfahrtromanzen nicht von langer Dauer seien.

War sie eine Närrin zu glauben, sie hätte eine Zukunft mit diesem bemerkenswerten Mann, obwohl sie wußte, daß die Vergangenheit darauf lauerte, die Gegenwart zu zerstören und dafür zu sorgen, daß es keine Zukunft gab?

Sie wußte, daß alle Frauen auf der Circle K den großen Boß mit Interesse betrachteten. Ganz bestimmt war er nicht immun gegen ihre Reize.

Kristin fühlte sich unsicher und fragte sich nach Dacians Motiven. War es nur ein kluger Schachzug von ihm, daß er sie nach seinem üblen Verhalten vom Vorabend zum Essen ausgeführt hatte? Oder hatte er das nur als Vorwand genommen, sie einladen zu können? Damit er sie umwerben konnte, als Ersatz für die Frau, die er verachtete . . . aber vielleicht immer noch begehrte?

Sie würde lieber nie wissen wollen, wie es war, eine solche Sehnsucht nach einem Mann zu empfinden . . . als erfahren zu müssen, daß er sie nur benutzte.

Kristin war verwirrter denn je, als Dacian vor ihrem Wohnhaus stehen blieb.

„Sie sind so still", bemerkte er.

„Ich habe nachgedacht."

„Worüber?"

Kristin lachte leise. „Das müssen Sie schon allein herausfinden."

„Aha, dann werde ich es versuchen", erwiderte er. „Es passiert nichts auf der Circle-K-Ranch, von dem ich nicht irgendwann erfahre."

Obwohl das scherzhaft gemeint war, ging Kristin die Warnung durch und durch. Sie bekam Angst angesichts des Geheimnisses, das sie vor ihm verbarg.

„Es ist spät. Zeit für mich, hineinzugehen", flüsterte sie. Plötzlich konnte sie seine unwiderstehliche Gegenwart kaum noch ertragen.

„Ich bringe Sie noch zur Tür." Sie gingen zum Haus hinüber. „Kristin, vielen Dank", sagte Dacian vor der Tür feierlich. „Der Abend war sehr schön."

„Mir hat er auch sehr gefallen", erwiderte sie.

„Wir sollten das bald wiederholen."

Bei diesen Worten tat ihr Herz einen Sprung, doch dann erinnerte sie sich daran, daß es vermutlich nur eine Floskel war, die nichts zu bedeuten hatte. „Ich . . . ich würde mich freuen."

„Dann fangen wir doch gleich morgen damit an, wenn Sie einverstanden sind? Bei der Heuwagenfahrt?"

Sie fühlte sich plötzlich beschwingt. Alle ihre Bedenken waren unsinnig gewesen! „Das klingt gut", meinte Kristin. Sie konnte kaum glauben, was passierte. Dann fiel ihr ein, daß sie dabei gesehen werden konnten. „Aber ist das denn eine kluge Geschäftstaktik?" neckte sie ihn.

„Geschäftstaktik?" wiederholte er und runzelte die Stirn. „Wovon sprechen Sie?"

„Ich glaube, daß mindestens die Hälfte der Frauen auf der Circle K ein Auge auf Sie geworfen hat", erklärte Kristin. „Wäre es nicht sinnvoller, mit jeder von ihnen einmal auszugehen? Um Ihre Gäste glücklich und zufrieden zu erhalten?"

Dacian lachte. „In Geldangelegenheiten ja, in Herzensangelegenheiten nein. Ich habe bereits soviel in das Familienunternehmen investiert, Kristin. Es ist Zeit, daß ich mich jetzt einmal darum kümmere, eines Tages . . . meine eigene Familie zu haben."

Als er ihr tief in die Augen sah, bekam Kristin weiche Knie. Sie hatte das Gefühl, als würde sie unter der Last des Wissens zusammenbrechen, daß Dacian Kendrick sie für die Frau halten könnte, auf die er gewartet hatte.

Das konnte nicht sein. Sie würde es nicht zulassen. Sie konnte es nicht zulassen. Denn sie würde es nicht ertragen können, wenn er sie eines Tages vielleicht mit dem abgrundtiefen Haß ansehen würde, der noch am Abend zuvor in seinen Augen gefunkelt hatte.

Diese Erkenntnis nahm ihr die Luft zum Atmen. Sie war nicht sicher, ob ihr schwindelig geworden war und sie geschwankt hatte oder ob Dacian sie in die Arme gezogen hatte. Aber auf einmal hielt er sie fest und küßte ihr Haar, ihre Stirn, ihre Wangen und schließlich ihren Mund mit einer Eindringlichkeit, die sie niemals vergessen würde.

Es war, als wolle er ihr sein Brandzeichen aufdrücken, während er gleichzeitig die Erinnerungen an die Frau auszulöschen versuchte, die er einmal begehrt hatte.

„Geh jetzt besser rein", sagte er schließlich mit belegter Stimme. „Bevor ich dich bitte zu bleiben."

„Gute Nacht, Dacian", flüsterte Kristin.

„Schlaf gut", erwiderte er.

Und dann war er fort.

Kristin schloß ihre Zimmertür auf. Sie ging hinein und machte die Tür hinter sich zu. Kraftlos ließ sie sich dagegen sinken. Sie fühlte sich immer noch schwach und atemlos, doch diesmal nicht von ihrer nervösen Anspannung, sondern von der Wirkung, die Dacians Kuß auf sie gehabt hatte.

Sie rechnete beinahe damit, daß Mandy jeden Moment an ihre Zimmertür klopfen und aufgeregt rufen würde: „Dacian hat dich geküßt! Ich habe es gesehen! Der bestaussehende Mann in ganz Süd-Dakota hat dich geküßt!"

Doch als Mandy nicht auftauchte, wurde Kristin klar, daß ihre neue Freundin entweder eingeschlafen oder mit Billy Joe zusammen war.

Kristin dachte an die Frau, die Dacian Kendrick so verletzt hatte. Sie sah auf die Uhr und fragte sich, ob es wohl zu spät war, Janice noch anzurufen. Doch dann fiel ihr ein, daß Janice einen ganz anderen Lebensrhythmus hatte als sie: früher als reiche Frau, deren einzige Beschäftigung war, einkaufen zu gehen, bis sie müde war, dann als reiche Geschiedene, die bis mittags schlafen und bis in die frühen Morgenstunden Partys feiern konnte, auf denen sie dann Ausschau hielt nach dem Ehemann Numero 2. Vermutlich hatte sich ihre große Schwester noch nicht ins Bett gelegt.

Obwohl sie einerseits nicht den Wunsch verspürte, mit Janice zu sprechen und sich den wunderschönen Abend durch ihre übliche Herablassung, Kritik oder ihren Zynismus verderben zu lassen, wußte sie doch auf der anderen Seite, daß sie Gewißheit haben mußte.

„Es wäre der Himmel zu erfahren, daß sie von einem Dacian Kendrick noch nie etwas gehört hat", flüsterte Kristin vor sich hin. Sie griff nach dem Telefon, um ihre Schwester anzurufen.

Erst beim dritten Läuten nahm Janice den Hörer ab, und als sie sich meldete, sagte sich Kristin, daß Dacian seinen Irrtum tatsächlich sofort hätte bemerken müssen, spätestens, als sie den Mund öffnete.

„Hallo, Janice. Hier spricht Kristin."

„Liebes, ich habe deine Nachricht bekommen –"

„Ich dachte, vielleicht hätte ich heute abend mehr Glück und würde dich erreichen."

„Bin gerade erst nach Hause gekommen. Du weißt ja, wie das in New York ist: man ist immer beschäftigt. Und wie steht's im Wilden Westen?"

„Ich genieße meinen Aufenthalt", erwiderte Kristin.

„Mit den verschwitzten Pferden, den Stechmücken, der glühendheißen Sonne –"

„Das ist mir kaum aufgefallen bei all den romantischen Männern", unterbrach sie Kristin.

„Benimmst du dich denn auch gut?" fragte Janice und lachte herablassend.

„Vermutlich besser als du", gab Kristin schlagfertig zurück.

„Ins Schwarze getroffen!" Janice ging auf ihren neckenden Tonfall ein. „Dann ist dir also ein gutaussehender Cowboy über den Weg gelaufen, ja?"

„Hmm, sozusagen. Obwohl ich erst gestern angekommen bin, bin ich heute abend bereits mit einem sehr gutausehenden Cowboy ausgegangen, der eine brandneue Corvette fährt."

Janice pfiff durch die Zähne. „Er ist also reich?"

„Sehr."

„Gutaussehend?"

„Außergewöhnlich."

„Intelligent?"

„Jahrgangsbester."

„Ehrgeizig?"

„Er führt das Familienunternehmen."

„Kristin, Liebes, bist du also endlich zur Vernunft gekommen? Tante Dee wird sich so freuen zu hören, daß du dich endlich mit einem Mann abgibst, der dir etwas zu bieten hat."

„Er scheint sehr nett zu sein. Ein wenig impulsiv. Und er kann sehr wütend werden. Aber ich mag ihn."

„Und hat dieser Mister Perfekt auch einen Namen?" fragte Janice. „Damit wir ihn auch richtig benennen können? Dee wird das bestimmt wissen wollen."

„Einen sehr ungewöhnlichen Namen", sagte Kristin gähnend. „Dacian." Sie sagte das so beiläufig, damit Janice dies zur Kenntnis nehmen und ihre nächste Frage stellen konnte. Aber bei Janices Reaktion sanken ihre Hoffnungen, und sie wußte, daß sie keine Gnadenfrist bekommen würde.

„Dacian? Dacian Kendrick?" rief Janice. „Oh Kristin! Wie konntest du bloß so dumm sein, dich mit *ihm* einzulassen?"

Kristin tat unschuldig. „Ganz einfach. Wir haben uns kennengelernt. Er hat mich eingeladen, und ich habe die Einladung angenommen. Und wir haben gerade einen wundervollen Abend miteinander verbracht."

Janice fluchte verhalten. „Oh Kristin –"

„Janice, was ist denn los? Du scheinst so aufgebracht. Kennst du ihn etwa?"

„Er ist es", erklärte Janice. „Der Cowboy, der mich heiraten wollte. Den ich dann abgewiesen habe. Ich hätte dich vor ihm warnen sollen, aber ich habe nicht gedacht, daß du ausgerechnet auf dieselbe Ferienranch fährst, auf der Sissy und ich gewesen sind. Der Mann entpuppte sich als Ungeheuer, als ich mit ihm Schluß gemacht habe. Er hat ein so romantisches Bild von unserer gemeinsamen Zukunft gezeichnet, und zuerst habe ich auch mitgespielt. Doch dann wurde mir klar, daß es einen leichteren Weg gibt, einen Platz in der Gesellschaft zu bekommen und den Zugriff auf das Bankkonto eines Mannes, auch ohne das alles auf mich nehmen zu müssen, was Dacian sich vorgestellt hat. Er wollte die ganze große Heirats-Streß-Kiste mit Kindern und glücklicher Familie und Picknicks im Grünen und alledem –"

Kristin verspürte den Wunsch, ihre Ohren vor den häßlichen Details zu verschließen, die ihre Schwester ihr nun brühwarm erzählte. Sie schloß die Augen, lehnte ihre Stirn gegen die kühle Mauer. Nur zu gut verstand sie nun, warum Dacian ihre Schwester so verachtete.

Er hatte Janice seine Liebe, sein Leben angeboten. Doch sie hatte ihm das Herz aus der Brust gerissen und seine geheimsten Träume in den Schmutz getreten.

„Nimm dich besser vor ihm in acht", warnte Janice grimmig. „Du hattest recht, als du sagtest, er sei intelligent. Er ist sehr klug und schmiedet Pläne auf lange Sicht. Vielleicht weiß er sogar, wer du bist . . . und er umwirbt dich, um sich an mir zu rächen. Glaub' mir, Krissie, wenn es um diese verflixte Ranch geht, bleibt ihm nichts verborgen. Er weiß sogar, wenn ein Grashalm auf irgendeiner Koppel umgeknickt wird. Und er ist genau diese Art von Heuchler, die das auch noch amüsant findet. Doch wenn Dacian tatsächlich vorhat, mich mit dir eifersüchtig zu machen, dann kennt er mich nicht. Sonst müßte er wissen, daß ein solches kindisches Benehmen mich nicht im mindesten interessiert." Sie schnaubte verächtlich. „Soll er doch seine kindischen Spiele treiben. Mit so etwas wird er mich nie zurückgewinnen."

Kristin fiel auf, daß Janice nur von sich selbst sprach, und es schien ihr egal zu sein, ob sie Kristin mit ihren Worten verletzte.

„Dacian war so verknallt in mich, und ich wußte, daß er nicht so schnell über mich hinwegkommen würde. Er ist ein sehr . . . leidenschaftlicher Mann. Äußerst impulsiv. Und er hat ein so seltsames Loyalitätsgefühl und Vorstellungen, die er ‚christliche Ethik' nennt. Ich wette, daß er mir immer noch nachtrauert! Und wenn das tatsächlich so ist, dann bist du in noch viel größeren Schwierigkeiten, als wenn er sich nur vorgenommen hätte, sich an mir zu rächen, Krissie, denn kein Mädchen sieht es gern, Ersatz zu sein. Sich mit der abgelegten Liebschaft der großen Schwester zu begnügen kann kein Spaß sein."

Kristin war den Tränen nahe. „Aber . . . aber ich mag ihn", protestierte sie leise, obwohl sie sich dafür haßte, daß sie einer Frau gegenüber so etwas eingestand, die offensichtlich keine Beziehung eingehen konnte, ohne sie vorher in Dollar und Cent abzuwiegen. Man konnte einem menschlichen Herzen doch kein Preisschild ankleben!

„Natürlich magst du ihn, Liebes, weil Dacian sehr gut in allem ist, was er macht. Er kann jeder Frau zwischen acht und achtzig Jahren das Gefühl geben, die einzige auf der Welt zu sein. Er gabelt hübsche Mädchen auf, so wie ich Schokolade esse, wenn ich deprimiert bin . . . Glaub mir, Liebes, du bist nichts für ihn. Wenn du diese Sache fortsetzt, Krissie, wirst du deine Dummheit noch bereuen. Es tut mir wirklich weh, deine Träume zu zerstören, indem ich dir diesen Rat gebe. Aber dazu sind große Schwestern ja da."

„Hast du etwas von Tante Delilah gehört?" Ganz bewußt wechselte Kristin das Thema.

„Das habe ich tatsächlich. Sie und Onkel Benchley werden in einer Woche von England herüberfliegen. Sie hat mir gesagt, ich soll dich grüßen. Und wir werden uns melden, wenn sie da sind, damit du ein wenig mit ihr plaudern kannst."

„Schön."

„Ich werde Tante Dee nicht erzählen, daß du dich mit Dacian eingelassen hast, Kristin, und ich würde dir raten, daß du es auch nicht tust. Sie würde sich solche Sorgen machen. Sie weiß ja, was ich letztes Jahr wegen ihm durchgemacht habe."

„Es ist schon spät, und ich muß jetzt wirklich schlafen gehen." Kristin wollte das Gespräch beenden.

„War schön, mit dir zu plaudern, Krissie. Ruf mal wieder an. Und denk an das, was ich dir gesagt habe: Dacian interessiert sich nicht für dich als Frau, sondern nur als meine Schwester. Du solltest ihm wirklich mißtrauen. Bestimmt will er sich rächen. Oder versuchen, meine kleine Schwester aufzureißen, damit er mit dem Ebenbild seiner ehemaligen Flamme zusammensein kann."

Kristin legte auf, ohne sich auch nur zu verabschieden, doch Janice bemerkte das gar nicht. Sie atmete tief durch und versuchte die Tränen zurückzuhalten, doch sie schaffte es nicht. Schluchzend warf sie sich auf ihr Bett. Sie vergrub den Kopf in ihrem Kissen, weil ihr klar wurde, daß ihre große Schwester in bezug auf Dacian Kendrick vielleicht recht hatte. Vielleicht waren sie beide tatsächlich vom selben Schlag.

Kristin kannte Dacian kaum vierundzwanzig Stunden. Janice kannte ihn sehr viel länger. Immerhin hatte er ihr einen Heiratsantrag gemacht.

Spielte Dacian mit ihr?

Kristin dachte an den vergangenen Abend. Er hatte gesagt, Kristin würde dieser anderen Frau so ähnlich sehen, als sei sie ihre jüngere Schwester. Wußte er Bescheid? Wollte er Kristin auf die Probe stellen, um zu sehen, ob sie die Wahrheit sagte? Wollte er sehen, ob sie ihn anlügen würde, wie ihre Schwester es getan hatte? Und hatte er sie nicht sogar gewarnt, daß sie damit nicht durchkommen würde?

Verachtete er ihre Schwester so sehr, daß es ihm egal war, wem er weh tat, solange er nur seine Rache bekam?

Kristin wurde klar, daß sie eigentlich nicht sicher wußte, ob er sie mochte oder verabscheute. Und wenn Dacian Kendrick tatsächlich so weitsichtig war wie Janice gesagt hatte, dann würde Kristin erst wissen, wo sie mit ihm stand, wenn Dacian beschloß, die Karten offen auf den Tisch zu legen.

Und ihr wurde klar: selbst wenn er sie mochte, so konnte es nicht lange dauern, bis das Ganze im Chaos endete. Denn sie konnte ihr Geheimnis schließlich nicht ewig vor ihm bewahren.

5

Es dauerte lange, bis Kristin endlich einschlief. Zu viele Gedanken schwirrten ihr im Kopf herum, und die meisten beschäftigten sich mit ihrer Beziehung zu Dacian Kendrick.

In den frühen Morgenstunden schlief sie endlich erschöpft ein.

Ein Klopfen an der Tür weckte sie auf. Kristin fuhr im Bett hoch, blinzelte und blickte sich verwirrt um. Und dann erinnerte sie sich daran, wo sie war.

Und warum.

Es klopfte etwas lauter an der Tür. „Einen Augenblick", rief Kristin. Sie fuhr sich mit den Fingern durch ihr wirres Haar, nahm ihren Morgenrock von dem Stuhl neben dem Bett, schlüpfte in ihre Pantoffeln und ging zur Tür.

Draußen stand Mandy, fertig angezogen und mit einem breiten Grinsen im Gesicht. „Guten Morgen, Schlafmütze", rief sie fröhlich.

„Hallo! Ich glaube, ich habe verschlafen." Kristin zeigte auf das zerwühlte Bett.

„Wenn du dich beeilst, schaffen wir es noch zum Frühstück. Pfannkuchen mit Ahornsirup und dann Würstchen, das würde mir heute morgen munden."

„Das klingt tatsächlich nicht schlecht", stimmte Kristin zu. Sie sammelte ihre Sachen zusammen, wobei sie sich bemühte, ihrer neuen Freundin den Rücken zuzuwenden.

„Du hast ja geweint!" rief Mandy jedoch bereits schockiert. Sie durchquerte den Raum, packte Kristin an der Schulter und drehte sie zu sich herum. „Du hast tatsächlich geweint."

„Ich . . . ja", gestand Kristin mit zittriger Stimme ein. Sie schloß die Augen für einen Augenblick, um weitere Tränen zurückzuhalten, die ihr in den geschwollenen Augen brannten.

„War der Abend mit Dacian denn nicht schön?" fragte Mandy. „Hat er dich verletzt? Oh, ich wäre gestern abend noch herübergekommen, aber ich war mit Billy Joe unterwegs, und es ist so spät geworden, daß ich dich nicht mehr stören wollte. Aber vielleicht hätte ich trotzdem noch vorbeikommen sollen. Sieht so aus, als hättest du eine Schulter gebrauchen können, an der du dich hättest ausweinen können. Er war schrecklich zu dir, ja?"

„Nein, eigentlich hätte er nicht netter und charmanter sein können", erwiderte Kristin.

„Was?" rief Mandy perplex über den Widerspruch zwischen dem, was ihre Augen ihr sagten und dem, was ihre Ohren aufnahmen.

„Es war ein wunderschöner Abend, Mandy. Es war wahrscheinlich einer der . . . der . . . der schönsten Abende in meinem ganzen Leben."

„Aber warum hast du dann geweint?" fragte Mandy, die überhaupt nichts mehr verstand.

„Weil ich nicht weiß, *warum* Dacian so nett zu mir war."

„Weil er dich mag, du Dummchen. Und du bist mehr als nur angenehm anzusehen. Gestern abend sahst du einfach atemberaubend aus. Oh, bestimmt denkst du, daß er nur so nett zu dir war, um sich für sein schlechtes Benehmen vom Vorabend zu entschuldigen. Aber ich habe den Ausdruck in seinem Gesicht gesehen, als er dich abgeholt hat. Ich glaube, es ging ihm nicht in erster Linie darum, sich bei dir zu entschuldigen, Kris. Ganz eindeutig nicht."

„Dacian Kendrick ist ein intelligenter Mann, er hat viel Einfluß, und er ist sehr impulsiv –"

„Mit wem spreche ich denn heute morgen?" fragte Mandy. „Du klingst gar nicht wie die Kristin von gestern. Ich habe das Gefühl, als würde ich mit einer Fremden sprechen."

„Es tut mir leid."

„Was ist nur in dich gefahren?"

Kristin seufzte. „Vielleicht sollte die Frage eher lauten, wer in mich gefahren ist."

„Was?"

„Ich habe gestern abend noch mit meiner Schwester Janice gesprochen."

„Das meinst du doch nicht im Ernst! Oh, Kris, warum? Sie zieht dich doch nur herunter, hast du gesagt."

„Ach ja, warum habe ich das gemacht? Ich mußte einfach wissen, ob Janice wirklich die andere war. Vielleicht war das dumm, doch ich hatte die leise Hoffnung, daß sie es doch nicht war. Mandy, ich empfinde für Dacian etwas, was ich noch nie für einen anderen Mann empfunden habe. Wir haben uns gestern abend so gut verstanden, und ich hatte das Gefühl, für ihn die wunderbarste Frau der Welt zu sein."

„Dir war ganz schwindelig vor Glück", ergänzte Mandy.

„Ja."

„Und dann hast du angefangen zu träumen."

Kristin nickte und seufzte wieder. „Bis ich aufgewacht bin und erkannt habe, was für ein Alptraum daraus werden kann, falls Janice tatsächlich Dacians Verflossene ist. Ich wollte wissen, wo ich stehe, Mandy. Wenn Janice noch nie von Dacian gehört hätte, hätte ich gewußt, daß ich es riskieren kann, mich mit ihm einzulassen, daß ich keine Angst zu haben brauche, daß ein Geheimnis zwischen uns steht, das alles kaputtmacht."

„Ein Geheimnis, das deine Welt ohne weiteres in Trümmer legen könnte", sagte Mandy. Sie verstand Kristins Ängste.

„Darum habe ich Janice gestern abend noch angerufen. Du hättest sie hören sollen", berichtete Kristin, und sie sah dabei ganz elend aus. „Sie zeichnete mir ein vollkommen anderes Bild von Dacian. Der, den sie beschrieben hat, war nicht der Mann, den ich kennengelernt habe."

„Ich bin nicht sicher, ob ich überhaupt fragen sollte, und vermutlich würde es mir besser gehen, wenn ich nicht wüßte, was sie dir gesagt hat."

„Also, erst mal sagte sie, Dacian sei ihr so verfallen, daß er vermutlich nie über sie hinwegkommt. Sie hat das Gefühl, daß er sie noch immer liebt."

Mandy zog eine Grimasse. „Na, die scheint ja überhaupt nicht eingebildet zu sein. Sie könnte sich morgens bestimmt nicht im Spiegel betrachten, wenn sie nicht glauben würde, daß er ihretwegen noch immer in Sack und Asche geht."

Kristin konnte nicht anders, sie mußte lachen. „Ich bin unersättlich", meinte Mandy. „Erzähl mir mehr."

„Also, sie sagt, daß er ihrer Meinung nach sehr rachsüchtig sei. Sie glaubt, daß er meine Identität vielleicht kennt und daß er mich deshalb eingeladen hat und den aufmerksamen, liebevollen Verehrer spielt, um sich irgendwie über mich an ihr zu rächen."

„Totaler Blödsinn! Reiner Egoismus. Und verdrehte Gedankengänge." Mandy machte eine ungeduldige Handbewegung. „Weiter, weiter, sicher kommt es noch besser."

Kristin runzelte nachdenklich die Stirn. „Nein, das ist so ziemlich alles. Obwohl sie sich lang und breit über dieses Thema ausgelassen und mir gesagt hat, was sie von Dacian und seiner Einstellung hält." Kristins Stimme zitterte. „Entschuldige", sagte sie schnell, „ich springe mal eben unter die Dusche." *Und weine noch ein bißchen.*

Zehn Minuten später kam Kristin fertig angezogen aus dem Badezimmer. Sie rubbelte sich ihre Haare trocken.

„Du hast mir jetzt erzählt, was deine Schwester von Dacian Kendrick hält. Ich kann mir vorstellen, was *du* für ihn empfindest, sonst hättest du nicht dermaßen geweint. Soll ich dir jetzt erzählen, was *andere* von Dacian Kendrick halten?"

„Wenn du dich getrieben fühlst. Ich weiß nicht, ob das etwas bringt. Ich bin so verwirrt . . . Ich wünschte, wir wären uns nie begegnet. Schließlich bin ich doch hergekommen, um mich mal so richtig zu amüsieren."

„Und das wirst du auch. Mit Dacian."

„Er hat mich zu der Heuwagenfahrt heute abend eingeladen."

„Siehst du? Großartig!" Mandys Gesicht hellte sich auf. „Ich gehe mit Billy Joe. Und da wir gerade von Billy Joe sprechen, er ist übrigens meine Informationsquelle. Gestern abend habe ich ihn nach Dacian gefragt, und er hat mir alles gesagt, was es zu erzählen gibt. Wenn man ihm zuhört und seinen Gesichtsausdruck beobachtet, kann man Dacian unmöglich für einen nachtragenden und rachsüchtigen Mann halten. Nicht jemand, der Menschen so liebt wie er."

„Er hat ein sehr gutes Verhältnis zu seinen Brüdern und

Schwestern", stimmte Kristin zu. „Er hat mir gestern abend von ihnen erzählt. Und ich weiß, daß das nicht nur Loyalität zur Familie war."

„Tja, meine Liebe, wenn er Menschen und besonders Kinder nicht aufrichtig mögen würde, dann würde es ihm schwerfallen, dies jahrein, jahraus zwei Wochen in jedem Sommer durchzuhalten. Vor allem, wenn man bedenkt, daß es ihn sehr viel kostet."

„Wovon sprichst du überhaupt?"

„Über die Tatsache, daß Dacian Kendrick für zwei Wochen in jedem Sommer die ganze Ranch für Kinder zur Verfügung stellt und in dieser Zeit keine zahlenden Gäste nimmt. Und nicht nur irgendwelche Kinder, sondern kranke Kinder."

„Mandy, davon hatte ich ja keine Ahnung."

„Die meisten Gäste wissen nichts davon. Aber die Angestellten wissen es natürlich." Mandy berichtete, was sie von Billy Joe erfahren hatte.

Dacian Kendricks ältester Bruder war als Kind an Leukämie gestorben. Damals waren die Kendricks noch nicht reich gewesen, es gab Rechnungen zu bezahlen, die anderen Kinder mußten versorgt werden, und die schreckliche Krankheit hatte die emotionalen und finanziellen Möglichkeiten der Familie ziemlich erschöpft.

„Irgend jemand wußte, daß Dacians Bruder sich immer gewünscht hatte, einmal Disneyland zu besuchen. Doch eine solche Reise konnte sich die Familie nicht leisten. Ein unbekannter Wohltäter stellte soviel Geld zur Verfügung, daß die gesamte Familie mit dem kranken Jungen nach Disneyland fahren konnte. Dies war wohl eins der Erlebnisse, die dazu geführt haben, daß er sich heute für kranke Kinder engagiert. Dacian Kendrick ist ein Mann mit dem Herz am richtigen Fleck, meine Liebe!"

„Das ist wirklich großzügig von ihm", gab Kristin zu.

„Und sein Wort ist ein Versprechen, das nicht gebrochen wird", meinte Mandy. „Jeden Sommer kommen hundert schwerkranke Kinder hierher, um zwei Wochen Superferien zu verleben. Vollkommen kostenlos."

„Bestimmt freuen sie sich schon Monate vorher auf diese zwei Wochen", überlegte Kristin.

„Und sprechen noch Monate später davon", fügte Mandy hinzu. „Ich kann mich noch lebhaft daran erinnern, wie ich als Kind von Pferden, Rodeos und Ranches geträumt habe. Nun, dein Dacian Kendrick läßt diese Träume für viele kranke Kinder in Erfüllung gehen, und das bereits seit vielen Jahren. Er hat sogar ein eigenes Benefiz-Rodeo organisiert, und viele bekannte Rodeoreiter aus ganz Amerika kommen traditionell seit vielen Jahren hierher, um daran teilzunehmen. Sie spenden ihr Honorar für die Kinderkrankenhäuser im ganzen Land."

„Er ist wohl kaum *mein* Dacian Kendrick", stellte Kristin klar.

„Ich denke, er könnte es werden", meinte Mandy. Sie hielt inne. „Und Billy Joe glaubt das auch."

„Du hast mit Billy Joe darüber gesprochen?" rief Kristin entsetzt.

„Eigentlich nicht. Er hat mich nach dir gefragt, darum habe ich ihm erzählt, was es über dich zu wissen gibt, und er hat mir im Gegenzug meine Fragen über Dacian beantwortet. Das war ein fairer Handel. Und natürlich habe ich ihm nichts von deiner bösartigen Schwester erzählt."

Kristin, die in den vergangenen Tagen viel von sich preisgegeben hatte, fühlte sich auf einmal verletzlich. „Ich weiß nicht genau, ob mir dieser Handel gefällt."

„Billy Joe möchte für Dacian dasselbe, was ich für dich möchte, Kris, nämlich daß du glücklich wirst. Und wir glauben nun mal, daß ihr beide füreinander geschaffen seid."

„Wenn es Janice nicht gäbe."

„Denkst du wirklich, das würde Dacian etwas ausmachen, falls er es herausfindet?"

„Ich weiß es nicht. Vielleicht könnte Billy Joe dir das sagen, aber wag es ja nicht, ihn danach zu fragen!"

„Nun ja, wenn du heute abend auf dem Heuwagen fährst und dich in das duftende Heu kuschelst, unter einem funkelnden Sternenhimmel, der Mond scheint hell, und –" Mandy brach ab und sprang auf. „Komm, wir wollen uns heute nur angenehme Gedanken machen und uns auf den schönsten Abend unseres Lebens vorbereiten."

„Das klingt gut", sagte Kristin, die sich auf einmal sehr viel besser fühlte. Sie schloß die Gürtelschnalle und strich ihre Jeans glatt. „Frühstück – wir kommen!"

Nach dem Frühstück ritten die Mädchen aus. Der für die Pferde verantwortliche Cowboy gab Mandy diesmal ein anderes, auch sehr sanftes Pferd und vertraute sie und das Pferd Kristins Obhut an, die eine erfahrene Reiterin war.

„Aber ich will Molly haben", protestierte Mandy.

„Es tut mir leid", erwiderte der Cowboy und grinste sie amüsiert an. „Sie ist auf dem umzäunten Reitplatz wirklich ein Schatz, doch für Ausritte verwenden wir sie ungern, es sei denn, wir haben nicht genügend Pferde, und dann geben wir sie auch nur an einen erfahrenen Reiter. Sehen Sie, dieses alte Mädchen hat die unangenehme Angewohnheit, auf einem Ausritt ein wenig halsstarrig zu werden und zu der Nachbarranch zu laufen, wo sie elf Monate im Jahr auf der Koppel steht."

„Aha, ich verstehe", lachte Mandy und gab sich mit dem Fuchs Waco zufrieden.

Nach dem Ausritt sahen die beiden Freundinnen einem Tennismatch zu, aßen zu Mittag, gingen schwimmen und legten sich dann neben dem Pool in die Sonne, während sie sich über die bevorstehende Heuwagenfahrt unterhielten.

„Das wird lustig", meinte Mandy.

„Ich hoffe es", entgegnete Kristin skeptisch.

„Keine Angst, ich weiß, daß es das wird."

Kristin war nicht so zuversichtlich wie Mandy. Jedesmal wenn sie sich dem Hauptgebäude näherten, sah sie zu dem Platz, wo Dacian immer seinen Wagen parkte. Doch der Privatparkplatz war und blieb leer, und ihre Zuversicht sank immer mehr, je später es wurde.

„Wir sollten jetzt vielleicht auf unser Zimmer gehen und uns für das Abendessen umziehen", sagte Mandy gähnend. Sie war vom Schwimmen und der glühenden Hitze müde geworden.

„Du hast recht", sagte Kristin. Sie erhob sich sofort und sammelte ihre Sachen ein. Zusammen gingen sie los. Dacians Parkplatz war immer noch leer und Kristins Enttäuschung groß. Wo steckte er? Wollte er doch nicht mit ihr zusammensein? Sie mußte sich sehr zusammennehmen, um einigermaßen begeistert mit Mandy über den bevorstehenden Abend sprechen zu können.

„Sieh zu, daß du und Dacian neben Billy Joe und mir sitzt", schlug Mandy vor. „Wir werden soviel Spaß zusammen haben."

„Klar", erwiderte Kristin. „Willst du noch kurz mit in mein Zimmer kommen? Ich hole uns eine Cola aus dem Automaten."

„Klingt gut", versicherte Mandy. „Ich bin wie ausgedörrt."

Kristin schloß ihre Zimmertür auf. Das Lämpchen an ihrem Telefon blinkte.

„Ich besorge die Cola", erbot sich Mandy. „Du kannst dich in der Zwischenzeit um die Nachrichten kümmern, die für dich hinterlassen wurden."

Kristin ging zum Telefon und wählte die Nummer der Rezeption. „Miss Allen? Hier spricht Marcie vom Empfang. Mr. Kendrick hat angerufen, als Sie nicht auf Ihrem Zimmer waren. Er bat mich, Ihnen auszurichten, daß er nicht wie geplant heute abend zur Circle K kommen kann. Er bedauert sehr, seinen Termin mit Ihnen nicht einhalten zu können."

„Oh . . . ja, in Ordnung", sagte Kristin. Das war es, was sie den ganzen Nachmittag befürchtet hatte. „Vielen Dank!" fuhr sie fort, und sie hoffte, daß ihre Enttäuschung nicht zu deutlich war. Sie wollte nicht, daß Dacian davon erfuhr, falls er sich bei dem Mädchen an der Rezeption nach ihrer Reaktion erkundigte.

„Irgend etwas Wichtiges?" fragte Mandy, als sie zurückkehrte.

Sie öffnete die Coladose und mußte schnell einen Schluck nehmen, damit die Cola nicht überlief. Danach teilte sie das Getränk in zwei Gläser auf und reichte eines davon an Kristin weiter. „Oder geht mich das nichts an?" fragte Mandy vorsichtig, als Kristin nicht sofort antwortete.

„Das Mädchen an der Rezeption hat mir mitgeteilt, daß Dacian versucht hat, mich anzurufen, während wir am Pool saßen. Er hat eine Nachricht für mich hinterlassen, daß er heute nicht zur Ranch herauskommen und somit unseren ‚Termin' nicht einhalten kann."

„Ein etwas seltsames Wort für eine Verabredung, nicht?“ überlegte Mandy. „Aber“, fuhr sie dann fort, „du weißt nicht, ob Dacian dieses Wort gebraucht hat. Vielleicht hat das Mädchen am Empfang das nur so ausgedrückt.“

„Vielleicht. Aber –“ Und auf einmal konnte Kristin ihre Ängste und Zweifel, die sie den ganzen Nachmittag über gequält hatten, nicht mehr für sich behalten, und sie erzählte Mandy, daß dies vielleicht ein grausames Spiel war, das Dacian mit ihr trieb.

„Wovon sprichst du überhaupt?“

„Vielleicht spielt er nur mit mir“, sagte Kristin mit zitternder Unterlippe. „Vielleicht macht er mir Hoffnungen, um mich dann kalt abprallen zu lassen und sich darüber zu amüsieren.“

„Sag doch so etwas nicht, Kristin. Du darfst so etwas nicht einmal denken. Das ist nicht fair, und es stimmt auch nicht.“

„Woher willst du das wissen?“

„Woher willst du wissen, *daß* es so ist?“

„Janice hat gesagt –“

„Ich würde Janice eigentlich gern eine bösartige, verlogene, eifersüchtige alte Hexe nennen“, meinte Mandy bestimmt, „aber da sie deine Schwester ist, tue ich das nicht.“

„Irgendwie habe ich den Eindruck, daß du es doch gerade getan hast, Mandy.“

„Bist du sauer deswegen?“

„Ich sollte vielleicht, aber ich bin es nicht. Ich habe der Wahrheit noch nie widersprechen können“, seufzte Kristin.

„Und was machen wir jetzt mit heute abend?“ wollte Mandy wissen.

„Ich werde zu Hause bleiben, meine Nägel lackieren und ein wenig lesen.“

„Das wäre ein Fehler. Du solltest gehen. Ich *will,* daß du gehst. Du kannst dich doch Billy Joe und mir anschließen.“

„Aber allein möchte ich nicht gehen.“

„Billy Joe hat doch Freunde. Nette Freunde. Vielleicht sind sie nicht Dacian Kendrick, aber es sind nette Burschen.“

„Ich bleibe lieber zu Hause als daß ich vergeblich versuche, eine gute Gesellschafterin zu sein.“

„Du mußt gehen", beharrte Mandy.

Kristin bemerkte ihren grimmigen Gesichtsausdruck und den entschlossenen Zug um den Mund. „Aber warum?"

„Angenommen, das ist tatsächlich ein mieser Trick, Kris, dann mußt du ausgehen und Spaß haben, damit Dacian Kendrick nicht einen Augenblick lang annehmen kann, du würdest allein und einsam in deinem Zimmer sitzen und dir die Seele aus dem Leib weinen, während er dir deiner Schwester wegen das Herz bricht."

„Du glaubst es also auch, nicht?" fragte Kristin. „Du hältst es für möglich?"

Mandy nickte. „Möglich, ja. Wahrscheinlich, nein. Billy hat mir erzählt, daß Dacian ein überzeugter Christ ist. Aber auch wir Christen können schwache Momente haben, wo wir voll aufs Gesicht fallen, weil wir eben doch Menschen sind . . ."

„Vielleicht sollte ich tatsächlich mit euch gehen", überlegte Kristin. „Und ich werde Dacian Kendrick einfach aus meinen Gedanken verbannen und mich darauf konzentrieren, viel Spaß zu haben."

„Gutes Mädchen", sagte Mandy und tätschelte ihren Arm. „Denk heute abend nicht mehr an die ganze Sache, in Ordnung? Warte bis morgen. Dann sieht alles vielleicht schon ganz anders aus."

6

Kristin fühlte sich nicht ganz wohl in ihrer Haut, als sie mit Mandy und Billy Joe, der sie herzlich willkommen geheißen hatte, loszog. Doch als sie zu dem Platz kamen, wo die Arbeitspferde vor die mit duftendem Heu beladenen Wagen gespannt waren, war sie doch froh, daß sie sich aufgerafft hatte. Sie war auch nicht die einzige, die allein gekommen war.

„Alles aufsteigen", rief der Wagenlenker des ersten Heuwagens und ließ die Zügel auf den Rücken der davorgespannten Pferde klatschen.

Mit klirrendem Geschirr setzten sich die mächtigen Kaltblutpferde in Bewegung. Staub wurde aufgewirbelt, und die Glühwürmchen wetteiferten in ihrem Leuchten mit den Sternen am schwarzen Nachthimmel.

„Ist das nicht schön?" flüsterte Mandy und grinste Kristin an. Billy Joe hatte den Arm um sie gelegt.

„Ja, sehr schön", erwiderte Kristin und wünschte sich, Dacian würde neben ihr sitzen. Der Wagenzug kam an einer Baumgruppe vorbei, und Kristin entdeckte einen Hasen, der sich schnell in Sicherheit brachte. Und während sie immer weiter in das offene Land hineinfuhren, heulte ein Kojote den Mond an. Der traurige Ton hing in der kühlen Nachtluft und ließ sie zusammenschaudern. Sie fühlte sich seltsam einsam, obwohl sie von Menschen umgeben war.

„Wie wäre es mit einem Lied?" schlug jemand vor.

„Wir haben Glück", rief einer der Rancharbeiter. „Billy Joe hat seine Gitarre mit."

Billy Joe, der sich ausschließlich auf Mandy konzentriert hatte, geriet ins Rampenlicht der allgemeinen Aufmerksamkeit. Er versuchte zu protestieren, doch die Gäste und Rancharbeiter wollten kein Nein akzeptieren. Und da Mandys bewundernder Blick ihn ermutigte, gab er nach und war bereit, zur allgemeinen Unterhaltung beizutragen.

Er holte seine Gitarre heraus, stimmte sie und begann leise zu spielen. Nach und nach stimmten die Leute mit ein. Es waren fröhliche und allseits bekannte Lieder.

Wenn die Kojoten an diesem Abend trauerten – die Gäste von Dacian Kendricks Ferienranch waren zu fröhlich, um das überhaupt zu bemerken.

„Ich brauche etwas zu trinken", stöhnte Mandy, als sie zur Ranch zurückkehrten, von den Wagen herabsprangen und sich das Heu aus den Kleidern und Haaren klopften.

„Ich auch."

„Ich habe nicht mehr so laut und so viel gesungen, seit, seit –"

„Deiner Kindergartenzeit?" ergänzte Kristin, und wieder versetzte es ihr einen Stich, weil sie an den Vorabend denken mußte, als Dacian ihre Hand genommen hatte.

„Wahrscheinlich", bestätigte Mandy. „Aber war es nicht richtig nett?"

„Ja, sehr", erwiderte Kristin.

Mandy runzelte die Stirn. „Aber leider nicht für dich, weil Dacian nicht dabei war, hm?"

„Ich möchte heute abend nicht daran denken, weißt du nicht mehr?" erinnerte sie Kristin.

„Es tut mir leid", murmelte Mandy. „Ich habe mich nur so prächtig amüsiert, daß ich – ich –"

„Du brauchst dich nicht zu entschuldigen, Mandy. Zwischen dir und Billy Joe scheint etwas im Entstehen zu sein, sehe ich das richtig?"

„Oh, meinst du wirklich, Kris? Ich habe das auch gedacht, doch dann mußte ich an das denken, was deine Schwester von den herzensbrechenden Männern auf den Ferienranches erzählt hat, und ich habe es nicht zu hoffen gewagt."

„Meine Liebe, in den Blicken, die Billy Joe dir zuwirft, ist nichts Unaufrichtiges zu entdecken. Er sieht dich an, als wärst du die Venus persönlich. Ich glaube kaum, daß das nur gespielt ist."

Mandy lächelte. „Er ist wirklich süß, findest du nicht? Ich bin so gern mit ihm zusammen. Ich krieg' richtig Herzklopfen, wenn ich an ihn denke!"

„Billy ist wirklich lieb. So nett. Und dabei zuvorkommend und intelligent."

Mandy seufzte nur glücklich. Die beiden jungen Frauen standen schweigend nebeneinander, während Billy Joe einem Rancharbeiter beim Ausspannen der Pferde behilflich war.

„Kris . . . darf ich dich etwas fragen?"

„Sicher."

„Denkst du . . . denkst du, daß das, was ich für Billy Joe empfinde, vielleicht echte Liebe ist? Oder meinst du, daß es nur Verliebtsein ist und wieder weggehen wird? Wie eine Kreuzfahrtromanze, sobald die Beteiligten an Land gehen?"

„Ich weiß es nicht, Mandy. In Herzensangelegenheiten bin ich nicht gerade sehr erfahren."

„Diesmal ist es anders als sonst, ganz anders." Mandy hielt inne, und als sie weitersprach, klang ihre Stimme sehr bewegt. „Ich habe nie etwas anderes kennengelernt als das Leben in unserer Kleinstadt bei meiner Familie und meinen Freunden, wo ich meine Zeit über die Tastatur gebeugt verbringe und Daten in den Computer der Firma eingebe. Ich . . . nun, seit ich Billy Joe kennengelernt habe, wird mir klar, daß ich zu diesem Leben nicht zurückkehren möchte. Ich habe immer geglaubt, daß Gott einen Plan für mein Leben hat, seit er die Grundfesten dieses Universums gelegt hat. Daß es einen ganz besonderen Mann gibt, den Gott für mich ausgesucht hat, und daß Gott mich diesem Mann zur richtigen Zeit über den Weg führen würde. Vielleicht würde ich ihn nicht sofort erkennen, doch dann würde mir Gott die Augen öffnen und mir würde klarwerden, daß dies der Mann für mich ist, und er würde in mir die Frau erkennen, die für ihn bestimmt ist. Puh! Ich habe aber keine Ahnung, ob Billy Joe vielleicht dieser Mann sein könnte. Es ist leider nicht so eindeutig. Diese Woche wird in Windeseile verfliegen, und dann die nächste Woche, und danach werde ich meine Koffer packen müssen, und . . . Kris . . . ich *möchte,* daß dies Gottes Plan für mich ist!"

Mandy war zu aufgewühlt, um noch weiter zu sprechen, und schwieg. Kristin legte ihr den Arm um die Schulter und drückte sie an sich.

„Denk nicht an morgen", riet sie ihr. „Lebe einfach für den Augenblick. Du mußt die Gegenwart bewältigen, dann wird die Zukunft für sich selbst sorgen. Wenn es dir bestimmt ist, dann wird es auch passieren. Und wenn nicht, dann wartet ganz sicher ein Mann auf dich, der ganz genau der Richtige für dich ist."

„Weißt du, genau das würde meine Mutter mir sagen." Mandy fuhr sich über die Augen. „Jetzt geht es mir schon viel besser. Danke."

Kristin lächelte und wendete sich ab, als Billy Joe sich zu ihnen gesellte. Sie wünschte, jemand würde *ihr* ein paar Worte sagen, die ihr halfen, sich ein wenig besser zu fühlen. Ganz besonders hatte sie eine bestimmte Person im Sinn, die ihre Stimmung mit drei kleinen Worten schlagartig und nachhaltig verändern könnte. Seufzend kehrte sie auf ihr Zimmer zurück.

Als Kristin am nächsten Morgen aufwachte, überlegte sie gerade, ob sie sofort aufstehen und sich fertigmachen sollte, damit Mandy an diesem Morgen nicht auf sie zu warten brauchte, als das Telefon läutete.

Sie nahm gleich beim ersten Läuten ab. Es war nicht Mandy, wie sie erwartet hatte, auch nicht Dacian, wie sie flüchtig gehofft hatte. Es war das Mädchen von der Rezeption.

„Ich wollte nur sehen, ob Sie bereits wach sind, Miss Allen", sagte das Mädchen freundlich. „Heute morgen wurde ein Päckchen für Sie abgegeben. Ich wollte niemanden hochschicken, solange Sie noch schlafen."

„Oh, das war sehr umsichtig von Ihnen", sagte Kristin und fragte sich, was wohl für sie abgegeben worden war.

„Dann kann ich also jemanden damit hochschicken?" fragte das Mädchen.

„Ja, ich warte."

„In Ordnung. Es kommt sofort jemand."

Kristin hatte kaum Zeit, in ihren Morgenrock zu schlüpfen,

sich die Haare zu bürsten und den Schlaf aus den Augen zu wischen, als es auch schon an ihrer Tür klopfte.

Der junge Mann überprüfte noch einmal ihre Zimmernummer und hielt ihr dann ein hübsch eingepacktes Geschenk entgegen. „Das ist für Sie!"

„Danke", erwiderte Kristin.

„Einen schönen Tag noch, Madam", sagte der junge Cowboy und tippte sich an den Hut.

Die Erkenntnis, daß dieses Päckchen nur von Dacian sein konnte, machte Kristins Tag sofort sehr viel heller.

Sie setzte sich, um das kleine, aber recht schwere Päckchen auszupacken. Sie öffnete den versiegelten Umschlag mit ihrem Namen darauf. Das mußte Dacian Kendricks Handschrift sein; sie paßte zu ihm: großzügig, wohlgeformt, bestimmt. In diesem Augenblick klopfte es an der Tür.

„Einen Augenblick", rief Kristin und legte das Päckchen beiseite, um die Tür zu öffnen. Mandy stand davor.

Kristin zog sie ins Zimmer. „Ich schwöre dir, Mandy, wenn du ein Vogel wärst, würdest du ganz bestimmt alle Würmer finden. Du bist immer so früh auf!"

„Du bist heute aber guter Laune", wunderte sich Mandy. „Ist was passiert?"

„Ich glaube schon."

„Du glaubst? Das heißt, du weißt es nicht?"

„Ich habe ein Päckchen bekommen", erklärte Kristin atemlos. „Ich glaube, es ist von Dacian. Aber das werde ich gleich wissen." Sehr vorsichtig holte sie die Karte aus dem Umschlag.

Liebe Kristin,

es tut mir sehr leid, daß ich unsere Verabredung gestern abend nicht einhalten konnte. Ich hatte eine Besprechung mit meinem Rechtsanwalt, und leider hat sie länger gedauert als erwartet. Körperlich war ich zwar anwesend, mit meinen Gedanken aber ganz woanders . . .

Bis bald?
Dacian

„Oh Kristin, siehst du?" jubelte Mandy. „Ich habe dir doch gesagt, er ist kein Schuft. Wir hätten nicht einen Augenblick an ihm zweifeln dürfen. Der Mann hat eben Verantwortung. Und wenn es Probleme auf der Ranch gibt, muß er sie lösen, ob es ihm paßt oder nicht."

„Das stimmt", gestand Kristin ein, und sie erinnerte sich daran, daß Dacian ihr erzählt hatte, wie anstrengend seine Position war und wie vieles er sich im Laufe der Jahre hatte versagen müssen, was andere als selbstverständlich hinnahmen.

„Was ist denn jetzt in der Schachtel?" fragte Mandy ungeduldig.

„Mal sehen", erwiderte Kristin. Sie ritzte das Klebeband mit dem Fingernagel auf, entfernte das Geschenkpapier und holte eine Schachtel Pralinen heraus.

„Rosen, Pralinen. Was kommt wohl als nächstes?"

„Wer weiß", erwiderte Kristin lachend. Sie drehte die Pralinenschachtel um – und erstarrte.

Mandy mißverstand ihr Verhalten. „Wow, die sind aber ganz edel! Hast du eine Ahnung, wieviel die kosten?" fragte sie ehrfürchtig.

Kristin fühlte sich auf einmal ganz elend. Sie kannte diese berühmte Pralinenmarke sehr gut. „Ja, die Marke kenne ich gut."

„Du bist wirklich eine Naschkatze, nicht?"

„Nein", erwiderte Kristin vorsichtig. „Ich habe nur eine große Schwester, die süchtig nach den Dingern war und die mich regelmäßig bat, sie ihr auf dem Heimweg mitzubringen."

Mandy blickte sie mitfühlend an. „Oh, Kristin . . ."

„Das hier sind zufälligerweise Janices Lieblingspralinen."

„Wirklich, Kris, das ist eine ausgezeichnete Marke. Eine Marke, die man kauft, wenn man jemanden beeindrucken möchte. Die Tatsache, daß deine Schwester sie so mochte, hat doch nichts damit zu tun, daß Dacian sie gekauft hat."

„Meinst du?" murmelte Kristin.

„Was denkst du denn?" gab Mandy zurück.

„Ich weiß es nicht", sagte Kristin. „Und ich wünschte, ich wüßte es. Es macht mich verrückt, nicht zu wissen, wo ich mit Dacian stehe. Im einen Augenblick frage ich mich, ob er etwas von mir will, und im nächsten habe ich Angst, daß er mich für das ideale Werkzeug für seine Rache hält . . ."

Am Abend hatte Kristin ihre Zweifel in bezug auf seine Absichten ihr gegenüber überwunden und war davon überzeugt, daß sie ihm etwas bedeutete. Und das hatte seine Gründe: Sie war zufällig einmal in ihrem Zimmer, als ein Anruf für sie kam.

Als Dacian sich meldete, beschleunigte sich ihr Herzschlag. Sie war nicht in der Lage, ihre Freude über seinen Anruf zu verbergen, und an der Art, wie seine Stimme sich veränderte, merkte Kristin, daß er es bemerkt hatte und sich ebenfalls darüber freute.

Als er ihr sagte, daß er dauernd an sie gedacht hatte, wenn er nicht gerade von komplizierten Geschäftsangelegenheiten in Anspruch genommen war, empfand Kristin ein unglaubliches Glücksgefühl.

„Du wirst nicht sehr lange auf der Circle-K-Ranch sein", meinte Dacian, und damit holte er sie für einen Augenblick aus ihren Träumen in die Wirklichkeit zurück, die sie nur zu gern vergessen hätte. „Darum werden wir das Beste aus der Zeit machen, die du hier verbringst. Und damit fangen wir gleich heute abend an. Was würdest du gern machen?"

„Ich habe versprochen, mit Mandy und ihrem Freund auszugehen, Billy Joe."

„Wir könnten ja alle zusammen ausgehen", schlug Dacian vor. „Billy ist ein netter Kerl, mit dem man sich prima unterhalten kann."

„Mandy auch."

„Dann ist das also abgemacht", meinte Dacian, „so werden wir es machen. Sag den anderen, daß ich alle einlade."

„In Ordnung. Hast du an etwas Bestimmtes gedacht?" fragte Kristin, der das „Du" nicht so leicht über die Lippen ging. „Damit sie sich darauf einstellen können?"

Er schwieg einen Augenblick. „Der Abend neulich war einfach wunderbar. Hast du Lust, noch so einen Abend zu erleben?"

„Sehr gern", sagte Kristin und dachte, daß das eine maßlose Untertreibung war.

Und Mandy empfand das genauso, als sie das Nachtleben in Rapid City kennenlernte. „Ich wünschte, dieser Urlaub würde niemals zu Ende gehen", seufzte sie, als sie und Kristin zur Toilette gingen, um ihr Make-up zu überprüfen.

„Ich auch", meinte Kristin traurig. „Aber das Leben geht nun mal weiter. Man kann es nicht aufhalten."

„Ich würde es gern versuchen", meinte Mandy. „Wenn Billy Joe mich fragen würde, würde ich ohne Zögern bei ihm bleiben."

Kristin mußte lächeln. Mandy sah es im Spiegel und blickte sie streng an. „Ich meine es ernst, Kristin. Ich habe das Gefühl, daß Billy Joe der Richtige für mich ist."

„Ich weiß", sagte Kristin. „Und nach den Blicken zu urteilen, die er dir heute abend zugeworfen hat, scheint Billy Joe derselben Meinung in bezug auf dich zu sein."

„Aber er ist so nüchtern und vorsichtig, er wird mich nicht bitten hierzubleiben, selbst wenn er das möchte. Nicht, bis er mir das bieten kann, was ein Mann wie Billy meint, einer Frau geben zu müssen. . ." Sie brach ab und seufzte.

„Ich weiß", sagte Kristin. „Man merkt, daß er so ein Mann ist."

„Und obwohl ich ja sonst immer so eine große Klappe habe", jammerte Mandy, „bringe ich es einfach nicht über mich, mich ihm an den Hals zu werfen. Ich würde sterben, wenn er mir sagte, daß ich für ihn nur eine Sommerromanze gewesen sei."

„Das wird er nicht. Gib ihm ein wenig Zeit."

„Das ist aber genau das, was ich nicht habe. Und die kann ich mir auch nicht kaufen. Ich habe keinen Urlaub mehr übrig, und ich habe das ganze Jahr gespart, um diesen Urlaub bezahlen zu können."

„Mach dir darüber keine Gedanken, Mandy. Vielleicht ergibt sich ja eine Möglichkeit. Du verdirbst dir sonst die Zeit, die uns noch bleibt."

„Das stimmt", gestand Mandy ein.

„Mein Urlaub geht gleichzeitig mit deinem zu Ende."

„Ich weiß. Wir können zusammen abreisen. Das Elend liebt

Gesellschaft, sagt man. Aber irgendwie habe ich das Gefühl, daß Dacian dich bitten wird zu bleiben. Kris – der Mann kann seinen Blick nicht von dir nehmen. Er starrt dich an wie jemand, der, wenn man ihm auf den Kopf haut, anstatt Sternchen Blümchen und Schmetterlinge sieht und Glocken hört!"

Diese Bemerkung tat Kristin unheimlich gut. Auch sie hatte diesen Eindruck gehabt, doch dann hatte sie sich gesagt, sie würde sich das bestimmt nur einbilden, weil sie es sich wünschte.

„Immerhin haben wir noch mehr als eine Woche", stellte Kristin klar. „Also noch viel Zeit, um Spaß zu haben. Und vielleicht sogar genügend Tage, Stunden und ganz besondere Augenblicke für ein Wunder für uns beide."

„Glaubst du?"

„Ich hoffe es", sagte Kristin. „Vielleicht weiß ich es sogar."

„Was willst du damit sagen?"

„Hmm. Das mußt du schon selbst herausfinden", neckte sie.

Und Kristin nahm sich vor, bei der nächsten Gelegenheit mit Dacian über Mandys Problem zu sprechen und zu hoffen, daß er einen Weg finden würde, Mandy auf der Circle K anzustellen.

Einen kurzen Augenblick bedauerte es Kristin, daß sie niemanden hatte, der für sie eintrat. Wenn ihre zwei Wochen um waren, würde sie abreisen müssen. Denn obwohl ihr Bankkonto einen verlängerten Aufenthalt auf der Circle K vertragen könnte, ihr Stolz würde niemals zulassen, daß sie als zahlender Gast auf der Circle K blieb, nur um in der Nähe des Mannes zu sein, zu dem sie sich hingezogen fühlte.

7

Die nächsten Tage waren sowohl für Kristin als auch für Mandy wie der Himmel auf Erden.

Mandy war tagsüber mit Kristin zusammen, wenn diese nicht mit Dacian unterwegs war, und jeden Abend stahl sie sich mit Billy Joe fort. Gemeinsam nahmen sie an den Tanzveranstaltungen oder den anderen Vergnügungen teil, die den Gästen der Circle K geboten wurden.

Beide Mädchen standen morgens früh auf, frühstückten ausgiebig und gingen dann reiten. Sie versuchten sich sogar am Tennis, doch beide zeigten kein besonderes Talent dafür, darum wandten sie sich dem Minigolf zu. Nach dem Mittagessen kühlten sie sich im Swimmingpool ab.

Viel zu schnell neigte sich ihre zweite Woche dem Ende zu. Und eines Morgens holte Mandy Kristin nicht zum Frühstück ab.

Kristin wartete eine Weile, fürchtete jedoch, daß etwas nicht stimmen könnte und ging zu Mandy hinüber.

Sie klopfte an die Tür. „Moment", rief Mandy mit tränenerstickter Stimme. Kurz darauf öffnete sie die Tür und forderte Kristin wortlos auf, hereinzukommen. Sie hatte sich noch nicht einmal angezogen.

„Mandy! Was ist denn passiert?" rief Kristin. Kaum einmal hatte sie das Mädchen anders als mit einem liebenswürdigen Lächeln auf dem Gesicht gesehen. Mandy brachte ein verlegenes Grinsen zustande, das sich jedoch schnell wieder in ein Schluchzen verwandelte. „Das scheint ja ein wunderschöner Tag zu werden." Tapfer versuchte sie, sich über ihren Kummer lustig zu machen, doch das gelang ihr nicht. Sie wendete sich ab, wischte sich hilflos die Tränen von den Wangen und schluchzte so stark, daß ihre Schultern bebten.

Impulsiv legte Kristin den Arm um ihre verzweifelte Freundin.

„Mandy, sag mir, was los ist! Es bricht mir das Herz, dich so zu sehen."

Mandy blickte sie traurig an. „Und mir bricht es das Herz, auch nur daran zu denken, daß ich bald abreisen muß. Billy ist auch nicht er selbst. Ihm geht es genauso schlecht wie mir. Aber wir sind an einem Punkt angekommen, wo keiner von uns weiß, was er tun soll. Ich habe mit meiner Mutter gesprochen, und sie sagt, es sei mein Leben und meine Entscheidung; sie wolle nur das Beste für mich und mich glücklich sehen. Na, toll. Sehr hilfreich. Ich wünschte, ich wüßte, was ich tun soll."

„Auf ein Wunder hoffen. Und die gemeinsamen Augenblicke genießen. Das Ganze bedeutet doch nicht, daß ihr euch für immer trennen müßt. Du kannst doch wieder herkommen."

„Ja", sagte Mandy, und ihr Gesicht hellte sich ein wenig auf.

„Komm, laß uns frühstücken gehen", schlug Kristin vor. „Wenn du etwas gegessen hast, wird es dir besser gehen. Und danach reiten wir aus."

„Ich bin mittlerweile so gut, daß ich nicht mehr in die Reitbahn muß", sagte Mandy. „Und ich vermisse Molly. Ob sie mich wohl auch vermißt?"

„Laß sie mit einem Neuling losziehen, und es wird klar, daß sie nur ihr eigentliches Zuhause vermißt. Sie muß ein tolles Zuhause haben."

„Und einen tollen Besitzer."

Mandys Stimmung besserte sich im Laufe des Tages ein wenig.

Die ganze Woche hatte Kristin die Angelegenheit vor sich hergeschoben und auf den richtigen Zeitpunkt gewartet, um mit Dacian über Mandy zu sprechen. Doch jetzt konnte sie es nicht mehr länger aufschieben, da die Zeit ihnen davonlief.

Undefinierbare Vorbehalte hatten Kristin die ganze Woche schweigen lassen. Sie hatte ihre Beziehung nicht gefährden wollen, indem sie Dacian den Eindruck vermittelte, sie würde sich in seine Angelegenheiten einmischen. Oder daß sie ihm sagen wollte, was er tun und lassen sollte. Doch er schien ziemlich überarbeitet zu sein, und sie redete sich ein, daß sie ihm eigentlich einen Gefallen tat und daß er es bestimmt nicht als Anmaßung auffassen würde, wenn sie ihm vorschlug, er solle eine Kraft einstellen, die mit Computern so gut umgehen konnte wie Mandy.

Sie hatte feststellen können, daß Dacian das Wohl seiner Angestellten sehr am Herzen lag, und Kristin war erstaunt, daß er nicht bereits selbst gemerkt hatte, in welchem Zwiespalt sich Billy Joe befand.

Natürlich hatte Kristin gemerkt, daß Dacian sehr beschäftigt war. Die bevorstehende Ankunft der Kinder hielt ihn ziemlich in Atem; es mußte alles organisiert und geplant werden. Doch sie bemerkte auch noch etwas anderes an ihm, eine angespannte Nervosität, die sich in seine Gesichtszüge einschlich, selbst wenn er sich offensichtlich amüsierte.

Sie spürte, daß er sich um irgend etwas Gedanken machte. Was es war, wußte sie nicht. Und sie traute sich auch nicht, danach zu fragen, aus Angst, daß er sie ansehen und ihr sagen würde, daß ihr häßliches Geheimnis zwischen ihnen stand.

Es gab Augenblicke, in denen sie den Eindruck hatte, daß er alles wußte und nur mit ihr spielte, um zu sehen, ob sie ehrlich genug war, ihm gegenüber alles einzugestehen. Dann wieder war Kristin sicher, daß er keine Ahnung von ihrer Verwandtschaft mit Janice hatte.

Was immer Dacian belastete, er bemühte sich, daß es ihre gemeinsame Zeit nicht überschattete. Doch tief in ihrem Innern wünschte sich Kristin, daß er sich ihr anvertrauen, sich ihr öffnen würde. Sie wollte, daß er ihr vertraute, daß er seine Sorgen mit ihr teilte . . . auch wenn sie selbst noch nicht in der Lage war, ihr Problem – Janice – mit ihm zu teilen.

Als Mandy und Kristin an diesem Nachmittag vom Swimmingpool in ihre Zimmer zurückgingen, kam Dacian aus seinem Büro.

„Ich habe nicht vergessen, daß wir uns für heute abend verabredet haben, Kristin", sagte er, nachdem er die beiden begrüßt hatte. „Aber ich muß etwas länger im Büro arbeiten. Komm doch herüber, wenn du dich frisch gemacht hast, dann könntest du mir Gesellschaft leisten, während ich noch ein paar dringende Sachen erledige."

„Okay."

„Es macht dir doch nichts aus?"

„Natürlich nicht", versicherte Kristin. „Ich bringe mir ein Buch mit. Aber vielleicht kann ich dir auch ein wenig helfen. Etwas schreiben oder abheften, solche Sachen."

„Das ist lieb von dir, aber es wird nicht gehen. Du kennst dich ja mit unserem Computersystem nicht aus."

Aus den Augenwinkeln bemerkte Kristin, daß Mandy hin- und hergerissen war zwischen dem Wunsch, ihm ihre Dienste als Computerspezialistin anzubieten, und der Angst, aufdringlich zu wirken. Anscheinend überwog letzteres, und sie schwieg, obwohl Kristin sie aufmunternd ansah.

„Wenn du keine Zeit hast und lieber ungestört sein willst, habe ich natürlich Verständnis dafür", sagte Kristin schließlich, obwohl dieses Angebot nicht von Herzen kam, zumal ihr Urlaub sich unaufhörlich dem Ende zuneigte.

„Das würde mir im Traum nicht einfallen. Die Zeit vergeht viel zu schnell", sagte Dacian.

Kristin nickte erleichtert, doch sie brachte kein Wort heraus, weil ihr plötzlich klarwurde, wie wenig Zeit ihnen noch blieb.

„Bis später dann also", sagte Dacian und eilte an seine Arbeit zurück.

Es war Spätnachmittag, als Kristin sich auf den Weg zum Hauptgebäude machte, in dem Dacians Büro untergebracht war.

Dacian telefonierte gerade, als Kristin leicht an die geöffnete Tür klopfte. Wortlos bedeutete er ihr, daß sie hereinkommen solle.

Sie setzte sich und öffnete ihr Buch, doch eigentlich beobachtete sie ihn, wie er stirnrunzelnd zuhörte, einige für sie unverständliche Bemerkungen machte und schließlich zustimmte, die Angelegenheit ein wenig aufzuschieben und noch nichts zu unternehmen.

„Hast du es bequem, Kristin?" fragte er, als er den Hörer auflegte. „Kann ich dir etwas anbieten? Kaffee? Tee? Ein Wasser?"

„Nichts, danke. Mach dir wegen mir keine Umstände. Kümmere dich nur um deine Arbeit. Aber wenn ich dich störe, kann ich auch draußen warten."

„Natürlich störst du mich nicht. Obwohl, eigentlich doch", sagte er und lachte leise. „So hübsch, wie du aussiehst, fällt es mir schwer, mich auf meine Arbeit zu konzentrieren. Aber ich hätte dich nicht gebeten herzukommen, wenn ich dich nicht bei mir haben wollte. Ich beeile mich, okay?"

„Wenn ich dir irgendwie helfen kann –"

„Ich wünschte, du könntest mir helfen, aber diese Dinge muß ich leider alle selbst erledigen. Wenn du mich jetzt entschuldigst, lese ich schnell noch diese Verträge durch . . ."

Seine Worte verklangen, und Kristin wendete sich wieder ihrem Roman zu, den sie mitgebracht hatte. Sie öffnete das Buch an der Stelle, wo das Lesezeichen lag, doch die Worte verschwammen ihr vor den Augen. Widerstreitende Gefühle durchströmten sie, als sie sich klarmachte, daß sie in der nahen Zukunft würde abreisen müssen, egal wie gern sie auch bleiben würde. Konnte sie einigen von Dacians Bemerkungen entnehmen, daß er gern wollte, daß sie blieb? Und wenn das so war, wie sollte das vonstatten gehen?

Kristin war so in ihre Gedanken versunken, daß sie auf die Seiten starrte, ohne sie zu lesen. Sie hatte jegliches Zeitgefühl verloren, als Dacian schließlich aufstand, den Drehstuhl an den Schreibtisch stellte und nach seinem Hut griff.

„Wollen wir?" fragte er und riß sie mit seiner Frage aus ihren Gedanken.

„Ja, gern", erwiderte sie und erhob sich. Ihr Buch steckte sie in ihre Schultertasche.

Er geleitete sie in den Flur, lehnte seine Bürotür an, schloß sie aber nicht ab. Kristin, die sehr auf Sicherheit bedacht war, sah ihn verwirrt an.

„Schließt du dein Büro nicht ab?" fragte sie. „Ich denke –"

„Manchmal wird etwas aus meinem Büro gebraucht. Meine Leute sind verläßlich. Ich vertraue ihnen."

„Ja, das glaube ich gern."

Dacian blickte sie amüsiert an, doch während er über ihre Reaktion nachdachte, wurde sein Blick forschend. „Ich habe keine Geheimnisse", murmelte er. „Mein Leben ist ein offenes Buch."

Und obwohl seine Stimme freundlich klang, verspürte Kristin einen Stich, so als ob diese Bemerkung eine Anspielung darauf gewesen sei, daß sie ihn täuschte, obwohl sie so gern ehrlich zu ihm gewesen wäre. Eine Lüge stand zwischen ihnen, und Kristin wußte nicht, was sie dagegen tun sollte. Sollte sie es ihm sagen? Wann? Gab es einen richtigen Zeitpunkt, oder hatte sie alles zerstört, indem sie ihm nicht gleich von Anfang an gesagt hatte, wer sie war?

Kristin folgte ihm schweigend zu seinem Wagen. Er knöpfte einen Knopf an seinem Hemd zu und gähnte.

„Du bist müde", stellte sie fest.

„Ein bißchen."

„Du hast so hart gearbeitet, du bräuchtest wirklich jemanden, der dir ein bißchen zur Hand geht."

Er lachte amüsiert. „Es ist gar nicht so einfach, eine zuverlässige Kraft zu finden, der man nicht alles hundertmal erklären muß. Glaub mir, das sind Erfahrungswerte!"

Das war ihre Gelegenheit, der Augenblick, auf den Kristin gewartet und für den sie gebetet hatte! Doch bevor sie den Mund öffnen konnte, um ihm zu sagen, daß sie eine Lösung für sein Problem hätte, sprach er weiter. „Was willst du heute abend machen?"

„Ich bin leicht zufriedenzustellen. Ich richte mich ganz nach dir."

„Ein ruhiger Abend würde mir gefallen", gab er zu. „Ich habe dir doch mal versprochen, dir mein Haus zu zeigen, meine Zuflucht. Möchtest du es sehen? Wir könnten uns etwas zu essen machen, vielleicht grillen."

Sie nahm seine Hand und drückte sie. „Sehr gern würde ich mir dein Haus ansehen. Ein ruhiger Abend mit dir, das klingt wundervoll. Du hältst uns hier ganz schön auf Trab. Ich habe das Gefühl, als wäre ich in den vergangenen anderthalb Wochen von einem Wirbelsturm mitgerissen worden."

„Dann ist das also klar. Ich habe noch Steaks im Gefrierschrank, außerdem einen Gasgrill, also alles, was wir für ein gutes Essen brauchen."

„Das ist gut. Ich habe nämlich ganz schön Hunger."

„Du könntest den Salat machen, während ich mich um die Steaks kümmere. Nach dem Essen haben wir dann den ganzen Abend nur für uns."

„Vielleicht könnten wir ausreiten", schlug Kristin vor.

„Eigentlich gern, aber leider habe ich im Augenblick kein einziges Pferd im Stall", gestand Dacian. „Aber wenn du magst, kann ich auf der Circle K anrufen, daß sie uns zwei Pferde herüberbringen."

„Das ist nicht nötig. Ein andermal. Ich reite sowieso morgen früh mit Mandy aus."

„Dann gehört der Abend also uns allein."

Bei dieser Bemerkung, die so zärtlich klang, beschleunigte sich Kristins Herzschlag, und sie fragte sich, ob Dacian vorhatte, sie zu verführen. Zwar wünschte sie sich, daß er sie wieder küßte, wie er es bisher jeden Abend getan hatte, doch sie war sich seiner tieferen Absichten nicht sicher. Aber da er Christ war, hatte Kristin die Hoffnung, daß er nicht versuchen würde, bestimmte Grenzen zu überschreiten.

Aus dem, was er gesagt hatte, und aus den Bemerkungen anderer, entnahm sie, daß er sicherlich nicht so unerfahren war wie sie, und sie befürchtete, daß er vorhatte, mehr von ihr zu fordern, als sie zu geben bereit war. Aber vielleicht ja auch nicht.

Ein Schauder überlief sie, doch als Dacian ihr liebevoll über den Arm strich und dabei so glücklich wirkte, sie einfach nur an seiner Seite zu haben, war sie sicher, daß er nicht selbstsüchtig etwas von ihr erwarten würde, sondern daß er etwas mit ihr *teilen* wollte. Sie bekam neues Zutrauen zu ihm. Wie immer der Abend auch verlaufen würde, egal was seine Wünsche waren – sie wußte, daß er aufhören würde, wenn sie ihn darum bat.

Sie fuhren den Weg, den sie bei ihrer Ankunft bereits zurückgelegt hatten. Doch anstatt auf die Bundesstraße aufzufahren, bog Dacian in eine Seitenstraße ab. Sie war ziemlich kurvenreich, und schließlich kam das Haus in Sicht.

Es war groß, aber nicht protzig. Das sah Kristin sofort. Dieses

Haus konnte ein einzelner Mensch mit dem Gefühl stolzer Erfüllung unterhalten.

Der Garten war wunderschön angelegt; sanft schwang sich der Rasen den Hügel hinunter, aufgelockert von Büschen und Bäumen, und das Ganze war mit einem weißen Zaun eingezäunt. Hinter dem Haus befand sich ein kleiner Swimmingpool. Eine hellrote Scheune diente offensichtlich als Stall für ein oder zwei Reitpferde.

„Oh, Dacian . . . ist das schön. Du bist bestimmt gern hier."

„Das stimmt", gab er zu. „Ich habe das Haus genau nach meinen Vorstellungen gebaut. Es ist sehr handlich. Nah genug an der Circle K, um greifbar zu sein, aber weit genug entfernt, um auch mal abschalten zu können. Und meine Leute haben Anweisung, mich nur im Notfall hier zu stören. Komm", sagte er und half ihr beim Aussteigen. „Ich zeige dir alles, dann mache ich die Steaks, und du kannst dich auf den Salat stürzen."

Die beiläufige Art, in der er mit ihr sprach und mit der er ihr zeigte, daß er sie als gleichberechtigte Partnerin akzeptierte, versetzte Kristin einen bittersüßen Stich. Sie wollte, daß das nie mehr aufhörte. Sie wollte mit diesem wunderbaren Mann ein gemeinsames Leben aufbauen und mit ihm ihre Freuden, ihr Leid, die Arbeit, die Freizeit teilen. Und Kinder . . .

Dacians Erklärungen, als er sie auf seinem Besitz herumführte, lenkten sie von ihren Gedanken ab, und schließlich brachte er sie ins Haus, das sehr zu Kristins Erleichterung abgeschlossen war.

Dacian holte zwei Steaks aus dem Gefrierschrank und stellte den Gasgrill an, während Kristin einen gemischten Salat zubereitete. Die Küche war sehr behaglich und freundlich. Sie blickte sich um und dachte, daß sie ihre Küche genauso eingerichtet hätte, wenn sie die Möglichkeit dazu gehabt hätte.

Sie saßen gerade beim Essen, als Dacians Telefon läutete und ihre Zweisamkeit störte.

„Hoffentlich kein Notfall auf der Ranch", murmelte Kristin.

„Ich glaube nicht. Das ist seit Urzeiten nicht mehr vorgekommen. Und das ist eine nicht registrierte Nummer. Also wird es auch niemand sein, der versucht, mir ein Zeitungsabonnement anzudrehen." Er machte keine Anstalten, den Anruf entgegenzunehmen. „Der Anrufbeantworter läuft. Vermutlich ist es meine Mutter. Vielleicht auch eine meiner Schwägerinnen, die wissen wollen, warum ich mich nicht mal wieder sehen lasse, um ein hausgemachtes Essen zu genießen und mit meinen Nichten und Neffen zu spielen."

Diese Worte vermittelten ihr einen Eindruck von dem Familienleben, das er führte, und wenn sie an das dachte, was sie aus ihrer eigenen Familie kannte, dann fühlte sie sich sehr arm.

Dacian legte den Kopf zur Seite, als sich beim vierten Klingeln der Anrufbeantworter einschaltete und den Anrufer aufforderte, seinen Namen, seine Telefonnummer und eine Nachricht zu hinterlassen. Dacian würde dann zurückrufen.

„Dacian? Hier spricht Matt Briner. Die Nachforschung macht gute Fortschritte. Ich hatte einige Reiseauslagen. Eine Reise führte mich bis nach Illinois. Aber jetzt bin ich –" Dacian sprang wie von der Tarantel gestochen auf und stieß den kleinen Tisch, an dem sie saßen, beinahe um. Schnell hielt er das Band an und nahm den Hörer auf. Sehr herzlich begrüßte er den Anrufer, obwohl seine Stimme ein wenig angespannt klang.

Er blickte zu Kristin hinüber, senkte die Stimme, drehte ihr den Rücken zu und sprach leise in den Hörer. Dann sagte er: „Einen Augenblick, Matt."

Er wendete sich Kristin zu. „Kris?" fragte er, wartete jedoch ihre Antwort gar nicht erst ab. „Das wird eine Weile dauern. Geschäftlich. Vielleicht möchtest du draußen warten?" Zwar klang das wie ein Vorschlag, doch es fiel ihr nicht schwer, seine Worte als einen Befehl zu erkennen.

„Ja, klar", stimmte sie zu, obwohl sie sich fühlte wie ein Kind, das aus dem Zimmer geschickt wird. „Natürlich."

Wie betäubt nahm sie ihren Teller und ging schweren Schrittes aus dem Zimmer. Sie war wütend. Sie überlegte sogar, ihr Steak liegenzulassen und einfach fortzugehen. Schließlich war sie kein Dummkopf. Es war klar, daß er nicht wollte, daß sie mitbekam, um was es bei dem Telefonat ging. Aber sie hatte bereits genug gehört. Nachforschungen. Illinois!

Sie fühlte sich elend, und dann fragte sie sich, wie weit die Circle K wohl von Dacians Privatbesitz entfernt war. Sie waren bestimmt Umwege gefahren, es konnte nicht allzuweit sein. Sie war versucht, aufzustehen und einfach loszumarschieren. Doch als sie einen Blick auf ihre leichten Sandalen warf und daran dachte, im Dunkeln durch die Gegend zu laufen, in der es Klapperschlangen und andere gefährliche Tiere gab, verwandelte sich ihre wütende Entschlossenheit in Angst, die sie davon abhielt, ihr Vorhaben durchzuführen. Und schließlich besiegelte das Heulen eines einsamen Kojoten ihren Entschluß.

Sie würde warten müssen, bis Dacian sie nach Hause brachte, ob es ihr nun gefiel oder nicht. Er war ein Mann ohne Geheimnisse? Immer wieder mußte sie an diese Bemerkung denken, während sie auf seiner Veranda saß und darauf wartete, daß er sein Telefongespräch beendete.

„Anscheinend hat er doch Geheimnisse", murmelte sie.

Doch diese Erkenntnis half ihr nicht, im Gegenteil, sie fühlte sich nur noch schlechter, wenn sie sich klarmachte, daß sie selbst eine wandelnde Lüge war. Natürlich nicht mit Absicht, sondern weil sie keine Wahl hatte. Vielleicht war Dacian ja auch in einer Sache gefangen, die ihm über den Kopf wuchs.

Allein auf der Veranda sitzend ließ sie sich durch den Kopf gehen, was sie eigentlich gehört hatte. Ihr Steak hatte sie mittlerweile aufgegessen, und auf ihrem Salatteller befand sich nur noch ein kleiner Rest Dressing.

Dacian ließ einen Privatdetektiv für sich arbeiten.

Offensichtlich war es eine sehr delikate Angelegenheit, so plötzlich, wie Dacian von seinem Stuhl aufgesprungen war.

Und die Angelegenheit war so ernst, daß der Mann seine Unkosten Dacian in Rechnung stellen konnte. Er war sogar nach *Illinois* gefahren! Kristins Herz pochte sehr heftig. Einen schrecklichen Augenblick lang bekam sie keine Luft. Sie fühlte sich schwach, als ihr die volle Bedeutung dessen aufging, was gesagt worden war.

Warum fuhr der Mann nach Illinois, wo sie herkam, wenn er sich nicht nach *ihr* erkundigte? Plötzlich fielen ihr Janices verächtliche Bemerkungen wieder ein. War Dacian wirklich so neugierig gewesen zu erfahren, wer sie wirklich war, daß er einen Privatdetektiv engagiert hatte, um sie zu überprüfen?

Illinois war ein großer Staat, der langgestreckt von der Grenze zu Wisconsin nördlich von Chicago bis hinunter nach Cairo verlief, wo der Mississippi und der Ohio zusammenflossen. Es konnte alle möglichen Gründe geben, einen Privatdetektiv nach Illinois zu schicken, das versuchte sie sich einzureden. Doch sie war nicht in der Lage, sich mit Logik zu trösten, weil ihre weibliche Intuition ihr sagte, daß etwas Schreckliches passieren würde.

Es war nur eine Frage der Zeit. Sie war eine Närrin, die sich im Narrenparadies vergnügte, während das Schicksal darauf wartete zuzuschlagen . . .

„So, ich bin wieder da", sagte Dacian. „Ich habe mein Steak in der Mikrowelle noch mal warm gemacht. Möchtest du was zum Nachtisch? Ich habe Käsekuchen im Gefrierschrank. Ich könnte ihn herausholen –"

„Nein, danke", sagte Kristin, die sich fragte, ob er so aufgeräumt war, weil er ein Problem gelöst hatte, oder ob das nur eine kluge Tarnung war. Wollte er ihr Mißtrauen zerstreuen, damit sie vertrauensvoll in die Falle hineintappte und er sich an ihrem Schmerz weiden konnte, während sie für die Sünden ihrer Schwester bezahlte?

Doch sehr zu ihrer Erleichterung schien Dacian für den Rest des Abends besserer Laune zu sein. Vielleicht hatte sie sich ja getäuscht. In jedem Fall wagte sie nicht, ihn auf die Sache anzusprechen.

„Das Geschirr lassen wir einfach stehen", beschloß Dacian. „Mrs. Appleton kann sich morgen darum kümmern."

„Deine Haushälterin?"

„Ja. Eine absolute Perle. Leider möchte sie sich bald zur Ruhe setzen. Ich muß sie unbedingt überreden, noch zu bleiben. Und ich versuche so ordentlich wie möglich zu sein, damit ich ihr nicht zuviel Arbeit mache."

„Was sie bestimmt zu schätzen weiß."

„Da spricht die Expertin", neckte Dacian.

„Nun . . . ich weiß, wie das ist. Ich schätze Kunden, die mich wie ein menschliches Wesen behandeln und nicht der Meinung sind, sie hätten eine Dienstmagd angeheuert, die für wenig Geld schuftet wie ein Maultier."

„Wenn Mrs. Appleton so erpicht darauf ist, sich zur Ruhe zu setzen, dann kann ich sie vielleicht gehen lassen. Du könntest dich ja um diese Stellung bewerben", sagte Dacian grinsend. Er blickte sie nachdenklich an. „ Ich glaube, dir würde eine Dienstmädchentracht ganz ausgezeichnet stehen – und vielleicht würde ich sogar darauf bestehen, daß du eine trägst."

„Das könnte dir so passen! Dann würde ich mich gar nicht erst um die Stellung bewerben", warnte Kristin. „Ich trage Turnschuhe und Jeans bei der Arbeit. Kein kurzes schwarzes Kleid, kein weißes Häubchen und niedliches Schürzchen", ging Kristin auf den Scherz ein. „Wir Fachfrauen für Hausarbeit können sehr eigen sein. Wir können einen Auftrag ablehnen und statt dessen einen neuen Klienten nehmen. Eine gute Raumpflegerin will umworben und gewonnen werden."

„Dann sollte ich vielleicht das mit dem Umwerben ein wenig üben", sagte Dacian, „für den Fall, daß Mrs. Appleton mir den Dienst kündigt."

„Vielleicht solltest du das!" Ein Lächeln umspielte ihre Lippen, obwohl sie immer noch sehr angespannt war.

„In diesem Fall wird mir wohl nichts anderes übrigbleiben. Aber es ist schon lange her, seit ich jemanden umworben habe . . . ich frage mich, ob ich überhaupt noch weiß, wie das geht. Ach ja! Ich glaube, das war so . . ."

Er nahm Kristins Hand, drehte sie um und hauchte ihr einen Kuß auf die Handfläche, schloß ihre Finger darum, als könnte sie ihn festhalten und für immer behalten. Dann küßte er ihr Handgelenk. Der Druck verstärkte sich, und Kristin fragte sich, ob seine Lippen ihren Pulsschlag fühlten, der sich immer mehr beschleunigte.

„Hör auf damit", kicherte Kristin. „Du bringst mich in Verlegenheit."

Dacian hörte sofort auf. „Wieder nichts. Und dabei dachte ich,

ich würde dich umwerben, doch statt dessen sagst du mir, daß ich dich in Verlegenheit bringe. Es könnte doch eine schwierige Aufgabe sein, Mrs. Appleton zu ersetzen, wenn die Zeit gekommen ist."

„Du könntest natürlich auch anfangen, die Hausarbeit selbst zu machen."

„Oder ich könnte heiraten", seufzte er. „Vermutlich ist es leichter, eine Frau zu finden als eine richtig gute Haushälterin." Dann begann er zu lachen. Hatte er seine Äußerung scherzhaft abgetan, damit er sich nicht verriet, um sich vor verletzenden Bemerkungen zu schützen, falls er zurückgewiesen werden würde? Hatte er das gesagt, um einen Hinweis darauf zu bekommen, was sie über ihre Beziehung dachte? Hatte auch er vielleicht nachts wach gelegen und darüber nachgedacht, ob sie wohl die Richtige für ihn war?

Oh lieber Gott, könnte das der Beginn eines Wunders sein? Hat er mich damit geneckt, mich als Haushälterin einzustellen, weil er . . . eigentlich damit sagen wollte, daß er mich eines Tages zu seiner Frau machen will? Bei diesem Gedanken bekam Kristin eine Gänsehaut. Dacian sah es, legte seinen Arm um sie und zog sie näher an sich heran.

„Komm, laß mich dich wärmen", sagte er zärtlich. Sein Arm umfing sie, und er preßte sie so fest an sich, daß sie kaum noch Luft bekam.

Dann stieß er einen tiefen Seufzer des Wohlbehagens aus, und Kristin freute sich, daß er sich bei ihr offensichtlich so wohlfühlte. Seine Finger glitten zärtlich über ihren Nacken, spielten mit ihrem dichten, dunklen Haar, streichelten ihr Gesicht, ihren Hals und hielten bei einer ihrer Narben inne, doch nur für einen kleinen Augenblick, dann strich er zärtlich darüber, und auf einmal fühlte sie sich von ihm akzeptiert. Sie hatte das Gefühl, daß er sie mit ihren Unvollkommenheiten liebte.

„Oh, Kristin . . .", murmelte er.

Auch sie flüsterte leise seinen Namen und verlor sich in dem Glück, in seinen Armen zu liegen. Alles war in Ordnung. Der Anruf hatte nichts mit ihr zu tun.

Als Dacian sich von ihr zurückzog, wußte sie, daß er es eigentlich nicht wollte, aber daß er sie genug liebte, um nicht selbstsüchtig zu handeln. Ihr Wohl lag ihm am Herzen.

„Es wird spät, mein Schatz", sagte er. „Ich sollte dich jetzt wirklich zur Circle K zurückbringen."

„Ja, das denke ich auch."

„Wir könnten einen Umweg zur Ranch fahren."

„Das klingt gut."

Unterwegs beschloß sie, daß sie nicht auf eine Gelegenheit warten würde, sich für Mandy einzusetzen. Sie mußte selbst die Initiative ergreifen. Und es gab keinen besseren Augenblick.

„Dacian . . . neulich hast du gesagt, daß du die Verwaltungsarbeiten gern mehr auf Computer umstellen würdest", sagte Kristin. „Ich weiß, es geht mich eigentlich nichts an, aber ich . . . ich . . ."

„Nur weiter", drängte Dacian.

„Es geht um Mandy", sagte Kristin. „Sie ist ein kluges Mädchen, und sie arbeitet schon seit mehreren Jahren mit den Computern einer Versicherungsgesellschaft in St. Louis. Ich weiß, daß sie qualifiziert ist und dir im Büro bestimmt eine große Hilfe sein würde. Wie wäre es, wenn du sie einstellen würdest?" platzte sie schließlich heraus.

„Mandy einstellen? Das wäre eine Idee, aber sie hat doch einen Job, und –"

„Sie möchte nicht von hier fort, wenn ihre – unsere – zwei Wochen um sind, Dacian, und ich weiß, daß auch Billy Joe sie gern hierbehalten würde. Aber sie hat keine Wahl. Als zahlender Gast kann sie nicht bleiben. Doch wenn du sie einstellen würdest, würde sie Geld verdienen, anstatt es auszugeben, und . . ."

„Ich verstehe", überlegte er. „Das ist wirklich eine gute Idee. Und wenn sie Erfahrung mit Computern hat, könnte sie sich sehr viel schneller einarbeiten als ein Mädchen von hier, das keine Ahnung von den Dingern hat."

„Und außerdem ist Mandy ja noch sehr nett. Angenehm. Rücksichtsvoll. Fleißig. Und so wie sie und Billy Joe füreinander empfinden . . . wenn du ihr einen Job gibst, Dacian, wird sie hierbleiben. Und sie ist bestimmt loyal."

„Mein Schatz, ich glaube, du hast gerade eines meiner Probleme gelöst." Er seufzte. „Zu schade, daß die anderen nicht auch so leicht zu lösen sind", fügte er bitter hinzu.

„Dann wirst du ihr also einen Job anbieten?" fragte Kristin.

„Du kannst morgen Bewerbungsunterlagen für sie holen; ich habe jede Menge davon im Büro. Du kannst sie aber auch gleich zu mir schicken."

„Das würde ich lieber nicht tun", sagte Kristin. „Sie soll nicht wissen, daß ich dich um einen Gefallen gebeten habe. Ich glaube, sie wäre sehr viel glücklicher, wenn sie das Gefühl hätte, daß du selbst auf diese Möglichkeit gekommen bist und daß du ihr aufgrund ihrer Fähigkeiten einen Job anbietest."

„Du hast recht. Und es spricht für dich, daß du das sagst. Es gibt Leute, die würden eine solche Gelegenheit nutzen, um dem anderen das Gefühl zu geben, ihnen einen Gefallen schuldig zu sein."

„Mandy wird sich so freuen, wenn sie hierbleiben kann."

„Und wie stehst du zu deiner Abreise?"

„Dacian, bitte, daran will ich nicht mal denken!"

„Der Grund für meine Frage ist . . . ich finde, du solltest bleiben." Er räusperte sich. „Du brauchst auch ganz offiziell noch nicht zurückzufahren, weißt du", fuhr er fort. „Du könntest noch bleiben und deinen vollen Preis einlösen."

„Wie bitte?" fragte Kristin verwirrt, als das Gespräch sich von Herzensangelegenheiten nun geschäftlichen Angelegenheiten zuwendete.

„Du hast zwei Wochen auf dieser Ranch für dich *und* einen Begleiter gewonnen. Aber du bist ja allein gekommen. Und im Grunde genommen habe ich damit nur die Hälfte unserer Vertragsbedingungen erfüllt, denn eigentlich wären das ja vier Wochen Aufenthalt hier. Da ich ein ehrlicher Mensch bin, müßte ich dir also einen Teil des Geldes zurückerstatten. Aber ich hätte es lieber, wenn du noch bleibst."

„Ich verstehe", sagte Kristin. Sie freute sich über die Aussicht, noch länger bleiben zu können, allerdings irritierte es sie, daß Dacian ihr diesen Vorschlag so emotionslos gemacht hatte. Warum hatte er nicht gesagt, daß er sich wünschte, sie würde noch bleiben? Konnte er sie nicht einfach darum bitten? Mußte er die Sache so angehen? Ihr das Gefühl geben, daß sie nur eine Schachfigur war, die man herumschieben konnte? Oder versuchte er sie zum Bleiben zu bewegen, um sie näher kennenzulernen; um herauszufinden, ob sie wirklich die Frau war, die er lieben konnte? Oder ob sie sich als eine hübsche Reproduktion von Janice erwies . . .?

„Es gibt nur eine Einschränkung, Kristin. In den kommenden zwei Wochen wird die Ranch den Kindern gehören. Also wird niemand deiner Altersgruppe hier sein. Es sind Kinder, die alle sehr krank sind oder sich gerade erholen. Einige von ihnen sind behindert, und andere sind so entstellt, daß manche Leute sie vielleicht anstarren oder, schlimmer noch, sich angeekelt von ihnen abwenden würden. Möglicherweise gefällt dir das nicht. Vielleicht kannst du auch gar nicht damit umgehen."

„Das wird mir keine Probleme machen", sagte Kristin. Sie konnte die Gefühle dieser Kinder gut nachempfinden. Sie hatte selbst erlebt, wie ihr nach dem Überfall durch unbedachte Bemerkungen der Boden unter den Füßen entzogen wurde und sie das Gefühl bekam, in dieser Welt nicht mehr akzeptiert zu sein.

„Du magst Kinder?" fragte er, als hätte er das nicht zu hoffen gewagt.

„Sehr sogar. Wenigstens die Kinder, die ich bisher kennengelernt habe."

„Großartig. Dann wirst du also bleiben? Ich meine, du hast ja nur einen zweiwöchigen Aufenthalt geplant. Kannst du es denn einrichten, einen ganzen Monat zu bleiben? Ich weiß, daß zu dem Hauptgewinn auch ein Geldpreis gehörte, so daß du die verlorene Zeit auch finanziell verkraften kannst."

„Das kriege ich schon hin", erwiderte Kristin. „Ein paar Telefonanrufe, und ich kann solange bleiben, wie ich möchte."

„Dann gibt es keinen Grund, warum du es nicht tun solltest. Und wenn du dir Gedanken um deine Finanzen machst, oder wenn es dir langweilig wird, sag mir Bescheid. Mrs. Moriarty, die Hausmutter der Ferienranch, kann in dieser Zeit immer Hilfe brauchen. Kinder sind nicht so ordentlich wie Erwachsene, weißt du. Also laß es mich ruhig wissen."

„Vielleicht tue ich das wirklich. Ich bin es nicht gewöhnt, untätig herumzusitzen", gestand sie ein, und sie fragte sich im stillen, wie Janice ein solches Leben aushalten konnte.

„Dann haben wir also alles geklärt", sagte Dacian, als er sie vor ihrer Zimmertür noch einmal in die Arme nahm und ihr einen Gutenachtkuß gab. „Es gibt keinen Grund, warum diese Zeit nicht wunderbar werden sollte."

Falsch, dachte Kristin, als sich der Kuß in die Länge zog, so als hätten sie gerade einen heiligen Pakt besiegelt. Es gab einen Grund, warum sie eigentlich wie geplant abreisen sollte, warum sie es nicht riskieren sollte zu bleiben, damit sich ihre Träume nicht in den schlimmsten Alptraum ihres Lebens verwandelten.

Janice!

8

Am nächsten Morgen, als sie nach dem Frühstück den Speisesaal verließen, wartete Dacian in der Halle auf Kristin und Mandy. Obwohl es so aussah, als sei das ein Zufall gewesen, wußte es Kristin besser.

„Mandy", sagte Dacian, nachdem er die beiden begrüßt hatte, „als wir neulich abends zusammen aus waren, haben Sie von Ihrer Arbeit erzählt. Sie arbeiten mit Computern, richtig?"

„Richtig", bestätigte Mandy. „Seit drei Jahren nun schon . . . der Kasten und ich sind gute Freunde."

„Ich ziehe in Erwägung, verschiedene Verwaltungsbereiche auf Computerbetrieb umzustellen. Die Reservierung und Abrechnungen laufen natürlich bereits über Computer. Aber es gibt andere Bereiche, die einen Haufen Papierkram erfordern, und . . . na ja, ich habe mich gefragt, ob Sie vielleicht ein paar Minuten Zeit hätten, um mich in dieser Sache zu beraten. Ich möchte Klarheit darüber, was tatsächlich notwendig ist, bevor ich –"

„Sicher", stimmte Mandy zu, bevor er weitersprechen konnte. „Ich helfe Ihnen gern, wenn ich kann. Wann soll's losgehen?"

„Wie wäre es mit sofort?" fragte er.

„Kristin und ich wollten eigentlich zusammen ausreiten", wandte Mandy ein. Sie schien hin- und hergerissen zu sein.

„Die Pferde werden noch eine Weile auf uns warten. Wenn du fertig bist, findest du mich in meinem Zimmer", sagte Kristin und nahm ihr damit die Entscheidung ab.

Mandy sah Dacian an und zuckte fröhlich mit den Achseln. „Dann können wir sofort loslegen. Sie werden kaum glauben, wieviel einfacher das Leben sein wird, wenn Sie einiges dem Computer überlassen. Es sei denn natürlich, das System bricht zusammen. Aber da gibt es auch ganz einfache Sicherheitseinrichtungen, um das zu verhindern."

„Sie scheinen sich ja wirklich gut auszukennen."

„Ich weiß längst nicht alles", wehrte Mandy bescheiden ab. „Aber man lernt so einiges im Büro. Die Versicherungsgesellschaft stellt uns mehrere Programme zur Verfügung. Darum kenne ich mich mit einer Reihe von unterschiedlichen Systemen aus –"

„Hört sich an, als sei Mandy eine wandelnde Fundgrube an Informationen", sagte Dacian erfreut zu Kristin. „Falls das länger dauert als geplant, werde ich euch beide zum Mittagessen ausführen."

„In Ordnung", erwiderte Kristin. „Und nehmt euch ruhig Zeit. Macht euch um mich keine Gedanken. Ich werde ein wenig in meinem Buch schmökern, das ich im Flugzeug angefangen habe."

Als Kristin in ihr Zimmer zurückkam, machte Mrs. Moriarty gerade das Bett. „Hallo", sagte Kristin. „Lassen Sie sich nicht stören."

„Oh, ich kann später wiederkommen, wenn Sie nicht da sind", bot Mrs. Moriarty an. „Mir ist aufgefallen, daß Sie um diese Tageszeit selten im Zimmer sind. Darum machen wir Ihr Zimmer immer dann sauber."

„Gewöhnlich reite ich um diese Zeit mit meiner Freundin aus. Aber sie ist im Augenblick bei Mr. Kendrick."

„Er ist ein sehr netter Mann, nicht wahr?" sagte Mrs. Moriarty. „Ein Prachtstück noch dazu. Gehen Sie nicht des öfteren mit ihm aus?"

„Wenn er Zeit hat."

„Ach, dann brauche ich Sie von seinen Qualitäten ja nicht zu überzeugen, nicht?" fragte sie lachend. „Denken Sie, daß Sie nach Ihrer Abreise noch mit ihm in Kontakt bleiben, Miss Allen? Eigentlich sollte ich eine solche Frage nicht stellen, weil mich das ja nichts angeht. Aber mir ist aufgefallen, daß er sehr oft mit Ihnen zusammen ist, und gewöhnlich ist Mr. Kendrick zwar nett zu den Gästen, hält aber Abstand."

Das war Kristin neu, denn aufgrund ihrer eigenen Beobachtungen der Ranchangestellten und nach dem, was Janice ihr über Dacian erzählt hatte, hatte sie etwas ganz anderes angenommen.

„Ach, wirklich? Ich weiß nicht, ob wir in Kontakt bleiben werden."

Die Haushälterin runzelte die Stirn, während sie die Fensterbank abstaubte. „Ich dachte, das wüßten Sie mittlerweile vielleicht." Sie sah auf ihrem Belegungsplan nach. „Sie bleiben nicht mehr lange hier. Wir werden Sie vermissen."

„Ich fürchte, so leicht werden Sie mich nicht los, Mrs. Moriarty."

„Ach ja?"

„Es sieht so aus, als würde ich meinen Aufenthalt verlängern", erklärte sie. „Die Firma, bei der ich gewonnen habe, hat für vier Wochen Aufenthalt hier bezahlt. Darum werde ich noch zwei Wochen bleiben."

„Dann werden Sie also hier sein, wenn die Kinder kommen?"

„Ja, und ich freue mich schon darauf. Vermutlich wird das eine sehr wichtige Erfahrung werden."

„Ich werde langsam alt, und manchmal schäme ich mich, wenn ich mich über meine Zipperlein beklage. Denn das ist nichts im Vergleich zu dem, was diese tapferen Kinder durchgemacht haben. Sie machen uns allen soviel Freude."

„Das hat Dacian auch gesagt", erwiderte Kristin. „Aber offensichtlich hat er Ihnen noch nicht gesagt, daß er mir einen Job angeboten hat für den Fall, daß ich mich langweile. Und das könnte durchaus sein, weil ja keine Erwachsenen mehr hier sein werden."

„Was hat er mir nicht gesagt?"

Die ältere Dame schien ein wenig verwirrt zu sein, und Kristin hatte das Gefühl, daß ihr, was das Haus betraf, ähnlich wie Dacian Kendrick, kaum etwas entging.

„Daß ich ein wenig mithelfen könnte, wenn mich die Langeweile überfällt."

„Oh, das ist sehr interessant", sagte Mrs. Moriarty. Ihr Gesichtsausdruck verriet jedoch, daß sie bezweifelte, ob Kristin ein Ende eines Staubsaugers vom anderen unterscheiden könnte.

„Das wäre dann beinahe wie zu Hause. Sie müssen wissen, daß ich in der Stadt, wo ich wohne, als selbständige Raumpflegerin arbeite", fügte Kristin hinzu.

„Tatsächlich?“ fragte Mrs. Moriarty mit neuem Interesse. „Sie sehen gar nicht so aus. Sie sind so hübsch und elegant . . . nun, eher wie ein Fotomodell oder so etwas.“

„Glauben Sie mir, ich weiß, was harte Arbeit ist“, versicherte Kristin ihr.

„Wenn Sie wirklich nichts dagegen haben, werden wir Ihnen tatsächlich Arbeit geben, wenn die Kinder hier sind. Sie sind nicht so pflegeleicht wie die Erwachsenen, und wer erwartet das schon? Sie sind hier, um ihren Spaß zu haben. Aber manchmal wird es mir wirklich zuviel. Vor allem, wenn Unfälle passieren. Aber Dr. Bill, Dacians jüngerer Bruder, wird damit fertig. Und Melanie, seine Schwester, ist Krankenschwester. Sie wird noch ihren Verlobten Tony mitbringen. Aber natürlich wissen Sie das alles schon.“

„Nein . . . Dacian hat nichts davon gesagt.“ Kristin schwieg. Ihr wurde klar, wie wenig sie im Grunde genommen über Dacian wußte.

Sie hörte kaum, wie Mrs. Moriarty das Zimmer verließ und brachte nur einen sehr oberflächlichen Abschiedsgruß zustande.

Am gestrigen Abend war sie so zuversichtlich gewesen, doch diese Zuversicht schwand immer mehr. Dacian hatte gesagt, sein Leben sei ein offenes Buch, doch so vieles hatte sie noch nicht gelesen. Sie wollte nicht nachfragen, da sie selbst ihre Privatsphäre schätzte, aber vielleicht erwartete ein Mann wie Dacian, daß die anderen in diesem offenen Buch lasen und nicht darauf warteten, daß ihnen laut daraus vorgelesen wurde.

Seufzend wendete sich Kristin wieder ihrem Buch zu, doch sie hatte es kaum geöffnet, als ungestüm an ihre Tür geklopft wurde.

„Bist du da drin?“ rief Mandy ungeduldig.

„Komm rein!“ antwortete Kristin.

„Tut mir leid, daß es so lange gedauert hat. Ich hatte nicht vorgehabt, seine Ohren so lange mit Computerdingen zu strapazieren, aber er hatte so viele Fragen, und ich wußte gar nicht, daß ich so viele technische Antworten kannte!“

„Du warst ihm bestimmt eine große Hilfe.“

„Wir haben nicht die ganze Zeit miteinander gesprochen. Er

bekam einen Anruf – von irgendeinem Privatdetektiv oder so, wie es sich anhörte. Er bat mich, in den Speisesaal zu gehen und Kaffee für uns beide zu holen. Und das habe ich getan."

„Ein Privatdetektiv?" fragte Kristin, und ihr Herz zog sich schmerzhaft zusammen. „Was will er denn von dem?"

„Ich habe keine Ahnung", erwiderte Mandy. „Ich weiß nicht, ob ich Kaffee holen sollte, weil er wirklich welchen wollte –"

„Oder weil er dich aus dem Zimmer haben wollte, damit er ungestört mit diesem Privatdetektiv über etwas sprechen konnte, das du nicht hören solltest", ergänzte Kristin.

„Richtig. Während meiner Abwesenheit hatte er sich eine Akte geholt, die auch ganz offen auf seinem Schreibtisch lag, als ich wiederkam. Er tat nicht so, als sei dies ein großes Geheimnis."

„Hmm."

„Und in Zukunft wird es wohl kaum noch Geheimnisse vor mir geben. Ich habe gerade Mrs. Moriarty aus deinem Zimmer kommen sehen", sagte Mandy. „Und stell dir vor, Kristin, sie wird eine meiner Arbeitskollegen auf der Circle-K-Ranch sein!"

„Was?" fragte Kristin gespielt erstaunt, obwohl Dacian ihr unmißverständlich zugeblinzelt hatte, als er Mandy in sein Büro geführt hatte. „Wovon redest du?"

„Von einem Job, Kristin! Dacian hat mir einen Job angeboten, und ich habe ihn angenommen. Mit großem Vergnügen sogar!"

„Wenn du das Billy Joe erzählst!"

„Ich kann es kaum erwarten. Der wird staunen!"

„Und glücklich sein." Kristin runzelte die Stirn. „Mandy! Stimmt das auch wirklich? Das ist zu schön, um wahr zu sein."

„Nein, ich mache keine Scherze. Sag mal, hast du tatsächlich nichts damit zu tun? Dacian hat mir einen Job angeboten, weil er mich wirklich einstellen wollte?"

„Das sieht ganz so aus. Und überhaupt, würde ich so etwas tun?"

„Ja, das würdest du!" gab Mandy zurück. „Aber ich bin froh, daß du es nicht brauchtest. Wow, hier arbeiten zu können, das ist einfach Wahnsinn. Dacian hat mich herumgeführt, und ich sage dir, ich werde mich fühlen wie im Himmel. Ich werde ein eigenes kleines Büro bekommen, nicht mehr mit zig anderen Sachbearbeitern im Großraumbüro sitzen müssen. Dacian hat sogar angedeutet, daß ich zu seiner Assistentin aufsteigen könnte, weil er so eine Ahnung hat, daß er eines Tages eine brauchen wird."

„Mandy, ich freue mich so für dich! Ich habe dir doch gesagt, du sollst um ein Wunder beten."

„Das habe ich auch. Und ich hoffe und bete auch für dich um ein Wunder, Kris. Ich möchte nicht, daß du übermorgen abreist."

„Habe ich dir das noch gar nicht erzählt? Nein, ich habe es ganz vergessen. Es sieht so aus, als würde auch ich noch eine Weile bleiben."

Schnell erklärte sie von dem Vertrag und dem Angebot, bei der Hausarbeit mitzuhelfen.

„Weißt du, Dacian ist wirklich ein netter Kerl", sagte Mandy. „Ich wußte das ja auch schon vor diesem Gespräch, allerdings war mir nicht bewußt, *wie* nett er ist. Er hält sehr viel von dir, Kris. Ich hoffe, daß du nichts tust, das diese Meinung bei ihm ändert."

„Was meinst du damit?"

„Sei doch nicht so naiv. Was denkst du wohl, was ich meine? Soll ich dir ein Bild malen, damit du es kapierst?"

„Zuerst möchte ich, daß du ein wenig leiser sprichst", sagte Kristin und ließ sich nervös auf ihr Bett sinken.

Mandy kam ihrem Wunsch nach. Sie sprach flüsternd weiter. In ihren Augen war zu lesen, daß sie sich große Sorgen machte.

„Du kannst so nicht weitermachen, Kristin. Ich habe eine Seite an Dacian Kendrick entdeckt, die ich vorher noch nicht gesehen hatte. Ich kann jetzt verstehen, warum alle soviel von ihm halten. Er verhält sich seinen Angestellten gegenüber, als seien sie ihm gleichgestellt. Er läßt sie wissen, daß seine Tür immer für sie offen ist, wenn sie ein Problem haben."

„Ja, das habe ich gemerkt", gab Kristin zu. Ihr war aufgefallen, daß seine Bürotür buchstäblich nie geschlossen war und daß seine Angestellten nie zögerten, ihn um Rat zu bitten oder auch einfach nur etwas aus seinem Büro zu holen. Ganz offensichtlich fühlten sie sich in seiner Nähe wohl.

„Er sagt, daß er offen zu seinen Angestellten ist und daß er seinerseits Ehrlichkeit von ihnen erwartet. Er meinte, es würde vermutlich eine Weile dauern, bis ich mich eingearbeitet hätte, und in dieser Zeit würden sicherlich auch Fehler vorkommen, aber ich bräuchte mir deshalb keine Gedanken zu machen."

„Das ist ja sehr beruhigend."

„Und er hat mir gesagt, daß ich sofort zu ihm kommen soll, wenn mir ein schwerwiegender Fehler unterlaufen sollte. ‚Ein Fehler kommt eben einfach ab und zu vor', sagte er, ‚so ist das Leben. Wir fangen dann eben neu an. Was ich nicht ausstehen kann ist, daß jemand einen Fehler begeht und dann einen zweiten, noch schwerwiegenderen macht, um den ersten vor mir zu verbergen.' Zitat Ende", sagte Mandy und hielt inne. „Er sagte, man könnte alles hinbekommen, wenn man den Mut hat, einen Irrtum einzugestehen. Aber er könnte es nicht ausstehen, hintergangen zu werden."

„Dann wirst du keine Probleme mit ihm bekommen", versicherte ihr Kristin, ohne zu verstehen, was sie eigentlich sagen wollte. „Ganz einfach, weil du nicht so ein Mensch bist."

Mandy starrte auf ihre Hände und sah Kristin schließlich eindringlich an. „Ich weiß, daß ich nicht so ein Mensch bin, Kris, und du bist es auch nicht. Und ich habe auch kein Problem . . . aber *du* hast eins. Und es macht mich schrecklich wütend, daß es nicht einmal dein Fehler ist, sondern der deiner Schwester. Aber nach dem, was Dacian gesagt hat, ist mir klargeworden, daß du mit dem Feuer spielst, wenn du die Sache noch länger vor ihm geheimhältst."

Bedrücktes Schweigen entstand.

„Was soll ich denn tun?"

Mandy seufzte. „Erzähl es ihm."

„Das ist leichter gesagt als getan."

„Ich weiß. Und ich beneide dich auch keinesfalls darum. Aber Kris, du mußt es tun. Und tu es bald. Bevor –"

„Aber wie?"

„Das weiß nur Gott allein", sagte Mandy. „Aber du darfst nicht riskieren, daß er es durch Zufall herausfindet. Du mußt einen Weg finden, Kristin, du mußt einfach. Notfalls könntest du so tun, als ob du gerade erst erfahren hast, daß Janice die Frau ist, die ihn so verletzt hat. Das wäre eine Notlüge, aber immerhin, es würde die Sache abmildern. Dacian ist ein Mensch, bei dem es nur Schwarz oder Weiß gibt, kein Grau, und ich weiß nicht, wie er mit einer solchen Täuschung umgehen wird. Nicht einmal von dir . . ."

„Vielleicht wäre die einfachste Lösung, daß ich meine Sachen packe und wie geplant nach Hause fahre . . ."

„Das wäre feige. Bist du es nicht leid, immer davonzulaufen, Kris? Zu versuchen, unangenehme Dinge auszusperren, indem du die Türen verbarrikadierst und dich isolierst, damit du nicht Gefahr läufst, daß dir irgend etwas dort draußen in der großen, weiten Welt weh tut?"

„Alte Angewohnheiten lassen sich schlecht ablegen", sagte Kristin.

„Als ob ich das nicht wüßte", seufzte Mandy.

Plötzlich schlug Kristin die Hände vors Gesicht und begann lautlos zu weinen. Mandy erhob sich und legte mitfühlend den Arm um sie. „Ich lasse dich jetzt allein, damit du darüber nachdenken kannst. Und um darüber zu beten", sagte Mandy schließlich mit leiser, mitfühlender Stimme. „Dacian ist heute morgen nicht so fürchterlich beschäftigt. Du könntest in sein Büro gehen und mit ihm reden. Wenn ich es recht bedenke, ist das vielleicht sogar der ideale Ort für ein Geständnis."

Mandy holte ein Päckchen Papiertaschentücher und reichte es Kristin. Sie wischte sich über die Augen und sah sie an. „Was meinst du damit?"

„Na ja, es ist eine Art öffentlicher Ort", erklärte ihr Mandy ein wenig widerstrebend. „Falls er tatsächlich in die Luft geht, wird er sich zusammenreißen müssen. Er kann dich ja schlecht vor allen anschreien, nicht?"

„Oh Mandy . . .", wimmerte Kristin. „Ich kenne sein Temperament! Vielleicht würde er das doch tun!"

„Ich und meine große Klappe", sagte sie. „Bitte, bitte, geh gleich zu ihm und bringe es hinter dich. Sofort. Glaub mir, es wird dir hinterher sehr viel besser gehen, als wenn du das jetzt ewig vor dir herschiebst. Leute, die ihren Zahnarzttermin immer vor sich herschieben, leiden sehr viel mehr als die Leute, die es pünktlich hinter sich bringen."

„Vermutlich hast du recht."

„Ich gehe jetzt eine Weile auf mein Zimmer", sagte Mandy. „Und ich schlage vor, daß du zu Dacian gehst."

„Ich werde darüber nachdenken", versprach sie.

Und sie dachte auch tatsächlich darüber nach. Aber sie brachte es nicht übers Herz zu handeln . . . Ihr war klar, daß sie eine Entscheidung getroffen hatte, vermutlich eine sehr schlechte, aber dies schien ihr die einzige Möglichkeit zu sein. Auch Mandys Vorschlag war keine Lösung. Das war eine neue Lüge, und so etwas würde ihr nicht weiterhelfen.

Es half alles nichts. Sie betete, daß sie noch zwei weitere Wochen würde durchhalten können. Danach würde sie nach Hause fahren und ihr Leben fortsetzen wie bisher. Sie hoffte, daß Dacian Kendrick dann wie sie selbst zurücksehen und ihre Liebesgeschichte als nettes Sommererlebnis abtun würde . . .

9

Kristin war dankbar, daß Mandy nicht fragte, ob sie mit Dacian gesprochen hatte. Aber so wie Mandy sie ansah, wußte Kristin, daß sie sich nicht zum Narren halten ließ.

Da sie in den vergangenen zwei Wochen Freud und Leid miteinander geteilt hatten, mußte Mandy wissen, daß sie noch nichts unternommen hatte, denn sonst hätte sie ihr sofort erzählt, wie es gewesen war. Das hieß, falls Dacian nicht so reagiert hätte, daß alle Angestellten auf der Circle-K-Ranch ohnehin erfuhren, daß sie Janices Schwester war . . .

Zwei Tage später waren die zwei Wochen um. Am Tag darauf kamen die Kinder. Ein Schulbus wurde zum Flughafen geschickt, um die Kinder abzuholen.

Obwohl ein reges Treiben auf der Ranch herrschte und die Angestellten ziemlich überarbeitet waren, trugen sie doch alle ein Lächeln auf dem Gesicht, und die Freude der Kinder oder ihre Jubelrufe waren ihnen Belohnung genug für ihre Mühe.

Kristin war mit tiefem Mitleid aufgefallen, wie entstellt einige der Kinder von operativen Eingriffen oder der anschließenden Behandlung waren. Andere trugen Turbane auf dem Kopf, ein Hinweis darauf, daß sie eine Chemotherapie hinter sich hatten und Schutz vor der Sonne und neugierigen Blicken brauchten, während ihre Haare wieder nachwuchsen.

Wie immer ihre Situation zu Hause auch war, sie hatten für eine Weile die Krankheit hinter sich gelassen und freuten sich an den Aktivitäten, die für gesunde Kinder ganz normal waren.

Am ersten Tag bekam Kristin Dacian kaum zu Gesicht, doch er schaffte es zumindest, sie seinem Bruder, dem Arzt Bill, seiner Schwester Melly und Tony, ihrem Verlobten, vorzustellen.

Sehr zu Kristins Erleichterung mochte sie sie auf Anhieb, und auch Dacians Geschwistern schien sie sympathisch zu sein.

Je besser Kristin sie kennenlernte und je größer die Zuneigung wurde, desto schlechter fühlte sie sich; mit jedem Tag steigerten sich ihre Schuldgefühle. Sie betrog jetzt nicht mehr nur Dacian, was schlimm genug war, sondern auch noch seine Familie.

„Du hast es ihm immer noch nicht erzählt?" fragte Mandy, als sie sich in ihrer Pause mit Kristin in eine ruhige Ecke des Speisesaals verzog und eine Tasse Kaffee trank.

„Noch nicht", seufzte Kristin.

„Worauf wartest du denn? Auf Weihnachten? Neujahr? Ein Wunder?"

„Es ist nicht leicht, weißt du", antwortete Kristin ein wenig schnippisch. „Wenn du in meiner Lage wärst, würdest du nicht so –"

„Du brauchst mich gar nicht so anzufahren", meinte Mandy. „Ich weiß, daß es nicht leicht ist. Ich würde dir das ja gern abnehmen, aber das geht nun mal nicht. Und ich möchte mir auch nicht die Beziehung zu meinem neuen Chef verderben, indem ich meine Nase in Angelegenheiten stecke, die mich nichts angehen."

„Darum würde ich dich auch nie bitten. Und obwohl das eine weitere Täuschung ist, werde ich Dacian in dem Glauben lassen, daß du von der ganzen Sache keine Ahnung hattest."

Mandy seufzte. „Danke. Das ist vermutlich das beste."

Mandy senkte den Blick, und es war offensichtlich, daß ihr die ganze Geschichte genausowenig behagte wie Kristin.

„Ich weiß das zu schätzen. Und ich verstehe, warum es so sein muß", sagte Mandy einen Augenblick später. „Aber wenn du deine Identität noch weiter vor Dacian geheimhältst, dann ist das ein Spiel mit dem Feuer . . . du forderst das Unheil geradezu heraus."

„Ich weiß."

„Du mußt es ihm erzählen", beharrte Mandy.

„Vielleicht morgen. Er hat heute soviel um die Ohren."

„Ich weiß. Er hatte eine Reihe von Anrufen von diesem Burschen, diesem Privatdetektiv. Ich glaube, es hat etwas mit dem Rodeo zu tun."

Oder Dacian vermittelte Mandy diesen Eindruck, dachte Kristin, weil er nicht wollte, daß Mandy zwischen ihrer Freundschaft zu Kristin und ihrer Loyalität ihrem Arbeitgeber gegenüber hin- und hergerissen war. Sie sollte Kristin nicht warnen, was er bereits herausgefunden hatte . . . und ihn seiner sorgfältig geplanten Rache berauben. Er würde sie dann nicht mehr für das Verhalten ihrer Schwester zur Rechenschaft ziehen können, indem er sie demütigte und ihr weh tat, wie Janice ihn vermutlich gedemütigt hatte. In Herzensangelegenheiten hatte Janice wirklich eine Haut wie ein Rhinozeros, trotz all ihrer Schönheitscremes.

„Sieh zu, daß du es hinter dich bringst", sagte Mandy und riß Kristin damit aus ihren Gedanken zu Dacians Motiven. „Ich glaube fest an das Morgen, an einen neuen Tag, an einen Neubeginn. Aber die Zeit läuft dir davon, meine Liebe. Du hast nicht ewig Zeit."

„Morgen", versprach Kristin.

„Gutes Mädchen."

Kristin nahm einen Schluck Kaffee. „Morgen vielleicht", schränkte sie ein.

Doch in den nachfolgenden Tagen vertröstete sie sich selbst und Mandy immer wieder, so daß Mandy bald nicht mehr davon sprach, sondern sie nur immer wieder besorgt ansah. Kristin bemerkte, daß es Mandy immer schwerer wurde, das Geheimnis zu hüten, je enger die Zusammenarbeit zwischen ihr und Dacian wurde. Kristin litt schrecklich unter der Situation, doch sie war überzeugt, daß alles zwischen ihr und Dacian vorüber sein würde, wenn er es herausfand, und diesen Moment wollte sie so lange wie möglich hinauszögern.

„Es gefällt mir gar nicht, was du ihm, dir selbst und mir antust! Du rennst mit offenen Augen in dein Unglück!" protestierte Mandy eines Morgens. „Du machst mich mit dieser Geschichte noch total verrückt!"

„Auch für mich ist das nicht gerade angenehm."

„Eines Tages mußt du dich der Sache stellen, Kris. Warum denn nicht jetzt? Du weißt, daß der Tag der Abrechnung kommen wird. Vielleicht ist dir der Gedanke noch nicht gekommen, aber noch ist es in deiner Hand, den Augenblick zu bestimmen und dafür zu sorgen, daß Dacian in der richtigen Stimmung ist und Verständnis zeigt. Das ist doch viel besser, als wenn er diese Information durch einen Zufall rausbekommt, was durchaus passieren kann. Laß dich warnen: In bezug auf Entscheidungen ist dieser Mann sehr gründlich. Und er versucht gerade herauszufinden, ob du die richtige Frau für ihn bist."

„Willst du auf etwas Bestimmtes hinaus?" fragte Kristin. Unwillkürlich mußte sie an den Privatdetektiv und die Akte denken, die Mandy erwähnt hatte.

„Auf das, was ich dir schon seit Wochen predige: Bereinige die Angelegenheit! Erleichtere dein Gewissen und mach endlich reinen Tisch!"

„Morgen, Mandy. Ich verspreche es", sagte Kristin müde.

„Ich wünschte, ich könnte dir glauben, aber das kann ich nicht mehr."

„Und ich fürchte, genau das wird auch Dacian sagen, wenn ich ihm von Janice erzähle . . . und wenn ich ihm tausendmal schwöre, daß ich nicht wie sie bin und daß wir nicht zulassen dürfen, daß sie zwischen uns steht."

„Das ist eine ausgezeichnete Art, das auszudrücken, Kris."

Kristin wischte sich eine Träne fort, die plötzlich ihre Wange hinunterlief. „Hast du eine Ahnung, wie oft ich gedanklich diese Unterhaltung bereits geführt habe?"

„Dann tu so, als sei es eine Generalprobe und nicht die Aufführung! Tu so, als würdest du nur eine Rolle spielen! Geh in sein Büro und bring die Vorstellung deines Lebens hinter dich!"

Einen kurzen Augenblick lang war Kristin versucht, genau das zu tun, da Dacian an diesem Morgen in hervorragender Stimmung gewesen war. Doch als sie sich vorstellte, was passieren konnte, verlor sie den Mut. „Morgen."

„*Heute,* Kris", sagte Mandy bestimmt.

Kristin schüttelte den Kopf. „Morgen. Heute abend werde ich ihn gar nicht sehen. Er hat eine Sitzung in Rapid City."

„Stimmt, das habe ich vergessen. Aber morgen muß es unbedingt sein."

„Ja, morgen werde ich es tun. Gleich morgens, Mandy, ich verspreche es. Ich werde es anpacken, damit ich endlich nicht mehr mit dieser Lüge zu leben brauche."

Sie hoffte, daß sie mit dem Sonnenaufgang nicht wieder all ihren Mut verlor, so wie es bisher jeden Tag gewesen war.

Doch wieder einmal lief ihr die Zeit davon. Ihr Aufenthalt auf der Circle-K-Ranch neigte sich nun wirklich dem Ende zu. Sie würde abreisen müssen. Es sei denn, Dacian Kendrick bat sie zu bleiben.

Sie kannte Dacian erst seit drei Wochen. Doch in gewisser Weise schienen es drei Monate zu sein . . . drei Jahre. Und manchmal schien es ihr sogar, als würde sie ihn schon ihr ganzes Leben lang kennen.

„Ewig", murmelte Kristin, als sie zusah, wie Mandy ihre leere Tasse auf ein Tablett stellte und dann den Speisesaal verließ, um in Dacians Büro an die Arbeit zu gehen. Kristin sehnte sich danach, daß ihre Beziehung von Dauer sein würde. Und sie spürte, daß sie am Zug war, wenn sie es endlich wagte, alles auf eine Karte zu setzen.

„Morgen", versprach sie sich kurz vor dem Einschlafen. Sie war völlig erschöpft, da sie Mrs. Moriarty geholfen hatte, die Räume der Kinder zu säubern. „Ich werde es ihm morgen sagen . . ."

Kristin hatte den Eindruck, daß sie gerade erst eingeschlafen war, als es an ihrer Tür klopfte. Doch es war nicht Mandys Klopfen, das wußte sie. Seit ihre Freundin auf der Ranch arbeitete, war ihr ein Zimmer in einem anderen Gebäude zugewiesen worden. Und außerdem blieb Mandy nicht so lange auf, damit sie morgens frisch für die Arbeit war.

Das erste Klopfen war heftig. Doch die Donnerschläge, die darauf folgten, waren wirklich beängstigend.

„Mach auf!"

„Einen Augenblick!" rief Kristin mit zitternder Stimme. „Wer –"

Sie hatte nicht vor, einem Verrückten die Tür zu öffnen, der anscheinend die Kontrolle über sich verloren hatte. Sie wollte gerade die Nummer der Rezeption wählen, als sie erkannte, daß es Dacians wütende Stimme war.

„Mach auf, bevor ich die Tür eintrete!" brüllte er.

Kristin erhob sich, zog ihren Morgenrock an und ging wie in Trance zur Tür. Sie zitterte vor Kälte, aber auch vor Furcht.

Dacian knipste das Licht an und warf ihr einen eiskalten Blick zu. Ihr stieg das Blut in den Kopf. Er wußte es.

„Was bist du doch für eine begabte Schauspielerin", sagte er verächtlich. „Vielleicht sollte ich dich für den Oscar vorschlagen. Du spielst die Rolle des liebenswürdigen und unschuldigen Mädchens perfekt, obwohl du einen Verstand wie eine Rechenmaschine haben mußt, ein Herz wie eine Ladenkasse und die Fähigkeiten einer Hure!"

„Wovon sprichst du überhaupt?" fragte Kristin, die versuchte, Zeit zu gewinnen, um richtig wach zu werden. Ihr Verstand war wie gelähmt, und ihr fiel nichts ein, womit sie sich verteidigen konnte.

In diesem Augenblick war sie sicher, daß Dacian tatsächlich einen Privatdetektiv mit der Aufgabe betraut hatte, mehr über ihren Hintergrund herauszufinden. Doch einen Augenblick später holte er einen Anrufbeantworter hervor, den er hinter dem Rücken verborgen gehalten hatte. Ohne ein Wort der Erklärung drängte er sich an ihr vorbei ins Zimmer und rammte den Stecker in eine Steckdose in der Wand.

„Hör gut zu, du kleines Biest", zischte er.

Dann stellte er das Band an und machte sich am Lautstärkeregler zu schaffen. Kristin war vollkommen verwirrt, da sie nicht verstehen konnte, was das Ganze sollte. Was interessierten sie die Anrufe, die Dacian bekommen hatte?

„Warum soll ich mir das anhören?" wollte sie wissen. Der Schock und die Angst wichen nun allmählich ihrem Zorn.

„Halt den Mund und hör zu!"

Und dann hörte sie es.

Eine Stimme, die sie so gut kannte. Worte, die genauso gekünstelt waren wie die Stimme der Frau, die sie aussprach!

„Dacian, Liebling, wie schön, deine Stimme zu hören, auch wenn es nur auf dem Anrufbeantworter ist! Immer wieder habe ich versucht, meine kleine Schwester auf der Circle-K-Ranch zu erreichen. Doch anscheinend ist sie nie auf ihrem Zimmer. Ich wollte an der Rezeption keine Nachricht hinterlassen, darum habe ich deine Nummer hervorgekramt und beschlossen, dich einfach zu Hause anzurufen. Bestimmt gibst du ihr meine Nachricht weiter, oder? Denn nach dem, was Krissie erzählte, wirst du sie bestimmt morgen sehen, weil du dich ja anscheinend sehr um sie bemühst. Vermutlich hältst du sie genauso in Atem wie mich im vergangenen Jahr. Also, sag Krissie bitte, daß Tante Dee und Onkel Benchley in New York City sind und sie sprechen wollen. Sie soll auf unseren Anruf warten. Wenn sie will, kann sie uns natürlich auch anrufen, wann es ihr paßt –"

Der Rest von Janices Botschaft ging in einem Gewirr von Küßchen und Verabschieden unter. Nach Dacians Gesichtsausdruck zu urteilen, machte das Ganze ihn genauso wütend, wie es Kristin krank machte.

„Kein Wunder, daß du ihr so ähnlich siehst. Du bist von demselben Schlag. *Schwestern!*" Er spuckte das Wort förmlich aus. „Du bist genauso hinterlistig wie Janice. Aber warum wundere ich mich überhaupt darüber? Immerhin fällt der Apfel nicht weit vom Stamm, nicht? Gott allein weiß, was für eine Frau eure Mutter gewesen ist!"

Kristin verspürte den Drang, ihm ins Gesicht zu schlagen. „Meine Mutter läßt du gefälligst da raus. Sie ist seit mehr als zehn Jahren tot."

Sie begann zu stammeln, versuchte Worte zu ihrer Verteidigung zu finden, zu erklären, doch Dacian hörte ihr gar nicht zu. Nichts konnte ihn aufhalten, und sie erkannte, daß es keinen Weg gab, ihm in diesem Zustand ihr Verhalten zu erklären oder gar zu entschuldigen.

„Was willst du? Bist du auf der Jagd nach einem reichen Mann? Und Janice hat dich auf den Weg gebracht, als Köder für ihren abgelegten Liebhaber, während sie auf Größeres aus ist? Du bist genauso skrupellos wie sie!"

„Ich bin nicht wie Janice!" heulte Kristin.

„Du bist ihr ähnlicher, als du denkst! Daß ich mich einmal zum Narren gemacht habe, ist schlimm genug. Aber daß ich auch noch ein zweites Mal darauf reingefallen bin! Vor einem Jahr tauchten Janice und ihre reiche, geschiedene Freundin hier auf. Deine Schwester hat sich mir an den Hals geworfen, und ich muß leider gestehen, daß sie mir gefallen hat. Erst als ich so dumm war und sie aus einem Impuls heraus fragte, ob sie mich heiraten wollte, zeigte sie ihr wahres Gesicht. Sie war wie ein Stück Dreck, das in hübsches Geschenkpapier eingewickelt ist, um den Empfänger zum Narren zu halten. Ich konnte es nicht glauben, als sie anfing, mit mir zu handeln. Sie sei durchaus an einer Ehe interessiert, sagte sie, aber nur zu ihren Bedingungen. Kein Familienstreß, freier Zugang zu allen Konten, es war wie eine Geschäftsübernahme. Sie hat sogar versucht mir weiszumachen, daß sie meinen Glauben teilte. Noch nicht einmal das war ihr heilig . . ."

„Es tut mir leid", flüsterte Kristin.

Und das stimmte auch. Sie kannte Janice, und sie konnte sich vorstellen, wozu sie fähig war.

„So dringend nötig habe ich eine Frau nicht, daß ich mich mit einer einlasse, die Dollarzeichen in den Augen trägt und vermutlich für Kinder soviel übrig hat wie eine Schwarze Witwe." Dacian wich zurück, als würde er sich in seiner Wut selbst nicht über den Weg trauen und wolle sicherstellen, daß er Kristin nichts antat.

„Ich dachte, ich hätte eine Menge aus der Sache mit ihr gelernt. Aber offensichtlich bin ich in Herzensangelegenheiten wirklich ein Idiot. Zweifellos hat sie dich angelernt, und glaub mir, sie hat ihre Sache gut gemacht. Du bist eine so gute Schauspielerin, daß ich dir alles voll und ganz abgenommen habe. Ich habe dir geglaubt. Das hart arbeitende Mädchen aus der Kleinstadt?" Er lachte verächtlich. „Was für Lügen hast du mir noch erzählt?"

„Ich habe dich nicht angelogen, außer daß ich es nicht gewagt habe, dir zu erzählen, daß Janice meine Schwester ist – und zwar aus Angst, daß du genau so reagieren würdest, wie du es gerade tust!"

Dacian lachte ihr bitter ins Gesicht. „Du erwartest im Ernst, daß ich das glaube? Dann mußt du mich für einen noch größeren Idioten halten, als ich sowieso bin."

„Ich habe großen Respekt vor dir, obwohl der gerade immer mehr zusammenschrumpft, weil du mir nicht einmal die Gelegenheit gibst, dir alles zu erklären."

„Du bringst mich zum Lachen. Das könntest du nie rechtfertigen, nicht wenn du alle Zeit der Welt hättest."

„Ich wollte es dir ja erzählen. Frag –" Sie wollte gerade sagen, daß Mandy ihm das bestätigen konnte, doch sie erinnerte sich an ihr Versprechen Mandy gegenüber, und ihre Loyalität verbot es ihr, die Worte auszusprechen.

„Warum hat sie angerufen und eine Nachricht auf meinem Anrufbeantworter hinterlassen? Sie muß doch gewußt haben, daß damit alles auffliegt. Habt ihr beide vielleicht Streit? Hast du mit irgend etwas deine große Schwester wütend gemacht, so daß sie dich nun auffliegen läßt? Zu dumm, nicht wahr? All das schöne Geld, das dir da jetzt durch die Lappen geht!"

„Ich weiß nicht, warum sie angerufen hat, aber eins weiß ich genau: ich brauche dein Geld nicht!"

„Was für eine erbärmliche Show", überlegte Dacian, der sie nicht einmal zu hören schien. „Und zu glauben, daß ich beinahe darauf hereingefallen wäre." In seiner Stimme schwang Abscheu vor sich selbst mit. „Ich habe dich beobachtet, wie du Mrs. Moriarty geholfen hast, und ich dachte, daß du verantwortungsvoll und selbstlos bist, und das hat meine Liebe zu dir nur noch gesteigert. Und jetzt weiß ich, daß alles nur Show gewesen ist, ein notwendiges Übel, das mich vollkommen entwaffnen sollte. Und wenn wir erst verheiratet gewesen wären, hättest du dein wahres Gesicht gezeigt und dir nicht mehr die Mühe gemacht, dich zu verstellen. Du hättest genörgelt, dich beklagt, gejammert und gefordert: Janices Ebenbild, das sich weigert, auch nur einen Finger zu rühren und erwartet, wie eine Drohne bedient zu werden."

„Raus hier!" sagte Kristin leise, aber scharf. „Ich habe dir jetzt lange genug zugehört. Du willst gar nicht wissen, was die Wahrheit ist, du willst nur deine ganze Wut auf jemanden abladen. Wie erbärmlich! Ich hatte schreckliche Schuldgefühle dir gegenüber. Und ich dummes Huhn war naiv genug, mich in dich zu verlieben! Aber ich lasse mich nicht länger von dir beschimpfen. Raus hier!"

„Ich werde gehen, keine Sorge", sagte Dacian. „Aber erst, wenn ich fertig bin. Immerhin gehört dieses Haus mir."

„Dann werde *ich* eben gehen!" wütete Kristin. Doch sie brach gleichzeitig auch in Tränen aus, und dadurch wurde ihren Worten der Effekt genommen.

„Gut. Je früher, desto besser."

„Ich werde sofort gehen."

„Das geht nicht, so leid es mir tut", meinte er sarkastisch. „Denn es ist mitten in der Nacht. Aber es gibt ja immer ein Morgen."

Damit verließ er das Zimmer und schlug die Tür hinter sich mit solcher Wucht zu, daß das Bild an der Wand verrutschte. Kristin begann zu weinen, während sie hektisch ihre Sachen zusammenpackte, aber nichts richtig zustandebrachte

Erschöpft fiel sie schließlich in ihr Bett. Aber sie konnte nicht einschlafen. Sie empfand bei allem Schock ein seltsames Gefühl der Erleichterung. Endlich war ihr Geheimnis gelüftet. Und es hatte ihre Welt zerstört, genau wie sie erwartet hatte.

Plötzlich fiel ihr etwas ein. Dacian hatte sich gefragt, warum Janice ihn zu Hause angerufen und ihre Nachricht auf seinem Anrufbeantworter und nicht bei der Rezeption hinterlassen hatte. Er nahm an, daß Janice damit einen Streit hatte provozieren wollen, der ihrer Beziehung ein Ende setzen würde.

Kristin fragte sich, ob das stimmte und warum Janice so selbstsüchtig und grausam gehandelt hatte. Doch dann gestand sie sich ein, was sie nur zu gern übersehen hätte, und sie wußte den Grund.

Janice hatte es getan, weil sie eifersüchtig auf ihre kleine Schwester gewesen war. Sie hatte nicht zulassen wollen, daß Kristin das Glück fand, das Janice für sich selbst suchte, aber nie fand, weil sie immer zuviel verlangte und zuwenig bot.

Da sie in der Nacht so erschöpft gewesen und erst im Morgengrauen eingeschlafen war, verschlief Kristin. Sie hatte der Rezeption keinen Weckauftrag erteilt, und als die Rufe der spielenden Kinder sie aus dem Schlaf rissen, dachte sie einen Augenblick lang, sie sei in ihrem Bett in Camden Corners. Doch dann sah sie sich um und erinnerte sich an die häßliche Szene, die Dacian ihr in der Nacht gemacht hatte. Wie betäubt erhob sich Kristin, duschte und versuchte, sich einigermaßen präsentabel zu machen.

Ihr Magen war so in Unordnung, daß allein der Gedanke an Essen ihr Übelkeit verursachte. Sie wollte nichts weiter, als möglichst schnell von hier wegzukommen.

Alarmiert nahm sie zur Kenntnis, daß der Bus, der die Gäste zum Flughafen nach Rapid City brachte, nicht an seinem Platz stand. Entschlossen suchte sie nach dem Fahrer und fragte mit zitternder Stimme, wie ihre Chancen stünden, noch an diesem Tag zum Flughafen zu kommen.

„Der Bus ist gerade zur Inspektion in der Werkstatt. Wenn die Kinder hier sind, brauchen wir nicht so häufig zum Flughafen zu fahren", erklärte Roger. „Darum lassen wir ihn in dieser Zeit gern gründlich überholen. Die Werkstatt hat ihn heute morgen abgeholt."

„Oh."

„Das klingt nicht begeistert."

„Ich hoffte, meinen Flug noch zu bekommen."

Der Cowboy sah auf seine Uhr und schüttelte den Kopf. „Die Maschine geht in einer Stunde. Sie müßten jetzt schon am Gate einchecken. Aber es gibt noch einen Abendflug, Kristin, und wenn es sehr dringend ist, würde ich Sie in meinem Wagen hinbringen. Ich könnte mir dafür ein paar Stunden freinehmen."

„Oh, dafür wäre ich Ihnen ewig dankbar. Und selbstverständlich würde ich Ihnen Ihren Verdienstausfall ersetzen."

„Aber bevor Sie sich zu sehr darauf verlassen, sollten Sie am Flughafen anrufen. Sie wissen ja, wie das heutzutage ist. Die Flüge werden häufig gestrichen."

Kristin ging auf ihr Zimmer zurück und rief bei der Fluggesellschaft an. Roger hatte leider recht. Die einzige Maschine heute würde in wenigen Minuten starten und war ausgebucht.

„Es gibt immer ein Morgen", sagte sie sich, und buchte einen Flug für den nächsten Tag.

Kristin achtete darauf, ihr Zimmer an diesem Tag so wenig wie möglich zu verlassen. Sie packte nur das wieder aus, was sie unbedingt brauchte. Sie ging auch nicht in den Speisesaal, sondern aß nur das, was die besorgte Mandy ihr brachte, und wenn sie zwischendurch Hunger bekam, holte sie sich etwas aus dem Automaten in der Nähe ihres Zimmers.

„Ich wünschte, du hättest es ihm erzählt", meinte Mandy mitleidig. „Ich wußte, daß es schlimm werden würde, wenn er es selbst herausfindet. Deine Schwester ist anscheinend wirklich eine Hexe. Man wünscht sich beinahe, daß du ein Einzelkind gewesen wärst."

„Man kann sich seine Familie nicht aussuchen", sagte Kristin traurig.

„Ich weiß", erwiderte sie. „Offensichtlich ist der einzige, dem das nicht klar ist, Dacian Kendrick."

„Er glaubt, daß ich so bin wie Janice. Daß alles nur ein abgekartetes Spiel war. Und ich", sagte Kristin, „bin an dem Punkt angekommen, wo es mir vollkommen egal ist, was ein so arroganter, von sich eingenommener, rücksichtsloser –"

„Hmm . . . das klingt beinahe so, als würdest du ihn noch immer lieben", seufzte Mandy.

Kristin hielt inne. „Das tue ich vermutlich. Aber ich werde das überwinden. Ich werde über ihn hinwegkommen. Du wirst sehen. Morgen reise ich ab."

„Dann werde ich das vermutlich nicht miterleben, Kris. Denn du wirst fort sein, und ich werde hierbleiben."

„Ich werde dich sehr vermissen."

„Ohne dich werde ich nicht mehr dieselbe sein."

„Du hast noch andere Freunde, Mandy."

„Ich werde nicht mehr dieselbe sein, Kristin."

„Ich habe keine Wahl, ich muß abreisen, je schneller, desto besser. Ich muß. Und jetzt will ich es auch." Sie strich sich das Haar aus dem Gesicht. „Es macht mir überhaupt nichts aus, Dacian Kendrick nie wiederzusehen . . ."

„Das ist eine Riesenlüge, und wir beide wissen es", sagte Mandy ganz ruhig.

„Na gut, das stimmt. Aber ich glaube, ich würde wirklich lieber sterben, als ihm noch einmal zu begegnen."

„Mach dir darüber keine Gedanken, Kris", sagte Mandy. „Da er sich nicht auf der Ranch aufhält, ist das höchst unwahrscheinlich. Er geht dir genauso aus dem Weg wie du ihm."

10

Kristin war überrascht, als Mrs. Moriarty mit zitternder und beinahe tränenerstickter Stimme bei ihr anrief und sie bat, sie doch so bald es ging in ihrem Zimmer aufzusuchen.

Kristin war kein Mensch, der eine Bitte ablehnte, wenn ein anderer Hilfe brauchte. Sie spähte nach draußen, um sicherzustellen, daß Dacians Corvette nicht gerade ankam oder abfuhr. Dann eilte sie zu dem Gebäude, in dem die weiblichen Angestellten untergebracht waren.

Mrs. Moriartys Zimmer befanden sich im Erdgeschoß. Ihre innere Tür stand offen, allerdings war die Fliegentür geschlossen.

„Klopf, klopf!" rief Kristin fröhlich, obwohl sie sich gar nicht so fühlte.

„Kommen Sie herein, Kind", antwortete Mrs. Moriarty. „Die Tür ist nicht verschlossen."

Kristin öffnete die Tür und hielt die Luft an, als sie Mrs. Moriarty erblickte. Sie saß in einem Schaukelstuhl, den rechten Fuß hochgelegt und mit Eispackungen umgeben. Er war zu seiner doppelten Größe angeschwollen und dunkelrot verfärbt. Die Haut war ganz gespannt, und Kristin konnte sich vorstellen, welche Schmerzen die arme Frau haben mußte.

„Oh, Sie Ärmste! Das tut bestimmt weh", murmelte sie.

„Es ist ziemlich unangenehm. Obwohl die Tabletten, die ich verschrieben bekommen habe, die Schmerzen ein wenig lindern."

„Was ist passiert?"

„Ich habe nicht geschaut, wo ich hintrete. Ein Kind hat einen Baseballschläger auf dem Gehweg liegengelassen. Ich bin darauf getreten und umgeknickt –"

„Es war vermutlich schlimmer als eine Bananenschale."

„Genau. Gott sei Dank ist nichts Schlimmeres passiert."

„Es hätte eine Katastrophe werden können."

„Dr. Bill sagt, ich könnte froh sein, daß ich mir nicht noch den Ellbogen angeschlagen oder die Schulter ausgerenkt habe."

„Wenn ich Ihnen irgendwie helfen kann, Mrs. Moriarty, dann lassen Sie es mich wissen", sagte Kristin.

„Darum habe ich Sie angerufen, meine Liebe. Dr. Bill sagt, daß das Bein zu geschwollen ist, um einen Verband darum zu machen. Ich darf nur aufstehen, wenn es absolut notwendig ist. Und dann –" Sie deutete auf die Krücken.

„Was für ein Pech", meinte Kristin.

„Und es hätte zu keinem schlechteren Zeitpunkt passieren können. Sie wissen doch, was die Kinder mit ihren Zimmern anstellen."

„Ach, du meine Güte . . . ich hatte gar nicht daran gedacht, was das bedeutet."

Kristin hatte sich natürlich auch nicht mehr an der Hausarbeit beteiligt. Und sie hatte den Gedanken an die Kinder vollkommen verdrängt.

„Es fällt mir wirklich schwer, Sie um einen Gefallen zu bitten, Kristin, denn ich habe Gerüchte auf der Ranch gehört. Ich weiß, daß Sie Roger gebeten haben, Sie zum Flughafen zu bringen, und daß Sie uns bereits verlassen hätten, wenn Sie einen Flug bekommen hätten. Ich will nicht so tun, als wüßte ich nicht, daß die Dinge zwischen Ihnen und Mr. Kendrick nicht gut stehen, denn ich bin immer für die Wahrheit gewesen."

„Wir . . . wir hatten Streit", erklärte Kristin. „Und morgen werde ich abreisen."

„Oh nein . . ." Mrs. Moriarty wirkte auf einmal so besorgt, daß Kristin die dunklen Ringe unter ihren Augen bemerkte. Sie ließen sie alt, schwach und sehr, sehr müde aussehen.

„Oh ja", bekräftigte Kristin. „Ich habe am Empfang bereits Bescheid gesagt, daß ich abreise."

„Sie *können* nicht abreisen, Kristin . . . ich meine . . . müssen Sie wirklich?"

„Ich denke schon. Ich bin hier nicht mehr willkommen."

„Das glaube ich nicht. Vielleicht nicht bei Dacian, aber bei den anderen Kendricks schon. Und was mich betrifft, ich habe die ganze Nacht wachgelegen und mir Gedanken gemacht, und ich habe mir immer wieder gesagt, ich könnte damit aufhören, weil Sie mir bestimmt helfen würden."

Kristins Entschlossenheit geriet ins Wanken. Sie haßte es, einem Menschen in Not den Rücken zuzuwenden. Vor allem einem Menschen wie Mrs. Moriarty, die immer schnell dabei war, jemandem zu helfen, sich selbst jedoch nur sehr ungern helfen ließ.

„Ich würde Ihnen wirklich gern helfen. Aber ich habe bereits Bescheid gesagt, daß ich mein Zimmer räume."

„Es ist unwahrscheinlich, daß neue Gäste kommen, obwohl ich annehme, daß Ihr Zimmer vielleicht schon wieder reserviert ist. Die Cowboys, die zu dem großen Rodeo kommen, müssen irgendwo untergebracht werden. Und vermutlich werden auch einige von Dacians Freunden auf der Ranch übernachten." Mrs. Moriarty hielt nachdenklich inne. Dann blickte sie hoffnungsvoll auf. „Ich werde in diesem Sessel schlafen", sagte Mrs. Moriarty. „Sie könnten mein Bett haben. Ich würde Sie nicht um einen so großen Gefallen bitten, Kristin, es ist nur . . . wir sind verzweifelt. Es ist schrecklich viel Arbeit da, und bis wir ein paar junge Mädchen aus der Stadt geholt und sie angelernt haben . . . nun, dann bin ich vermutlich eher selbst wieder auf den Beinen. Sie, mein Kind, arbeiten für zwei. Ich werde dafür sorgen, daß Sie angemessen entlohnt werden."

Kristin war das peinlich. Sie tätschelte Mrs. Moriartys Schulter. „Ich weiß, daß Sie das tun würden", sagte sie. „Aber es geht hier nicht ums Geld. Ich würde Ihnen wirklich gern helfen, aber es geht einfach nicht. Ich muß abreisen."

„Viele Dinge sind schmerzlich und müssen trotzdem getan werden. Ich bitte Sie nicht nur im Namen der Ranch, Kristin. Ich bitte Sie auch im Namen der Kinder, die wirklich wissen, was Schmerzen sind, und im Namen ihrer Eltern, die so endlich einmal eine Pause machen können. Nicht nur ich brauche Sie." Mrs. Moriarty deutete ins Freie. „Die Kinder brauchen Sie auch."

Kristin brachte ein gezwungenes Lächeln zustande. „Sie haben mir gerade ein Angebot gemacht, das ich nicht ablehnen kann. Und ich werde gern hier bei Ihnen bleiben, damit ich ein wenig Gesellschaft habe. Ich vermisse Mandy, seit sie in Dacians Büro arbeitet."

„Das haben Sie großartig gemacht, Kristin. Er ist so überarbeitet gewesen, aber auch zu eigensinnig, um es einzugestehen. Er weiß, daß Mandy sehr kompetent ist, sonst hätte er sie nicht eingestellt. Er ist der Meinung, daß er Mandy und Billy Joe etwas Gutes getan hat. Und er verschließt die Augen vor der Tatsache, daß er auch für sich etwas Gutes getan hat. Er braucht mehr Entspannung."

„Manchmal wirkt er so . . . gehetzt."

„Das ist er, glaube ich, auch. Dacian Kendrick ist ein sehr vielschichtiger Mann." Sie hielt inne. „Er war schon als Kind sehr vielschichtig. So ernst. Und immer so verantwortungsbewußt." Ihre Stimme verklang. „Ich darf gar nicht daran denken, wo ich jetzt ohne Dacian stünde."

Kristin seufzte innerlich. Auf keinen Fall wollte sie noch mehr Lobeshymnen auf den „wundervollen" Dacian Kendrick hören, der sie so grausam abgekanzelt hatte.

„Dacian war ein junger Bursche, als mein Mann bei einem Rodeo schwer verletzt wurde und starb."

„Das ist ja schrecklich. Es muß sehr schwer für Sie gewesen sein."

„Es hätte sehr viel schlimmer kommen können. Mir gelang es, die Ranch zu erhalten, doch es war nicht leicht. Etwa zu dieser Zeit kaufte sich Dacian seine Ranch hier und baute sie für die Urlauber um. Seine Brüder und Schwestern halfen ihm, doch er legte großen Wert darauf, daß sie zum College gingen, während er selbst die Abendschule besuchte und sich tagsüber um das Geschäft kümmerte. Ich weiß gar nicht, wann er geschlafen hat."

„Ich weiß, daß er ein außergewöhnlicher Mann ist", gestand Kristin.

„Die Ranch zu führen wurde mir schließlich zuviel. Eines Tages kam Dacian Kendrick zu mir, ein gutaussehender junger Cowboy, der jeder Frau den Kopf verdrehte. Er bot mir an, meine Ranch zu kaufen, die direkt an seine angrenzte. Da meine Notsituation bekannt war, hätte jeder andere versucht, den niedrigsten Preis auszuhandeln, aber nicht Dacian. Er wußte, wie es mir ging, weil sein Vater kurz nach dem Tod seines Bruders gestorben war. Er bot mir vermutlich sogar mehr, als die Ranch wert war. Die Menschen sind wie Bäume. Sie schlagen Wurzeln. Wenn man sie ausreißt, verwelken sie und sterben. Dacian weiß das, und er weiß, daß das besonders bei uns Ranchern so ist. Und er sagte mir, er wolle die Ranch erweitern. Doch dazu brauche er Leute, auf die er sich verlassen könnte, und er meinte, er könnte keine bessere als mich für die Aufsicht des Hauspersonals bekommen. Und", sagte sie mit Stolz in der Stimme, „ich glaube sagen zu können, daß ich ihn nie enttäuscht habe."

„Da bin ich sicher."

„Ich hoffe es. Ich glaube nämlich nicht, daß ich ihn mehr lieben könnte, wenn ich seine Mutter wäre." Sie hielt inne. „Und weil ich diesen Jungen liebe, möchte ich ihn glücklich sehen. Sie haben ihn glücklich gemacht, Kristin. Und nun haben Sie ihn traurig gemacht. Das glaubt er zumindest. Ich möchte Sie nicht nur hierbehalten, damit Sie uns bei der Hausarbeit helfen. Ich möchte auch, daß Sie bleiben, damit dieser eigensinnige Kerl zu Verstand kommt und erkennt, daß Sie die Frau sind, die für ihn bestimmt ist. Die von Gott geschickte Frau, die ihn glücklich machen wird."

Kristin stieß ein bitteres Lachen aus. „Ich fürchte, ich muß Ihnen da jede Hoffnung rauben. Er hat ganz deutlich gemacht, daß er mich nie wiedersehen möchte."

Mrs. Moriarty machte eine wegwerfende Handbewegung. „Was ein Mann sagt und was er *denkt,* ist oft nicht dasselbe."

„Er war sehr überzeugend." Kristin fuhr sich über die Augen. „Ich will ihn selbst nie wiedersehen. Ich habe mich wie eine Gefangene in meinem Zimmer versteckt, weil ich Angst hatte, ich könnte ihm irgendwo zufällig über den Weg laufen."

„Sie brauchen sich keine Gedanken zu machen. Wenn Sie nicht gerade die Zimmer saubermachen, können Sie hier in meinem Zimmer bleiben. Man wird Ihnen Ihr Essen zusammen mit meinem herbringen. Und Bill wird kein Wort darüber verlieren, daß Sie hier sind. Soweit ich gesehen und gehört habe, macht

Dacian sich sowieso hier sehr rar. Das zeigt mir, daß er immer noch etwas für Sie empfindet, Kristin, sonst würde er nicht fortbleiben. Der Grund, warum er hier nicht auftaucht, ist der, daß er Angst hat. Angst vor seinen eigenen Gefühlen, Angst davor, daß sie immer noch so stark sind, daß er schließlich alles zurücknimmt, was er gesagt hat und seinen Stolz herunterschlucken und sagen muß, daß es ihm leid tut."

„Was ihm sicherlich nicht schaden könnte. Aber was ist mit seiner Familie? Ich habe keinen von ihnen mehr zu Gesicht bekommen. Ich dachte, daß sie auf seiner Seite stehen. Schließlich sind sie ja eine Familie. Darum nahm ich an –"

„Es war Bill, der vorgeschlagen hat, Sie zu fragen, ob Sie nicht bereit sind, auszuhelfen. Und er wird Dacian kein Wort verraten, zumal die beiden im Augenblick nicht gerade auf gutem Fuß miteinander stehen. Auch mit Melly und Kerry nicht. Ich nehme an, er fühlt sich von ihnen betrogen, weil sie sich auf Ihre Seite gestellt haben und nicht auf seine."

„Sie . . . sie mögen mich noch immer? Und glauben mir?"

Mrs. Moriarty nickte. „Sie haben eine sehr hohe Meinung von Ihnen, Kristin, und denken, daß Sie genau die richtige Frau für Dacian sind. Sie alle hoffen, daß Sie Ihre Differenzen beilegen."

Kristins Gedanken überschlugen sich. Während sie Mrs. Moriarty zuhörte, fielen ihr so viele gute Eigenschaften an Dacian ein, die ihr halfen, seine seltenen Ausflüge in die Unfreundlichkeit mit anderen Augen zu sehen.

Obwohl sie eigentlich hatte abreisen wollen, neigte sie nun eher dazu, noch ein wenig zu bleiben.

„Ich werde bleiben", sagte sie schließlich. „Aber nur noch ein paar Tage. Und nur um der Kinder willen. Wir haben ihnen und ihren Eltern gegenüber eine Verpflichtung."

„Ein paar Tage, um mehr bitten wir gar nicht, Kristin. Und beten Sie zu Gott, daß Dacian in dieser Zeit seinen gesunden Menschenverstand zurückfindet und diese Angelegenheit ein für allemal klärt. Er muß doch wissen, daß man ein Buch nicht nach seinem Umschlag beurteilen kann und eine Frau nicht nach ihrer Herkunft."

In den kommenden zwei Tagen verbrachte Kristin ihre Zeit damit, von einem Gebäude zum nächsten zu eilen und still und gewissenhaft ihre Arbeit zu erledigen. Sie putzte, wischte Staub, saugte und brachte Ordnung in das Chaos der Kinder.

Sie unterhielt sich oft mit den jungen Ranchgästen, die mehr ruhen mußten als die anderen. Sie fand sie so lieb, ernst und süß, daß ihr Herz sich zusammenzog, weil sie befürchtete, vielleicht niemals eigene Kinder haben zu können. Schließlich war sie allem Anschein nach nicht besonders begabt, was Beziehungen anging.

Sie war immer erleichtert, wenn Dacians Parkplatz leer war, weil sie dann keine Angst haben mußte, ihm zu begegnen, wenn sie mit ihrem Putzwagen von einem Gebäude zum nächsten zog.

Nach drei Tagen hielt sie es nicht mehr aus. Es war eine Tortur, in Dacians unmittelbarer Nähe zu leben und doch so weit von ihm entfernt zu sein. Aber ihr voreilig abgegebenes Versprechen konnte sie nicht brechen. Mrs. Moriarty machte sich schon Sorgen genug, und wenn Kristin ging, würde sie ihren übel zugerichteten Knöchel vermutlich belasten, bevor es gut für sie war.

Kristin hatte ein seltsames Gefühl dabei, Bill Kendrick zu begegnen, darum bemühte sie sich, sich möglichst außerhalb von Mrs. Moriartys Wohnung aufzuhalten, wenn er kam, um nach ihr zu sehen.

Einmal jedoch kam er unerwartet und traf sie an, als sie sich gerade mit Mrs. Moriarty unterhielt.

„Können wir miteinander reden?" fragte er.

„Sicher", erwiderte sie mit einer erzwungenen Ruhe, die sie nicht empfand.

„Lassen Sie uns ein Stück laufen", schlug er vor. Wortlos folgte Kristin ihm nach draußen. „Dacian steht mit seiner Meinung über Sie immer noch allein da. Wir anderen stimmen nicht mit ihm überein. Aber leider ist nur seine Ansicht Ihnen wichtig", sagte er und schob seine Brille hoch. Er fuhr sich müde über den Nasenrücken. „Keiner von uns kann seine Meinung ändern. Wir haben es versucht. Glauben Sie mir, wir haben es wirklich versucht."

„Ich weiß nicht, ob mir das gefällt oder nicht."

Dr. Bill lächelte sie schwach an. „Ich wollte keinen Dank von Ihnen, sondern Ihnen *unseren* Dank aussprechen, Kristin. Wir sind Ihnen wirklich sehr dankbar. Ich weiß, daß die Kinder von Ihnen begeistert sind. Ich bin sicher, es ist nicht immer leicht, vor den Kindern ein fröhliches Gesicht zu machen, wenn einem eigentlich nach Weinen zumute ist."

„Sie haben recht. Und ich bin froh, wenn Mrs. Moriarty wieder auf den Beinen ist, damit ich reinen Gewissens nach Hause fahren kann."

„Das wird nicht mehr lange dauern, Kristin. Nur noch ein paar Tage. Meinen Sie, Sie könnten solange durchhalten?"

„Es wird nicht leicht sein", gestand sie ein. „Aber ich werde es versuchen."

„Sie haben so hart gearbeitet", meinte Dr. Bill. „Und so, wie Sie aussehen, vermutlich nicht so gegessen, wie Sie sollten. Leiden Sie an Appetitlosigkeit?" Sie nickte. „Nicht ungewöhnlich, wenn ein Mensch aufgewühlt ist. Lenken Sie sich ab. Arbeiten Sie nicht zuviel."

„Sie sind genau der Richtige, mir einen solchen Rat zu geben, Doktor", sagte sie. „Sie arbeiten ja beinahe rund um die Uhr."

„Die Schusterkinder kommen ohne Schuhe aus, und der Arzt ignoriert häufig seine eigenen guten Ratschläge."

„Ich langweile mich tatsächlich, wenn ich immer nur im Haus bin, aber es ist schwierig, in der Nähe von Leuten zu sein, die Dacian kennen und die er vielleicht für illoyal hält, wenn –"

„Ganz bestimmt ist er nicht so unvernünftig."

„Nicht? Ich fürchte mich davor, daß er mir meine Anwesenheit hier vorhält und nicht sieht, daß ich nur geblieben bin, um den Kindern und Ihnen einen Gefallen zu tun."

„Aber Sie könnten doch einfach mal ausreiten. Draußen sind Sie ganz allein. Und die Berge sind herrlich. Vor allem am Abend, wenn die Kinder nicht schreiend über die Hügel stürmen und Cowboy und Indianer spielen."

„Ich werde darüber nachdenken", sagte Kristin. Die Idee gefiel ihr sogar recht gut.

„Dann betrachten Sie es einfach als Anweisung Ihres Arztes", sagte Bill und grinste sie so herzlich an, daß sie wieder einmal an Dacian erinnert wurde. Schnell wendete sie sich ab. Sie hatte das Gefühl, als würde ihr Herz erneut brechen.

An diesem Abend aß sie wie üblich mit Mrs. Moriarty zu Abend. Danach plauderte sie ein wenig mit Mandy, doch als sie zu Mrs. Moriartys Wohnung zurückkehrte, fühlte sie sich seltsam ruhelos.

Sie hatte keine Lust fernzusehen, und auf keinen Fall wollte sie eine Begegnung mit Dacian riskieren, indem sie zum Hauptgebäude hinüberging, wo die Kinder ausgelassen feierten und tanzten. Die Musik war bis zu Mrs. Moriartys Wohnung zu hören.

Kristin hatte die Augen geschlossen und lauschte auf die fröhlichen Rhythmen, doch dann unterschied sie noch ein anderes Geräusch.

Es dauerte eine Weile, bis sie erkannte, daß es das Geklapper von Hufen war.

„Ho . . ." hörte sie eine leise Stimme vor ihrer Tür.

Kristin stand auf, ging zur Tür und sah hinaus. Dacians jüngere Schwester saß auf ihrem Lieblingspferd und führte die gesattelte Molly mit sich.

„Komm, laß uns ausreiten, Kristin", sagte Melanie, als sie abstieg. „Und ich werde kein Nein als Antwort akzeptieren", warnte sie, bevor Kristin den Mund öffnen konnte. „Es wird dir guttun."

Molly hob den Kopf, entblößte ihre großen gelben Zähne und legte die Ohren an. Sie sah aus, als würde sie grinsen.

Melanie schlug sich auf den Oberschenkel und lachte. „Siehst du? Wir werden auf besondere Einladung von Miss Molly höchstpersönlich ausreiten. Selbst wenn du daran gedacht hast, meine Einladung auszuschlagen, ein solches Angebot kannst du nicht ablehnen."

„Vermutlich nicht", erwiderte Kristin lachend. Ihre anfängliche Verlegenheit war überwunden. „Ich ziehe mir nur eben Stiefel an, hole meine Jacke und bin sofort wieder da."

Nur wenige Augenblicke später war sie wieder draußen. Sie hatte auch Mrs. Moriarty schnell Bescheid gesagt.

Als Kristin die Zügel nahm, gab Molly ihr einen sanften Stups, schnüffelte an ihrer Jacke und schnaubte ungeduldig.

„Jetzt benimm dich aber, Molly!“ befahl Kristin. „Wir alle wissen, was für einen Ruf du hast.“ Sie stieg auf und tätschelte Molly liebevoll. „Mandy wird eifersüchtig sein, daß du mich so herzlich begrüßt hast. Der Besitzer vermutlich auch“, sagte sie, „wer immer er ist. Ich wette, dein Besitzer ist froh, sein Pferd zurückzuhaben, wenn die Kinder fort sind.“

Melanie sah Kristin seltsam an. Sie schien etwas sagen zu wollen, überlegte es sich dann aber anders und schwieg. Langsam ritten die beiden Frauen die breite Straße entlang und dann hinaus auf die Weide.

Kristin fühlte sich zunächst ein wenig unbehaglich in der Gegenwart der Schwester des Mannes, mit dem sie solche Schwierigkeiten hatte. Doch ganz allmählich verlor sich dieses Gefühl.

„Kristin, kann ich dich etwas fragen?“ meldete sich Melanie zu Wort.

„Natürlich.“

„Willst du versuchen, Dacian zurückzubekommen?“

„Warum fragst du?“ Kristin beantwortete die Frage mit einer Gegenfrage.

„Weil wir alle hoffen, daß du es tust. Und wenn wir dir irgendwie helfen können, laß es uns wissen. Dacian liegt uns natürlich am Herzen, aber wir mögen auch dich sehr gern. Du solltest die Sache nicht einfach aufstecken. Dacian ist noch nicht fertig damit. Im Augenblick ist er einfach unerträglich. Und keinesfalls hat er den Eindruck, daß diese Angelegenheit nun geregelt ist, obwohl er getan hat, was er tun wollte und dich verletzt hat, wie er deine Schwester nicht hat verletzen können. Doch er ist ruhelos und unglücklich, weil er tief in seinem Innern weiß, daß er sich ins eigene Fleisch geschnitten hat.“

„Es tut mir leid, dich enttäuschen zu müssen. Und ich weiß deine Besorgnis zu schätzen, aber die Antwort ist nein. Ich habe nicht vor, einen Versuch zu unternehmen, ihn zurückzubekommen. Und ich würde es zu schätzen wissen, wenn ihr euch da auch nicht einmischen würdet. Das könnte alles nur noch schlimmer machen. Und natürlich würde Dacian mir die Schuld geben."

„Vermutlich hast du recht", meinte Melanie düster. „Aber es fällt uns so schwer, euch beide so unglücklich zu sehen."

„Ich komme schon klar. Mach dir um mich keine Gedanken. Mir wird es gleich besser gehen, sobald Mrs. Moriarty wieder auf den Beinen ist und ich abreisen kann."

Melanie schien darüber nachzudenken. „Aber vergiß bitte nicht, daß wir für dich da sind, Kristin. Du bist jederzeit bei uns willkommen, und ich hoffe, daß wir in Kontakt bleiben."

„Ganz bestimmt", erwiderte Kristin. „Und es ist beruhigend zu wissen, daß nicht alle mich für einen schrecklichen Menschen halten, nur weil ich eine mißratene Schwester habe."

„Tja, ich bestimmt nicht! Ich bin nur froh, daß du mir gegenüber nicht voreingenommen bist, weil mein großer Bruder dich so schlecht behandelt hat."

Kristin wollte etwas erwidern, doch ihre Aufmerksamkeit wurde von einem Reiter abgelenkt, der in vollem Galopp über die Weide auf sie zugeritten kam.

„Das ist Tony!" sagte Melanie. „Ich sehe mal nach, was er will. Seine Schwester sollte heute eigentlich ihr Kind bekommen. Vielleicht will er mir ja erzählen, daß er gerade Onkel geworden ist. Reitest du mit uns zum Haus zurück? Oder willst du noch ein wenig weiterreiten?"

„Ich glaube, ich reite noch ein Stück weiter, danke", sagte sie. „Es ist noch früh. Und hier ist es so friedlich, genau das, was ich im Augenblick brauche."

„Denk daran, daß du auf Molly sitzt", warnte Melanie. „Vermutlich hast du schon gehört, was sie tut, wenn sie der Meinung ist, daß es nun genug ist!"

„Ich denke, wir kommen miteinander klar."

„Na ja, sie ist schon eine ganz ausgekochte Nudel. Und wir sind ganz in der Nähe ihres Zuhauses. Paß gut auf, denn sie kann genauso eigensinnig sein, wie sie liebenswert ist. Genau wie ihr Besitzer, schätze ich."

„Ich komme schon klar. Mach dir keine Sorgen."

Während die Dämmerung sich über die Gegend legte, suchte Kristin nach vertrauten Wegen. Einige kamen ihr bekannt vor, doch gerade als sie dachte, sich auf dem Heimweg zu befinden, kam sie an einem riesigen alten Baum vorbei, den sie noch nie gesehen hatte, und schon bald war sie vollkommen verwirrt.

Mehr als eine Stunde lang hatte sie Molly laufen lassen, wie es ihr gefiel, und nun bedauerte sie das, denn das Pferd war offenbar entschlossen, jetzt nach Hause zu gehen. Und sein Ziel war nicht unbedingt Kristins Ziel.

„Nun, du eigensinniger alter Zossen“, sagte Kristin, „dann müssen wir halt dorthin reiten, wo du hinwillst, und dann werde ich mich entschuldigen und deinem Besitzer erzählen, was du getan hast. Ich werde ihn bitten, mich zur Circle K zurückzubringen.“

Als nun die Dunkelheit richtig einsetzte, wurde Kristin doch ein wenig ängstlich. Aber schon bald erblickte sie die Lichter eines Hauses. Sie und Molly erklommen einen Hügel, und Kristin hatte einen guten Blick über das Land. In der Ferne erblickte sie die Lichter der Circle K, und sie wendete Molly, um in diese Richtung zu reiten, entschlossen, dem eigensinnigen Geschöpf zu zeigen, wer der Herr war.

Doch das Pferd hatte anderes im Sinn. Molly schnaubte, stampfte, warf den Kopf zurück und hätte sich beinahe aufgebäumt.

„Hör auf damit!“ schrie Kristin, doch Angst lag in ihrer Stimme, und vermutlich spürte Molly das und wußte somit, daß sie diesen Befehl nicht zu beachten brauchte. Kopfschüttelnd setzte Molly sich in Bewegung. Vor Erleichterung seufzend meinte Kristin, daß sie nun endlich in die richtige Richtung ritten, doch kurze Zeit später erkannte sie, daß Molly nur eine Abkürzung genommen hatte. Das eigensinnige Pferd lief auf die Ranch zu, die in der entgegengesetzten Richtung lag.

Das Pferd wurde immer schneller, und das deutete darauf hin, daß es beinahe zu Hause war! Im Geist legte Kristin sich ihre Entschuldigung zurecht. Sie würde dem freundlichen Ranchbesitzer, der Molly ja kannte, sagen, sie hätte sich für kompetent gehalten, aber feststellen müssen, daß sie es mit dem Pferd nicht hätte aufnehmen können.

Molly schien sich nun wirklich gut auszukennen, denn sie galoppierte so schnell dahin, daß Kristin sich festhalten mußte, um in der Dunkelheit nicht abgeworfen zu werden.

„Oh nein!" rief Kristin entsetzt, als Molly durch das offene Tor galoppierte und erwartungsvoll am Stalltor stehen blieb. Es war nicht nur irgendein Stalltor, sondern das Tor der Scheune auf Dacians *Privatbesitz!* Molly war zu Hause . . .

Mit einem lauten Wiehern meldete sie ihre Ankunft an. Der Abend war sehr mild, Dacians Fenster standen offen, und es dauerte nicht lange, bis er herauskam, um nachzusehen, wer gekommen war. Kristin sprang von Mollys Rücken und eilte hinter den nächsten Busch, um sich zu verstecken.

Dacian spähte in die Dunkelheit. Molly wieherte erfreut und trottete zu ihm. Sie schien begeistert, ihn zu sehen und stupste ihn an. Dacian berührte den Sattel. Er war noch warm, somit wußte er, daß nur wenige Augenblicke vorher noch jemand darauf gesessen hatte.

„Wer immer du bist, komm heraus. Hab' keine Angst. Das ist ein alter Trick von Molly. Ich bringe dich zur Circle K zurück und werde den Leuten noch einmal einschärfen, Molly keinem Anfänger zu geben."

Kristin antwortete nicht. Sie war vor Entsetzen wie erstarrt und brachte keinen Ton heraus. Offenbar hielt Dacian sie für eins der Kinder von der Circle K, das sich unerlaubterweise ein Pferd ausgeliehen hatte.

„Komm schon", sagte Dacian ein wenig ungeduldig. „Ich werde dich nicht verpetzen. Du bekommst keine Schwierigkeiten, also sei ein gutes Kind und komm heraus. In Ordnung?"

Kristin antwortete immer noch nicht. Sie hörte, wie Dacian leise mit Molly sprach, dann ging er ins Haus, während Molly geduldig wartete. Er kehrte mit einer hellen Taschenlampe zurück. Mit Leichtigkeit schwang er sich in den Sattel und wendete Molly. Und die hütete sich, *ihm* nicht zu gehorchen. Sie galoppierte aus dem Stand an.

Sie kamen in Kristins Nähe vorbei, und das Pferd spürte ihre Gegenwart und scheute, wobei Dacian beinahe über ihren Kopf flog. Er knipste die Taschenlampe an und brachte das Pferd zum Stehen.

„Wer ist da?" rief er.

Dacian ließ den Strahl seiner Taschenlampe über das Gebüsch wandern. Er fiel auf Kristins Gesicht und blendete sie. Der Blick, den er ihr zuwarf, war unbeschreiblich. In dem Lichtschein, der von der Taschenlampe auch auf sein Gesicht fiel, sah sie, wie alles Blut aus seinen Wangen wich.

„Du!" sagte er ungläubig, so als könnte er nicht begreifen, daß sie auf seinem Grund und Boden stand. „Was machst du hier?"

Kristin war so verwirrt, fühlte sich so elend, daß sie keinen Ton herausbrachte, sondern nur trotzig mit den Achseln zuckte. „Mach dir gar nicht erst die Mühe, es zu erklären. Ich weiß genau, warum du hier bist. Du hast wohl mit deiner Schwester gesprochen, ja? Hat sie dir gesagt, wie man einen Mann zurückgewinnt? Nun, mein liebes Mädchen, das wird nicht funktionieren. Nicht mit mir!"

„Du brauchst dir keine Sorgen zu machen", brachte Kristin schließlich heraus. „Ich würde dich nicht mehr haben wollen, selbst wenn du der einzige Mann auf der Erde wärst."

„Und du, meine Liebe, bist die hinterlistigste Frau, die ich je kennengelernt habe. Mit Ausnahme von Janice natürlich." Dacian war drauf und dran, noch mehr zu sagen. Aber Kristin war der Meinung, daß sie ihm nicht mehr zuzuhören brauchte und es auch nicht tun würde. Sie drehte sich um und rannte davon.

„Kristin!" rief er, während er auf Molly weiterritt und suchend den Strahl seiner Taschenlampe über das Gelände schweifen ließ. „Wirst du wohl zurückkommen? Das ist gar nicht lustig. Ist dir denn nicht klar, daß ich verantwortlich für dich bin? Du befindest dich auf meinem Besitz."

Kristin preßte die Lippen zusammen und schwieg.

„Kristin, bitte. Du kennst dich hier doch gar nicht aus. Und du solltest wirklich nicht in der Dunkelheit herumlaufen und vielleicht auf eine Klapperschlange treten. Sei ein gutes Mädchen, dann bringe ich dich nach Hause."

Einen Augenblick lang war Kristin versucht, herauszukommen. Doch dann beschloß sie, es lieber mit den Klapperschlangen aufzunehmen als mit Dacian. Sie blieb im Gebüsch verborgen, bis Dacian zu seinem Haus zurückkehrte.

Und dann hörte sie, wie er mit seiner Corvette davonbrauste.

Kristin erhob sich und streckte sich. Sie warf einen Blick auf Molly, deren Silhouette sie im Mondschein auf der Koppel entdeckte, und sie war versucht, sie zu satteln und zur Circle K zurückzureiten.

Doch Molly würde sich vermutlich nicht vom Grundstück rühren. Grimmig wendete sich Kristin den Lichtern nördlich der Ranch zu und marschierte los.

Mit ein wenig Glück würde sie im Morgengrauen zu Hause sein.

11

Kristin konnte es kaum erwarten, einen möglichst großen Abstand zwischen ihn und sich zu legen, bevor er zurückkehren würde, um sie zu suchen und wie ein verirrtes Kind zur Circle K zurückzubringen.

Die ersten Minuten, nachdem sie Dacians makellos gepflegten Rasen verlassen hatte und immer mehr in die Wildnis des unendlichen Weidelandes vordrang, waren schrecklich.

Jedesmal wenn ein Ast knackte, ein Insekt surrte, eine Eule schrie oder ein Kojote heulte, fuhr sie erschreckt zusammen. Sie hielt angsterfüllt die Luft an und jammerte, wenn sie daran dachte, daß Klapperschlangen und andere unsichtbare Gefahren in der Dunkelheit auf sie lauerten.

Bei dem Gedanken an ein dickes, glänzendes Reptil, das still züngelnd irgendwo auf sie lauerte, wurde ihr ganz elend zumute.

Doch dann dachte sie daran, daß Gott der Herr über seine Schöpfung war. Daß er wußte, wenn ein Spatz zu Boden fiel und die Anzahl der Haare auf dem Kopf eines jeden Menschen kannte. Alles stand unter der Herrschaft Gottes, und nichts Böses würde ihr widerfahren, es sei denn, Gott würde es zulassen, damit es ihr eines Tages zum Besten dienen konnte. Sie brauchte sich nicht zu fürchten, und sie bat Gott, ihr ihre Furcht zu nehmen, die sie lähmte und ihr das Gefühl von Hilflosigkeit gab.

Sie fürchtete sich so sehr, daß sie beinahe nach Dacian gerufen hätte, aber er war ja bereits fortgefahren. Außerdem – sie hatte es so gewollt, und nun gab es keine Alternative, als durchzuhalten.

Kristin seufzte, hielt einen Augenblick an, um ihre Fassung wiederzugewinnen. Ein langer Fußmarsch lag vor ihr, und sie konnte ihn unmöglich in einem so aufgelösten Zustand zurücklegen.

„Hör auf damit", murmelte sie vor sich hin, während sie versuchte, sich selbst davon zu überzeugen, daß sie nichts zu befürchten hatte. Sie steigerte sich in diese dumme Angst nur hinein. Sie betete zu Gott, er möge ihr Mut und Gelassenheit schenken. Und auf einmal erinnerte sie sich daran, was Dacian ihr von den Tieren in der Wildnis erzählt hatte, daß sie Menschen niemals anfielen, es sei denn, sie fühlten sich selbst von ihnen bedroht oder wollten ihre Jungen schützen. Sie machte sich klar, daß die Tiere, und sogar Schlangen, vor ihr fliehen würden und daß die Chancen einer Begegnung gleich null waren.

Außerdem war sie für einen Fußmarsch recht gut ausgerüstet. Sie hatte beinahe kniehohe, dicke Lederstiefel, Jeans und eine dicke Jacke an, und in ihrer Tasche steckte sogar ein Insektenspray.

Und plötzlich fühlte sie sich der Situation gewachsen; bereit, es mit allem aufzunehmen. Nur nicht mit Dacian Kendrick.

Ihr wurde auf einmal klar, daß er nicht nur einfach davongefahren war, weil er sich über sie ärgerte, sondern weil er sich vermutlich Sorgen um sie machte. Zweifellos war er mittlerweile auf der Circle K angekommen und stellte einen Suchtrupp von Reitern zusammen. Vielleicht würden auch einige in Geländewagen ausschwärmen, um nach ihr zu suchen.

Bei diesem Gedanken schauderte sie zusammen. Ihre Demütigung würde dann nicht nur eine Sache zwischen ihr und Dacian sein, sie würde in die Öffentlichkeit dringen und vermutlich Hauptgesprächsthema auf der Ranch sein. Verflixte Molly! Sie hatte sich für eine recht gute Reiterin gehalten, zumindest für einen Stadtmenschen, und es war ihr peinlich, daß sie sich von der eigensinnigen Stute zum Narren hatte halten lassen, die genauso halsstarrig und zielstrebig war wie ihr Besitzer.

Kristin sortierte im Geist die Fakten, reihte sie chronologisch hintereinander, und allmählich wurde ihr alles klar.

Dacians Geschwister hatten sie hinters Licht geführt, und das eigensinnige Pferd hatte ihnen dabei geholfen. Melanie und Bill hatten sich die Sache mit Molly ausgedacht, um sie zu einer Konfrontation mit Dacian zu zwingen – wahrscheinlich in der Hoffnung, daß sie sich nicht wieder gegenseitig verletzen, sondern miteinander reden und ihre Unstimmigkeiten ausräumen würden.

Kristin mußte lachen, als ihr klar wurde, wie sehr man sie hintergangen hatte. Sie erinnerte sich an Bills Vorschlag, einmal auszureiten.

„Anweisung des Arztes, ja wirklich!" schnaubte Kristin, und sie fragte sich, ob sie Bill nachher seine schlechten Ratschläge vorhalten sollte. Sie könnte ihm sagen, ein Arzt sei für das Wohlergehen seiner Patienten verantwortlich, er sollte ihnen keinen Schaden zufügen!

Aber das hatte er ja eigentlich auch nicht. Bill Kendrick hatte sich als Arzt ganz natürlich darum bemüht, eine Beziehung zu heilen und die einzige Behandlung verschrieben, die seiner Meinung nach Aussichten auf Heilung hatte. Und Melanie war nur zu gern bereit gewesen, ihm dabei zu helfen!

Kristin hatte Bill versprochen, sie würde sich vielleicht dazu entschließen, abends auszureiten. Doch im Grunde genommen wußte sie, daß sie das niemals von sich aus getan hätte. Sie hätte niemals die Initiative ergriffen.

Darum war Melanie vor Kristins Haustür erschienen, bereit dafür zu sorgen, daß Kristin ihre „Behandlung" bekam. Es war kein Zufall gewesen, daß Melanie ausgerechnet Molly für Kristin ausgesucht hatte. Und sie waren auch nicht zufällig in die Richtung geritten, die sie tatsächlich eingeschlagen hatten. Auch war es kein Zufall gewesen, daß Tony sich auf der Suche nach Melanie zu ihnen gesellte. Sicherlich gehörte der Verlobte der jungen Frau ebenfalls zu den Verschwörern.

Zweifellos hatten sie eine Konfrontation erzwingen wollen und geglaubt, daß Kristin und Dacian wie Erwachsene miteinander reden würden, wenn sie zufällig aufeinandertrafen. Wenn die anfängliche Wut abgeklungen war, würden sie sicher miteinander sprechen und die Probleme und Mißverständnisse ausräumen können. Doch da hatten sie sich wohl getäuscht.

Kristin seufzte. Sie hatte gehört, daß ein Mensch einen anderen täuschen konnte, aber daß es unmöglich war, ein Tier zu täuschen. Da dachte Kristin, daß Dacian der unmöglichste Mensch auf der Erde war. Aber offensichtlich hielt Molly ihn für den wundervollsten.

„Man spricht ja auch vom Pferdeverstand", überlegte Kristin laut. „Und wenn sie nun recht hat?"

Kristin mußte sich eingestehen, daß Dacian viele gute Eigenschaften hatte, Persönlichkeitsaspekte, die das Pferd zweifellos dazu brachten, ihn hingebungsvoll zu lieben. Und dann ließ sie sich genauso ehrlich seine Fehler durch den Sinn gehen.

Seine guten Eigenschaften überwogen seine Fehler bei weitem, und sie fand keinen Trost in dieser Tatsache, denn die Differenzen, die zwischen ihnen standen, waren so schwerwiegend, daß sie all die schönen Augenblicke auslöschten, die sie gemeinsam erlebt hatten – lustige Ereignisse, zärtliche Momente und tiefgehende Gespräche. Alles wurde von der Mauer überschattet, die zwischen ihnen stand.

Kristin kam zügig voran, während sie über die Ereignisse der vergangenen Zeit nachdachte. Sie gewöhnte sich allmählich an die nächtlichen Geräusche, auch konnte sie jetzt in der Dunkelheit besser sehen, und sie fühlte sich langsam eins mit der Nacht. Seltsamerweise hatte sich Kristin Gott nie näher, nie mehr von ihm beschützt gefühlt. Sie wußte sich in seiner liebenden Obhut.

Etwa eine Stunde lang war Kristin jetzt in nördliche Richtung marschiert. Es war zu dunkel, um die Uhrzeit erkennen zu können. Im Osten ging der Mond auf, blaß und kalt, und er warf seinen schwachen silbernen Schein auf die Ebene.

Weit im Norden strahlten die Lichter der Circle-K-Ranch wie ein unveränderliches Signal, das ihr den Weg durch die Nacht wies. Hier in der Dunkelheit bekam sie einen Sinn für die Zeitlosigkeit des Landes, in dem sie sich aufhielt. Sie dachte an die prähistorischen Tiere, deren Fossilien noch in den Felsen zu finden waren. Man konnte nur staunen über die Zeitlosigkeit des Schöpfers.

Sie fühlte mit den Pionieren, Dacians Vorfahren, von denen er gesprochen hatte, die ehrfürchtig und stumm vor soviel Größe vor den Bergen gestanden hatten und nicht wußten, was sie tun sollten. Dann zogen sie noch einige Meilen weiter westlich, eine Reise, die vermutlich Tage gedauert hatte, um dann in die Badlands zu kommen, ein Gebiet, das so öde war, daß sie wieder umkehrten.

Zweifellos waren sie sehr zähe Menschen gewesen. Wenn sie etwas wollten, dann versuchten sie es auch zu bekommen. Und wenn es ihnen nicht sofort gelang, standen sie wieder auf, klopften sich den Staub von der Hose und versuchten es erneut. Sie wußten, irgendwann würde Freude der Trauer folgen, Lachen den Tränen, Erfüllung einer Zeit der Enttäuschung und der Versuchung, so wie es im Leben nun einmal war.

Doch sie war da eine Ausnahme. Dacian Kendrick würde ihr vermutlich niemals eine zweite Chance geben.

Sie kam abrupt zum Stehen und ließ sich auf einen Felsbrocken sinken, der von der Nachmittagshitze noch ganz warm war. Einen Augenblick lang bedauerte sie es, daß sie Hals über Kopf davongelaufen war, statt Dacian mutig entgegenzutreten und ihn dazu zu bringen, ihr endlich zuzuhören.

Nie würde sie den Ausdruck in seinem Gesicht vergessen, als er sie vorhin entdeckt hatte. Wie ein Kaleidoskop war sein Gesicht gewesen, eine Emotion löste die nächste ab – Besorgnis, Erstaunen, Zorn – und das alles in einem Bruchteil einer Sekunde.

Am meisten jedoch verfolgte sie der Gedanke, daß er einen Moment lang beinahe glücklich ausgesehen hatte – bis er sich daran erinnerte, wer sie war und daß er ihr nicht trauen konnte. Dieser Blick war es gewesen, der Kristin dazu gebracht hatte, sich auf dem Absatz umzudrehen und davonzurennen.

Der Mond stand unmittelbar über ihr, als sie einen kleinen Hügel erklomm. Sie blieb stehen, um nach dem Aufstieg zu Atem zu kommen. Sie war ziemlich sicher, daß sie etwa die Hälfte der Strecke zur Circle K bereits hinter sich hatte. Obwohl sie gut voran gekommen war, lag noch ein ziemliches Stück vor ihr.

Plötzlich entdeckte sie Lichter in der Ferne, die sich bewegten, und schwache Rufe. Dacian hatte eine Suchmannschaft zusammengestellt, und sie fuhren das Gebiet mit ihren Geländewagen ab.

Kristin marschierte weiter. Die Fahrzeuge machten einen ziemlichen Lärm, und sie würde es gut hören, wenn sie sich ihr nähern sollten. Dann konnte sie sich immer noch ein Versteck suchen. Sie wollte allein zurücklaufen, nicht zurückgebracht werden wie ein ungezogenes Kind.

Kristin war kaum eine Viertelmeile gelaufen, als sie hinter sich ungewohnte Geräusche hörte. Sie hatte sich so auf die Lichter der Suchmannschaft vor sich konzentriert, daß sie die Möglichkeit ganz vergessen hatte, daß man sie vielleicht auch per Pferd suchen würde. Sie blieb stehen und lauschte.

Tatsächlich, das waren Reiter. Ihre Entfernung war schlecht abzuschätzen; sie kamen in schnellem Galopp heran. Da sich ihre Augen wie die von Kristin an die Dunkelheit gewöhnt hatten, knipsten sie, um die Batterie zu schonen, ihre Taschenlampen nur an, um irgendwelche Schatten auf der Weide zu untersuchen.

Obwohl Kristin müde war, wollte sie nicht aufgeben und sich finden lassen, schon gar nicht von Dacian. Und sie hatte das unbestimmte Gefühl, daß er zu den Reitern gehörte, die von seiner Ranch aus mit der Suche begonnen hatten.

Schnell sah sie sich nach einem geeigneten Versteck um. Sie entdeckte eine große Fläche mit Brombeersträuchern oder anderem Gestrüpp und rannte darauf zu. Sie mußte sich auf die Lippe beißen, um die Schmerzensschreie zu unterdrücken, als die Dornen sie kratzten und sich in ihren Haaren verfingen.

„Wenn sie diesen Weg gekommen ist", hörte sie Dacian bald darauf mit müder Stimme sagen, „muß sie Indianerblut in sich haben. Sonst hätten wir sie doch gehört!"

„Das denke ich auch", stimmte der andere Reiter zu, den Kristin als Billy Joe erkannte.

„Laß uns eine Pause einlegen, damit die Pferde sich ausruhen können", schlug Dacian vor.

Das Sattelleder knarrte, als die beiden abstiegen.

Kristin runzelte die Stirn. So ein Pech, daß sie sich ausgerechnet ihr Versteck als Rastplatz ausgesucht hatten. Die Pferde standen so nah, daß Kristin der scharfe Schweißgeruch in die Nase stach.

„Ich glaube, wir steigen besser wieder auf", meinte Dacian. „Vielleicht ist sie ja noch nicht so weit gekommen. Aber sie kann ziemlich hartnäckig sein . . ."

„Vor allem, wenn sie wütend ist", fügte Billy Joe leise hinzu. „Und Mandy wird auch sauer sein. Sie war nicht besonders glücklich, daß man Kristin Molly gegeben hatte, wo sie selbst immer wieder vor deinem sturköpfigen alten Pferd gewarnt worden ist."

„Das war ein Trick", sagte Dacian und bestätigte damit Kristins Vermutungen.

„Ein Trick?"

„Mit Empfehlung der Kendrick-Familie. Es sieht so aus, als ob Melly zur Koppel gegangen ist und zwei Pferde ausgesucht hat. Als sie Molly wählte, wies man sie darauf hin, daß sie die Koppel nicht verlassen darf. Und du weißt ja, wie Melanie sein kann. Zuckersüß hat sie dem verantwortlichen Cowboy gesagt, er solle sich um seine eigenen Angelegenheiten kümmern und sie wüßte genau, was sie täte."

Billy Joe begann zu lachen. „Und das wußte sie vermutlich auch. Sie wollte dafür sorgen, daß du und Kristin wieder miteinander redet."

„Aber das haben wir nicht. Ich hatte kaum den Mund geöffnet, als sie sich auch schon auf dem Absatz umdrehte und davonrannte."

„Kaum den Mund geöffnet?" wiederholte Billy Joe skeptisch.

Dacian seufzte. „Okay, ich habe also ein paar Dinge gesagt, die ich nicht hätte sagen sollen."

„Schon wieder?" fragte Billy Joe leise.

„Schon wieder", gab Dacian düster zu. „Und wenn ich Kristin das nicht immer wieder antun will, dann muß ich dieser übertriebenen Wut auf den Grund gehen. Morgen, wenn das alles vorbei und Kristin in Sicherheit ist, werde ich Pastor Johnson aufsuchen und mit ihm darüber sprechen."

„Wir machen uns besser wieder auf die Suche", sagte Billy Joe. „Die Jungs in den Geländewagen haben sie offensichtlich auch noch nicht gefunden."

„Ich weiß nicht, wie ich mir jemals vergeben könnte, wenn ihr irgend etwas zustößt", murmelte Dacian. Kristins Herz tat einen Sprung, als sie die zärtliche Besorgnis aus seiner Stimme heraushörte. „Ich glaube, ich liebe sie, auch wenn ich das eigentlich gar nicht mehr will . . ."

„Ach, ich wette, sie ist in Ordnung. Bestimmt sitzt sie irgendwo auf einem Felsen und wartet darauf, gerettet zu werden."

„Ich wünschte, wir würden sie finden. Obwohl ich nicht weiß, was ich ihr sagen soll."

Billy Joe stieß einen ungeduldigen Seufzer aus. „Wie wäre es für den Anfang mit: ‚Es tut mir leid'?"

„Das ist vermutlich eine gute Idee", sagte Dacian.

„Und dann könntest du weitermachen mit: ‚Ich liebe dich' . . . Ich weiß, was du für sie empfindest, aber weiß sie es auch?"

„Ein noch besserer Vorschlag", erwiderte Dacian. „Und ich liebe sie wirklich, weißt du."

„Ja, ich weiß das, großer Boß", sagte Billy Joe lachend. „Und auch alle anderen auf der Circle K wissen es. Die einzige, die es nicht weiß, ist vermutlich Kristin. Und du, bevor du zur Vernunft gekommen bist. Jetzt ist dir das klar. Also überzeuge auch Kristin davon."

„Komm, laß uns weitersuchen", befahl Dacian leise. „Ich muß sie finden und das Ganze in Angriff nehmen."

Einen Augenblick lang war Kristin versucht, sich zu zeigen. Doch sie blieb, wo sie war. Sie war noch nicht bereit aufzugeben. Sie wollte lieber allein noch eine Weile durch die Nacht laufen und sich über das freuen, was Dacian Billy Joe anvertraut hatte. Wenn sie auf der Circle K ankam, würde sie dann vielleicht wissen, wie sie reagieren sollte, wenn es zu dem Gespräch mit dem großen Boß kam.

Nachdem sie eine Weile gewartet hatte, pellte sie sich aus dem Gebüsch und ging wieder los. Kristin stellte fest, daß ihre Schritte immer langsamer wurden, je mehr sie sich der Ranch näherte. Sie hatte Angst vor der Begegnung mit Dacian, und gleichzeitig freute sie sich unsagbar darauf.

Die Morgendämmerung brach an; der Himmel wurde immer

heller, und der Mond versank am westlichen Himmel. Die Sonne zeigte sich jedoch noch nicht am Horizont. Da sie jetzt sehr viel besser sehen konnte, erkannte Kristin, daß sie nicht mehr weit von der Ranch entfernt war. Es wurde zusehends heller, und die Lichter, die sich in der Dunkelheit wie Diamanten gegen den schwarzen Nachthimmel abgehoben und die ihr als Orientierungspunkte gedient hatten, verschwanden.

Sie sah auf ihre Uhr. Es war halb fünf Uhr morgens, und sie überlegte, was jetzt vermutlich auf der Ranch los war. Die Reiter, die in der Nacht unterwegs gewesen waren, saßen wahrscheinlich in dem großen Speisesaal und tranken starken, schwarzen Kaffee, um ihre Müdigkeit abzuschütteln und sich für eine weitere Suchaktion zu rüsten.

Sie beschleunigte ihren Schritt. Sie wollte die Ranch erreichen, bevor die Leute sich wieder auf den Weg machten.

Oben auf einem Hügel angekommen, blickte sie hinab auf das Hauptgebäude der Circle-K-Ranch. In diesem Augenblick war offenbar die Sonne aufgegangen und warf ihren feurigen Schein auf eines der Nebengebäude, in dem die Kinder untergebracht waren.

Sie blieb stehen, um diesen Anblick zu genießen, doch auf einmal ging ihr auf, daß der orangefarbige Schein nicht von der Sonne kam. Sie blickte nach Osten und stellte mit Entsetzen fest, daß die Sonne noch gar nicht aufgegangen war. Am Horizont war das Morgenrot zu sehen, das einen herrlichen Tag versprach.

„Nein!“ schrie Kristin.

Ein Adrenalinstoß ging durch ihre Adern, der ihr eine Kraft gab, die sie nie für möglich gehalten hätte. Ihre müden Beine liefen mit einer Geschwindigkeit den Hügel hinunter, die sie selbst erstaunte.

„Feuer!“ rief sie. „FEUER!!“

Nichts rührte sich. Konnten sie sie denn nicht hören? Kristin schluchzte vor Enttäuschung. Sie lief noch schneller und fiel beinahe über ihre eigenen Füße.

Die Kinder! Spürten sie denn nicht die Hitze? Rochen sie denn nicht den Rauch? Angestachelt von dem Gedanken, daß die Kinder vielleicht in ihren Betten verbrennen oder an Rauchvergiftung sterben könnten, fand Kristin die Kraft, durchzuhalten. Sie sprang über Grasbüschel, stolperte über Erdlöcher und rannte weiter. Innerlich fluchte sie über ihre schlechte Kondition. Ihre Beine waren schwer wie Blei, und sie hatte so heftige Seitenstiche, daß sie vor Schmerz aufgeschrien hätte, wenn sie nicht unablässig „Feuer! Feuer!" geschrien hätte. Aber die Leute auf der Ranch schliefen entweder fest, oder sie hörten sich die Morgennachrichten im Radio an und klapperten mit ihren Kaffeetassen; die Köche machten vermutlich Lärm in der Küche und erstickten ihre schwächlichen Schreie.

Kristin hatte das Gefühl, jeden Augenblick ohnmächtig zu werden, als sie sich endlich dem Speisesaal näherte. Sie rang nach Atem, als sie den Gehweg entlangrannte und den leeren Parkplatz überquerte.

„Feuer!" versuchte sie wieder zu schreien, doch sie brachte nichts als ein heiseres Keuchen heraus.

Sie sah zu dem brennenden Gebäude hin und erkannte, daß sie schnell genug gelaufen war. Die Flammen begannen gerade erst, an dem Gebäude zu lecken, in dem die Kinder untergebracht waren.

Kristin riß die Tür des Speisesaals auf, und alle schauten von ihrem Frühstück hoch.

„Hey, Kristin! Da sind Sie ja! Gute Neuigkeiten, Boß! Sie ist wieder da!" riefen sofort alle durcheinander und standen stühlescharrend auf. Kristin machte abwehrende Handbewegungen.

„Feuer!" keuchte sie atemlos.

Sie blickten sich verständnislos an. Doch dann sahen sie durch die offene Tür den Rauch. „Ach, du liebe Güte! Rauch! Es brennt!"

„Die Kinder –!" keuchte Kristin.

Dacian eilte an ihr vorbei, als existiere sie gar nicht und rief über die Schulter hinweg dem Koch zu, die Feuerwehr zu alarmieren und sofort Schläuche anzuschließen.

Die Angestellten schwärmten aus wie die Ameisen. Sie rannten zu den Feuerlöschern, die überall auf der Ranch angebracht waren, während andere Wasserschläuche anschlossen. Sie suchten nach Generalschlüsseln, um die Zimmer der Kinder aufzuschließen. Die Frauen kamen ebenfalls angerannt, sammelten die Kinder, die herausgebracht wurden, um sich und paßten auf sie auf.

„Alles wird gut werden", versicherte eine der Angestellten den Kindern und zog sie dicht zu sich heran, um sie zu trösten.

Kristin schloß sich den Frauen an und half mit, die Kinder zu beruhigen. Die meisten zitterten vor Aufregung, als sie das brennende Gebäude erblickten. Die Flammen schlugen jetzt hoch in den Himmel; es brannte lichterloh.

„Mach dir um deine Kleider keine Gedanken, mein Liebes", beruhigte eine Frau ein aufgeregt plapperndes Kind. „Mr. Kendrick hat eine Versicherung abgeschlossen; deine Mami wird mit dir in ein Geschäft gehen und dir ganz neue Sachen kaufen können. Viel schöner als die, die du hattest!"

„Genau", fügte eine andere hinzu. „Wir werden gleich heute mit euch in die Stadt fahren und euch neue Sachen kaufen. Wir können alles ersetzen. Alles, was ihr verloren habt."

„Aber niemand kann mir einen Pu-Bär machen, wie meine Großmutter ihn mir gemacht hat", jammerte ein kleines Mädchen. „Niemand. Weil er nicht gekauft war. Die Oma hat mir erzählt, daß es ihn nur einmal auf der ganzen Welt gibt. Sie sagte, es gibt kein anderes Mädchen wie mich, und mein Pu-Bär ist genauso."

„Weißt du, Süße, ich wette, deine Großmutter weiß, wie sehr du diesen Pu-Bär geliebt hast, und sie wird sicherlich ihre Stricknadeln hervorholen und dir einen neuen Pu-Bär machen, der genauso aussieht wie der, den du gehabt hast."

„Das kann sie nicht", schluchzte das kleine Mädchen. „Weil . . . die Oma ist tot. Und jetzt . . . jetzt wird auch mein Pu –"

Bevor die Umstehenden reagieren konnten, hatte das Kind sich von der Gruppe entfernt und rannte auf das brennende Gebäude zu.

„Nein!" schrie Kristin und rannte dem Kind hinterher. „Du kannst da nicht reingehen!"

„Bleib stehen!" sagte Kristin fest und verlangsamte ihren Schritt, als das kleine Mädchen zögerte. Kristin hatte den Eindruck, daß sie gehorchen würde, doch dann merkte sie, daß das

Kind nur überlegte, in welchem Zimmer es geschlafen hatte. Die Zimmertüren standen offen, und sie konnte die Nummern nicht mehr sehen.

Dann hatte das Mädchen offensichtlich etwas Bekanntes entdeckt, und sie rannte durch die offene Tür hinein. Kristin stürzte ihr nach und versuchte, sie festzuhalten, doch die Kleine war flinker, als Kristins Puddingbeine folgen konnten.

„Wo ist mein Pu?!" schrie das Kind. „Pu! Wo bist du?"

Die Flammen spiegelten sich in den Schweißtropfen auf dem Gesicht des Kindes wider. Die Hitze war beinahe unerträglich. Die Flammen fraßen an der Tapete und am Türrahmen. Hitze strahlte von der Decke ab, und Kristin erkannte, daß das Dach jeden Augenblick einstürzen und sie unter seinen brennenden Trümmern begraben konnte.

Es war so heiß, daß jeder Atemzug sie schmerzte, und Kristin mußte die Augen schließen. Dann spürte sie, wie ihr Haar Feuer fing, und auch auf den blonden Schopf der Kleinen schienen die Funken überzuspringen.

Kristin schrie vor Schmerz und Angst auf und zerrte sich ihre Jacke vom Leib, mit der sie die Flammen noch rechtzeitig erstickte, bevor sie schlimmeren Schaden anrichten konnten. Dann sprang sie auf das Kind zu und packte es. Das Nachthemd des kleinen Mädchens zerriß, und beinahe hätte es sich aus ihrem Griff befreien können, doch die Angst verlieh Kristin Bärenkräfte. Sie packte das Mädchen und zerrte es hinter sich her auf die einzige Öffnung zu, die sie in der Feuerwand entdecken konnte.

Kristins Beine versagten ihr beinahe den Dienst, als sie die Hitze auch durch die dicken Sohlen ihrer Stiefel hindurch spürte. Die Nägel und Bolzen der Wände und der Decke ächzten und stöhnten und drohten, sich zu lockern.

„Oh Gott", stöhnte Kristin. Sie dachte an die Eltern des kleinen Mädchens und daran, daß es sein ganzes Leben noch vor sich hatte. „Bitte, lieber Gott, nein! Oh bitte . . . gib mir die Kraft, die ich brauche!"

Irgendwie fand sie die Willenskraft, auf die Feuerwand vor sich zuzustürzen.

Und dann erschien eine dunkle Gestalt vor ihr, und jemand kam auf sie zu. Zischende Geräusche umgaben sie plötzlich, Rauch stieg auf und hüllte sie ein. Dann spürte sie eine kalte Flutwelle auf ihrer Haut. Die Feuerwehrleute richteten den Wasserstrahl auf sie in der Hoffnung, daß sie den Flammen lebend entkommen konnten.

Sie machte einen Schritt auf den Mann zu – Dacian? Sicher war es Dacian. Arme streckten sich ihr entgegen. So nahe und doch so weit entfernt. Sie taumelte und wurde von starken Armen gepackt. Erbarmungslos wurde sie von der Kraft des Wassers durchgerüttelt, das ihre Haut, die noch Sekunden vorher von der Hitze verbrannt worden war, angenehm abkühlte. Sie begann zu zittern.

„Holt Decken! Haltet sie warm. Ein Krankenwagen ist auf dem Weg hierher!"

Als sie sie fest in die Decke einwickelten, versuchte Kristin zu protestieren, da die sengende Hitze auf ihrer Haut zurückkehrte.

Jemand streichelte zärtlich ihr Gesicht. Die Berührung war so kühl . . . so angenehm kühl. Und dann spürte sie nichts mehr.

Kristin wußte nicht, wieviel Zeit vergangen war, als sie durch eine kühle Kompresse, die ihr auf die Wange gedrückt wurde, wieder zu sich kam.

„Sieht so aus, als sei es an der Zeit für eine weitere Infusion", ertönte eine Stimme.

„Wo bin ich?" fragte sie flüsternd. Ihre Lippen waren aufgeplatzt und fühlten sich an wie Schuppenpanzer.

„Sie sind im Krankenhaus –"

Kristin wollte sich aufsetzen, doch die Schwester legte ihr die Hand auf die Schulter. „Dem kleinen Mädchen geht es gut. Sie ist in besserer Verfassung als Sie, Miss Allen", murmelte sie.

„Gott sei Dank", keuchte Kristin und begann vor Erleichterung zu weinen.

„Weinen Sie ruhig. Dann wird es Ihnen besser gehen", sagte die Schwester. „Sie haben viel durchgemacht. Dacian hat mir erzählt, was Sie getan haben –"

„Dacian!" krächzte Kristin.

„Er wartet ungeduldig darauf, Sie zu sehen. Fühlen Sie sich imstande, Besuch zu empfangen?"

Kristin befühlte vorsichtig ihr Gesicht und ihr versengtes Haar. „Ich muß ja schön aussehen."

„Ich bin sicher, Sie haben schon besser ausgesehen", meinte die Schwester. „Aber ich denke, Dacian ist froh, Sie überhaupt lebendig wiederzusehen. Außerdem – auch er hat einige Brandwunden, die seine schönen Züge entstellen . . ."

„Rein mit ihm", sagte Kristin.

Der Augenblick war da.

Und dann stand er im Türrahmen. Er nahm seinen Hut ab und trat beinahe ehrfürchtig ins Zimmer.

„Hallo, Dacian", flüsterte sie, als er an ihr Bett trat.

„Oh, Kristin! Wie kann ich das alles jemals wiedergutmachen?"

Sie erinnerte sich an Billy Joes Worte. „Du könntest beginnen, indem du sagst: ‚Es tut mir leid'", schlug sie vor.

„Es tut mir unendlich leid", flüsterte er, setzte sich auf ihre Bettkante und nahm ihre Hände in seine. „Viel mehr, als ich sagen kann. Aber irgendwie scheint mir eine Entschuldigung nicht ausreichend zu sein."

„Das ist sie auch nicht", sagte Kristin. „Ich habe eine bessere Idee. Du könntest versuchen zu sagen: ‚Ich liebe dich'."

„Irgendwie kommt mir das bekannt vor."

„Wir waren uns sehr nahe, Dacian, und doch so weit voneinander entfernt, wie mir scheint. Ich habe alles gehört, was du zu Billy Joe gesagt hast."

Er lächelte sie erleichtert an. „Dann weißt du auch, daß ich ernsthaft gegen diesen Zorn angehen möchte, den ich in mir trage. Ich liebe dich nämlich, mußt du wissen. Du bringst mich aus der Fassung wie keine andere Frau, die ich je kennengelernt habe."

„Nicht einmal Janice?" fragte Kristin. Sie konnte die Frage einfach nicht zurückhalten, auch wenn es ihr gar nicht gefiel, den Namen in einer solchen Situation auszusprechen.

„Wer ist Janice?" fragte Dacian lächelnd. „Wenn ich dich jetzt ansehe, Kristin, sehe ich nicht Janice oder eine Frau, die ihr ähnlich sieht. Ich sehe nur Kristin . . . die Frau, die ich liebe."

„Oh, Dacian . . .", seufzte Kristin, und Tränen des Glücks traten in ihre Augen. „Ich liebe dich auch. Ich liebe dich sehr."

„So sehr, daß du mich heiraten würdest?" murmelte er.

„Ja, oh ja!" sagte Kristin atemlos.

„Wenn es nach mir ginge, würde ich dich noch an diesem Tag zu meiner Frau machen. Aber der Arzt sagt, du solltest über Nacht im Krankenhaus bleiben."

„Nun ja, du weißt doch: Es gibt immer ein Morgen . . .", erinnerte Kristin ihn.